逸仙文学读本丛书
主编 林岗 谢有顺

中国现代文学研究读本

黄修己 胡传吉 编

中山大学出版社
SUN YAT-SEN UNIVERSITY PRESS

·广州·

版权所有　翻印必究

图书在版编目（CIP）数据

中国现代文学研究读本/黄修己，胡传吉编.—广州：中山大学出版社，2017.8
（逸仙文学读本丛书/林岗，谢有顺主编）
ISBN 978-7-306-05971-0

Ⅰ.①中… Ⅱ.①黄… ②胡… Ⅲ.①中国文学—现代文学—文学研究 Ⅳ.①I206.6

中国版本图书馆CIP数据核字（2017）第045721号

| 出 版 人：徐　劲
| 策划编辑：嵇春霞
| 责任编辑：陈　霞
| 封面设计：林绵华
| 版式设计：林绵华
| 责任校对：王　睿
| 责任技编：何雅涛
| 出版发行：中山大学出版社
| 电　　话：编辑部 020-84111996，84113349，84111997，84110779
| 　　　　　发行部 020-84111998，84111981，84111160
| 地　　址：广州市新港西路135号
| 邮　　编：510275　传　真：020-84036565
| 网　　址：http://www.zsup.com.cn　E-mail：zdcbs@mail.sysu.edu.cn
| 印 刷 者：江门市新教彩印有限公司
| 规　　格：787mm×1092mm　1/16　17印张　396千字
| 版次印次：2017年8月第1版　2017年8月第1次印刷
| 定　　价：46.00元

如发现本书因印装质量影响阅读，请与出版社发行部联系调换

《逸仙文学读本丛书》编委会

主　编：（按姓氏拼音排序）
　　　　林　岗　谢有顺
顾　问：（按姓氏拼音排序）
　　　　陈思和（复旦大学中文系教授、博士生导师）
　　　　陈晓明（北京大学中文系教授、博士生导师）
　　　　程光炜（中国人民大学文学院教授、博士生导师）
　　　　丁　帆（南京大学中文系教授、博士生导师）
　　　　於可训（武汉大学文学院教授、博士生导师）
委　员：（按姓氏拼音排序）
　　　　陈　希　郭冰茹　哈迎飞　胡传吉　黄　灯　李俏梅
　　　　李金涛　刘卫国　申霞艳　伍方斐　吴　敏　袁向东
　　　　张　均

凡 例

一、《中国现代文学研究读本》为《逸仙文学读本丛书》的一种。

二、本读本的宗旨是强化本科生及研究生对原典的阅读，适用于中文系本科生、研究生的专业必修课及选修课，也适用于文学爱好者、文学研究者阅读收藏。

三、本读本分为批评与文论两部分。编选的主要原则是兼顾批评史及思想史影响力，兼顾覆盖文学史重要作家及重要思潮。篇幅所限，难免遗漏疏忽，望方家批评指正。不足之处，可待将来的修订本或新的读本弥补。

四、为保存作品原貌，本读本对所选作品一律不做改动。

五、本读本部分作品已获得出版授权，但仍有部分版权人无法取得联系；请未联系上的版权人与我们联系，我们将支付稿费，略表谢意。

附记：中山大学中文系董晴、黄志立同学负责本读本的大部分文字录入及校对工作，张均教授为此书的出版做了不少的工作，特此感谢。同时衷心感谢中山大学出版社及各位编辑。

目录

批评篇

红楼梦评论　王国维 / 3
《沉沦》的评论　成仿吾 / 16
论冯文炳　沈从文 / 19
林语堂论　胡　风 / 23
张天翼论　胡　风 / 31
鲁迅批判　李长之 / 49
《边城》
　　——沈从文先生作　刘西渭（李健吾）/ 62
神·鬼·人
　　——巴金先生作　刘西渭（李健吾）/ 66
论张爱玲的小说　傅　雷 / 70
一个中国诗人　王佐良 / 80
《呼兰河传》序　茅　盾 / 86
论赵树理的创作　周　扬 / 91
沉思者冯至
　　——读冯至《十四行集》　唐　湜 / 99
《围城》与《汤姆·琼斯传》　郑朝宗 / 107

文论篇

摩罗诗力说　鲁　迅 / 113
文学改良刍议　胡　适 / 139

文学革命论　陈独秀 / 146
诗与小说精神上之革新　刘半农 / 148
人的文学　周作人 / 154
中国文学改良论　胡先骕 / 159
致蔡鹤卿书　林　纾 / 162
自然主义与中国现代小说　茅　盾 / 164
新文学之使命　成仿吾 / 174
现代中国文学之浪漫的趋势　梁实秋 / 178
论中国创作小说　沈从文 / 189
中国新文学的源流（节选）　周作人 / 202
关于"社会主义的现实主义与革命的浪漫主义"
　　——"唯物辩证法的创作方法"之否定　周　扬 / 208
新诗现代化
　　——新传统的寻求　袁可嘉 / 216
新诗现代化的再分析
　　——技术诸平面的透视　袁可嘉 / 220
《1917—1927 中国新文学大系导言集》（节选）
　　——总序　蔡元培 / 226
《1917—1927 中国新文学大系导言集》（节选）
　　——《文学论争集》导言　郑振铎 / 231
《1917—1927 中国新文学大系导言集》（节选）
　　——《散文二集》导言　郁达夫 / 246
《1917—1927 中国新文学大系导言集》（节选）
　　——《诗集》导言　朱自清 / 259

批评篇

红楼梦评论

王国维

第一章 人生及美术之概观

《老子》曰："人之大患，在我有身。"《庄子》曰："大块载我以形，劳我以生。"忧患与劳苦之与生相对待也久矣。夫生者，人人之所欲；忧患与劳苦者，人人之所恶也。然则讵不人人欲其所恶而恶其所欲欤？将其所恶者固不能不欲，而其所欲者，终非可欲之物欤？人有生矣，则思所以奉其生：饥而欲食，渴而欲饮，寒而欲衣，露处而欲宫室。此皆所以维持一人之生活者也。然一人之生，少则数十年，多则百年而止耳。而吾人欲生之心，必以是为不足。于是于数十年百年之生活外，更进而图永远之生活：时则有牝牡之欲，家室之累；进而育子女矣，则有保抱、扶持、饮食、教诲之责，婚嫁之务。百年之间，早作而夕思，穷老而不知所终，问有出于此保存自己及种姓之生活之外者乎？无有也。百年之后，观吾人之成绩，其有逾于此保存自己及种姓之生活之外者乎？无有也。又人人知侵害自己及种姓之生活者之非一端也，于是相集而成一群，相约束而立一国，择其贤且智者以为之君，为之立法律以治之，建学校以教之，为之警察以防内奸，为之陆海军以御外患，使人人各遂其生活之欲而不相侵害：凡此皆欲生之心之所为也。夫人之于生活也，欲之如此其切也，用力如此其勤也，设计如此其周且至也，固亦有其真可欲者存欤？吾人之忧患劳苦，固亦有所以偿之者欤？则吾人不得不就生活之本质熟思而审考之也。

生活之本质何？欲而已矣。欲之为性无厌，而其原生于不足。不足之状态，苦痛是也。既偿一欲，则此欲以终。然欲之被偿者一，而不偿者什百。一欲既终，他欲随之。故究竟之慰藉，终不可得也。即使吾人之欲悉偿，而更无所欲之对象，倦厌之情即起而乘之。于是吾人自己之生活，若负之而不胜其重。故人生者，如钟表之摆，实往复于苦痛与倦厌之间者也，夫倦厌固可视为苦痛之一种。有能除去此二者，吾人谓之曰快乐。然当其求快乐也，吾人于固有之苦痛外，又不得不加以努力，而努力亦苦痛之一也。且快乐之后，其感苦痛也弥深。故苦痛而无回复之快乐者有之矣，未有快乐而不先之或继之以苦痛者也。又此苦痛与世界之文化俱增，而不由之而减。何则？文化愈进，其知识弥广，其所欲弥多，又其感苦痛亦弥甚故也。然则人生之所欲，既无以逾于生活，而生活之性质又不外乎苦痛，故欲与生活、与苦痛，三者一而已矣。

吾人生活之性质既如斯矣，故吾人之知识遂无往而不与生活之欲相关系，即与吾人之利害相关系。就其实而言之，则知识者固生于此欲，而示此欲以我与外界之关系，使之趋利而避害者也。常人之知识，止知我与物之关系，易言以明之，止知物之与我相关系者，而于此物中又不过知其与我相关系之部分而已。及人知渐进，于是始知欲知此物与我之关系，不可不研究此物与彼物之关系。知愈大者，其研究逾远焉。自是而生各种之科学，如欲知空间之一部之与我相关系者，不可不知空间全体之关系，于是几何学兴焉。（按西洋几何学 Geometry 之本义，系量地之意，可知古代视为应用之科学，而不视为纯粹之科学也。）欲知力之一部之与我相关系者，不可不知力之全体关系，于是力学兴焉。吾人既知一物之全体之关系，又知此物与彼物之全体之关系，而立一法则焉，以应用之。于是物之现于吾前者，其与我之关系及其与他物之关系，粲然陈于目前而无所遁，夫然后吾人得以利用此物，有其利而无其害，以使吾人生活之欲增进于无穷。此科学之功效也。故科学上之成功，虽若层楼杰观，高严巨丽，然其基址则筑乎生活之欲之上，与政治上之系统立于生活之欲之上无以异。然则吾人理论与实际之二方面，皆此生活之欲之结果也。

由是观之，吾人之知识与实践之二方面，无往而不与生活之欲相关系，即与苦痛相关系。兹有一物焉，使吾人超然于利害之外，而忘物与我之关系。此时也，吾人之心无希望，无恐怖，非复欲之我，而但知之我也。此犹积阴弥月，而旭日杲杲也；犹覆舟大海之中，浮沉上下，而飘著于故乡之海岸也；犹阵云惨淡，而插翅之天使，赍平和之福音而来者也；犹鱼之脱于罾网，鸟之自樊笼出，而游于山林江海也。然物之能使吾人超然于利害之外者，必其物之于吾人无利害之关系而后可。易言以明之，必其物非实物而后可。然则非美术何足以当之乎！夫自然界之物，无不与吾人有利害之关系；纵非直接，亦必间接相关系者也。苟吾人而能忘物与我之关系而观物，则夫自然界之山明水媚，鸟飞花落，固无往而非华胥之国、极乐之土也。岂独自然界而已，人类之言语动作，悲欢啼笑，孰非美之对象乎？然此物既与吾人有利害之关系，而吾人欲强离其关系而观之，自非天才，岂易及此！于是天才者出，以其所观于自然人生中者复现之于美术中，而使中智以下之人，亦因其物之与己无关系而超然于利害之外。是故观物无方，因人而变：濠上之鱼，庄、惠之所乐也，而渔父袭之以网罟；舞雩之木，孔、曾之所憩也，而樵者继之以斤斧。若物非有形，心无所住，则虽殉财之夫，贵私之子，宁有对曹霸、韩干之马而计驰骋之乐，见毕宏、韦偃之松而观思栋梁之用；求好逑于雅典之偶，思税驾于金字之塔者哉！故美术之为物，欲者不观，观者不欲；而艺术之美所以优于自然之美者，全存于使人易忘物我之关系也。

而美之为物有二种：一曰优美，一曰壮美。苟一物焉，与吾人无利害之关系，而吾人之观之也，不观其关系，而但观其物；或吾人之心中无丝毫生活之欲存，而其观物也，不视为与我有关系之物，而但视为外物，则今之所观者，非昔之所观者也。此时吾心宁静之状态，名之曰优美之情，而谓此物曰优美。若此物大不利于吾人，而吾人生活之意志为之破裂，因之意志遁去，而知力得为独立之作用，以深观其物，吾人谓此物曰壮美，而谓其感情曰壮美之情。普通之美，皆属前种。至于地狱变相之图，决斗垂死之像，庐江小吏之诗，雁门尚书之曲，其人故氓庶之所共怜，其遇虽戾夫为之流涕，讵有子颓乐祸之心，宁无尼父反袂之戚，而吾人观之，不厌千复。格代（今译歌德，下同）之诗曰：

> What in life doth only grieve us,
> That in art we gladly see.
> 凡人生中足以使人悲者，于美术中则吾人乐而观之。

此之谓也。此即所谓壮美之情，而其快乐存于使人忘物我之关系，则固与优美无以异也。

至美术中之与二者相反者，名之曰眩惑。夫优美与壮美，皆使吾人离生活之欲而入于纯粹之知识者。若美术中而有眩惑之原质乎，则又使吾人自纯粹知识出而复归于生活之欲。如粗粝蜜饵，《招魂》《七发》之所陈；玉体横陈，周昉、仇英之所绘，《西厢记》之《酬柬》，《牡丹亭》之《惊梦》；伶元之传飞燕，杨慎之赝《秘辛》：徒讽一而劝百，欲止沸而益薪。所以子云有"靡靡"之诮，法秀有"绮语"之诃。虽则梦幻泡影，可作如是观，而拔舌地狱，专为斯人设者矣。故眩惑之于美，如甘之于辛，火之于水，不相并立者也。吾人欲以眩惑之快乐，医人世之苦痛，是犹欲航断港而至海，入幽谷而求明，岂徒无益，而又增之。则岂不以其不能使人忘生活之欲及此欲与物之关系，而反鼓舞之也哉！眩惑之与优美及壮美相反对，其故实存于此。

今既述人生与美术之概略如左，吾人且持此标准以观我国之美术，而美术中以诗歌、戏曲、小说为其顶点，以其目的在描写人生故。吾人于是得一绝大著作曰《红楼梦》。

第二章 《红楼梦》之精神

哀伽尔之诗曰：

> Ye wise men, highly, deeply learned,
> Who think it out and know,
> How, when and where do all things pair?
> Why do they kiss and love?
> Ye men of lofty wisdom, say
> What happened to me then,
> Search out and tell me where, how, when,
> And why it happened thus.

嗟汝哲人，靡所不知，靡所不学，既深且跻。粲粲生物，罔不匹俦。各啮阙齿，而相厥攸。匪汝哲人，孰知其故？自何时始，来自何处？嗟汝哲人，渊渊其知。相彼百昌，奚而熙熙？愿言哲人，诏余其故。自何时始，来自何处？（译文）

哀伽尔之问题，人人所有之问题，而人人未解决之大问题也。人有恒言曰："饮食男女，人之大欲存焉。"然人七日不食即死，一日不再食则饥。若男女之欲，则于一人之生活上，宁有害无利者也，而吾人之欲之也如此，何哉？吾人自少壮以后，其过半之光阴，过半之事业，所计画所勤勤者为何事？汉之成哀，曷为而丧其生？殷辛、周幽，曷为而亡其国？励精如唐玄宗，英武如后唐庄宗，曷为而不善其终？且人生苟为数十年之生活计，则其维持此生活，亦易易耳，曷为而其忧劳之度，倍蓰而未有已？《记》曰："人不婚宦，情欲失半。"人苟能解此问题，则于人生之知识思过半矣。而蚩蚩者乃日用而不知，岂不可哀也欤！其自哲学上解此问题者，则二千年间仅有叔本华之"男女之爱之形而上学"耳。诗歌、小说之描写此事者，通古今东西，殆不能悉数，然能解决之者鲜矣。《红楼梦》一书，非徒提出此问题，又解决之者也。彼于开卷即下男女之爱之神话的解释。其叙此书之主人公贾宝玉之来历曰：

　　却说女娲氏炼石补天之时，于大荒山无稽崖炼成高十二丈见方二十四丈大的顽石三万六千五百零一块。那娲皇只用了三万六千五百块，单单剩下一块未用，弃在青埂峰下。谁知此石自经锻炼之后，灵性已通，自去自来，可大可小。因见众石俱得补天，独自己无材，不得入选，遂自怨自艾，日夜悲哀。

（第一回）

此可知生活之欲之先人生而存在，而人生不过此欲之发现也。此可知吾人之堕落，由吾人之所欲，而意志自由之罪恶也。夫顽钝者既不幸而为此石矣，又幸而不见用，则何不游于广漠之野、无何有之乡，以自适其适，而必欲入此忧患劳苦之世界，不可谓非此石之大误也。由此一念之误，而遂造出十九年之历史与百二十回之事实，与茫茫大士、渺渺真人何与？又于第百十七回中述宝玉与和尚之谈论曰：

　　"弟子请问师父，可是从太虚幻境而来？"那和尚道："什么幻境！不过是来处来，去处去罢了。我是送还你的玉来的。我且问你，你那玉是从那里来的？"宝玉一时对答不来。那和尚笑道："你的来路还不知，便来问我！"宝玉本来颖悟，又经点化，早把红尘看破，只是自己的底里未知；一闻那僧问起玉来，好像当头一棒，便说："你也不用银子了，我把那玉还你罢。"那僧笑道："早该还我了！"

所谓"自己的底里未知"者，未知其生活乃自己之一念之误，而此念之所自造也。及一闻和尚之言，始知此不幸之生活，由自己之所欲；而其拒绝之也，亦不得由自己，是以有还玉之言。所谓玉者，不过生活之欲之代表而已矣。故携入红尘者，非彼二人之所为，顽石自己而已；引登彼岸者，亦非二人之力，顽石自己而已。此岂独宝玉一人然哉？人类之堕落与解脱，亦视其意志而已。而此生活之意志，其于永远之生活，比个人之生活为尤切；易言以明之，则男女之欲，尤强于饮食之欲。何则？前者无尽的，后者有限的也；前者形而上的，后者形而下的也。又如上章所说，生活之于痛苦，二者一而非二，而苦痛之度与主张生活之欲之度为比例。是故前者之苦痛，尤倍蓰于后者之苦痛。而《红楼梦》一书，实示此生活、此苦痛之由于自造，又示其解脱之道不可不由自己求之者也。

而解脱之道存于出世，而不存于自杀。出世者拒绝一切生活之欲者也。彼知生活之无所逃于苦痛，而求入于无生之域。当其终也，垣干虽存，固已形如槁木，而心如死灰矣。若生活之欲如故，但不满于现在之生活，而求主张之于异日，则死于此者，固不得不复生于彼，而苦海之流，又将与生活之欲而无穷。故金钏之堕井也，司棋之触墙也，尤三姐、潘又安之自刎也，非解脱也，求偿其欲而不得者也。彼等之所不欲者，其特别之生活，而对生活之为物，则固欲之而不疑也。故此书中真正之解脱，仅贾宝玉、惜春、紫鹃三人耳。而柳湘莲之入道，有似潘又安；芳官之出家，略同于金钏。故苟有生活之欲存乎，则虽出世而无与于解脱；苟无此欲，则自杀亦未始非解脱之一者也。如鸳鸯之死，彼固有不得已之境遇在；不然则惜春、紫鹃之事，固亦其所优为者也。

而解脱之中，又自有二种之别：一存于观他人之苦痛，一存于觉自己之苦痛。然前者之解脱，唯非常之人为能，其高百倍于后者，而其难亦百倍，但由其成功观之，则二者一也。通常之人，其解脱由于苦痛之阅历，而不由于苦痛之知识。唯非常之人，由非常之知力，而洞观宇宙人生之本质，始知生活与苦痛之不能相离，由是求绝其生活之欲，而得解脱之道。然于解脱之途中，彼之生活之欲，犹时时起而与之相抗，而生种种之幻影。所谓恶魔者，不过此等幻影之人物化而已矣。故通常之解脱，存于自己之苦痛，彼之生活之欲，因不得其满足而愈烈，又因愈烈而愈不得其满足，如此循环而陷于失望之境遇，遂悟宇宙人生之真相，遽而求其息肩之所。彼全变其气质而超出乎苦乐之外，举昔之所执著者，一旦而舍之。彼以生活为炉、苦痛为炭，而铸其解脱之鼎。彼以疲于生活之欲故，故其生活之欲，不能复起而为之幻影。此通常之人解脱之状态也。前者之解脱，如惜春、紫鹃；后者之解脱，如宝玉。前者之解脱，超自然的也，神秘的也；后者之解脱，自然的也，人类的也。前者之解脱，宗教的也；后者美术的也。前者平和的也，后者悲感的也，壮美的也，故文学的也，诗歌的也，小说的也。此《红楼梦》之主人公所以非惜春、紫鹃，而为贾宝玉者也。

呜呼！宇宙一生活之欲而已！而此生活之欲之罪过，即以生活之苦痛罚之：此即宇宙之永远的正义也。自犯罪，自加罚，自忏悔，自解脱。美术之务，在描写人生之苦痛与其解脱之道，而使吾侪冯生之徒于此桎梏之世界中，离此生活之欲之争斗，而得其暂时之平和，此一切美术之目的也。夫欧洲近世之文学中，所以推格代之《法斯德》（即《浮士德》）为第一者，以其描写博士法斯德之苦痛及其解脱之途径最为精切故也。若《红楼梦》之写宝玉，又岂有以异于彼乎！彼于缠陷最深之中，而已伏解脱之种子：故听《寄生草》之曲，而悟立足之境；读《胠箧》之篇，而作焚花散麝之想。所以未能者，则以黛玉尚在耳，至黛玉死而其志渐决。然尚屡失于宝钗，几败于五儿，屡蹶屡振，而终获最后之胜利。读者观自九十八回以至百二十回之事实，其解脱之行程，精进之历史，明了真切何如哉！且法斯德之苦痛，天才之苦痛；宝玉之苦痛，人人所有之苦痛也。其存于人之根柢者为独深，而其希救济也为尤切，作者一一掇拾而发挥之。我辈之读此书者，宜如何表满足感谢之意哉！而吾人于作者之姓名，尚有未确实之知识，岂徒吾侪寡学之羞，亦足以见二百余年来，吾人之祖先对此宇宙之大著述如何冷淡遇之也。谁使此大著述之作者不敢自署其名？此可知此书之精神大背于吾国人之性质，及吾人之沉溺于生活之欲，而乏美术之知识有如此也。然则，予之为此论，亦自知有罪也矣。

第三章 《红楼梦》之美学上之精神

如上章之说，吾国人之精神，世间的也，乐天的也，故代表其精神之戏曲、小说，无往而不着此乐天之色彩：始于悲者终于欢，始于离者终于合，始于困者终于亨；非是而欲餍阅者之心，难矣。若《牡丹亭》之返魂，《长生殿》之重圆，其最著之一例也。《西厢记》之以惊梦终也，未成之作也，此书若成，吾乌知其不为《续西厢》之浅陋也？有《水浒传》矣，曷为而又有《荡寇志》？有《桃花扇》矣，曷为而又有《南桃花扇》？有《红楼梦》矣，彼《红楼复梦》《补红楼梦》《续红楼梦》者，曷为而作也？又曷为而有反对《红楼梦》之《儿女英雄传》？故吾国之文学中，其具厌世解脱之精神者，仅有《桃花扇》与《红楼梦》耳。而《桃花扇》之解脱，非真解脱也：沧桑之变，目击之而身历之，不能自悟，而悟于张道士之一言；且以历数千里，冒不测之险，投缧绁之中，所索之女子才得一面，而以道士之言，一朝而舍之，自非三尺童子，其谁信之哉？故《桃花扇》之解脱，他律的也；而《红楼梦》之解脱，自律的也。且《桃花扇》之作者，但借侯、李之事以写故国之戚，而非以描写人生为事。故《桃花扇》，政治的也，国民的也，历史的也，《红楼梦》，哲学的也，宇宙的也，文学的也。此《红楼梦》之所以大背于吾国人之精神，而其价值亦即存乎此。彼《南桃花扇》《红楼复梦》等，正代表吾国人乐天之精神者也。

《红楼梦》一书与一切喜剧相反，彻头彻尾之悲剧也。其大宗旨如上章所述，读者既知之矣。除主人公不计外，凡此书中之人有与生活之欲相关系者，无不与苦痛相终始，以视宝琴、岫烟、李纹、李绮等，若藐姑射神人，夐乎不可及矣。夫此数人者，曷尝无生活之欲，曷尝无苦痛？而书中既不及写其生活之欲，则其苦痛自不得而写之；足以见二者如骖之靳，而永远的正义无往不逞其权力也。又吾国之文学，以挟乐天的精神故，故往往说诗歌的正义，善人必令其终，而恶人必离其罚：此亦吾国戏曲、小说之特质也。《红楼梦》则不然：赵姨、凤姐之死，非鬼神之罚，彼良心自己之苦痛也。若李纨之受封，彼于《红楼梦》十四曲中，固已明说之曰：

〔晚韶华〕镜里恩情，更那堪梦里功名！那美韶华去之何迅。再休提绣帐鸳衾，只这戴珠冠，披凤袄，也抵不了无常性命。虽说是人生莫受老来贫，也须要阴骘积儿孙。气昂昂头戴簪缨，光灿灿胸悬金印，威赫赫爵禄高登，昏惨惨黄泉路近。问古来将相可还存？也只是虚名儿与后人钦敬。

（第五回）

此足以知其非诗歌的正义，而既有世界人生以上，无非永远的正义之所统辖也。故曰《红楼梦》一书，彻头彻尾的悲剧也。

　　由叔本华之说，悲剧之中又有三种之别：第一种之悲剧，由极恶之人，极其所有之能力以交构之者。第二种，由于盲目的运命者。第三种之悲剧，由于剧中之人物之位置及关系而不得不然者；非必有蛇蝎之性质与意外之变故也，但由普通之人物、普通之境遇，逼之不得不如是；彼等明知其害，交施之而交受之，各加以力而各不任其咎。此种悲剧，其感人贤于前二者远甚。何则？彼示人生最大之不幸，非例外之事，而人生之所固有故也。若前二种之悲剧，吾人对蛇蝎之人物与盲目之命运，未尝不悚然战栗，然以其罕见之故，犹幸吾生之可以免，而不必求息肩之地也。但在第三种，则见此非常之势力，足以破坏人生之福祉者，无时而不可坠于吾前；且此等惨酷之行，不但时时可受诸己，而或可以加诸人；躬丁其酷，而无不平之可鸣：此可谓天下之至惨也。若《红楼梦》，则正第三种之悲剧也。兹就宝玉、黛玉之事言之：贾母爱宝钗之婉嫕而惩黛玉之孤僻，又信金玉之邪说，而思压宝玉之病；王夫人固亲于薛氏；凤姐以持家之故，忌黛玉之才而虞其不便于己也；袭人惩尤二姐、香菱之事，闻黛玉"不是东风压西风，就是西风压东风"（第八十一回）之语，惧祸之及，而自同于凤姐，亦自然之势也。宝玉之于黛玉，信誓旦旦，而不能言之于最爱之祖母，则普通之道德使然；况黛玉一女子哉！由此种种原因，而金玉以之合，木石以之离，又岂有蛇蝎之人物、非常之变故行于其间哉？不过通常之道德、通常之人情、通常之境遇为之而已。由此观之，《红楼梦》者，可谓悲剧中之悲剧也。

　　由此之故，此书中壮美之部分，较多于优美之部分，而眩惑之原质殆绝焉。作者于开卷即申明之曰：

　　　　更有一种风月笔墨，其淫秽污臭，最易坏人子弟。至于才子佳人等书，则又开口文君，满篇子建，千部一腔，千人一面，且终不能不涉淫滥。在作者不过欲写出自己两首情诗艳赋来，故假捏出男女二人名姓，又必旁添一小人拨乱其间，如戏中小丑一般。（此又上节所言之一证。）

兹举其最壮美者之一例，即宝玉与黛玉最后之相见一节曰：

　　　　那黛玉听着傻大姐说宝玉娶宝钗的话，此时心里竟是油儿酱儿糖儿醋儿倒在一处的一般，甜苦酸咸，竟说不上什么味儿来了……自己转身，要回潇湘馆去，那身子竟有千百斤重的，两只脚却像踏着棉花一般，早已软了。只得一步一步慢慢的走将下来。走了半天，还没到沁芳桥畔，脚下愈加软了。走的慢，且又迷迷痴痴，信着脚从那边绕过来，更添了两箭地路。这时刚到沁芳桥畔，却又不知不觉的顺着堤往回里走起来。紫鹃取了绢子来，却不见黛玉，正在那里看时，只见黛玉颜色雪白，身子恍恍荡荡的，眼睛也直直的，在那里东转西转……只得赶过来轻轻的问道："姑娘怎么又回去？是要往那里去？"黛玉也只模糊听见，随口答道:"我问问宝玉去。"紫鹃只得搀他进去。那黛玉却又奇怪了,这时不似先前那样软了,也不用紫鹃打帘子,自己掀起帘子进来……见宝玉在那里坐着,也不起来让坐,只瞧着嘻嘻的呆笑。黛玉自己坐下,却也瞧着宝玉笑。两个也不问好,也不说话,也无推让,只管对着脸呆笑起来。忽然听着黛玉说道:"宝玉,你为什么病了?"宝玉笑道:"我为林姑娘病了。"袭人、紫鹃两个吓得面目改色,连忙用言语来岔。两个却又不答言,仍旧呆笑起来……紫鹃搀起黛玉,那黛玉也就站起来,瞧着宝玉只管笑,只管点头儿。紫鹃又催道:"姑娘回家去歇歇罢。"黛玉道:"可不是,我这就是回去的时候儿了!"说着,便回身笑着出来了,仍旧不用丫头们搀扶,自己却走得比往常飞快。

(第九十六回)

此之文,此书中随处有之,其动吾人之感情何如!凡稍有审美的嗜好者,无人不经验之也。

《红楼梦》之为悲剧也如此。昔雅里大德勒于《诗论》中,谓悲剧者,所以感发人之情绪而高上之,殊如恐惧与悲悯之二者,为悲剧中固有之物,由此感发,而人之精神于焉洗涤。故其目的,伦理学上之目的也。叔本华置诗歌于美术之顶点,又置悲剧于诗歌之顶点;而于悲剧之中,又特重第三种,以其示人生之真相,又示解脱之不可已故。故美学上最终之目的,与伦理学上最终之目的合。由是,《红楼梦》之美学上之价值,亦与其伦理学上之价值相联络也。

第四章 《红楼梦》之伦理学上之价值

自上章观之,《红楼梦》者,悲剧中之悲剧也。其美学上之价值即存乎此。然使无伦理学上之价值以继之,则其于美术上之价值尚未可知也。今使为宝玉者,于黛玉既死之后,或感愤而自杀,或放废以终其身,则虽谓此书一无价值可也。何则?欲达解脱之域者,固不可不尝人世之忧患;然所贵乎忧患者,以其为解脱之手段故,非重忧患自身之价值也。今使人日日居忧患,言忧患,而无希求解脱之勇气,则天国与地狱彼两失之;其所领之境界,除阴云蔽天,沮洳弥望外,固无所获焉。黄仲则《绮怀》诗曰:

> 如此星辰非昨夜,为谁风露立中宵?

又其卒章曰:

> 结束铅华归少作,屏除丝竹入中年。
> 茫茫来日愁如海,寄语羲和快着鞭。

其一例也。《红楼梦》则不然，其精神之存于解脱，如前二章所说，兹固不俟喋喋也。

然则解脱者，果足为伦理学上最高之理想否乎？自通常之道德观之，夫人知其不可也。夫宝玉者，固世俗所谓绝父子、弃人伦、不忠不孝之罪人也。然自太虚中有今日之世界，自世界中有今日之人类，乃不得不有普通之道德，以为人类之法则。顺之者安，逆之者危；顺之者存，逆之者亡。于今日之人类中，吾固不能不认普通之道德之价值也。然所以有世界人生者，果有合理的根据欤？抑出于盲目的动作，而别无意义存乎其间欤？使世界人生之存在，而有合理的根据，则人生中所有普通之道德，谓之绝对的道德可也。然吾人从各方面观之，则世界人生之所以存在，实由吾人类之祖先一时之误谬。诗人之所悲歌，哲学者之所冥想，与夫古代诸国民之传说，若出一揆，若第二章所引《红楼梦》第一回之神话的解释，亦于无意识中暗示此理，较之《创世记》所述人类犯罪之历史，尤为有味者也。夫人之有生，既为鼻祖之误谬矣，则夫吾人之同胞，凡为此鼻祖之子孙者，苟有一人焉，未入解脱之域，则鼻祖之罪终无时而赎，而一时之误谬，反覆至数千万年而未有已也。则夫绝弃人伦如宝玉其人者，自普通之道德言之，固无所辞其不忠不孝之罪；若开天眼而观之，则彼固可谓干父之蛊者也。知祖父之误谬，而不忍反覆之以重其罪，顾得谓之不孝哉？然则宝玉"一子出家，七祖升天"之说，诚有见乎所谓孝者在此不在彼，非徒自辩护而已。

然则举世界之人类而尽人于解脱之域，则所谓宇宙者，不诚无物也欤？然有无之说，盖难言之矣，夫以人生之无常，而知识之不可恃，安知吾人之所谓"有"非所谓真有者乎？则自其反面言之，又安知吾人之所谓"无"非所谓真无者乎？即真无矣，而使吾人自空乏与满足、希望与恐怖之中出，而获永远息肩之所，不犹愈于世之所谓有者乎！然则吾人之畏无也，与小儿之畏暗黑何以异？自己解脱者观之，安知解脱之后，山川之美，日月之华，不有过于今日之世界者乎？读《飞鸟各投林》之曲，所谓"一片白茫茫大地真干净"者，有欤？无欤？吾人且勿问，但立乎今日之人生而观之，彼诚有味乎其言之也。

难者又曰：人苟无生，则宇宙间最可宝贵之美术不亦废欤？曰：美术之价值，对现在之世界人生而起者，非有绝对的价值也。其材料取诸人生，其理想亦视人生之缺陷逼仄，而趋于其反对之方面。如此之美术，唯于如此之世界、如此之人生中，始有价值耳。今设有人焉，自无始以来，无生死，无苦乐，无人世之挂碍，而唯有永远之知识，则吾人所宝为无上之美术，自彼视之，不过蛙鸣蝉噪而已。何则？美术上之理想，固彼之所固有，而其材料又彼之所未尝经验故也。又设有人焉，备尝人世之苦痛，而已入于解脱之域，则美术之于彼也，亦无价值。何则？美术之价值，存于使人离生活之欲，而入于纯粹之知识。彼既无生活之欲矣，而复进之以美术，是犹馈壮夫以药石。多见其不知量而已矣。然而超今日之世界人生以外者，于美术之存亡，固自可不必问也。

夫然，故世界之大宗教，如印度之婆罗门教及佛教、希伯来之基督教，皆以解脱为唯一之宗旨。哲学家说，如古代希腊之柏拉图，近世德意志之叔本华，其最高之理想亦存于解脱。殊如叔本华之说，由其深邃之知识论，伟大之形而上学出，一扫宗教之神话的面具，而易以名学之论法；其真挚之感情与巧妙之文字，又足以济之；故其说精密确实，非如古代之宗教及哲学说，徒属想像而已。然事不厌其求详，姑以生平可疑者商榷焉：夫由叔氏之哲学说，则一切人类及万物之根本，一也。故充叔氏拒绝意志之说，非一切人类及万物，各拒绝其生活之意志，则一人之意志，亦不可得而拒绝。何则？生活之意志之存于我者。不过其一最小部分，而其大部分之存于一切人类及万物者，皆与我之意志同。而此物我之差别，仅由于吾人知力之形式，故离此知力之形式而反其根本而观之，则一切人类及万物之意志，皆我之意志也。然则拒绝吾一人之意志而姝姝自悦曰解脱，是何异决蹄涔之水而注之沟壑，而曰天下皆得平土而居之者哉！佛之言曰："若不尽度众生，誓不成佛。"其言犹若有能之而不欲之意。然自吾人观之，此岂徒能之而不欲哉！将毋欲之而不能也。故如叔本华之言一人之解脱，而未言世界之解脱，实与其意志同一之说不能两立者也。叔氏于无意识中亦触此疑问，故于其《意志及观念之世界》之第四编之末，力护其说曰：

> 人之意志于男女之欲，其发现也为最著，故完全之贞操，乃拒绝意志即解脱之第一步也。夫自然中之法则，固自最确实者，使人人而行此格言，则人类之灭绝，自可立而待。至人类以降之动物，其解脱与坠落亦当视人类以为准，《吠陀》之经典曰："一切众生之待圣人，如饥儿之望慈父母也。"基督教中亦有此思想。珊列休斯于其《人持一切物归于上帝》之小诗中曰："嗟汝万物灵，有生皆爱汝。总总环汝旁，如儿索母乳。携之适天国，惟汝力是怙。"德意志之神秘学者马斯太哀赫德亦云："《约翰福音》云：予之离世界也，将引万物而与我俱，基督岂欺我哉！夫善人，固将持万物而归之上帝，即其所从出之本者也。今夫一切生物皆为人而造，又自相为用；牛羊之于水草，鱼之于水，鸟之于空气，野兽之于林莽，皆是也。一切生物皆上帝所造，以供善人之用，而善人携之以归上帝。"彼意盖谓人之所以有用动物之权利者，实以能救济之故也。
>
> 于佛教之经典中，亦说明此真理。方佛之尚为菩提萨埵也，自王宫逸出而入深林时，彼策其马而歌曰："汝久疲于生死兮，今将息此任载。负予躬以遐举兮，继今日而无再。苟彼岸其予达矣，予将徘徊以汝待。"（《佛国记》）此之谓也。

（英译《意志及观念之世界》第一册第四百九十二页）

然叔氏之说，徒引据经典，非有理论的根据也。试问释迦示寂以后，基督尸十字架以来，人类及万物之欲生奚若？其痛苦又奚若？吾知其不异于昔也。然则所谓持万物而归之上帝者，其尚有所待欤？抑徒沾沾自喜之说，而不能见诸实事者欤？果如后说，则释迦、基督自身之解脱与否，亦尚在不可知之数也。往者作一律曰：

生平颇忆挚卢敖，东过蓬莱浴海涛。

何处云中闻犬吠，至今湖畔尚乌号。
人间地狱真无间，死后泥洹枉自豪。
终古众生无度日，世尊只合老尘嚣。

何则？小宇宙之解脱，视大宇宙之解脱以为准故也。赫尔德曼人类涅槃之说，所以起而补叔氏之缺点者以此。要之，解脱之足以为伦理学上最高之理想与否，实存于解脱之可能与否。若夫普通之论难，则固如楚楚蜉蝣，不足以撼十围之大树也。

今使解脱之事终不可能，然一切伦理学上之理想，果皆可能也欤？今夫与此无生主义相反者，生生主义也。夫世界有限，而生人无穷；以无穷之人，生有限之世界，必有不得遂其生者矣。世界之内，有一人不得遂其生者，固生生主义之理想之所不许也。故由生生主义之理想，则欲使世界生活之量达于极大限，则人人生活之度，不得不达于极小限。盖度与量二者实为一精密之反比例，所谓最大多数之最大福祉者，亦仅归于伦理学者之梦想而已。夫以极大之生活量而居于极小之生活度，则生活之意志之拒绝也奚若？此生生主义与无生主义相同之点也。苟无此理想，则世界之内，弱之肉，强之食，一任诸天然之法则耳，奚以伦理为哉？然世人日言生生主义，而此理想之达于何时，则尚在不可知之数。要之，理想者可近而不可即，亦终古不过一理想而已矣。人知无生主义之理想之不可能，而自忘其主义之理想之何若，此则大不可解脱者也。

夫如是，则《红楼梦》之以解脱为理想者，果可菲薄也欤？夫以人生忧患之如彼，而劳苦之如此，苟有血气者，未有不渴慕救济者也，不求之于实行，犹将求之于美术。独《红楼梦》者，同时与吾人以二者之救济。人而自绝于救济则已耳；不然，则对此宇宙之大著述，宜如何企踵而欢迎之也！

第五章 馀 论

自我朝考证之学盛行，而读小说者亦以考证之眼读之，于是评《红楼梦》者纷然索此书之主人公之为谁，此又甚不可解者也。夫美术之所写者，非个人之性质，而人类全体之性质也。惟美术之特质，贵具体而不贵抽象。于是举人类全体之性质，置诸个人之名字之下。譬诸"副墨之子""洛诵之孙"，亦随吾人之所好名之而已。善于观物者，能就个人之事实而发见人类全体之性质；今对人类之全体而必规规焉求个人以实之，人之知力相越岂不远哉？故《红楼梦》之主人公，谓之贾宝玉可，谓之"子虚""乌有"先生可，即谓之纳兰容若可、谓之曹雪芹亦无不可也。

综观评此书者之说，约有二种：一谓述他人之事，一谓作者自写其生平也。第一说中，大抵以贾宝玉为即纳兰性德。其说要非无所本。案性德《饮水诗集·别意》六首之三曰：

独拥馀香冷不胜，残更数尽思腾腾。

>今宵便有随风梦,知在红楼第几层?

又《饮水词》中《于中好》一阕云:

>别绪如丝睡不成,那堪孤枕梦边城。因听紫塞三更雨,却忆红楼半夜灯。

又《减字木兰花》一阕咏新月云:

>莫教星替,守取团圆终必遂。此夜红楼,天上人间一样愁。

"红楼"之字凡三见,而云"梦红楼"者一。又其亡妇忌日作《金缕曲》一阕,其首三句云:

>此恨何时已!滴空阶、寒更雨歇,葬花天气。

"葬花"二字始出于此。然则《饮水集》与《红楼梦》之间稍有文字之关系,世人以宝玉为即纳兰侍卫者,殆由于此。然诗人与小说家之用语,其偶合者固不少;苟执此例以求《红楼梦》之主人公,吾恐其可以傅合者,断不止容若一人而已。若夫作者之姓名(遍考各书,未见曹雪芹何名)与作书之年月,其为读此书者所当知,似更比主人公之姓名为尤要。顾无一人为之考证者,此则大不可解者也。

至谓《红楼梦》一书为作者自道其生平者,其说本于此书第一回"竟不如我亲见亲闻的几个女子"一语。信如此说,则唐旦之《天国戏剧》可谓无独有偶者矣。然所谓亲见亲闻者,亦可自旁观者之口言之,未必躬为剧中之人物。如谓书中种种境遇、种种人物,非局中人不能道,则是《水浒传》之作者必为大盗,《三国演义》之作者必为兵家,此又大不然之说也。且此问题实与美术之渊源之问题相关系。如谓美术上之事,非局中人不能道,则其渊源必全存于经验而后可。夫美术之源,出于先天,抑由于经验,此西洋美学上至大之问题也。叔本华之论此问题也,最为透辟。兹援其说,以结此论。其言曰(此论本为绘画及雕刻发,然可通之于诗歌、小说):

>人类之美之产于自然中者,必由下文解释之:即意志于其客观化之最高级(人类)中,由自己之力与种种之情况而打胜下级(自然力)之抵抗,以占领其物力。且意志之发现于高等之阶级也,其形式必复杂:即以一树言之,乃无数之细胞合而成一系统者也。其阶级愈高,其结合愈复。人类之身体,乃最复杂之系统也:各部分各有一特别之生活,其对全体也,则为隶属,其互相对也则为同僚,互相调和,以为其全体之说明,不能增也,不能减也。能如此者,则谓之美。此自然中不得多见者也。顾美之于自然中如此,于美术中则何如?或有以美术家为模仿自然者。然彼苟无美之预想存于经验之前,则安从取自然中完全之物

而模仿之，又以之与不完全者相区别哉？且自然亦安得时时生一人焉，于其各部分皆完全无缺哉？或又谓美术家必先于人之肢体中，观美丽之各部分，而由之以构成美丽之全体。此又大愚不灵之说也。即令如此，彼又何自知美丽之在此部分而非彼部分哉？故美之知识，断非自经验的得之，即非后天的而常为先天的，即不然，亦必其一部分常为先天的也。吾人于观人类之美后始认其美；但在真正之美术家，其认识之也，极其明速之度，而其表出之也，胜乎自然之为。此由吾人之自身即意志，而于此所判断及发见者，乃意志于最高级之完全之客观化也。唯如是，吾人斯得有美之预想。而在真正之天才，于美之预想外，更伴以非常之巧力。彼于特别之物中。认全体之理念，遂解自然之嗫嚅之言语而代言之；即以自然所百计而不能产出之美，现之于绘画及雕刻中，而若语自然曰："此即汝之所欲言而不得者也。"苟有判断之能力者，心将应之曰："是。"唯如是，故希腊之天才能发见人类之美之形式，而永为万世雕刻家之模范。唯如是，故吾人对自然于特别之境遇中所偶然成功者而得认其美。此美之预想，乃自先天中所知者，即理想的也，比其现于美术也，则为实际的。何则？此与后天中所与之自然物相合故也。如此，美术家先天中有美之预想，而批评家于后天中认识之，此由美术家及批评家乃自然之自身之一部，而意志于此客观化者也。哀姆攀独克尔曰："同者唯同者知之。"故唯自然能知自然，唯自然能言自然，则美术家有自然之美之预想，固自不足怪也。

芝诺芬述苏格拉底之言曰："希腊人之发见人类之美之理想也，由于经验。即集合种种美丽之部分，而于此发见一膝，于彼发见一臂。"此大谬之说也。不幸而此说蔓延于诗歌中。即以狭斯丕尔言之，谓其戏剧中所描写之种种之人物，乃其一生之经验中所观察者，而极其全力以模写之者也。然诗人由人性之预想而作戏曲小说，与美术家之中美之预想而作绘画及雕刻无以异，唯两者于其创造之途中，必须有经验以为之补助。夫然，故其先天中所已知者，得唤起而入于明晰之意识，而后表出之事，乃可得而能也。

（叔氏《意志及观念之世界》第一册第二百八十五页至二百八十九页）

由此观之，则谓《红楼梦》中所有种种之人物、种种之境遇，必本于作者之经验，则雕刻与绘画家之写人之美也，必此取一膝、彼取一臂而后可。其是与非，不待知者能决矣。读者苟玩前数章之说，而知《红楼梦》之精神与其美学、伦理学上之价值，则此种议论自可不生。苟如美术之大有造于人生，而《红楼梦》自足为我国美术上之唯一大著述，则其作者之姓名与其著书之年月，固当为唯一考证之题目。而我国人之所聚讼者，乃不在此而在彼；此足以见吾国人之对此书之兴味之所在，自在彼而不在此也。故为破其惑如此。

（原载《教育世界》）1904 年第 8、第 9、第 10、第 12、第 13 期）

《沉沦》的评论

成仿吾

　　郁达夫的《沉沦》是新文学运动以来的第一部小说集。他不仅在出世的年月上是第一，他那种惊人的取材与大胆的描写，就是一年后的今天，也还不能不说是第一。他的价值是大家多已经知道的了，我也不须再说。我在这里只想把我对于《沉沦》的观察写写。

　　我们于读完一篇作品之后，回头来追究他所写的是什么的时候，有的一目便能了然，有的却也很不容易决定。譬如神秘的、象征的或讽刺的作品，每每甲看了这样说，乙看了却那样说。就一般的情节说起来，自然主义与写实主义的作品是很容易决定的，然而也不一定都是这样。

　　《沉沦》出世之后，有许多的人说他是描写灵肉冲突的作品，直到今天还没有听见人家说过什么别的意见。那么，他真是描写灵肉冲突的作品吗？我对于这一点，是很怀疑的。

　　假想灵与肉是两个独立的东西，那么，灵肉的冲突应当发生于灵的要求与肉的要求不能一致的时候。但《沉沦》于描写肉的要求之外，丝毫没有提及灵的要求，什么是灵的要求，也丝毫没有说及。所以如果我们把它当做描写灵与肉冲突的作品，那不过是把我们这世界里所谓灵的观念，与这作品的世界里面的肉的观念混在一处的结果，一篇作品自有它自己的世界；它有它自己的标准，有它自己的尺度。把另一世界的东西与它自己的混在一处思量，是犹如想把斤两换算为尺寸，不仅是徒劳而且未免太无意义了。

　　假想灵与肉不是两个独立的东西，假想灵的要求只能由肉的满足间接地得到满足的（在我个人的意思以为这是很可相信的一个见解）。那么，灵肉的冲突，应当发生于肉的满足过甚的时候；因为一方面满足的过甚，未有不引起他方面的痛苦的。然而《沉沦》的主人公，我们很知道他是因为肉的要求没有满足，天天在那里苦闷的。

　　固然我们的主人公，因为他的种种犯罪，时常后悔，也时常自责；然而这都不过是因为他的满足是不自然的，是变态的，决不是一方面那般热烈地要求着，他方面却又自己把他的要求否定了。因为既是自己全身心的要求，则这要求的满足，为超过一切关系的绝对的必要；如果有这种人——一方面把自己否定着，他方面却热烈地要求的人，他如不是一个懦夫，便是一个伪善者。我们的主人公不是懦夫，也不是伪善者。

　　所以《沉沦》这篇作品，是不是描写灵肉的冲突，差不多可以说是不成问题，我们既不可就已成的形式来分别作品，也不宜强他迁就，我们只是老老实实地用归纳的方法来研究的好。老实无论何时，都是最可靠的政策。

　　肉的要求在《沉沦》各篇里面，差不多是一种共同的色彩；但这个名称是对于灵的要求用的，现在我们既不要说及灵的要求，而我们的主人公的要求，却也不尽是肉的，不专是肉的，所以我想《沉沦》的主要色彩，可以用爱的要求或求爱的心 Liebe-beduerftiges Herz 来表示。

我们的主人公是对于爱的缺乏感觉最灵敏的。孤独的一生与枯槁的生活，也使爱的缺乏异常显明，也使他对于爱的要求异常强烈。他是一个"生的门脱列斯脱 Sentimentalist"，他的感情，不仅比我们平常的人强烈，是忍不住要发泄出来的。除此之外，他是社会生活的一个失败者，——至少他自己是这般想象；他以冷眼轻祝那些"浮薄的尘环，无情的男女"，他要"从那绝顶的高峰，笑看你终归何处"。"但是他的心里，却很羡慕那间壁的几个俗物"，他们有的是欢笑，有的是"温软的肉体"，倾我们的主人公的美好的心情与超等的学识，倾他所有的一切的总和，还换不到他们的生活的一片！我们的主人公时常准备着——并有很愿意地——把他所有的一切都倾了，都倾了来装一个对于他更有价值的更有意义的东西。

我们只看他说：

> 槁木的二十一岁！
> 死灰的二十一岁！
> 我真还不如变了矿物质的好，我大约没有开花的日子了。
> 知识我也不要，名誉我也不要，我只要一个能安慰我体谅我的"心"。一副白热的心肠！从这一副心肠里生出来的同情！从同情而来的爱情。
> 我所要求的就是爱情！
> 若有一个美人，能理解我的苦楚，她要我死，我也肯的。
> 若有一个妇人，无论她是美是丑，能真心真意的爱我，我也愿意为她死的。
> 我所要求的就是异性的爱情！

（《沉沦》十六—十七面）

肉的满足，我们的主人公也并不是绝对的没有：他每闻到"肉的香味"，就要"不知不觉把这气息深深的吸了一口"才肯舒服。然而从这一阵气味的压迫，恢复了他的意识的时候，他每觉得画虎不成，反得一犬，便早悟到"我所求的爱情，大约是求不到了"。这时候社会生活的失败，也如黑夜的行云，把它最后的希望的星光都遮蔽了，促他往那唯一的长途上去。

我们只看他说：

> "……我就在这里死了罢，我所求的爱情，大约是求不到了。没有爱情的生涯岂不同死灰一样么？唉，这干燥的生涯，这干燥的生涯。世上的人又都在那里仇视我，欺侮我，连我自家的亲弟兄，自家的手足，都在那里挤我出去到这世界外去。我将何以为生，我又何必生存在这多苦的世界呢！"

（《沉沦》七〇—七一面）

由以上所说的看起来，我们的主人公所以由这条没有用蔷薇花铺好的短路，那般匆匆弃甲曳兵而逃的，是因为他所要求的爱没有实现的可能，决不是为了什么灵肉冲突。他是以全部的热诚肯定他的要求的，他还鄙薄自己胆小，鄙薄自己是一个懦夫。只有不自然的满足与变态的欢娱，引起了他多大的恐怖与不少的后悔。

以上是专就《沉沦》一篇而言的。其余的两篇——《南迁》与《银灰色之死》——所现的也是同样的彩色。我这种观察，记得在东京时，曾与达夫谈过，达夫似也首肯。后来出这部书的时候，不知道怎么他自己在序文上又说是描写灵肉的冲突与性的要求。是故意装聋的呢？还是他自己作序当时真的是这般想？我可不知道。不过我这种观察，我想现在都还可以得他的同意的。

关于《沉沦》的艺术，我不想在这里多讲。不过它也有它的缺陷，却是的确的。譬如《沉沦》的结尾缺少气力，确是美玉的微瑕。除此之外 Wordsworth 的《孤寂的高原刈稻者》与歌德的《迷娘歌》都译得不甚好，《迷娘歌》的末句，是不可那般译出来的。《迷娘歌》本来不好译，我试了一下，也难得恰好，《孤寂的高原刈稻者》却把他译了出来，觉得比达夫的好一点，我现在抄在下面，希望达夫于四版时改正。

孤寂的高原刈稻者
看她，独在田陇里！
那孤独的高原的女孩儿！
看她刈着还歌着，一人独自；
为她止步，或轻一点儿！
她一人割下还把来捆了，
又歌起她的哀调；
听呀！这幽谷深深，
全充满了歌唱的清音。

谁能相告，她唱的什么？
她那朴质的清歌，
许是过去的劫磨
与酣战的前朝；
或是一些坊间的小曲，
现时的风俗？
也许是自然的痛苦与悲哀，
几回过了，今却重来！

圣诞节前日。

（原载《创造季刊》1923年2月1卷4期）

论冯文炳

沈从文

从"五四"以来，以清淡朴讷文字，原始的单纯，素描的美，支配了一时代一些人的文学趣味，直到现在还有不可动摇的势力，且俨然成一特殊风格的提倡者与拥护者，是周作人先生。

无论自己的小品，散文诗，介绍评论，通通把文字发展到"单纯的完全"中，彻底的把文字从藻饰空虚上转到实质言语来，那么非常切贴人类的情感，就是翻译日本小品文及古希腊故事，与其他弱小民族卑微文学，也仍然是用同样调子介绍给中国年青读者晤面。因为文体的美丽，最纯粹的散文，时代虽在向前，将仍然不会容易使世人忘却，而成为历史的一种原型，那是无疑的。

周先生在文体风格独特以外，还有所注意的是他那普遍趣味。在路旁小小池沼负手闲行，对萤火出神，为小孩子哭闹感到生命悦乐与纠纷，那种绅士有闲心情，完全为他人所无从企及。用平静的心，感受一切大千世界的动静，从为平常眼睛所疏忽处看出动静的美，用略见矜持的情感去接近这一切，在中国新兴文学十年来，作者所表现的僧侣模样领会世情的人格，无一个人有与周先生面目相似处。

但在文章方面，冯文炳君作品，所显现的趣味，是周先生的趣味。文体有相近处，原是极平常的事，无可多言。对周先生的嗜好，有所影响，成为冯文炳君的作品成立的原素，近于武断的估计或不至于十分错误的。用同样的眼，同样的心，周先生在一切纤细处生出惊讶的爱，冯文炳君也是在那爱悦情形下，却用自己一支笔，把这境界纤细的画出，成为创作了。

从创作积量上看，冯文炳君是正象吝惜到自己文字，仅只薄薄两本。不过在这两个小集中，所画出作者人格的轮廓，是较之于以多量生产从事于创作，多用恋爱故事的张资平先生，有同样显明的个性独在的。第一个集子名《竹林的故事》，民国十四年十月出版，第二个集子名《桃园》，十七年二月出版。两书皆附有周作人一点介绍文字，也曾说到"趣味一致"那一种话。另外为周作人所提到的那有"神光"的一篇《无题》，同最近在《骆驼草》上发表的《莫须有先生传》，没有结束，不见印出。

作者的作品，是充满了一切农村寂静的美。差不多每篇都可以看得到一个我们所熟悉的农民，在一个我们所生长的乡村，如我们同样生活过来的活到那地上。不但那农村少女动人清朗的笑声，那聪明的姿态，小小的一条河，一株孤零零的长在菜园一角的葵树，我们可以从作品中接近，就是那略带牛粪气味与略带稻草气味的乡村空气，也是仿佛把书拿来就可以嗅出的。

作者所显示的神奇，是静中的动，与平凡的人性的美。用淡淡文字，画出一切风物姿态轮廓,有时这手法在早年夭去的罗黑芷君有相近处。然而从日本文而受暗示的罗君风格,同时把日本文的琐碎也捏着不再放下了,至于冯文炳君,文字方面是又最能在节制中见出可以说是悭吝文字的习气的。

作者生长在湖北黄冈,所采取的背景也仍然是那类小乡村方面。譬如小溪河,破庙,塔,老人,小孩,这些那些,是不会在中国东部的江浙与北部的河北山东出现的。作者地方性的强,且显明的表现在作品人物的语言上。按照自己的习惯,使文字离去一切文法束缚与藻饰,使文字变成言语,作者在另一时为另一地方人,有过这样吓人的批评:

> 冯文炳……风格不同处在他的文字文法不通。有时故意把它弄得不完全,好处也就在此。

说这样话的批评家,是很可笑的,因为其中有使人惊讶的简单。其实一个生长在两湖、四川那一面的人,在冯文炳的作品中(尤其是对话言语),看得出作者对文字技巧是有特殊理解的。作者是"最能用文字记述言语"的一个人,同一时是无可与比肩并行的。

不过实在说来,作者因为作风把文字转到一个嘲弄意味中发展也很有过,如象在最近一个长篇中(《莫须有先生传》——《骆驼草》),把文字发展到不庄重的放肆情形下,是完全失败了的一个创作。在其他短篇也有过这种缺点。如在《桃园》第一篇第一页——

> 张太太现在算是"带来"了,——带来云者,……

八股式的反复,这样文体是作者的小疵,从这不庄重的文体,带来的趣味,使作者所给读者的影像是对于作品上的人物感到刻画缺少严肃的气氛。且暗示到对于作品上人物的嘲弄;这暗示,若不能从所描写的人格显出,却依赖到作者的文体,这成就是失败的成就。同样风格在鲁迅的《阿Q正传》与《孔乙己》上也有过同样情形,诙谐的难于自制,如《孔乙己》中之"多乎哉,不多也",其成因或为由于文言文以及文言文一时代所留给我们可嘲笑的机会太多,无意识的在这方面无从节制了。但作者在《莫须有先生传》上,则更充分运用了这"长"处,这样一来,作者把文体带到一个不值得提倡的方向上去,是"有意为之"了。趣味的恶化(或者这只是我个人的见解),作者方向的转变,或者与作者在北平的长时间生活不无关系。在现时,从北平所谓"北方文坛盟主"周作人、俞平伯等等散文糅杂文言文在文章中,努力使之在此等作品中趣味化,且从而非意识的或意识的感到写作的喜悦,这"趣味的相同",使冯文炳君以废名笔名发表了他的新作,在我觉得是可惜的。这趣味将使中国散文发展到较新情形中,却离了"朴素的美"越远,而同时所谓地方性,因此一来亦已完全失去,代替这作者过去优美文体显示一新型的只是畸形的姿态一事了。

创作原是自己的事,在一切形式上要求自由,在作者方面是应当缺少拘束的。但一个好的风格,使我们倾心神往机会较多,所以对于作者那崭新倾向,有些地方使人难于同意，是否适宜于作者创作，还可考虑。

如果我们读许钦文小说，所得的印象，是人物素描轮廓的鲜明，而欠缺却是在故事胚胎以外缺少一种补充——或者说一种近于废话而又是不可少的说明——那么冯文炳君是注意到这补充，且在这事上已尽过了力，虽因为吝惜文字，时时感到简单，也仍然见出作品的珠玉完全。

另一作者鲁彦，取材从农村卑微人物平凡生活里，有与冯文炳作品相同处，但因为感慨的气氛包围及作者甚深，生活的动摇影响及于作品的倾向，使鲁彦君的风格接近鲁迅，而另有成就，变成无慈悲的讽刺与愤怒，面目全异了。

《上元灯》的作者施蛰存君，在那本值得一读的小集中，属于农村几篇作品一支清丽温柔的笔，描写及其接触一切人物姿态声音，也与冯文炳君作品有相似处，惟使文字奢侈，致从作品中失去了亲切气味，而多幻想成分，具抒情诗美的交织，无牧歌动人的原始的单纯，是施蛰存君长处，而与冯文炳君各有所成就的一点。

把作者与现代中国作者风格并列，如一般所承认，最相称的一位，是本论作者自己。一则因为对农村观察相同，一则因背景地方风俗习惯也相同，然从同一方向中，用同一单纯的文体，素描风景画一样把文章写成，除去文体在另一时如人所说及"同是不讲文法的作者"外，结果是仍然在作品上显出分歧的。如把作品的一部并列，略举如下的篇章作例：

《桃园》（单行本）、《竹林故事》《火神庙和尚》《河上柳》（单篇）、《雨后》（单行本）、《夫妇》《会明》《龙朱》《我的教育》（单篇）。则冯文炳君所显示的是最小一片的完全，部分的细微雕刻，给农村写照，其基础，其作品显出的人格，是在各样题目下皆建筑到"平静"上面的。有一点忧郁，一点向知与未知的欲望，有对宇宙光色的眩目，有爱，有憎，——但日光下或黑夜，这些灵魂，仍然不会骚动，一切与自然谐和，非常宁静，缺少冲突。作者是诗人（诚如周作人所说），在作者笔下，一切皆由最纯粹农村散文诗形式下出现，作者文章所表现的性格，与作者所表现的人物性格，皆柔和具母性，作者特点在此。《雨后》作者倾向不同。同样去努力为仿佛我们世界以外那一个被人疏忽遗忘的世界加以详细的注解，使人有对于那另一世界憧憬以外的认识，冯文炳君只按照自己的兴味做了一部分所欢喜的事。使社会的每一面，每一棱，皆有一机会在作者笔下写出，是《雨后》作者的兴味与成就。用矜慎的笔，作深入的解剖，具强烈的爱憎有悲悯的情感。表现出农村及其他去我们都市生活较远的人物姿态与言语，粗糙的灵魂，单纯的情欲，以及在一切由生产关系下形成的苦乐，《雨后》作者在表现一方面言，似较冯文炳君为宽而且优。创作基础成于生活各面的认识，冯文炳君在这一点上，似乎永远与《雨后》作者异途了。在北平地方消磨了长年的教书的安定生活，有限制作者拘束于自己所习惯爱好的形式，故为周作人所称道的《无题》中所记琴子故事，风度的美，较之时间略早的一些创作，实在已就显出了不康健的病的纤细的美。至《莫须有先生传》，则情趣朦胧，呈露灰色，一种对作品人格烘托渲染的方法，讽刺与诙谐的文字奢侈僻异化，缺少凝目正视严肃的选择，有作者衰老厌世意识。此种作品，除却供个人写作的怪悦，以及二三同好者病的嗜好，在这工作意义上，不过是一种糟踏了作者精力的工作罢了。

时代的演变，国内混战的继续，维持在旧有生产关系下而存在的使人憧憬的世界，皆在为新的日子所消灭。农村所保持的和平静穆，在天灾人祸贫穷变乱中，慢慢的也全毁去了。使文学，在一个新的希望上努力，向健康发展，在不可知的完全中，各人创作，皆应成为未来光明的颂歌之一页，这是新兴文学所提出的一点主张。在这主张上，因为作者有成为某一种说明者的独占优势，而且在独占情形中，初期的幼稚作品，得到了不相称的批评者最大的估价，这样一来，文学的趣味自由主义，取反跃姿势。从另一特别方向而极端走去，在散文中有周作人、俞平伯等的写作，在诗歌中有戴望舒与于赓虞，在批评上，则有梁实秋对于曾孟朴之《鲁男子》曾有所称誉。又长虹君的作品，据闻也有查士元君在日文刊物上赞美的意见了。……一切一切，从初期文学革命的主张上，脱去了束缚，从写实主义幼稚的摒弃，到浪漫主义夸张的复活，又不仅是趣味的自由主义者所有的行为。在文学大众化的鼓吹者一方面，如《拓荒者》殷夫君的诗歌，是也采取了象征派的手法写他对于新的世界憧憬的。蒋光慈的创作，就极富于浪漫小说夸张的素质，与文字词藻的修饰。这反回运动，恰与欧洲讲新形式主义相应和，始终是浪漫主义文学同意者的郭沫若，及其他诸人，若果不为过去主张所限制，这新形式的提倡者，还恐怕是在他们手上要热闹起来，如过去其他趣味的提倡一样兴奋的。在这地方，冯文炳君过去的一些作品，以及作品中所写及的一切，算起来，要成为不应当忘去而已经忘去的中国典型生活的作品，这种事实在是当然的。

在冯文炳君作风上，具同意趋向，曾有所写作，年轻作者中，有王坟，李同愈，李明楸，李连萃四君。惟王坟有一集子，在真美善书店印行，其他三人，虽未甚知名，将来成就，似较前者为优。

七月二十一日

（原收《沫沫集》，上海大东书局 1934 年发行）

林语堂论

胡 风

中心思想

……我们晓得林氏初期的思想主要是西洋旧的民主主义底凌乱的反映。在当时，"一鼓作气"，还可以勉强对付下去，但没有"地盘"的海市蜃楼，怎经得起狂风一扫呢？"一生矛盾说不尽，心灵解剖迹糊涂"（《四十自叙》，《论语》第四九期）。心境"冲淡"了，矛盾扩大了，渐渐换成了现在这一副"新"的面目，在某种意义上多多少少是走近或走进了国粹主义的阵线，林氏也似乎要碰着这个一切"败北者"的共同运命。

然而，我并不是说林氏已经成了一个"无思想"的存在，这样看不但要得罪林氏，被骂为"浅薄"，而且也不明白林氏的发展，不能解释林氏的现状。虽然没有系统也没有丰富地发挥，虽然他初期并没有明白地提出过，但我以为林氏是有他的中心哲学的。都概括了他的过去，那也说明着他的现在。

这个中心哲学，就是意大利克罗齐教授的美学思想。

现在还是请林氏自己来说明罢：

> ……他认为世界一切美术，都是表现，而表现能力，为一切美术的标准，这个根本思想，常要把一切属于纪律范围桎梏性灵的东西，毁弃无遗，处处应用起来，都发生莫大影响，与传统思想冲突。其在文学，可以推翻一切文章作法骗人的老调，其在修醉，可以整个否认其存在，其在诗文，可以危及诗律体裁的束缚，其在伦理，可以推翻一切形式上的假道德，整个否认其"伦理的"意义。因为文章美术的美恶，都要凭其各个表现的能力而定。凡能表现作者意义的都是"好"是"善"，反之就是"坏"是"恶"。去表现成功，无所谓"美"，去表现失败，无所谓"丑"。即使聋哑，能以其神情达意，也自成为一种表现，也自成为一种美学的动作。……
>
> （《旧文法之推翻与新文法之建造》，《大荒集》八三—八四页）

这个美学思想表现在文学批评上是斯宾加恩的表现主义的批评，也就是"创造与批评本质相同"的创造的批评：

> 斯宾加恩所代表的是表现主义批评，就文论文，不加以任何外来的标准纪

律,也不拿他与性质宗旨、作者目的及发生时地皆不同的他种艺术作品作平衡的比较。这是根本承认各作品有活的个性,只问他于自身所要表现的目的达否,其余尽与艺术之了解无关。艺术只是在某作家具某种艺术宗旨的一种心境的表现——不但文章如此,图画、雕刻、音乐,甚至于一言一笑、一举一动、一唧一哼、一啐一吓、一度秋波、一弯锁眉,都是一种表现。这种随地随人不同的、活的、有个性的表现,叫我们如何拿什么规矩准绳来给他衡量……。

(《新的文评序言》《大荒集》九二页)

表现派所以能打破一切桎梏,推翻一切典型,因为表现派认为文章(及一切美术作品)不能脱离个性,只是个性自然不可抑制的表现。个性既然不能强同,千古不易的抽象典型,也就无从成立。……

我们须明白一切的作品,是由个性表现出来的,少了个性千变万化的冲动,是不会有美术的,这千变万化的个性的冲动,是无从纳入什么正宗轨范,及无从在美学上(非实际上)分门别类的。我们知道自古文人无行,我们也应知道文人的言行与文人的词意,只是同一个性的表现。……

(同上,九四——九五页)

对于这种个性至上主义,对于这个由"艺术是表现"到"一切的表现都是艺术"的美学思想,林氏是佩服得五体投地了的。为了证明这也是我们所失掉了的"古人之精神",林氏从历史上找来文评家王充、刘勰、袁中郎、章学诚诸人,尤其是袁中郎的论诗,如果"再进一步","便是一篇纯粹的克罗齐表现派的见解了"。

这个很美丽的思想,虽然把林氏初期的没有骨骼的自由主义(旧的民主主义)和现在的想"叫国人取一个比较自然活泼的人生观"(《方巾气研究》,《自由谈》)的幽默,"宇宙之大,苍蝇之微"(《发刊人间世意见书》,《我的话》一一九页)的小品贯穿起来了,然而,初期的那一点向社会的肯定"民众"的热情早已跑得无影无踪,"轰轰烈烈非贯彻其主义不可"的"性之改造"终于变成了抽象的"个性",抽象的"表现",抽象的"性灵",在我们这些从饿里求生、死里求生的芸芸众生中间昂然阔步。这个在"打破一切桎梏"的意义上,本应该有相当的积极作用的思想,为什么现在却显得这样寒伧呢?在这里,虽然我们没有机会来批评克罗齐底整个思想体系,但对于林氏简单地介绍了过来的内容,却不能不加以"方巾气"的凝视。

中心思想的真相

首先是"个性"问题。在市民社民的地盘上开了花的文艺复兴,就是"个性"觉醒史的第一页。然而,并不是"单轨头脑"(林氏语)的捏造,如果没有一定的基础,这个个性也就无从被发现;实际上,这个个性原不过是一部分人的个性而已。那以后几个世纪的历史上的波澜,虽然是万花缭乱的思想的冲击,但历史写明了那些思想都各各有一定的社会的河床。林氏(或者说克罗齐氏)的个性至上主义,作为对于几千年来愚民的封建僵尸的否定,原应该是一副英气勃勃的风貌,但可惜的是,在这个大地上咆哮着的已经不是"五四"的狂风暴雨了。我们并不是不神往于他所追求的"千变万化"的个性,而是觉得,他的"个性"既没有一定的社会的土壤,又不受一定的社会限制,渺渺茫茫,从屈原到袁中郎都没有分别。追根到底,如果不把这个社会当作"桃花源"世界就会连接到"英雄主义"的幻梦,使那些在德、意等国扯起了大旗的先生们认为知己。林氏忘记了文艺复兴中觉醒了的个性,现在已经成了妨碍别的个性发展的存在;林氏以为他的批判者是"必欲天下人之耳目同一副面孔,天下人之思想同一副模样,而后称快"(《说大足》,《人间世》第十三期),而忘记了在食不果腹、衣不蔽体的人们中间赞美个性是怎样一个绝大的"幽默",忘记了大多数人的个性之多样的发展,只有在争得了一定的前提条件以后。问题是,我们不懂林氏何以会在这个血腥的社会里面,找出了来路不明的到处通用的超然的"个性"。

以这种个性观为土台的艺术观,就以为艺术"只是个性自然不可抑制的表现","只是在某时某地某作家具某艺术宗旨的一种心境的表现"。在这里,问题不是在于它毁弃了"一切属于纪律范围桎梏性灵的东西",这原是这个艺术观应该被积极评价的一面,我们要和林氏纵谈的是这个"表现"的神秘性的问题。第一,他所说的"个性""心境",完全是"行空"的"天马",不带人间烟火气;因为他在这里所说的"某时某地"的条件,并不是想给这个"个性"以客观的限制,而是指的"艺术只是个性在某时某地的返照"(《新的文评序言》,《大荒集》九四页),加强地说明了这个"千变万化"的"个性"的神秘而已。他一脚踢开了"一切属于纪律范围桎梏性灵的东西"以后,接着就心造了一个万古常流的"个性","奉为文学之神,把艺术家的眼睛从人间转向了自己的心里。于是艺术作品就不是滔滔的生活河流里的真实,通过作家的体识作用的反映,而是一种非社会性的"个性"或"心境"的"表现"或"反照"了。第二,这样的艺术观虽然能够毁弃一切的"抽象典型""正宗规范""分门别类",但同时也就失掉了评价的基础。"去表现成功,无所谓美,去表现失败,无所谓丑";这个"成功"或"失败"的目标既无从捉摸,而所表现的又是所谓两脚悬空的作者的"意义"或"心境"。这就否定了艺术底社会的内容和机能,同科学的美学无缘,一直回到克罗齐成老师黑格尔以前的时代去了。"即使聋哑,能以其神情达意,也自成为一种表现,也自成为一种美学的动作",这种"以万物为刍狗"的艺术心境,到底不是我们生在地上的"凡夫竖子"所能理解的。说句笑话,昔日尼罗皇帝对着罗马的大火奏乐唱诗的伟景,在林氏看来也该是一个"成功"的"表现"罢。

这样地成了个性拜物教徒和文学上的泛神论者的林氏,同时爱上了权力意志的尼采和地主庄园诗人袁中郎,是毫不足怪的。

由这我们可以明白,这虽是素朴的民主主义(德谟克拉西)的发展,但已经丢掉了向社会的一面,成了独往独来的东西了。但也因为有这个畸形的发展才医治了林氏的"麻木与顽硬",使他拂去了"太平人的寂寞与悲哀",把那些煞风景的动乱现象赶到了门外或者说闷在心头,在坦荡的路上进行医治中国人"心灵根本不健全"(《方巾气研究》)的绝症。

以下,我想从他的实践工作看一看那效果是不是证实了他的宏愿。

(一)"幽默"

第一实践是"幽默"。关于这,他虽有种种的研究,如"孔子的幽默","陶潜的幽默","阳性的幽默","阴性的幽默"等,但在这里我想引用一段可爱的述怀:

> ……东方曼倩对萨天师说:
>
> 萨天师!慈悲长老!你可以下临这冥顽之邦,俳优之朝。在这廷上,聪明人只能作俳优,也只有俳优是聪明人。我诚实告诉你,我已发明这城中聪明之用处,就是装胡涂!
>
> 你只知道噤口之聪明,你却不知饶舌之狡慧。
> ……
>
> 萨天师,老实告诉你,我依隐玩世,诽谑人间,也已乏了。我欣幸你来,因为我在饶舌之中,感觉寂寞,在絮絮之中,常起寒栗。我遨游乎孤魂之间,看那些孤魂在梦中做扒手,互相偷窃。
>
> 我欣幸你来,因为对他们,我常戴着俳优的假面具,我为他们学会傻笑的艺术。我凭信这只傻笑面具,同他们往来。
>
> 我傻笑,你傻笑,他傻笑,我们傻笑,你们傻笑,他们傻笑。这是他们的文法。
>
> 今天我正在傻笑,昨日我已经傻笑,明早我将要傻笑。这是他们动词的变化。
>
> 但是他们的傻笑,非我的傻笑,他们的哈哈,也不同于我的哈哈。他们莫明我的嘻声,也莫知我露齿狞笑的高深。
>
> 因为我的狞笑是象焚毁城市的火灾,非象开花哔剥的银烛,供闺秀的赏玩;是象夏日之酷烈,不象冬日之和暖。我不使他们听我的笑声而舒服。
>
> 因为我的笑声是暴烈的,如火燎原的。我的笑容是魑魅的,使他们的主教蹙额,他们的绅士痛心。……
>
> (《萨天师与东方朔》,《大荒集》一六七——一六八页)

这是一段好文章,使我们嗅到了和《剪拂集·序文》同样严肃的气味,用来注释"笑中有泪,泪中有笑"的名句,比他所引用的麦烈蒂斯的话还要透彻多了。这种非正面的社会的关心或批评,不用说并不是不能得到高的评价的。

固然,这里没有理论的认识,但我们却正被包围在层层的就是没有什么理论也会忍受不住的现象里面,如果略略嗤之以鼻,就会使人恍然大悟。也找不出什么直接的对立,但它却能截破一些作为的幻影,酿出一种使人仿佛地感到并非太平的空气。这样的"饶舌"才是"狡慧",也就是"倘不死绝,肚子里总还有半口闷气,要借着笑的幌子,哈哈的吐他出来"的意思。只有在这个解释上,林氏想用"幽默"来养成"比较活泼自然的人生观"的愿望才能取得脚踏实地的意义。

然而同时也不能不受一定的限制。第一是,如果离开了"社会的关心",无论是傻笑冷笑以至什么会心的微笑,都会转移人们的注意中心,变成某种心理的或生理的愉快。"为笑笑而笑笑"要被"礼拜六派"认作后生可畏的"弟弟"。第二是,就是真正的幽默罢,但那地盘也是非常小的。子弹呼呼叫的地方的人们无暇幽默,赤地千里流离失所的人们无暇幽默,彳亍在街头巷尾的失业的人们也无暇幽默。他们无暇来谈谈心灵健全不健全的问题。世态如此凄惶,不肯多给我们一点幽默的余裕,未始不是林氏的"不幸"罢。

根据这点"方巾气"的见解,我以为林氏的幽默成绩,似乎并不能够证实他的愿望。我并不是以为他得的尽是负数,但正负相销的刊用,应该在林氏的心上留下了一个不小的疑问符号。

《论语》里面的笑话,语录体,闲适的随笔等,大家多少是知道的,我想用不着在这里多举例子。林氏自己就向我们作了很好的说明:

……信手拈来,政治亦谈,西装亦谈,再启亦谈,甚至牙刷亦谈,颇有走入牛角尖之势,真是微乎其微,去经世文章远矣。所自奇者,心头因此轻松许多,想至少这牛角尖是自己的世界,未必有人要来统制,遂亦安之。孔子曰:汝安则为之。我既安矣,故欲据牛角尖负隅以终身。

(《我的话》序)

"轻松"了,这说明了什么呢?说明了他已经感受不到了什么重压,他的笑声已经失去了"暴烈的"气息。

但林氏所说的"牛角尖"其实就是一个小小的世界。否则他是不会发生"负隅以终身"的热意的。他站在中央,在他周围站着成群的知书识理的读者,有的面孔苍白,有的肚满肠肥,有的"满身书香",各各从林氏那里分得了"轻松",发泄了由现实生活得来的或浓或淡的不快或苦闷,安慰了不满于现实生活而又不愿不安于现实生活的"良心"。

(二) 小品文

第二实践是"小品文"。

关于林氏的"以自我为中心,以闲适为格调"的小品文,在那一次由《人间世》引起的论战里差不多得到了明确的认识,没有重复的必要;在这里我想指出的是他的"小品文"观的来源和实践意义。

这当然也是从他的个性至上主义的艺术观来的,但直接地使他的意见形成了的是明人小品尤其是袁中郎的影响。袁中郎的陶情冶性的人生态度恰好和他的由社会退向内心的要求投合了。所以他的"自我"是上接着封建才人的"自我",他的"闲适"是多少和庄园生活的"闲游"保有相通的血统的。

事实上,他的以及《人间世》里面一部分的小品文,在形式上已经承袭了"语录体",和文言订下了"互惠条约",在内容上渐渐走进了士大夫的闲居情趣(林氏在《四十自叙》里面说"尚喜未沦士大夫",正是从疑惧中发出的警戒语),身边琐事,以至怀古的幽思。文学上的这个反常的现象,和现实社会的逆潮互相照应,甚至那些被"五四"文学革命运动轰散了的鬼魅,也改头换面地获得了市民资格。

虽然林氏为的是医治中国人"心灵根本不健全"的绝症,但我担心他也许会得到延长甚至加强"亚西亚的麻木"这个完全相反的结果。

(三)"寄沉痛于幽闲"

然而,还在慨叹"德谟克拉西倒霉"(《说大足》)的林氏,对于这样的估计要觉得出于意外而且不肯同意的罢。他还留着有一句钢样强的金言:"寄沉痛于幽闲。"(周作人《诗读法》)

这句话的"真义"是不大容易了解的,我曾在周作人氏的说话中找出了它的注释:

> ……戈尔登堡批评蔼理斯说,在他里面有一个叛徒与一个隐士,这句话说得最妙:并不是我想援蔼理斯以自重,我希望在我的趣味之文里也还有叛徒活着。……(《泽泻集》序)

这虽是一个最古典的说法,明白不过,但可惜的是,在现在的尘世里却找不出这样的客观存在。蔼理斯的时代已经过去了,末世的我们已经发见不出来逃避了现实而又对现实有积极作用的道路。就现在的周作人氏说罢,要叫"凡夫竖子"的我们在他里面找出在真实意义上的"叛徒"来,就是一个天大的难题。

曾经有一个青年向林氏提出质问:"沉痛"怎么"寄"于"幽闲"呢?这当然是一个"浅薄"的质问,然而却是一个致命的质问!我很担心林氏能不能作出一个有自信的回答来。

为了解除这个疑团,我还冒昧地探访过林氏的世界,在《言志篇》(《我的话》一三〇——一三三页)里他给了我们一个详细的描写:

> 我要一间自己的书房,可以安心工作。……天罗板下,最好挂一盏佛庙的长明灯,入其室,稍有油烟气味,此外又有烟味、书味,及各种不甚了了的房味。最好是沙发上置一小书架,横陈各种书籍,可以随意翻读。……西洋新书可与《野叟曝言》杂陈,《孟德斯鸠》可与《福耳摩斯》小说并列。不要时髦书,马克思、艾略特、詹姆斯、乔哀斯等

我要几套不是名士派但亦不甚时髦的长褂，及两双称脚的旧鞋子。……我要我的佣人随意自然，如我随意自然一样，我冬天一个暖炉，夏天要一个浇水浴房。

　　我要一个可以依然故我不必拘牵的家庭。我要在楼下工作时，听见楼上妻子言笑的声音，而在楼上工作时，听见楼下妻子言笑的声音。我要未失赤子之心的儿女，能同我在雨中追跑，能象我一样地浇水浴。我要一块小园地，不要布遍铺绿草，只要有泥土，可让小孩搬砖弄瓦，浇花种菜，喂几只家禽。我要在清晨时闻见雄鸡喔喔的声音。我要在房宅附近有参天的乔木。

　　我要几位知心友，不必拘守成法，肯向我尽情吐露他们的苦衷。说起话来，无拘无碍，柏拉图与《品花鉴》念得一样烂熟。……

　　我要一位能做好清汤，善烧青菜的好厨子。我要一位很老的老仆，非常佩服我，但是也不甚了了我所做的是什么文章。

　　我要一套好藏书，几本明人小品，壁上一帧李香君画像让我供奉，案头一盒雪茄，家中一位了解我的个性的夫人，能让我自由做我的工作。……

　　我要院中几棵竹树，几棵梅花。……

这是林氏所憧憬的世界，一个比"桃花源"还好的理想的"幽闲"世界，然而，就是把"千里眼"先生请来，能在这个世界里面找出一点点"沉痛"的踪迹么？

　　所以，林氏的"个性"或"自我"，是作为浸透这个现实社会的限制的力量呢，还是作为自己沉醉自己满足的主体？他的"幽默"是"泪中的笑"呢，还是象某期《论语》引来作题辞的"人生在世是为何？还不是有时笑笑人家，有时给人家笑笑"所说的一样，它已由对社会的否定走到了对人生的否定，因而客观上也就是对于这个世界的肯定呢？对于他的业绩的评价，是不能不被这个关系决定的。

　　我们当然不愿意林氏染上什么俗不可耐的"方巾气"，但如果有一天他居然感到了"沉痛"与"幽闲"之间的矛盾，那就是一个非常可喜的消息。

　　……别说下去！你的话及你的人种早已使我讨厌。

　　你为什么自居于沼泽，使得你自己变成蟾蜍，虾蟆？你血管里不是已经流着秽染起沫的蟾蜍血，所以你能这样蛙声阁阁地叫？

　　为什么你不逃入林里？为什么不去种田？这海中不是有许多绿岛吗？

　　我轻视你的轻视；你警告我时——为什么不自下警告。

　　……

　　我讨厌这大城，不但是讨厌这呆汉。你看城里各处——也无可改良，也无可改良。

　　这大城有祸！——而且我愿意马上看烧灭他的火柱！因为日中以前，必先有这种火柱出现。但是这些都有他预定的命运及时期！

虽然如此，呆汉，我临行时赠你一句格言：谁不能往下爱一个地方，只有——走过去！

(《尼采论"走过去"》，《剪拂类》一三五——一三六页)

林氏是不会走过去的。因为，虽然我们希望然而还不晓得他什么时候会爱上这个"大城"，但他现在却几乎是狂热地爱上了袁中郎和他的读者！

(原载《文艺笔谈》1936年4月)

张天翼论

胡 风

"新人"

天翼的处女作《三天半的梦》在一九二九年出现，使读者嗅到了一种新鲜的气息，接着一九三〇年发表了《从空虚到充实》，一九三一年发表了《二十一个》以后，就受到了文坛的注意，被承认为："新人"——新的作家了。

当时对于他的批评里面，有过这样的意见：

> ……他要探求新的形式，同时要丢弃旧形式的影响。我们所谓旧形式，就是伤感主义，个人主义，颓废气氛，甚至于理想主义烧成一炉的浪漫主义的形式；不是观照而是表现，不是观察而是体验的形式；不算结构而重灵感，不重客观而重主观的形式。

（李易水：《新人张天翼的作品》）

在这里，用语的混乱甚至论旨的颠倒，我们用不着讨论，我想借这来证明的是，天翼给与当时文坛的是一个"新"的印象。对于这个"新"的印象的根源，论者所要说明而没有明确地说出的，或者说，他所要把捉而没有把捉到的到底是什么，由于时间的滤清和天翼本人的创作特点的扩大，对于现在的我们却是比较容易理解的了。

由写成处女作《三天半的梦》的一九二八年到受到了读者的注意的一九三一年，是由"五四"运动开拓出来的文学传统不得不经验了新的发展，也就是不得不开始在本质上发生了变化的时期。当然，这一发展或变化是有广大的社会需要作为它的母胎的，在这里没有详细分析的余裕，应该说明的是，在文学上，这个社会需要大部分是通过进步的而且大多数却只是在特定的意义上是进步的知识人的气质表现出来的。

这些知识人，经过了一次大潮的震荡或冲洗，变得比较老练，消失了多油的情热，学得了一些经验，带来了一些习惯，对于平凡丑恶的人生他们自以为非常明白，但同时又多少感到了一点疲乏，对自己不满而又替自己原谅，因而对于未来的风云很少有"过分"的热力或忘我的突进。这，一方面说来是素朴的唯物主义观点，另一方面说来是情热薄弱的观照态度。这样的气质要在文学上找到表现，和既成的文学潮流之间就不得不发生了参差。

第一是所谓"现实主义"的文学。对于"未来"的模糊怀疑或不安，当然要引起他们的反感，用感叹的情调和沉重的笔触来抚摩灰色的人生，更不能和他们投合；

批判地承继这个传统，在当时的他们是没有这样的耐心也没有这样的理解的。

第二是浪漫主义的文学。自我中心的狂热，恋爱的火花，一切使现实生活美化的梦境或理想主义的弹唱，对于"曾经沧海"的他们不过是人造的鲜花或灰色商店里的招徕顾客的吹打，顶多也只是小儿式的美梦而已。至于和浪漫主义同胎的颓废的潮流，对于他们当更为遥远了。

在既成的文学潮流里面既然找不到表现，但另一方面，对于作为既成文学的反拨的标语口号文学，想观念地代表那一社会需要、满足那一社会需要的文学，也感到了貌合神离：不能对于现实生活显示出平易敏锐的感应的那种空空洞洞的响声，实际上是和知识人的某种偏向互相姻缘的那种响声，在已经不能只是凭"一股热气"推动的他们听来，那刺激性或诱惑力是非常薄弱的。

当广大的进步的知识人的气质在文学上这样地找不着表现的时候，而且当那时的社会需要在某一程度上是和这种气质相一致的时候，天翼就带着一副"新"的面貌出现了。

那新的面貌是什么呢？

个人主义的虚张声势没有了；

使人厌倦的感伤主义由平易的达观气概代替了；

"恋爱与革命"的老调子摆脱了；

理想主义的气息消散了；

道德的纠纷被丢开了；

人工制造的"热情"没有影子了。

在他的作品里面能够看到的是——

知识人的矛盾，虚伪，动摇和绝路中的生路（《三天半的梦》《报复》《从空虚到充实》《三弟兄》）；

知识人在"神圣恋爱"里面现出的丑相（《报复》）；

殉教者的侧影（《从空虚到充实》）；

大众的硬朗而单纯的面貌（《搬家后》《三老爷与桂生》《二十一个》）等。

他所抛弃的正是当时进步的知识人所厌恶的，他所取来的主题正是他们所看到的，所自以为理解的，再加上他的运用口语，创造活泼简明的形式以及诙谐的才能，他之所以给与了当时的文坛一个鲜明的"新"的印象，不是并非意外的么？在初期的这些作品里面我们能够明了地看到，在对比上作者最用力的描写是那些否定人物的生活，当他的笔尖移到他们的出路问题或和他们相反的人物的时候，就只是露出了一种似乎隔着一定距离的"羡慕"或"好意"。他带着一副"都不过如此，都应该如此"的神气，把这些跳跃地简明地写了出来。我想，对于当时"进步的"知识人的气质，没有比这些作品更能够省力地投合了。

所以，如果我们考察天翼的作品是怎样地受到了读者的欢迎，就不应该忘记了当时新生的文学要求在创作实践上找不到具体表现的苦闷，更不应该忘记了那要求是在所谓进步的知识人的气质里面经过了曲折作用。

那以来的数年间,天翼已由"新人"转成了最时行的作家之一。虽然在本质上那以后他没有开拓新的主题,但那些主题的多面的发展和诙谐才能的熟用,使他一天一天地扩大了读者社会。因为,现实社会的发展在文化生活里面也提高了认识的水准,原来欢迎了他的所谓进步知识人的对于生活的看法,理解或气质,渐渐地普遍化一般化,能够在他的作品的进步的要素里得到感应的读者当然一天一天地加多了。但也正是因了这个同样的原因,对于在现实生活里面得到了更新的经验,受到了更强的磨练,想在文学里面满足更大的贪欲的读者们,作家天翼的印象就已经失去了"新"的光芒,成了用不着握手凝视也可以认识的看熟了的面孔了。

小康者群的灰败世界

对于他的作品的具体玩味,也许可以使这点意见得到说明罢。

首先,作家的进步的意识使他不得不告发了现实生活的虚伪,可笑,矛盾。……他是从"小康之家"(借用他自己的用语)里出来的,进过大学,在中流社会里谋生。他最熟悉的是这一社会层的人们,恐怕他最看不起的最讨厌的也是这一类的人们。抒情气味很重而且带了很浓厚的自我批判精神的处女作《三天半的梦》和初期被人注意的《从空虚到充实》,对于摩登化了的小康者们就投下了很轻蔑的一瞥。愈写下去他的笔锋就愈不能离开这一社会层的各种脸相,对于他们的描画差不多成了他的第一义的而且是常用的主题。

他捉来的这一类英雄非常多,真有五颜六色之概,但比较重要的脚色我们可以分成三组。

第一类是在生活的矛盾里面显得非常软弱的人物(在处女作《三天半的梦》里面就有过这样的话:"人身上一定有生理学家所未发现的一种神经,叫做矛盾神经"),或者是厌恶了现成的生活而又不能够摆脱掉,或者是走近了合理的生活而又不能够把牢。在瞻前顾后的这种矛盾中间,有的彷徨苦闷,有的突进而受伤,有的沉落毁掉,有的陷进泥沼里面绝望地伸着两手。……《三天半的梦》里的"我",《从空虚到充实》里的荆野,《三弟兄》里的龚任天,《猪肠子的悲哀》里的猪肠子,《梦》里的卢俊义,以至《移行》里的桑华,《一九二四——三四》里的"某君"……都是的。

一个徘徊在"自由"和"家庭"之间的人物说了:

……凭良心说,我的所谓家里比较地有趣味。我在家的时候,所谓家庭同是显得很融洽。

伙计,我想到了。为了人道,我是应当安慰他们。他们的欲望并不大,他们的全部的要求,只不过是他儿子给予的安慰。……

…………

要不是做爷娘的太爱我们了,我们定得轻松得多,而且完全自由了。如今他们却造了一所感情的监狱，拘禁着我们。但在我个人是不会被禁的，至多为了怜悯他们之故，跑去敷衍一下而已——我说敷衍！现在我们的身子却有一半不是自己的，伙计，我们还应该履行我们那句话：赎出我们的身子。出一点相当的代价，买回自由。我可不像你那样，"啊，感情是无从拿东西赎的"，我的，只要他们安闲，便可以卸我的所谓责任：他们有儿女还不如没有儿女轻松哩。我说。

(《三天半的梦》一六——一七页)

他把那父母由他的"敷衍"得来的高兴化作"战败者忽然得到了胜利者的同情时"的表情。其实，既承认了自己的身子"有一半不是自己的"，那不就明明白白的是"俘虏"了么？他所自拟的"胜利者"的地位在这里不用说是要成为问题的罢。

然而，这"纯洁的"感情问题当然不会是简单的东西，作者在这里所吐露的同情这以后就完全消失了。掀开假面以后就露出了本相：所谓矛盾其实不过是认识的错乱，名誉，地位，利欲等在发生作用而已（《从空虚到充实》《三弟兄》《梦》）。等到在那里面找出了慢性自杀的污秽的享用（《猪肠子的悲哀》《移行》），和自骗骗人的夸大卑怯（《一九二四——三四》），作者的嘲笑就达到了刻毒或不留情面的极致了。

第二类的人物是在恋爱把戏里面现出了使人难堪的虚伪，凡庸，可笑。……如《报复》里的黄先生和卜小姐，《稀松的恋爱故事》的罗缪和朱列，《找寻刺激的人》里的江震文学士，《温柔制造者》里的老柏……

在《稀松的恋爱故事》里面，当男女主人两个月后恋爱"成功"了的时候，作者替他们算了一笔账：

猪股癞糖一百三十四盒；
甜酒两打又三瓶；
逛公园每周二次；
看电影每周四次；
Picnic 六十六次；
抒情诗六十九首；
上馆子二百余次（详见他俩的日记）；
余从略。
共计用银一千五百余元，
费时一万二千三百八十四小时。

(《小彼得》一〇五——一〇六页)

这当然是作者最爱用的夸张的讽刺。然而，就是当他的人物为恋爱而流泪或"心脏酸痛"的时候（《报复》《找寻刺激的人》《温柔制造者》），也并不是作者在那里面有了什么肯定的发现，不过是用来更鲜明地映出他们的虚伪、可笑、凡庸而已。

由他看来，这些脚色的恋爱是比屋檐上的猫叫，大路上的狗咬还不如的，因为它们并没有这么浓厚的"买卖"色彩。

第三类是拼命"往上爬"的人物。

《三弟兄》里的一个人物（叔瑜）下了这样的批判：

"你不信么，虽然现在这些人没有整个没落，但社会现状的不安定，已经开始局部地没落了。"

"这些人都是往上爬，就是小鬼头也灌输给他们那些往上爬的教育，从小时候便给他们打扮得绅士模样。"

"这种人很多的；本来是有产者，但已经没落了，譬如任家里的店，比如许多人的田产。"

"……这种人是没落了，但还是舍不得过去的生活，于是就悲剧来了。复三是这一类。"

"我告诉你，没落了的地主自然没有产了，但他还追求从前的那个，那就想爬，但是爬不上，有些是爬上又掉下来。一方面他要摆一点上流人的架子，像复三，他决不肯把长衫脱下的，脱下长衫便成了所谓下流人了，他是绅士，怎么肯。"

《一年》里的另一个人物（卫复圭）也同样地说到了那些"向上爬"者和他们会得到的"悲剧"。

在天翼的作品里面，似乎这类人物的数目最大：《皮带》里的柄生先生，《宿命论与算命论》里的舒同志，《一年》里的白慕易、梁福轩，《包氏父子》里的老包，《我的太太》里的"我"，《直线系》里的敬太爷……他们最大的愿望是"爬上去"，他们"舍不得过去的生活"，"想恢复旧有规模"。碰了壁受了辱也还是要"爬上去"，穷途无路了也还是要"爬上去"，饿着肚子也还是忘不掉他的"身份"，他们可以跪在皮带前面痛哭，可以出卖朋友，可以跳江，可以潦倒而死，但"爬上去"的梦想是不能够丢掉的。落魄的时候他们会发牢骚，怨恨这个社会的不平，但稍稍得到了"机会"就得意忘形，什么暴发户的丑态都显露出来了。和蛆虫一样，爬着爬着，不到最后就不晓得等着他们的只是一个"悲剧"的命运。

以上是天翼的作品里的灰色人物的行列，作者打趣他们，嘲笑他们，甚至作践他们，好像他一个一个地扭着他们的耳朵送到读者前面，说，"看罢，这么一副尊容"！固然，他们里面有的也为了"充实"的生活而苦恼而突进，但绝对的多数却是那些可笑的脚色，作者差不多都在他们的鼻子上涂着了一块白粉。他的被进步的读者所不满的"油腔滑调"或"嬉皮笑脸"，那根源当然是后面将要说到的他的态度看法，但他所取来的这一类脚色挑逗他忍不住不能不这样，也许是一个原因罢。

我们知道，所谓开始"局部地没落"的中流社会，因了一九二八年以后全世界经济恐慌的开始以及其他的原因，已由"局部地"发展到了"全面的"了。在这情势下面被冲激着的小康者们,一部分是都会的知识人,一部分是由乡村逃来的。动摇,痉挛,做梦,乱闯,麻醉……这个一天一天明显的社会性格,我们的作家是依着某种视角广泛地反映出来了。

吸血兽

他一面看到了农村的小康者们成批地没落,逃到都会去的狼狈姿态,另一方面他也注意到了农村里的强者,用了各种有效的手段来维持他们的传统的人们。

在初期作品《三大爷与桂生》里面,作者就画出了一个为了自己的利益设计把别人姊弟活埋的人物。

近两年他又记起了这种吸血的动物,作了几次鲜明的暴露,《脊背与奶子》里的长太爷,《笑》里的九太爷,《万仞约》里的闵贵林,《菩萨也管不了了》里的施道士,都是靠他人的血液活命,在他人的惨痛里面取乐的。这种作品并不多,但色彩非常鲜明,因为这是作者的目光所注射的另一个方面。

但他的笔下还活着另外的一种吸血者,都市和农村的流棍:《和尚大队长》里的王和尚闻大师,《保镖》里的老向,《反攻》里的独眼龙……他们眼睛只看到钱,钱能使他们和机器一样地反应,杀人在他们也不过是一种买卖,多变的社会波澜不断地供给他们机会,使他们前一分钟和后一分钟能够变成绝对相反的脚色。

他的"憧憬"

然而,什么东西使作者对于这些可笑可厌的动物、残忍的动物能够静静地带着达观的神气眺望呢?他是一个社会的人,不能够一方面意识着那些人物的可笑、可厌和残忍,一方面只是单纯地随便和他们厮混,开着玩笑,不感疲乏。他嘲笑了厌弃了他们以后得有一个可以去的世界,或者说,他之所以看到了这些可笑、可厌和残忍,原该先有一个把握存在的。前面说过的他的"进步的意识"一定得寄附在什么上面。在这里我们就可以从他的作品里面看到另一方面的人物:在《搬家后》《三太爷与桂生》《小彼得》《蜜蜂》里出现的以及在《二十一个》《面包路线》《最后列车》《仇恨》里出现的。其实,在这以外的多数作品里面,这样的人物也是常常露脸的,不过只是作为陪客或对照罢了。

他最初被人注意的作品《二十一个》所展开的就是这种世界,那里面的人物都简单,率直,达观,"勇敢"。……那以后在他的作品里出现的这种人物,差不多只是作者反反复复地用来表明这同样的"意思"或"结论"而已。好像他在告诉读者:相信罢,世界上有这种不同种类的人,你用不着追问,也用不着详细地凝视,他们当然是如此如此,当然会如此如此。……所以,他的这种人物都很模糊,没有个别的面貌,不能使读者得到个别的实感,差不多成了"一般"的影子了。打个比方:好像是从望远镜里望到的一些穿着制服的兵士。

原因当然是作者对于这种人物原来并不熟悉,与其说是从现实生活取来的,还不如说大半是主观的推测或想象。作者在理智上相信他们,肯定他们,但因为实际上和他们并没有什么"深交",一谈到他们的时候就只好连说"那个,那个……"了。

所以,虽然作者是在这种人物里面才肯定了人生,由这种人物得到了一种视角来观察他所能达到的社会漏相,但关于这种人物本身他并没有给我们什么真实的反映,我们在他那里面能够看到的只是对于他们的一种冷静的好意,借用一个也许是作者自己所不喜欢的名词——"憧憬"。

素朴的唯物主义

除了原来是把他的惯用题材放大了的《鬼土日记》《大林和小林》《洋泾浜奇侠》等以外,在上面我们从他的差不多全部作品里面考察了他的主题。他的主题是非常单纯的,他的人物也是非常单纯的,单纯到用不着作者的批判,也用不着读者的批判,差不多他的每一个人物出场的时候,我们就晓得那将是一个怎样的脚色,那脚色在这个社会里面是占着怎样的地位。

这是作家天翼最大的特色。他最注意的是他的人物的社会的色彩,他们在人间关系里面所抱的一份"打算"。他的最大野心是单纯地夸张地大多数的场合甚至是性急地把这告诉读者。在唯物主义的启蒙运动时期,他在被霉烂的抒情主义弥漫着的文坛上投下了一道闪光,不是偶然的,在一般小知识分子对于纷乱的社会现象要求着明快的解答的现在,他的作品不用说还应当受到某一种进步的评价。

然而,艺术活动的最高目标是把捉人的真实,创造综合的典型。这需要在作家本人和现实生活的肉搏过程中才可以达到,需要作家本人用真实的爱憎去看进生活底层才可以达到;如果只是带着素朴唯物主义观点在表面的社会现象中间随喜地邀游,我想,他的认识就很难深化,他的才能就很难发展的罢。所以,我愿意把天翼的现在到达点看作成长途上的一个阶段,和作者一起在他的到现在为止的作品里面寻求一些教训,"求全责备"地看一看那素朴的唯物主义观点实际上表现了一些什么缺陷。

第一是人物色度(Nuance)的单纯。他的大多数人物好像只是为了证明一个必然——流俗意义上的"必然",所以在他们里面只能看到单纯地说明这个"必然"的表情或动作,感受不到情绪的跳动和心理的发展。他们并不是带着复杂多彩的意欲的活的个人,在社会地盘的可能上能动地丰富地发展地开展他的个性,常常只是作者所预定的一个概念一个结论的扮演脚色。当然,作者的目的是想简明地有效地向读者传达他所估定了的一种社会样相,但他却忘记了,矛盾万端流动不息的社会生活付与个人的生命决不是那么单纯的事情。艺术家的工作是在社会生活的河流里发现出本质的共性,创造出血液温暖的人物来,在能够活动的限度下面自由活动,给以批判或鼓舞,他没有权柄勉强他们替他自己的观念做"傀儡"。

比如说,作者对于小康的知识人是深恶痛绝的,这当然是他们罪有应得。但这个憎恶却使他不肯或不屑全般地深刻地观察他们把握他们。有时只是随意地抓出一个破绽来尽情地描写，使读者得到一种不自然的空虚的印象。嘲笑他们固然需要，了解他们批判地表现他们也许更为需要罢。

这类的作品容易找到，我们且举最近的《一九二四——三四》做例子。

这写的是一个嘴里成天说着空话但实际上什么也不懂，什么也不做，老是在自私的生活圈里和苍蝇一样撞来撞去的"乏虫"。从一九二四年起就嚷着"革命是我们的唯一的光明的大道"，但一年一年地总是不动，总是嚷，直到一九三四年依然是嚷着"我总有一天要拿出勇气来的"。这种人物存不存在呢？我想，不但存在，而且不少罢。然而问题是，作者只是单纯地抓着自欺欺人地说空话这一点，为了加强这一点，就拼命地把他写成可笑的样子。实际上是，如果这个人物真像作者所写的这样浮浅、自私、卑怯，那十年来的生活波澜一定把他打变了样子，连那自欺欺人的空话也改变了许多次的对象罢。作者所要写的这种人物事实上要更漂亮，更懂事，更复杂，更会欺人也更会"保护"自己。作者把对象看得过于单纯而且固定了，使他的作品所表现出的一些讽刺，没有迫人的实感。从这里，他的人物就常常得到了——

第二，非真实的夸大。因为作者只是热心地在他的人物里面表现一个观念，为了加强他所要的效果，有时候就把他们的心理单纯地向一个方向夸张了。最被读者不满的《宿命论与算命论》，那缺陷就是从这里产生出来的。

主人公舒可济因为要建立一次功，"爬"到高一点的地位上去，就出卖了往日最要好的朋友。他一面做一面良心不安，而已被看不起他的人嘲讽，终于大大地忏悔了。下面引的是他去看那个被他出卖了的朋友（小瘪嘴）时的情景：

……他的世界里没有春天，他的世界里只有一件东西：死，再不然就是疯狂。

他把所有的钱去买了些烟卷，水果，罐头食品，带跑地走回来，用了最大的努力冲进了卫兵室。

一个卫兵带着上皮鞘的大刀，和气地坐在旁边，小瘪嘴在看着一本什么《绿野仙踪》。

"小瘪嘴，小瘪嘴，"舒可济同志喘着气，眼珠上浮着红丝。"我痛苦极了。我心上像有刀子割着似的。……你怎么着，饭菜还好么？"

"优是优待的。"

"我真难受，小瘪嘴，我太……太……怎么，你安心点罢……你得安心……"

"我怕倒一点不怕。"那个冷冷地。

"我真对你不起：我想起那天早上……那天……我们忽然遇见你……我心都痛起来了。……你要什么吃的你告诉我……要不要牛乳……你的衣裤可有没有？"

"舅舅给我带来了，"小瘪嘴安静地微笑着，脸色可有点苍白。"你为什么要难受？我知道你的心的。"

  舒同志抓着他两个膀子把脸凑过去。小瘪嘴把鼻子稍为撇开一点。

  "小瘪嘴,我想起那天早上的事我就发狂了……我想起我那早上……,我干么要遇见你……小瘪嘴,全是命。不对,不全是命。对不对,不全是命……我想起我们俩从前一块煮肉吃……你教我游泳。我病了你那么照顾我,你还给钱用……你可记得我俩打酒喝,我们……我们……老是我们俩,对不对,小瘪嘴,我心像有刀子割着……"

  他希望能够一口气说到明天,说到后天,说到下星期,下个月,下一年,甚至于说一辈子。他几乎要告诉小瘪嘴这厄运是他造成的。可是究竟没有说出来。

(《蜜蜂》六九一七二页)

  最后当小瘪嘴被解走了以后,他跑回住处"伏在有点臭味的被窝上"痛哭了。

  不用说,作者在这里要表现的是犯罪者的忏悔心理。然而,他给我们看的这个主人公,相信命运,因为想女人、雨衣、电气熨斗等就把朋友出卖了的人物,居然能够发生这么高的忏悔情热,已经奇怪了。更重要的是,在个别的场合上这样的人物也许会有发生这种情绪(这样高却绝对不会的)的可能,但如果综合许多这样的人物看来,那就一定是例外了。他们是有一定的"职业意识",利害观点的。艺术的工作是创造群体的人,但我们的作家却找着了一个例外,而且夸大地表现了,好像他是替这种主人公向读者诉苦。他干下了一件不小的"失败"。

  和这关联的是,因为他只是记得要达到他所预定的效果,有时就随便地为他的主题假定了前提条件。这情形在他的作品里面可以常常看到,上面引用过的《一九二四——三四》就是例子。在这篇作品里面,作者所要表现的是一个自欺欺人的说空话的人物,十年来每年都说要去革命,但每年都是沉陷在自己的生活里面。在这里,作者在这个人物的意识里设定一个不变的"革命",使他每年都说着关于它的空话。这个假定太随便了,使他的主题失掉了成立的根据!

  然而,有些场合,他想用来取得主题的效果的不是假设的而是过于夸大的条件,为了使人物的心理发生变化,他有时用了难堪的境遇"逼迫"他们。这似乎是天翼爱用的方法,在这里举两个例子。

  在《仇恨》里,一群受了兵祸向别处讨生的难民在路上碰着了三个伤兵。开始想活埋他们,但因为他们和自己同样是种地的,而且忍受着"祸害",终于和解了。下面是"祸害"的描写:

  武大郎(伤兵之一)对裹伤的灰布吐了五六口唾沫。唾沫是沾腻腻的,夹着些沙土。

  "你奶奶……"

  使一使性子。他把粘着肉的那条灰布拉了下来。伤口旁边的皮肉连着撕下寸多长的一块,血沿着大腿滴到地下,在黄土里滚成一粒粒的黄丸子。

  "吓.蛆!"

> 伤口像茶杯那么大小。成千累万的蛆在这红色的洞口里爬着，全都吃得白白胖胖的，身上浴着脓血。紫红的血，淡黄的脓，给捣成了一片。灰布刚一解开，这些白胖蛆虫害怕似地乱奔起来。有几条爬出伤口，把背脊一鞠一鞠地爬上武大郎的手，他手就给弯弯曲曲画了一条红线。有几条鞠得不小心，摔到了地上，在滚烫的黄土里挣扎着。
>
> 瞧着的人都变紧着牙；觉得帮忙也不好，不帮忙也不好。
>
> 武大郎把黄牙齿咬着下唇，咬得发疼。他抽痉似地等着手指。这么着过了不一会，他屏一屏气，用手指到伤口里去掏。
>
> "你妈……"他还咬着下唇，像冈在被窝里发出的声音。
>
> 把手上掏出来的蛆虫向地上使劲一摔。手指给汗水腌咸了，一触到伤处，那烂肉就疼得骨头都打战。
>
> 又到伤口里去掏第二把……
>
> 一把一把的蛆虫在黄土里钻着。有些钉在武大郎的手指上，在他那些黄指甲上爬着；他费了不小的劲才把它们撒下来。
>
> 于是第三把，第四把，第五把，掏一下，他就打寒噤似地全身抖一下。
>
> （《蜜蜂》一六一——一六三页）

在《移行》里，一个意志软弱的青年（桑华）因为"受不了"生活的苦难终于改变了她的人生目的。作者给她看的苦难是：

> 隔什么两三分钟小胡就得咳一声，跟着嘴里就潮似的冒出一口血。叶阿信两手就接着这捧血，洒到个小面盆里。大家都不叫小胡动，一动就吐得更厉害。
>
> 被窝褥子上都洒着血点，小胡的下巴和鼻孔下面都涂成黯红色，像用旧了的朱漆桌子。他眼闭着，蜡黄的脸上一点表情没有。只有咳的时候就全身抽动一下，于是哗的一声冒出血来，嘴边又变成了殷红的。
>
> 连文侃着急地看一下桌上的闹钟，嘟哝着：
>
> "医生怎么还不来？"
>
> 大家互相瞧了一眼，又把视线避开，似乎在说：医生来也不大有办法。许多脸都绷着，又瞧瞧小胡，又瞧瞧小面盆里的那些血——和着臭药水，变成了很混杂的彩色。
>
> "咳！"
>
> 那个叶阿信赶紧用手去接着小胡的嘴：血冲到了他手上，两只手中间的缝里漏出一种红丝沾在被窝上。
>
> 小胡使劲把眼皮睁开来，要用眼珠瞧瞧大家，可是没这力气。他淡淡笑了一下，这笑叫人看得哆嗦。血模糊的嘴唇动了好一会，才发出一声音：
>
> "你们……你们……"
>
> "不要说话，不要说话，"连文侃走过去轻轻按住他的膀子，脸跟脸离得很

近，像在哄孩子似的。"不要动，不要动。千万……真是；不要动啊．我的爷……安静点罢：有话明天再说……"

可是小胡仿佛有什么事不放心似的：他想挣扎。他心一跳，于是又一声喊，又一大口血往外射。

桑华忽然恐怖地哭了起来。她拼命要叫别人不听见，她就拿手用力地堵住嘴。可是没办到：嗓子里在咕咕咕地大声响着。

(《移行》二三六——二三八页)

作者的目的，在第一个例子里面是想说明仇恨兵士的难民为什么向伤兵表示了同情，在第二个例子里面是想说主人公的对人生态度为什么改变了方向。本应该在人间关系的推移和那在人物心理上的反映或激动的律动过程中来取得主题的效果，作者却想用这种吓人的条件达到。他提出了条件以后就以为他的人物当然要表示"同情"或觉得"受不了"，但读者所得的印象却似乎作者逼到了他的人物以及读者的鼻子前面，不让他们自己作主，说"这么样了，你们还不承认我的意思么，还不承认我的意思么？"读着这样的情景，好像硬被人拖去参观了残酷的杀人场面，这时候所有的并不是流着热泪的感动而是一种生理上的打击或厌恶。批评家罗喀绥夫斯基说："安特列夫竭力要我们恐怖，我们却并不怕；契诃夫不这样，我们倒恐怖了。"(《三闲集·铲共大观》)高尔基也说过作家不应该"强迫"读者，我以为那暗示是意味深长的。

第三是人间关联的图解式的对比。人世随处都存在着矛盾或对立，作家的进步的意识差不多时时都敏锐地倾射在这上面。然而，现实生活漩涡里的每个人都或多或少地接受了种种方面的营养，他的心理或意识不会是一目了然地那么单纯。天翼的这个注意焦点使他的作品得到了进步的意义，但因为他用得过于省力了，同时也就常常使他的人间关联成了图解式的东西。这例子很多，被读者不满的初期作品《小彼得》是最显著的一个。

举《丰年》做例子。农民钱根生因为丰年谷子不值钱，活不了，到当保镖的陈七表兄那儿去找事。陈七托老爷没有成功，老爷却和奚先生（一个帮闲的清客）同包办谷米的钱二爷谈得起劲，谈钱二爷可以大赚，可以渡过"难关"。根生找不着路，终于黑夜溜到老爷的房里去抢钱，把老爷碰伤了，但也终于被陈七误为强盗打死了：

……陈七手发冷。他当自己在做梦。他愣着。忽然把紧抓的手枪一扔，蹲下去俯着瞧根生，把根生的脑袋抱起来。

"根生，根生！"

根生是这样落了气的。

钱二爷张了大嘴：

"是钱根生！是钱根生！"

奚先生用中指搔搔头：

"不是年成好，镖师都没有了？……"

　　汽车叫。老鹰开了大门，让那场大夫的汽车开进来。奚先生和钱二爷赶快跟着杨大夫进去。

　　杨大夫说老爷不碍事。

　　奚先生嘟哝着：

　　"年成好，反而出这乱子。"

　　"我倒不碍事。"老爷笑着。

　　钱二爷轻松地透了一口气。

　　"唔，不要紧。"

　　"是呀，你也不要紧，今年跳出了难关。"

　　他们互相瞧着笑了一笑。

（《反攻》三〇三——三〇四页）

　　在这里，作者完全不管那应该有的紧张空气在人物的心理或注意上所引起的变动，仅仅只记得用原来的谈话内容说明他们中间的对比。这结果是人物心理的直线化，当然要使内容成为虚伪的。

　　这些特点，如果翻一翻《鬼土日记》《大林和小林》《洋泾浜奇侠》，就更可以明白的罢。在那些作品里面，天翼把他的看法用放大镜向我们放大了。

观照——笑

　　然而，七八年以来，作者表现在艺术实践上的这种对于人生的看法或态度并没有什么大的变动或发展，这根源是在什么地方呢？这个艺术实践和生活实践的关联问题，这个在生活的小市民性里起因的认识界限问题，我们不能不被迫似地想到的。

　　读着他的作品的时候，常常会浮起一个感想：似乎他和他的人物之间隔着一个很远的距离，他指给读者看，那个怎样这个怎样，或者笑骂几句，或者赞美几句，但他自己却"超然物外"，不动于中，好像那些人物和他毫无关系。在他看来：一切简单明了，各各在走着"必然"的路，他无须而且也不愿被拖在里面。他为自己找出了一个可以安坐的高台，由那坦然地眺望，他的工作只是说出"公平"的观感。

　　这是典型的小市民的天地。多难的社会动态不断地使他的观感不致空虚，总是向着进步的方向，但他本身的特殊生活方法却经常地保持住他心绪的安静。这个距离使他不能够向他所要表现的人生作更深的突进。

　　他顶喜欢写的主题是小康的知识人。他们可笑，可厌，这当然是他的生活环境和关心范围的反映，但同时我们也就可以看到，那样的宝贝们和作者本人决不会有什么关联，他玩弄他们，嘲笑他们，但他自己却装作高高在上，对于那些污秽和毒菌，丝毫不现出着慌或害怕的神色。所以，处女作《三天半的梦》《从空虚到充实》以后，在他描写知识人的作品里面，不肯认真地触到比较严肃的方面，差不多找不出连作者本人也包括在内的知识人的痛烈的自我批判精神。就是偶然碰着了的时候（如《猪肠子的悲哀》《移行》《温柔制造者》），他也不肯把这一面深刻地开展，虚闪一枪，纵马而逝了。

因为只是捕捉和自己隔得很远的可笑的脚色，看他们不起，他有时就现出了一面戏弄他们，一面觉得他们"好玩""可怜"甚至"天真烂漫"的神气，反而不去真实地解剖。上面说过的《宿命论与算命论》《成业恒》《反攻》的失败就是这里来的。太藐视了对象就反而被对象蒙蔽了。对于人物，作者应该爱，应该恨，但决没有权利看他们不起的。

这种对于人生的观照态度，使他的作品里面完全没有流贯着作者的情热。他的嘲笑"生铁闷脱儿"（sentimental）是有名的，但似乎他把一个作者对于他的人物应有的情绪的感应也完全否认了，就是描写作者应该用自己的情绪去温暖的场面，他也是漠然不动的。我们从他的严肃的作品之一《三太爷与桂生》里举一个例子罢。

三太爷晓得桂生不但不被自己利用，而且要对自己不利的时候，就诬他姊弟通奸，把他们活埋了：

> 埋的时候我跑去瞧的，两口用布蒙住嘴。叫不出，只用鼻子喊，像是裹在被里叫出的声音……招弟好像晕了过去，不动。桂生先是挣扎，一铲土倒下去，又挣扎，像你踢了一脚的蚯蚓一样。他脸上一股哭样子，额上鼻子上都是皱纹，或者有点像恨，似乎正在肚子里咒娘……再一大铲土下去，只见土动了……这样就动也不动了……这样就……

（一八页）

作者用的是多么冰冷的旁观者的心境呵！冷情就必然虚伪。

同样的理由使作者原来就不熟悉的有时出现的肯定的知识人——戈平（《由空虚到充实》）、叔瑜（《三弟兄》）、卫复老（《一年》）、小顺子（《找寻刺激的人》）、小瘪嘴（《宿命论与算命论》）、玉麒（《一九二四——三四》），只是代表概念的影子，显得空虚。这些与其说是在他的作品世界里面不能不出现的人物，和其他的人物互相保持着血缘的关系，还不如说是在他的素朴的观点里先天地占有一席，当他觉得必要的时候就拉出来和其他的人物作一个对照。

从这里就可以找出天翼的讽刺（笑）才能特别发达了的原因。那么一些灰色的蛆虫，一些丑恶的动物，作者站在一堵高墙上望着他们，觉得一目了然，他怎么能够忍住不"笑"呢？实际上，在这种场合恐怕只有"笑"是最锐利的武器。也只有"笑"对于读者最有效果罢。然而，如果只是"事不关己"地笑，有时就会使人感到空虚，如果变成了一种习惯、一种"趣味"，无意中被带到了严肃的场景或肯定的人物上面，那意义就会完全成为"负"的了。天翼是七八年来的文坛所产生的有名的笑匠，发生了某一些"健康"作用。但同时也常常受到很大的不满，那原因就在这里。

漫画家

以上考察过的天翼的整个创作态度,就发生了他的特殊的表现方法。

最明显的是漫画家的本领。——单纯,夸大,简单的对比,笑,不就恰恰是漫画所含有的条件么?

例如他的许多人物常常有一定的语癖:

《从空虚到充实》里的老惠爱说"什么"
《三弟兄》里的王琪爱说"不是"
《猪肠子的悲哀》的猪肠子爱说"那好极了"
《稀松的恋爱故事》里的罗缨老把 K 念成 G
《直线系》里的敬太爷爱说"那个的话"
《温柔制造者》里的老柏爱说"对不起"

或一定的表情,动作,服饰。

但这种特色发展到了最大的限度是在《鬼土日记》《大林和小林》《洋泾浜奇侠》《欢迎会》《一九二四——三四》等作品里面。我们从《鬼土日记》举几个例子。

"象征派文学专家"的话:

……因为,你要,猫头上的萝卜是分开夜莺的精密,明白一点说,就是洗脸手巾的香纹路已经刻在壁虎肺上了。

(二〇页)

……今天下午,我们就可以把金色的苍蝇的肠子落在夜莺的五等文虎章上,并且要去看金牙齿幽默得不得到皮包的白玫瑰,不得到九尾狐的母亲的墨水瓶。

(一五四页)

人类学专家的话(关于人类起源有三种学说——创世说,达尔文学说,最初天上下雪下了两个男人,他们鸡奸后繁殖起来的学说。下面是他对于这三派学说的争执所下的结论):

……真理不一定是偏在一方面的,也不一定只限于某一事上的:譬如二加二等于四是真理,但二加三等于五也是真理,八减五等于三也是真理,几种不同的东西,只要它有真理,我们都该承认的。……现在这三说,每一种都有真理的,这三说,我们都要承认它……

(大鼓掌)

在学理上说，这三派，互相联锁，互相因果的……各位注意，我们并不提倡出第四派来，我们只是调和，集真理之大成。我们可以做调和派，成真理派，因为我们只追求真理，而不从事于意气之争……（大鼓掌）这三派，其实是亲弟兄。但人们老是争辩着，这是不对的。

[（大鼓掌）一四五——一四六页]

文学家司马吸毒的结婚证书：

海海与司马吸毒，按照结婚法第三十六章第四条落八十六款规定之手续，于去年举行订婚，订有合同在案。今又按结婚法规定手续结婚。今日以后，二人即合而为一。男人不得背约停付款项，女人不得偷汉。从此互相了解，互相恋爱。灵魂物质，融洽无间。拉夫斯败（Love is best），真有你的。人类幸福，实肇于是。口说无凭，立此为据。

（九三页）

等等。

这是能够使人笑的漫画手法。使人发笑，马上明白了作者要说的是什么。

然而，这种手法用在"世态讽刺"上显然非常有效（如最近的《欢迎会》），但如果要靠这来创造一个现实的人物，问题就不会这么单纯。在他的许多作品里面，我们看见每一个人物都带着一个特别的记号，每次出场都用那个固定的记号来表明自己。这当然说明了作者的一种"趣味"，但我想，主要的原因也许是因为他只是旁观地去把捉人物的心理，不能使他们血肉地得到"艺术的形象性"，所以只好用这个办法来区别他们。在作者自己，以为这样办就已经把他的人物介绍给了读者，读者自然可以认识，然而读者的目的并不仅仅在区别他们，认得他们的样子，他最大的兴味是要感受到他们的性格或心理在和现实生活的交涉过程中怎样地发展。天翼的本事当然不只这一手，但他的爱在人物上面安下固定的记号，常常使他自己对他的人物放心，懒得作更深的接触，读者看那些固定的记号的时候需要自动地补进一些东西才能够浮出一个像人样的形象：这是会马上使他们感到疲劳的工作，和"鉴赏心理"相冲突的工作。艺术创造里面最忌"戏画"（Caricatuae）化，并不是没有原因。据说有一个剧作家（是不是西班牙的 J. Bnavente）？完全不写出他的人物的年龄，面貌，服装，职业等，但读者读下去就会看到他们的神色，这对于艺术家的创造人物的工作至少是含有一个贵重的暗示的。

言语问题

他的表现方法的第二个特征是表现在他的言语上面。他的"新的言语""大众的语汇"，最初就受到了一般的注意。

天翼在言语上努力的目标是什么呢？

第一是简明，第二是口头的语汇。

这是他的创作态度所要求的。他要把他的内容表现得单纯，活泼，他很热心地想在人底语汇语法上表现他们的个性。实际上也收到了某一种效果——吸引了读者，成为他的特点之一。这个特点从处女作一直保持到现在，在这里用不着特别举例。

但他的努力里面同时也包含了误解。先借用一段说明：

> 言语是——一切事实、一切思想的衣服。然而，在事实的背后藏着它的社会的意义，在各个思想的背后藏着原因。为什么这个思想恰恰是这样而不是那样呢？在它的一切重要性，完璧，明晰里面描写出在诸事实中间藏着的社会生活意义；把这当作自己的目的的艺术作品被要求着正确的言语，被用了深的注意挑选出来的言语。几个世纪以来，"古典作家们"正是一面用这种言语写，一面渐渐完成它的。这是真正的文学语。不错，都是从劳苦大众的口语里面汲取来的，但和自己的起源却很不同了。因为，在描写的意义上写出的时候，那从口语的自然性里面丢掉了一切偶然的东西，一时的东西，不确实的东西，飘浮的东西，在声音学上被歪曲了的东西，因了种种原因和基本的"精神"即一般语族言语的构造不一致的东西。口头的言语留在被作家描写的人物的口语里是自明的，然而那也只是为了被描写的人物得到工造型的浮雕的特征和更大的泼辣而被要求的仅少的数量。

（高尔基：《与青年作家们的谈话》）

除了我们的口语文学非常短促，没有丰富的"从劳苦大众的口语汲取来的"文学语（这和"文中之白""白中之文"毫无关系）以外，这说的是和我们有关系的问题。

要大众懂是一回事，"迎合"口语（班菲洛夫语）又是一回事。迎合口语只会照原地写下一些大众的话，而要大众懂的目的却是向他们传达一种生活里的真实，这需要在口语里面选择出最确实的表现才可以做到。艺术家的目的不仅仅是要大众懂得他的话，他须得"从活语言的自然力的奔流里选择出最正确的，妥当的，最有意义的言语"（高尔基）来表现出藏在他们的生活里面的，他们能够懂能够感应然而却不能够明确说出的东西。所以，所谓言语的"聪明的单纯性"（班菲洛夫语），它要求明确、丰富，然而决不能简单、芜杂，像大众在口头上随便说的一模一样，因为它是经过作家的选择和组织作用得来的。

天翼的活的言语，一开始就在新文学里面加进了新的积极的东西，现在也还是有可能加进，但他的注意只是迎合口语，使得表现法不免简单、表面。例如，他的工人兵士好像每个人都成天不离"你妈的"，"你奶奶"，"操你归了包堆的祖宗"，……然而如果真是这样，那些话就和他们的特定的性格毫无关系了。为了要他们个别地得到"造型的浮雕的特征和更大的泼辣"，他应该找出别的言语，犹如他应该在他们里面发现出更复杂的心理情绪一样。假使说凡是大众口头爱说的话就得写下，那要像他自己也在什么地方说过，为了描写主人公早上起来洗面、大便非花上七八千字不可似地，描写两个兵士的一场吵嘴就要成一本厚书了。天翼当然不是这个意思，但他有时把人看得过于单纯，只要他们说着简单飘浮的话．使他原有的善于运用言语的才能没有发展。这影响到他的自然描写和社会性格的描写上，缺点就更加明显了。

不，在他的作品里面自然描写差不多完全没有（除了在写得好的《梦》里），在这里只须就后者举一个例子：

都市在喘息。大地的脉搏在急跳。

臭虫似的铁甲车。榴霰弹。四十二生的炮口。轰炸机。殖民地民族的血与电。骄傲的旗：那图样像只横剖面的咸鸭蛋。

兵工厂门口有十来个大字：

"……入……射杀……"

中间夹着些三点水，人旁，一竖，一点，那些个怪字。

大街上堆着尸。沟渠里滚着血，风挟着血腥溜到每个城市，每个乡村。老百姓预备逃，老总们的脸绷着。

（《最后列车》《蜜蜂》七六—七七页）

他在这里所要取得的是所谓"动力学的"效果罢，但除了使人晓得一定发生了"战争"的事实以外，什么也没有说明。

现实主义的路

我的纸上"谈天"拖得很长了，但我希望作者本人和读者不要以为我存有一个"吹毛求疵"的成见。什么时候天翼自己说的"我总觉得对不起我的读者"的话，我似乎懂得使他这样说了的严肃的心境。一个进步的而且是有了影响的作家，不能不常常想到他的工作已经达到了的境地，更不能不常常想到万千的读者对于他的敬爱。作者本人和我们都知道，读者的大部分是从鸳鸯蝴蝶派，多角恋爱小说商，新式才子们，身边琐事或个人心境作家的作品里面挑出他的小说来的，他们是一面自觉地或不自觉地经验着这个悲剧时代的生活灾难，一面打开他的小说来的。

从开始到现在，天翼始终是面向着现实的人生，从没有把他的笔用在"身边琐事"或"优美的心境"上面。因为这，我们才在他里面发现了亲切，但也正是因为这，我们才敢于向他提出贪得无厌的期待。

他有很不错的"世态讽刺"的才能，被生活的纷乱弄钝感了的广大读者一定要求他不断地开拓，但我们更不能忘记的是他在《三天半的梦》——《三老爷与桂生》——《皮带》——《一年》——《梦》——尤其是最近的《万纫约》里面所显露的创造人物的本领，预想他要更深地更广地浸入现实生活，写出这个时代的典型，这样的工作能够使读者学得更多的东西，也能够使他自己感到更强的喜悦，虽然同时也要忍受更大的艰苦。

他的熟悉儿童心理和善于捕捉口语，使他在儿童文学里面注入了一滴新流，但我们还等待他去掉不健康的诙谐和一般的观念，着眼在具体的生活样相上面，创造一些现实味浓厚的作品，从洪水似的有毒的读物里面保护那些天真的读者。

他在现实生活里面看到了凡庸，可笑，丑恶，忍不住要嘲笑，暴露，但我们希望他不要忘记了，如果他自己站得太远，感不到痛痒相关，那有时就会看走了样子。我们更希望他不要忘记了，艺术家不仅是使人看到那些东西，他还得使人怎样地去感受那些东西。他不能仅仅靠着一个固定的观念，须要在流动的生活里面找出温暖，发现出新的萌芽，由这来孕育他肯定生活的心，用这样的心来体认世界。

现实的人生是发展的，读者的认识和欲望也是发展的，和人生一起前进的现实主义的作家当然也是时时在发展的。进步的读者常常向他们的作家提出新的要求，在作家看来也该是一种喜悦罢。

没有大的感情就不能有艺术。所以我们应该这样说：去了势的文学，公平无私的不能使读者也不能使作家自己兴奋的那种冷淡的文学，就不必要。（梭波列夫）

假使诗人和音乐家来一同创造世界所没有的而且是非有不可的新的歌，"世界"就会用着感谢来听诗人的声音。（高尔基）

（原载《文艺笔谈》1936年4月）

鲁迅批判

李长之

总结：诗人和战士的鲁迅：鲁迅之本质及其批评

一

鲁迅在许多机会是被称为一个思想家了，其实他不够一个思想家，因为他没有一个思想家所应有的清晰以及在理论上建设的能力；又有许多机会，鲁迅被称为一个杂感家，但这也仍不能算对的，因为对鲁迅并不能以杂感家来概括。

倘若诗人的意义，是指在从事于文艺者之性格上偏于主观的，情绪的，而离庸常人所应付的现实生活相远的话，则无疑地，鲁迅在文艺上乃是一个诗人；至于在思想上，他却止于是一个战士。

二

我说鲁迅是一个诗人，却丝毫没有把他派作是吟风弄月的雅士的意思，因为，他在灵魂的深处，是没有那么消闲，没有那么优美，也没有那么从容；他所有的，乃是一种强烈的情感和一种粗暴的力。

鲁迅彻头彻尾是在情绪里，R. M. Bartlett 在他的《新中国的思想领袖》里说鲁迅的作品很像陀思妥耶夫斯基和高尔基的文艺，"极富于同情人和热烈的情绪"（原文载美国的 *Current History* 一九二七年十月号，由石民译出，见《当代》一卷一期），钱杏邨在一九三〇年二月《拓荒者》上作的《鲁迅》一文里，也说鲁迅于《阿Q正传》中，对旧势力——加以讽笑，是"含"了"泪"，这两人的看法我认为都是对的。

鲁迅的情绪，是浓郁到如此的地步了，甚而使他不能宁帖起来，景宋有批评他的话，说他：

> 性情太特别，一有所憎，即刻不能耐，坐立不安。
>
> ——《两地书》，页一六四

又说他：

> 对于一些人过于深恶痛绝，简直不愿在一地呼吸，而对有些人又期望太殷，不惜赴汤蹈火，一旦觉得不副所望，便悲哀起来了。
>
> ——《两地书》，页一六五

因为这样的缘故，他是不能够在心情上轻松的，所以他才有"目前是这么离奇，心里是这么芜杂"的自白（《朝花夕拾》，小引页一）。

从这里，我忽然想到鲁迅是一个颇不能鉴赏美的人。——虽然他自己却可创作出美的文艺，供别人鉴赏的。因为，审美的领域，是在一种绰有余裕，又不太迫切、贴近的心情下才能存在，然而这却正是鲁迅所缺少的。创作时不同一点，自然，鲁迅依然是持有丰盛强烈的情感的，可是因为太丰盛而强烈了，倒似乎在那时可以憋着一口气，反而更有去冷冷地刻画一番的能力，这样，在似乎残忍而且快意的外衣下，那热烈的同情是含蕴于其中了，于是未始不可以成了审美的对象。逢到他自己去赏鉴，却是另一回事了。他自己说："对于自然美，自恨苦无敏感，所以即使恭逢良辰美景，也不甚感动。"（《华盖集续编》，页二二一），所以，我方才说的，我们不能派他作吟风弄月的雅士者，这意思自然一方面是他不屑，然而在另一方面却是他也有所不能。

他是枯燥的，他讨厌梅兰芳的戏片子（《两地书》，页八九），他不喜欢徐志摩那样的诗（《集外集》，序言页三），这都代表他的个性的一个共点。

他曾说："只要一叫而人们大抵震悚的怪异的真的恶声在那里。"（《集外集》，页四六）这是他要求的。他曾说："生命的泥委弃在地面上，不生乔木，只生野草，……野草，根本不深，花叶不美。"（《野草》，题辞页一，）这是他自知的。

艺术之中，不错，他也有所称赞的，但却就只限于"力的表现"的木刻；鲁迅对于优美的，带有女性的意味的艺术却不太热心的。一如他在思想上之并不圆通一样，在美的鉴赏上并不能兼容。

强烈的情感，和粗暴的力，才是鲁迅所有的。

三

鲁迅在性格上是内倾的，他不善于如通常人之处理生活。他宁愿孤独，而不欢喜"群"。

景宋说他"是爱怕羞的"，又告诉我们，"他自以为不会做事"（《鲁迅在广东》，页五二，五三），我想这是他的真面目。

在一般人所认为极容易的事，在他就不能，也不耐了：他在厦门时的听差和吃饭问题吧：

> 关于我所用的听差的事，说起来话长了。初来时确是好的，现在也许还不坏，但自从伏园要他的朋友去给大家包饭之后，他就忙得很，不大见面。后来他的朋友因为有几个人不大肯付钱（这是据听差说的），一怒而去，几个人就算

了，而还有几个人却要他接办。此事由伏园开端，我也没法禁止。也无从一一去接洽，劝他们另寻别人。现在这听差是忙，钱不够，我的饭钱和他自己的工钱，都已预支一月以上，又伏园临走宣言：自己不在时仍付饭钱。然而只是一句话，现在这一笔账也在向我索取。

——《两地书》，页一四七

结果呢，他说："我本来不善管这些琐事，所以常常弄得头昏眼花。"之后，菜又不好吃了，伏园自己还可以作一点汤，他却只会烧白开水，什么菜也不会做。（《两地书》，页一七九）

我们见不少为鲁迅作的访问记都说，他的衣饰是质朴的，并不讲究，这一方面当然是根于他的并不爱美的天性，另一方面却也表现他不善于注意生活上的小节。在这种地方，我们不难想象倘若是一个精明强干，长于任事的人，是如何重视着的，于此便也可以见一个好对照。

鲁迅自己说："我一生的失计，即在向来不为自己生活打算。"（《两地书》，页一七五）所谓不修边幅，不讲究衣饰，正是这一方面的小小的透露。

他常是对环境加以憎恨，他讨厌一般人的"语言无味"，他慨然于天下浅薄者之多（《两地书》，页八九），他甚而只愿意独自躲在房里看书（《两地书》，页一一七），他处处有对"群"的恶感。他形容厦门大学：

> 我新近想到了一句话，可以形容这学校的，是"硬将一排洋房，摆在荒岛的海边上"。然而虽是这样的地方，人物却各式俱有。正如一滴水，用显微镜看，也是一个大世界。其中有一撒"妾妇"们，上面已经说过了。还有希望得爱，以九元一盒的糖果恭送女教员的老外国教授！有和著名的美人结婚，三月复离的青年教授；有以异性为玩艺儿，每年一定和一个人往来，先引之而终拒之的密斯先生；有打听糖果所在，群往吃之的无耻之徒……

——《两地书》，页一三一

他的结论是："世事大概差不多，地的繁华和荒僻，人的多少，都没有多大关系。"他之极端憎恶态度，是溢于言表了。

他和群愚是立于一种不能相安的地步，所以他说："我在群集里面，是向来坐不久的。"（《两地书》，页一八），所以他说："离开了那些无聊人，亦不必一同吃饭，听些无聊话了，这就很舒服。"（《两地书》，页九六）在应酬方面，他是宁使其少，而不使其多，甚而加以拒绝。关于这，景宋当然知道得最清楚（《两地书》，页一六三），林语堂却也有同样的记载，以为："常常辞谢宴会的邀请"，已是"他的习惯"（见其用英文写在《中国评论周报》上的《鲁迅》一文）。

这种不爱"群"而爱孤独，不喜事而喜驰骋于思索情绪的生活，就是我们所谓"内倾"的。在这里，可说发现了鲁迅第一个不能写长篇小说的根由了，并且说明了为什么他只有农村的描写成功，而写到都市就失败的原故。这是因为，写小说得客观些，得各样的社会打进去，又非取一个冷然的观照的态度不行。长于写小说的人，往往在社会上是十分活动、十分适应、十分圆通的人，虽然他内心里须仍有一种倔强的哀感在。鲁迅不然，用我们用过的说法，他对于人生，是太迫切，太贴近了，他没有那么从容，他一不耐，就愤然而去了，或者躲起来，这都不便利于一个人写小说，宴会就加以拒绝，群集里就坐不久，这尤其不是小说家的风度。

然而他写农村是好的，这是因为那是他早年的印象了，他心情上还没至于这么厌憎环境。所以他可以有所体验，而渲染到纸上。此后他的性格，却慢慢定形了，所以虽生长在都市，却没有体会到都市，因而他没有写都市人生活的满意的作品。一旦他的农村的体验写完了，他就已经没有什么可写，所以他在一九二五年以后，便几乎没有创作了。

在当代的文人中，恐怕再没有鲁迅那样留心各种报纸的了吧，这是从他的杂感中可以看得出的。倘若我们想到这是不能在现实生活里体验，因而不得不采取的一种补偿时，就可见是多么自然的事了！

就在这种意味上，所以我愿意确定鲁迅是诗人，主观而抒情的诗人，却并不是客观的多方面的小说家。

四

许多人以为鲁迅世故，甚而称之为"世故的老人"，叫我看，鲁迅却是最不世故了；不错，他是常谈世故的，然而这恰恰代表出他之不世故来。因为，世故惯了的人，就以为没有什么新奇可说了，而把世故运用巧的人，也就以为世故是不便于说了，所谓"善易者不言易"，鲁迅之"言"，却就证明他还没"善"。

然而鲁迅是常有新的世故的获得了，而且常常公布出来了，这就都在说明鲁迅和世故处于并不厮熟，也还没运用巧的地步。鲁迅之不世故，是随地可见的，由他自己的回忆：

> 那是十多年前，我在教育部里做"官僚"，常听得同事说，某女学校的学生，是可以叫出来嫖的，连机关的地址门牌，也说得明明白白。有一回我偶然走过这条街，一个人对于坏事情，是记性好一点的，我记起来了，便留心着那门牌，但这一号，却是一块小空地，有一口大井，一间很破烂的小屋，是几个山东人住着卖水的地方，决计做不了他用。待到他们又在谈着这事的时候，我便说出我的所见来，而不料大家竟笑容尽敛，不欢而散了，此后不和我谈天者两三月。
>
> ——《南腔北调集》，页二〇一

他作这文章的时候是一九三三年，他五十二岁了，所谓十多年前，也已经四十岁左右。谈天而至于使人"笑容尽敛"，鲁迅的世故在哪里呢？

人们说鲁迅世故，就又以为鲁迅看事十分的确了，要不，就以为鲁迅一定单把事，把人的坏的方面看得过于清了，然而，在我看，倒又相反，鲁迅却是看不的确的，而且也往往忽略了坏的方面；例如在厦门时之对朱山根的观察：

> 此地所请的教授，我和兼士之外，还有朱山根。这人是陈源之流，我是早知道的，现在一调查，则他所安排的羽翼，竟有七人之多，先前所谓不问外事、专一看书的舆论，乃是全都为其所骗。
>
> ——《两地书》，页一〇二

他世故么？世故何至于为这人蒙蔽了这么多时候？

又如他在北京时与人们的来往，也大抵是并没利用别人，而是为人利用；所以他说：

> 我在静夜中，回忆先前的经历，觉得现在的社会，大抵是可利用时则竭力利用，可打击时则竭力打击，只要于他有利。我在北京这么忙，来客不绝，但一受段祺瑞章士钊们的压迫，有些人就立刻来索还原稿，不要我选定、作序了。其甚者还要乘机下石，连我请他吃过饭也是罪状了，这是我在运动他；请他吃过好茶也是罪状了，这是我奢侈的证据。
>
> ——《两地书》，页一五六

他和这个战，他和那个战，结果这里迫害，那里迫害。他不知道有多少次，纠合了一些他以为有希望的青年，预备往前进，然而骗他的有，堕落的有，甚而反来攻击他的也有，结果还是剩下他自己。他哪里有世故呢？他实在太不世故了。

我们一想，应该觉得很自然，鲁迅，我说过，是情绪的、内倾的，因此，他不会世故。

五

鲁迅在情感方面，是远胜理智的。他的过度发挥其情感的结果，令人不禁想到他的为人在某一方面颇有病态。

以一个创作家论，病态不能算坏。而且在一种更广泛、更深切的意义上，一切的创作家，都是病态的。你看，别人感不到的，他感到；别人不以为大事件的，他以为大事件；别人以为平常，他却以为不平常；别人以为不值一笑，他却以为大可痛哭；……这不是病态是什么？但正因为他病态，所以他才比普通人感到的锐利，爆发的也才浓烈，于是给通常人在现实生活里以一种警醒、鼓舞、推动和鞭策。这是一般的诗人的真价值，而鲁迅正是的。

他因为锐感之故，他联想得特别快，例如他在说校印《苦闷的象征》时的事吧，他说到书的开首喜欢留一点空白，但是他想到外国学术文艺书中的闲谈或笑话了，他想到中国的译者往往删除，像折花者之不留枝叶，单取花朵，失却花的活气了，他又想到"器具之轻薄草率，建筑之偷工减料，办事之敷衍一时，不要好看，不想持久"（《华盖集》，页八）了，所以扫射式的讽刺，已成了他的杂感的风格，因小见大的本领，是成了他的深刻的讽刺之根源了。

他常常是到了"深文周纳"的地步，因为他想得太过了。他每每有这种话：

——但这也许是后来的回忆的感觉，那时其实是还没有如此分明的。

——《三闲集》，页三一

所以，他往往由于情感之故，而加添上些什么去了，这也就是通常人所以为的"刻毒"。

因为陷在情感里，他的生活的重心是内倾的，是偏向于自我的，于是他不能没有一种寂寞的哀愁。这种哀愁是太习见于他的作品中了；因为真切，所以这往往是他的作品在艺术上最成功的一点，也是在读者方面最获同情的一点。

也因为陷在情感里吧，他容易把事情看得坏，这形成他一种似乎忧郁和迫害的心情：

这上面的夜的天空，奇怪而高，我生平没有见过这样的奇怪而高的天空。他仿佛要离开人间而去，使人们仰面不再看见。但现在却非常之蓝，闪闪地？着几十个星星的眼，冷眼。

——《野草》，页一

我一再说过，这恐怕是他早年情感上受了损伤的结果，然而一个人因常常触动他的情感，也更容易陷于一个圈子中，而不能自拔起来。

但在鲁迅动用理智的时候，却就很意识到自己这一层，他说：

我的作品，太黑暗了，因为我常觉得"黑暗与虚无"乃是"实有"，却偏向这些作绝望的抗战，所以很多着偏激的声音。

——《两地书》，页一一

他又说：

我所说的话，常与所想的不同，至于何以如此，则我已在《呐喊》的序上说过：不愿将自己的思想，传染给别人。何以不愿，则因为我的思想太黑暗，而自己终不能确知是否正确之故。

——《两地书》，页五六

别人的反抗，在他认为那是对于未来的光明还有信赖之故。但他的反抗，"却不过是与黑暗捣乱"。在这种地方，我认为见出鲁迅的病态。

鲁迅像一般的小资产阶级一样，情感一方面极容易兴奋，然而一方面却又极容易沮丧。他非常脆弱，心情也常起伏：

> 我才知道在金钱下的人们是这样的，我决意要走了，……至于到那里去，一时也难定，总之无论如何，年假中我必到广州走一遭，即使无啖饭处，厦门也决不住下去的了。
>
> 又我近来忽然对于做教员发生厌恶，于学生也不愿意亲近起来，接见这里的学生时，自己觉得很不热心，不诚恳。
>
> ——《两地书》，页一六一

这种忽喜忽厌的态度也不是健康的。

鲁迅又多疑。他在纪念柔石的文章里说：

> 他说的并不是空话，真也在从新学起了，其时他曾经带了一个朋友来访我，那就是冯铿女士。谈了一些天，我对于她终于很隔膜，我疑心她有点罗曼谛克，急于事功；我又疑心柔石的近来要做大部的小说，是发源于她的主张的。但我又疑心我自己，也许是柔石的先前的斩钉截铁的回答，正中了我那其实是偷懒的主张的伤疤，所以不自觉地迁怒到她身上去了。
>
> ——《南腔北调集》，页七八

太锐感就很容易变到多疑上去。这种多疑的性格，鲁迅也曾表现在诗里：

> 很多的梦，趁黄昏起哄。
> 前梦才挤却大前梦时，后梦又赶走了前梦。
> 去的前梦黑如墨，在的后梦墨一般黑；去的在的仿佛都说，"看我真好颜色。"
> 而且不知道，说话的是谁？
>
> ——《集外集》，页一九

要知道"说话的是谁"么？我是知道的，就是鲁迅内心。"颜色许好"，是表面，真正如何，鲁迅便在怀疑着。这恰恰是《两地书》上鲁迅所说的："我的习性不大好，每不肯相信表面上的事情"（页二五）的注脚。鲁迅自己也知道是"太易于猜疑"（《集外集》，页四二）了。

他的锐感，他的深文周纳，他的寂寞的悲哀，他的忧郁和把事情看得过于坏，以及他的脆弱、多疑，在在都见他情感上是有些过了，所以我认为这都是病态的。

六

鲁迅虽然多疑，然而他的心肠是好的，他是一个再良善也没有的人。于《集外集》里，收有他一篇《记杨树达君的袭来》，他起初以为来的学生是假装的，种种恶相和怪样，曾使他厌憎，他便刻薄地加以挖苦了。然而后来他知道那是真的了，他便说："却又觉得这牺牲实在太大，还不如假装的好"（页四一）了，并且他说："很觉得惨然"，还有："由我造出来的酸酒，当然应该由我自己来喝干"（页四二），就见他其实是多么慈祥的。

我以为孙福熙在《我所见于示众者》一文里说的鲁迅便最与我所认为的相符。他说：

> 大家看起来，或者连鲁迅他自己，都觉得他的文章中有凶狠的态度，然而，知道他的生平的人中，谁能举出他的凶狠的行为呢？他实在极其和平的，想实行人道主义而不得，因此守己愈严是有的，怎肯待人凶狠呢？虽然高声叫喊要也作一声不响的捉鼠的猫，而他自己终于是被捉而吱吱的叫的老鼠。
>
> ——载一九二五年五月，《京报》副刊

我觉得这话再对也没有了，和平、人道主义，这才是鲁迅更内在的一方面。

他的为人极真。在文字中表现得尤觉诚实无伪。他常说他不一定把真话告诉给读者，又说所想到的与所说出的也不能尽同，然而我敢说他并没隐藏了什么。容或就一时一地而论，他的话只是表露了一半，但就他整个的作品看，我认为他是赤裸裸地与读者相见以诚的。鲁迅的虚伪，充其量不过如人们传说的"此地无银五百两"式的虚伪，在鲁迅的作品里，不唯他已暴露了血与肉，连灵魂，我也以为没有掩饰。

他是左翼，就承认是左翼。他说："我现在是左翼作家联盟中之一人。"（《南腔北调集》，页四六）他以个人主义为出发点，他就不否认他的出发点是个人主义，他说他的译书是："从别国里窃得火来，本意却在炙自己的肉的，以为倘能味道好，庶几在咬嚼者那一方面也得到较多的好处，我也不枉费了身躯：出发点全是个人主义，并且还夹杂着小市民性的奢华，以及慢慢地摸出解剖刀来，反而刺进解剖者的心脏里去的报复。"（《二心集》，页三〇）

他对于事情也极其负责，他在厦门，已经不愿做下去了，将要离去，他便缩小工作，而希望"在短时日中，可以有点小成绩"，为的是"不算来骗别人的钱"（《两地书》，页九五）。

与人的相处，他更其不苟，他看见一个人"嘴里都是油滑话"，又背后语人"谁怎样不好""就看不起他了"（《两地书》，页九五），他多么不容易放过，他有一颗多么单纯而质实的心。

他自己则是勤奋的，在厦门吧，他便说："我其实是毫不懈怠，一面发牢骚，一面编好《华盖集续编》，做完《旧事重提》，编好《争自由的波浪》（董秋芳译的小说），看完《卷葹》，都分头寄出去了。"（《两地书》，页一六八）他在《三闲集》的后面说："在我自己的，是我确曾认真译著，并不如攻击我的人们所说的取巧，投机。"（页二〇八）我认为这话是十分可以信赖的。

他在情感上病态是病态了，人格上全然无缺的。

七

以抱有一颗荒凉而枯燥的灵魂的鲁迅，不善于实生活，又常陷在病态的情绪中，然而他毅然能够活下去者，不是件奇异的事么？

这就是在他有一种"人得要生活"的单纯的生物学的信念故。鲁迅是没有什么深邃的哲学思想的，倘若说他有一点根本信念的话，则正是在这里。

鲁迅像一个动物一样，他有一种维持其生命的本能。他的反抗，以不侵害生命为限，到了这个限度，他就运用其本能的适应环境之方了：一是麻痹，二是忘却（《而已集》，页六八）。也就是林语堂所说的蛰伏或装死。这完全像一个动物。

鲁迅劝人的："须是有不平而不悲观，常抗战而自卫。"（《两地书》，页一二）可说鲁迅自己是首先实行着的。

他既然锐感，当然苦痛是多的，这样就有碍于生存之道了，但是他也有法子，便是："傲慢"和"玩世不恭"（《两地书》，页六）用以抵挡了眼前的刺戟。

八

鲁迅小资产阶级的根性很厉害。大凡生活上内倾的，很容易走入个人主义。鲁迅在许多场合都标明他的个人主义的立场。他说："还是切己的琐事，比世界的哀愁关心"（《三闲集》，页一七），又说："老实说，这地方在革命，不相识的人们在革命，我是的确有点高兴的，然而——没有法子，索性老实说吧，——如果我的身边革起命来，或者我所熟识的人去革命，我就没有这么高兴听，有人说我应该革命，我自然不敢不以为然，但如叫我静静地坐下，调给我一杯罐头牛奶喝，我往往更感激。"（《三闲集》，页一九）

自然，鲁迅是诚实无伪的，他乃是一个诚实无伪的小资产阶级的知识分子。画室在《革命与知识阶级》（一九二八年）一文里，分析知识阶级在革命中是两型，一是毅然投入新的，二是既承受新的又反顾旧的，同时又在怀疑自己，——感受性比较锐敏，尊重自己的内心生活也比别人深些，而鲁迅乃是后一型。画室更形容这一型的人说："他们多是极真实的敏感的人，批评的工夫多于主张的，所以在这时候，他们是消极的，充满颓废的气氛。"至于对这种人的态度，则画室以为："但革命是不会受其障害的，革命与其无益地击死他们，实不如让他们尽量地在艺术上表现他们内心生活的冲突痛苦，在历史上留一个过渡时的两种思想的交接的艺术的痕迹。"大体上我觉得画室的话是对的。不过，在事实上，鲁迅后来颇变革了自己不少，而且我从来想不到颓废和鲁迅有什么关连；在评价上，我更不认为鲁迅那种小资产阶级性没有价值，倒是正因为他那样，才作了这一时代里的战士，完成了这一时代里的使命，——这二点算是我和画室的意见不同的所在。

鲁迅除了在个人主义的立场上，表现其为小资产阶级的根性外，再就是我说过的鲁迅的"脆弱"，以及一种空洞的偏颇和不驯状了。倘若文字的表现方式，是在一种极其内在的关系上代表一个人的根性时，则鲁迅有两种惯常的句形，似乎正代表鲁迅精神上的姿态。一是："但也没有竟"怎么样，二是："由他去罢"。阿Q为报仇起见，很想立刻放下辫子来了，"但也没有竟放"（《呐喊》，页一七四）；鲁迅因为不赞成以生而失母为不幸，想写文章了，"但也没有竟写"（《伪自由书》前记，页三），这是前者的例。他从顾颉刚的"暂勿离粤，以俟开审"，想到飞天虎寄亚妙信之"提防剑仔"了，然而马上觉得这拉扯牵连的近乎刻薄了，然而他下面又说："——但是，由它去罢"（《三闲集》，页四一）了；他说自己颇有一种矛盾的心理，就是他常评人文章，劝人冒险，但遇到相识的人，则有所不能，他说终于无法改良，奈何不得，也就依然是"——姑且由他去罢"（《两地书》，页三一）了，这是后者的例。

因为他"脆弱"，所以他自己常常想到如此，而竟没有如此，便"但也没有竟"如何如何了，又因为自己如此，也特别注意到别人如此，所以这样的句子就多起来。"由他去吧"，是不管的意思，在里面有一种自纵自是的意味，偏颇和不驯，是显然的。这都代表小资产阶级知识分子的一种类型。

九

倘若哭和怒同是富有情感的表现的话，哭的情感是女性的，怒的情感却是男性的，鲁迅的情感则是属于后者的。

鲁迅善怒。为《语丝》的事情，伏园以为和《晨报》的敌对而得着胜利了，于是说："他们竟不料踏在炸药上了"，但鲁迅却就"耿耿了好几天"，为的是炸药是指他而言，"意外的被利用了"（《三闲集》，页一八五）。《文学》上傅东华说他招待伯纳萧，说他和梅兰芳同座，说他却没去招待休士，他又怒了，于是说：

> 给我以诬蔑和侮辱，是平常的事；我也并不为奇：惯了。但那是小报，有敌人。……而《文学》是挂着冠冕堂皇的招牌的，……莫非缺一个势利卑劣的老人，也在文学戏台上跳舞一下，以给观众开心，且催呕吐么？……我看伍实先生其实是化名，他一定也是名流，就是招待休士，非名流也未必能够入座。不过他如果和上海的所谓文坛上的那些狐鼠有别，则当施行人身攻击之际，似乎应该略负一点责任，宣布出和他的本身相关联的姓名，给我看看真实的嘴脸。这无关政局，决无危险，况且我们原曾相识，见面时倒是装作十分客气的也说不定的。
>
> ——《南腔北调集》，页一五三

后来终于由文学社把傅东华的真名供出来。我常觉得能够坚持与否，就是伟大和渺小的分野。一个敢怒，一个得赔不是，究竟鲁迅的怒是伟大些的。

鲁迅脾气之坏，也是无可讳言的，他自己也说因为节制吸烟，而给人大碰钉子，回想起来也觉得不安（《两地书》，页一八一）。

十

鲁迅在灵魂的深处，尽管粗疏、枯燥、荒凉、黑暗、脆弱、多疑、善怒，然而这一切无碍于他是一个永久的诗人，和一个时代的战士。

在文艺上，无疑他没有理论家那样丰富正确的学识，也没有理论家那样分析组织的习性，但他在创作上，却有惊人的超越的天才。他说："怎样写的问题，我是一向未曾想到的"（《三闲集》，页一四），这也恰恰是创作家的态度。

单以文字的技巧论，在十七年来（一九一八——一九三五）的新文学的历史中，实在找不出第二个可以与之比肩的人。天才和常人的分别，是在天才为突进的。像歌德一创造《少年维特之烦恼》就好似的，鲁迅之第一个短篇《狂人日记》已经蒙上了难以磨灭的颜色。在《阿Q正传》里那种热烈的同情和从容、幽默的笔调，敢说它已保证了倘若十七年来的文学作品都次第被将来的时代所淘汰的话，则这部东西即非永存，也必是最后、最顽强、最能够抵抗淘汰的一个。美好的东西是要克服一切的，时间一长，自有一种真是非。

鲁迅文艺创作之出，意义是大而且多的，从此白话文的表现能力，得到一种信赖；从此反封建的奋战，得到一种号召；从此新文学史上开始真正的创作；从此中国小说的变迁上开始有了真正的短篇；章回体、"聊斋"体的结构是过去了，才子佳人、黑幕大观、仙侠鬼怪的内容是结束了，那种写实的，以代表了近来农村崩溃，都市中生活之苦的写照，是有了端倪了。而且，那种真正的是中国地方色彩的忠实反映，真正的是中国语言文字的巧为运用，加之以人类所不容易推却的寂寞的哀感，以及对于弱者与被损伤者的热烈的抚慰和同情，还有对于伪善者、愚妄者甚至人类共同缺陷的讽笑和攻击。这都在在显示着是中国新文学的作品加入世界的国际的作品之林里的第一步了。

十一

鲁迅在理智上，不像在情感上一样，却是健康的。所谓健康的，就是一种长大发扬的、开拓的、前进的意味。在这里，我不妨说明健康和道德的分别。健康是指个人或整个的人类在生存上有利的而言，反之则为病态的。道德不然，是撇开这种现实的、功利的立场，而争一个永久的真理。因此病态不一定不道德，健康也不一定道德。屈原可说是道德的，然而同时是病态的，歌德在理智上，在情感上可说都是健康的，也都是道德的。鲁迅则在情感上为病态的，我已说过无碍于他的人格的全然无缺了,在理智上却是健康的,就道德的意义上说,我依然觉得道德。

鲁迅永远对受压迫者同情,永远与强暴者抗战。他为女人辩(《准风月谈》,页九四),他为弱者辩(《准风月谈》,页七,页一五七,页一五六)。他反抗群愚,他反抗奴性。

他攻击国民性,只有一个目标,就是卑怯,这是从《热风》,页一一五;《呐喊》,页四、页八、页一一;《华盖集》,页二二,以至《准风月谈》,页四六,页七〇,所一贯的靠了他的韧性所奋战着的。为什么他反对卑怯呢,就因为卑怯是反生存的,这代表着他的健康的思想的中心。

在正面,他对前进者总是宽容的。他在自己,是不悔少作(《集外集》,序言页一;《坟》,页二九七;《而已集》,页五八);对别人,是劝人不怕幼稚(《热风》,页三三;《三闲集》,页九;《鲁迅在广东》,页八九)。战斗和前进,是他所永远礼赞着的。

他之反对"导师"之流,就是因为那股人"自以为有正路。有捷径,而其实却是劝人不走的人"(《集外集》,页六八),我觉得鲁迅在思想方面的真价值却即在劝人"走"。

他给人的是鼓励,是勇气,是不妥协的反抗的韧性,所以我认为他是健康的。

十二

然而鲁迅不是思想家。因为他是没有深邃的哲学脑筋,他所盘桓于心目中的,并没有幽远的问题。他似乎没有那样的趣味,以及那样的能力。

倘若以专门的学究气的思想论,他根底上,是一个虚无主义者,他常说不能确知道对不对,对于正路如何走,他也有些渺茫。

他的思想是一偏的。他往往只迸发他当前所要攻击的一方面,所以没有建设。即如对于国故的见解,便可算是一个例。

他缺少一种组织的能力,这是他不能写长篇小说的第二个原故,因为长篇小说得有结构。同时也是他在思想上没有建立的原故,因为大的思想得有体系。系统的论文,是为他所难能的,方便的是杂感。

我们所要求于鲁迅的好像不是知识,从来没有人那么想,在鲁迅自己,也似乎憎恶那把人弄柔弱了的知识,在一种粗暴剽悍之中,他似乎不耐烦那些知识分子,却往往开开玩笑。

然而所有这一切,在鲁迅作一个战士上,都是毫无窒碍,而且方便着的。因为他不深邃,恰恰可以触着目前切急的问题;因为他虚无,恰恰可以发挥他那反抗性,而一无顾忌;因为一偏,他往往给时代思想以补充或纠正;因为无组织,对于匆忙的人士,普遍的读者,倒有一种简而易晓的效能;至于他憎恶知识,则可以不致落了文绉绉的老套,又被牵入旧圈子里去。

这样,他在战士方面,是成了一个国民性的监督人,青年人的益友,新文化运动的保护者了,这是我们每一思念及我们的时代,所不能忘却的!

十三

因为鲁迅在情感上的病态,使青年人以为社会、文化、国家过于坏,这当然是坏的,然而使青年人锐敏,从而对社会、世事、人情,格外关切起来,这是他的贡献。

因为鲁迅在理智上的健康,使青年人能够反抗,能够前进,能够不妥协,这是好的。同时,一偏的,不深于思索的习惯之养成,却不能不说是坏的。

撇开功利不谈,诗人的鲁迅,是有他的永久价值的,战士的鲁迅,也有他的时代的价值!

二十四年八月十一日上午十二时

(原刊上海北新书局1935年9月)

《边城》
——沈从文先生作

刘西渭（李健吾）

我不大相信批评是一种判断。一个批评家，与其说是法庭的审判，不如说是一个科学的分析者。科学的，我是说公正的。分析者，我是说要独具只眼，一直剔爬到作者和作品的灵魂的深处。一个作者不是一个罪人，而他的作品更不是一纸罪状。把对手看作罪人，即使无辜，尊严的审判也必须收回他的同情，因为同情和法律是不相容的。欧阳修以为王法不外乎人情，实际属于一个常人的看法，不是一个真正法家的态度。但是，在文学上，在性灵的开花结实上，谁给我们一种绝对的权威，掌握无上的生死？因为，一个批评家，第一先得承认一切人性的存在，接受一切灵性活动的可能，所有人类最可贵的自由，然后才有完成一个批评家的使命的机会。

他永久在搜集材料，永久在证明或者修正自己的解释。他要公正，同时一种富有人性的同情，时时润泽他的智慧，不致公正陷于过分的干枯。他不仅仅是印象的，因为他解释的根据，是用自我的存在印证别人一个更深更大的存在，所谓灵魂的冒险者是，他不仅仅在经验，而且要综合自己所有的观察和体会，来鉴定一部作品和作者隐秘的关系。他不应当尽用他自己来解释，因为自己不是最可靠的尺度；最可靠的尺度，在比照人类已往所有的杰作，用作者来解释他的出产。

所以，在我们没有了解一个作者以前，我们往往流于偏见——一种自命正统然而顽固的议论。这些高谈阔论和作者作品完全不生关联，因为作者创造他的作品，倾全灵魂以赴之，往往不是为了证明一种抽象的假定。一个批评家应当有理论（他合起学问与人生而思维的结果）。但是理论，是一种强有力的佐证，而不是唯一无二的标准；一个批评家应当从中衡的人性追求高深，却不应当凭空架高，把一个不相干的同类硬扯上去。普通却是，最坏而且相反的例子，把一个作者由较高的地方揪下来，揪到批评者自己的淤泥坑里。他不奢求，也不妄许。在批评上，尤其甚于在财务上，他要明白人我之分。

这就是为什么，稍不留意，一个批评者反而批评的是自己，指摘的是自己，暴露的是自己，一切不过是绊了自己的脚，丢了自己的丑，返本还原而已。有人问他朋友："我最大的奸细是谁？"朋友答道："最大的奸细是你自己。"

我不得不在正文以前唱两句加官，唯其眼前论列的不仅仅是一个小说家，而且是一个艺术家。在今日小说独尊的时代，小说家其多如鲫的现代，我们不得不稍示区别，表示各个作家的造诣。这不是好坏的问题，而是性质的不同，例如巴尔扎克（Balzac）是个小说家，伟大的小说家，然而严格而论，不是一个艺术家，更遑论乎伟大的艺术家。为方便起见，我们甚至于可以说巴尔扎克是人的小说家，然而福楼拜，却是艺术家的小说家。前者是天真的，后者是自觉的。同是小说家，然而不属于同一的来源。他们的性格全然不同，而一切完成这性格的也各各不同。

　　沈从文先生便是这样一个渐渐走向自觉的艺术的小说家。有些人的作品叫我们看，想，了解；然而沈从文先生一类的小说，是叫我们感觉，想，回味；想是不可避免的步骤。废名先生的小说似乎可以归入后者，然而他根本上就和沈从文先生不一样。废名先生仿佛一个修士，一切是向内的；他追求一种超脱的意境，意境的本身，一种交织在文字上的思维者的美化的境界，而不是美丽自身。沈从文先生不是一个修士。他热情地崇拜美。在他艺术的制作里，他表现一段具体的生命，而这生命是美化了的，经过他的热情再现。大多数人可以欣赏他的作品，因为他所涵有的理想，是人人可以接受，融化在各自的生命里的。但是废名先生的作品，一种具体化的抽象的意境，仅仅限于少数的读者。他永久是孤独的，简直是孤洁的。他那少数的读者，虽然少数，却是有了福的（耶稣对他的门徒这样说）。

　　沈从文先生从来不分析。一个认真的热情人，有了过多的同情给他所要创造的人物是难以冷眼观世的。他晓得怎样揶揄，犹如在《边城》里，他揶揄那赤子之心的老船夫，或者在《八骏图》里，他揶揄他的主人公达士先生：在这里，揶揄不是一种智慧的游戏，而是一种造化小儿的不意的转变（命运）。司汤达（Stendhal）是一个热情人，然而他的智慧（狡猾）知道撒谎，甚至于取笑自己。乔治桑是一个热情人，然而博爱为怀，不唯抒情，而且说教。沈从文先生是热情的，然而他不说教；是抒情的，然而更是诗的。（沈从文先生文章的情趣和细致不管写到怎样粗野的生活，能够有力量叫你信服他那玲珑无比的灵魂！）《边城》是一首诗，是二佬唱给翠翠的情歌。《八骏图》是一首绝句，犹如那女教员留在沙滩上神秘的绝句。然而与其说是诗人，作者才更是艺术家，因为说实话，在他的制作之中，艺术家的自觉心是那真正的统治者。诗意来自材料或者作者的本质，而调理材料的，不是诗人，却是艺术家！

　　他知道怎样调理他需要的分量。他能把丑恶的材料提炼成为一篇无瑕的玉石。他有美的感觉，可以从乱石堆发见可能的美丽。这也就是为什么，他的小说具有一种特殊的空气，现今中国任何作家所缺乏的一种舒适的呼吸。

　　在《边城》的开端，他把湘西一个叫做茶峒的地方写给我们，自然轻盈，那样富有中世纪而现代化，那样富有清中叶的传奇小说而又风物化的开展。他不分析；他画画，这里是山水，是小县，是商业，是种种人，是风俗，是历史而又是背景。在这真纯的地方，请问，能有一个坏人吗？在这光明的性格，请问，能留一丝阴影吗？"由于边地的风俗淳朴，便是作妓女，也永远那么浑厚……"我必须邀请读者自己看下去，没有再比那样的生活和描写可爱了。

　　可爱！这是沈从文先生小说的另一个特征。他所有的人物全可爱。仿佛有意，其实无意，他要读者抛下各自的烦恼，走进他理想的世界，一个肝胆相见的真情实意的世界。人世坏吗？不！还有好的，未曾被近代文明沾染了的，看，这角落不是！——这些可爱的人物，各自有一个厚道然而简单的灵魂，生息在田野晨阳的空气。他们心口相应，行为思想一致。他们是壮实的，冲动的，然而有的是向上的情感，挣扎而且克服了私欲的情感。对于生活没有过分的奢望，他们的心力全用在别人身上：成人之美。老船夫为他的孙女，大佬为他的兄弟，然后倒过来看，孙女为她的祖父，兄弟为他的哥哥，无不先有人而后——无己。这些人都有一颗伟大的心。父亲听见儿子死了，居然定下心，捺住自己的痛苦，体贴到别人的不安："船总顺顺象知道他的心中不安处，说，'伯伯，一切是天，算了罢。我这里有大兴场送来的好烧酒，你拿一点喝去罢。'一个伙计用竹筒上一筒酒，用新桐木叶蒙着筒口，交给了老船夫。"是的，这些人都认命，安于命。翠翠还痴心等着二佬回来要她哪，可怜的好孩子！

沈从文先生描写少女思春，最是天真烂漫。我们不妨参看他往年一篇《三三》的短篇小说。他好象生来具有一个少女的灵魂，观察的不是别人，而是自己。这种内心现象的描写是沈从文先生的另一个特征。

我们现在可以看出，这些人物属于一个共同类型，不是个个分明，各自具有一个深刻的独立的存在。沈从文先生在画画，不在雕刻；他对于美的感觉叫他不忍心分析，因为他怕揭露人性的丑恶。

《边城》便是这样一部 idyllic 杰作。这里一切是谐和，光与影的适度配置，什么样人生活在什么样空气里，一件艺术作品，正要叫人看不出是艺术的。一切准乎自然，而我们明白，在这种自然的气势之下，藏着一个艺术家的心力。细致，然而绝不琐碎；真实，然而绝不教训；风韵，然而绝不弄姿；美丽，然而绝不做作。这不是一个大东西，然而这是一颗千古小磨的珠玉。在现代大都市病了的男女，我保险这是一副可口的良药。

作者的人物虽说全部良善，本身却含有悲剧的成分。唯其良善，我们才更易于感到悲哀的分量。这种悲哀，不仅仅由于情节的演进，而是自来带在人物的气质里的，自然越是平静，"自然人"越显得悲哀：一个更大的命运影罩住他们的生存。这几乎是自然一个永久的原则：悲哀。

这一切，作者全叫读者自己去感觉。他不破口道出，却无微不入地写出。他连读者也放在作品所需要的一种空气里，在这里读者不仅用眼睛，而且五官一齐用——灵魂微微一颤，好像水面粼粼一动，于是读者打进作品，成为一团无间隔的谐和，或者，随便你，一种吸引作用。

《八骏图》具有同样效果。没有一篇海滨小说写海写得象这篇少了，也没有象这篇写得多了。海是青岛唯一的特色，也是《八骏图》汪洋的背景。作者的职志并不在海，却在藉海增浓悲哀的分量。他在写一个文人学者内心的情态，犹如在《边城》之中，不是分析出来的，而是四面八方烘染出来的。他的巧妙全在利用过去反衬现时，而现时只为推陈出新，仿佛剥笋，直到最后，裸露一个无常的人性。"这世界没有新"，新却不速而至。真是新的吗？达士先生勿需往这里想，因为他已经不是主子，而是自己的奴隶。利用外在烘染内在，是作者一种本领，《边城》和《八骏图》同样得到完美的使用。

环境和命运在嘲笑达士先生，而作者也在捉弄他这位知识阶级人物。这自以为医治人类灵魂的医生（他是一个小说家），以为自己心身健康，"写过了一种病（传奇式的性的追求），就永远不至于再传染了！"就在他讥诮命运的时光，命运揭开他的瘢疤，让他重新发见他的伤口——一个永久治愈不了的伤口，灵魂的伤口。这种藏在暗地嘲弄的心情，主宰《八骏图》整个地进行，却不是《边城》的主调。作者爱他《边城》的人物，至于达士先生，不过同情而已。

如若有人问我，"你欢喜《边城》，还是《八骏图》，如若不得不选择的时候？"我会脱门而出，同时把"欢喜"改做"爱"："我爱《边城》！"或许因为我是一个城市人，一个知识分子，然而实际是，《八骏图》不如《边城》丰盈，完美，更能透示作者怎样用他艺术的心灵来体味一个更其真淳的生活。

廿四年八月七日

（原载《李健吾创作评论选集》，人民文学出版社 1984 年版）

神·鬼·人
——巴金先生作

刘西渭（李健吾）

巴金先生再三声明他要沉默。我不相信，犹如我不相信湖面结冰鱼全冻死。因为刺激或者忿懑，永久和笔告别，未尝不可能，但是在巴金先生却不那样简单。他的热血容易沸腾上来，他的热情不许他缄默。他去了日本，预备抛弃文学的生涯——然而如何抛弃，假令文学便是表现？因而如何沉默。除非江郎才尽，或者永遭锢禁？他有一个绝对的信仰，这信仰强他为人指出一条理想的坦途。他有一个敏于感受的灵魂，这灵魂洋溢着永生的热情，而他的理性犹如一叶扁舟，浮泛在汹涌的波涛。这中古世纪的武士，好象向妖魔恶战一场，需要暂时的休息，以便开始另一场恶战——一个和世俗又和自我的争斗，而这暂时的休息之所，正是"患难见交情"的日本。老天给人安排下各不相同的命运，苦难正是每个创造者的本分，便是休息，他也得观察，思维，好象从汹涌变成粼粼，水依然流了下去。

《神·鬼·人》，便是他最近从日本带回来的不大不小的礼物。不大，因为这只是三个短篇小说；不小，因为企图揭露人性最神秘的一部分，那有生以具的不可言喻的一部分，我是说，宗教。

人类的情感可以分做三个发展的阶段，或者三种精神的趋止，最初该是神的世界，其次鬼的世界，最后人的世界。其始也，人类睁开迷濛的眼睛，惊奇赞叹四周非常的景象。渴了，有水喝；饿了，有东西吃；做了坏事，报应不爽；心想如此，偏偏如彼。什么在主宰这完美而又渺小的存在？看不见，然而若有人焉。无以名之，名之曰神。所有人类最高的努力大都用在怎样和神接近，完成神意，获得长谷川所企望的"神通力"。在人生的十字街头，有若干叉路奔往不同的幸福。对于最初的人类，"神通力"未尝不是达到不朽的法门。不朽便是幸福。于是另一道稀微的晨光，透进人类茫漠的意识。死不见其完全无望。不！朽了的只是身体，那真正主有一切的灵魂去而生息在一个不可知的宇宙。——神的世界？介乎神人的世界？神如大公无私，鬼——人们的祖先却切近各自的子孙，由于私的情感的联系，加以特殊的祖护；因为切近，无从触摸，不免带有更多的恐怖的成分。但是，人类从童年渐渐走进成年的理解，终于发见了一个庄严的观念，一种真实的存在，那真正指挥行动，降祸赐福，支配命运的——不是神鬼，而是人自己。

这三个世界，不仅占有人类历史的演进，同样占有常人的生活。这成为三种心理的情态，纠结在一起，左右日常的活动。宗教是人生有力的一部分，无论对象是神是鬼是人，其为信仰则一。有的用人服侍神鬼，有的却要用人服侍人，有的走出人的世界，有的却要从神鬼那边抓回人的独立。有的抛掉权利，换句话，尘世的苦斗，有的却争回生存的权利，因为"我是一个人"。

这里三篇小说正各自针对一个世界，用第一人称做旁观者，从消极的观察推绎出积极的理论，藉艺术的形式来表现一个或者一串抽象的观念。唯其如此，有些书必须有序，甚至于长序，犹如萧伯纳诠解他的戏剧，巴金先生需要正文以外的注释。在这一点上，没有人比巴金先生更清楚的，几乎他没有一本书没有一篇序跋。为什么这样做？因为他在小说里面还有话没有说完，而这没有说完的话，正好是那精采的一部分——那最重要的一部分，他所要暗示的非艺术的效果，换句话，为小说造型的形体所限制，所不得不见外，而为巴金先生所最珍惜的郁结的正义。这就是说，巴金先生不是一个热情的艺术家，而是一个热情的战士，他在艺术本身的效果以外，另求所谓挽狂澜于既倒的人世的效果；他并不一定要教训，但是他忍不住要喊出他认为真理的真理。看着别人痛苦，他痛苦；推求的结果，他发现人生无限的愚妄，不由自主，他出来加以匡正，解救，扶助——用一种艺术的形式。是的，这末一点成全了他在文学上的造就，因为不由自主，他选了一个和性情相近的表现方法，这方法上了他的手，本来是抒情的，也就越发抒情了，然而本来是艺术的，不免就有了相当的要求——要求一种超乎一切的自为生存的一致，因而有所限制。艺术家最高的努力，便是在这种限制之中，争取最和谐的表达的自由。唯其需要和谐，一种表现的恰如其分，我们不得不有所删削——所删削的也多半正是最妨害艺术之为艺术的。

巴金先生未尝不体会到这种艺术的限制，所以他才把自己的话留到序跋里演述。他不见其有意这样区别。不过分自觉，所以他的作品才那样和他一致，成为一种流动而动人的力量。不以艺术家自居，只要艺术供他役使，完成他社会的使命，同时不由自主，满足艺术的要求，他自然而然抓住我们的注意。

这不足以责备巴金先生，因为一切艺术的形式，归拢还不是自我忠实的表现？了解巴金先生的作品，先得看他的序跋，先得了解他自己。我们晓得，一件艺术品——真正的艺术品——本身便该做成一种自足的存在。它不需要外力的撑持。一部杰作必须内涵到了可以自为阐明。莎士比亚没有替他的戏剧另外说话。塞万提斯（Cervantes）没有替他的小说另外说话，他们的作品却丰颖到人人可以说话，漫天漫野地说话。然而谈到现代作家，我们必须记住我们是现代人，有题外说话的方便、权利和必要。一个现代人，具有复杂的生活和意义，不唯把自然给我们鉴赏，还要把自然揭穿了给我们认识。所以，象巴金先生那样的小说家，不幸生在我们这样一个时代，满腔热血，不能从行动上得到自由，转而从文字上图谋精神上的解放。甚至于有时在小说里面，好象一匹不羁之马，他们宁可牺牲艺术的完美，来满足各自人性的动向。这也就是为什么，现下流行的小说，用力于说服读者。所有艺术全在说服；然而现下流行的小说，忘记艺术本身便是绝妙的宣传，更想在艺术以外，用实际的利害说服读者。我们眼前推陈了许多精窳糅杂的作品，尽情于人性胜利的倾泻，而这人性，又建筑在各个作家自我的存在之上。

巴金先生的《神·鬼·人》，正好是这个倾向的最好的例证。在《神》里面，写信的人（即是作者）告诉他朋友道："记得我和你分别时，曾说过想掘发人性的话，那么我不妨先从这长谷川君动手罢，我总得想个法子把这人的心挖出来看一看。"这里从事于"掘发"的，不是一个研究科学的人，而是一个带有成见的人。不是科学者，巴金先生能够带着怜悯掘发他的人物。他不那样无情，然而他的信仰（不要忘记，他是有了信仰的人）同时指明人物的谬误。也许因为不是一个彻头彻尾的科学者，他没有把神写到十足的完满。长谷川是一个渺小的可怜的存在，富有关于人类的兴趣。作者告诉我们，"这人读过的书本真不算少呢。……我真正有点糊涂起来，我禁不住要问那个熟读了这许多书的人和这时在客室里虔诚地念经的长谷川君怎么能够就是一个人呢？我找不着回答……"便是长谷川自己也说："信了这宗教还是不久的事，以前我还是一个无神论者呢！"但是作者始终没有把剧变的原因告诉我们，如若作者"找不着回答"，读者并不因之多所原谅。同样地叙述悲剧的发展，最后到了"那悲剧的顶点马上就会来的。……结果一定是这样的：他抱了最后的勇气一步跳进深渊里去。这便是那快到来的悲剧的顶点罢"。于是《神》便结束了。巴金先生不能看下去，忍受下去了，他的理智不能克制他的情感，然而读者，不似他那样易于动情，偏要看见"那悲剧的顶点"，因为只有这样一来，故事才叫圆满。

这不能算做《神》的缺陷。任何作品推不开作者的性情。我们所应接受的，是他所已给我们的，不是他所未曾给我们的。我们根据他所给的一切立论，进而推衍他所未曾给的一切。易卜生的社会问题剧同样不给我们答案，因为答案尽可自由意会，不必强人相就。《神》的真正的缺陷，却在这里只是片面的观察，深而不广，静而少变。这是一个无神论者的观察，在态度上已经是一种扞格；而这无神论者仿佛一个道婆，唠叨着一个重三叠四的心理现象；而这现象，仿佛一滩死水，没有洄漩曲折——说实话，没有事变（不是没有故事）发生。这里或许受了日本小说的影响。我们东邻的文学创作有的是新奇，有的是小巧，有的是平淡，有的是趣味，有的是体会。然而就是缺乏一切做成伟大文学的更有力的成分。① 巴金先生的热情和信仰从日本的暗示救出他自己。即使有亏于造型的条件，《神》也拥有一个更深厚的人性在。

所有《神》的遗憾，第二篇《鬼》弥补了起来。这里是一个人的自述，从现时折往回忆，从回忆又折到现时。平静的海水开始，汹涌的海水收尾，二者借来象征人生内心的挣扎，形成全篇完美的结构。我们知道了堀口的性格，环境，教育，以及一切发展成为他精神存在的条件。他的转变是自然的，他的性格先就决定了他的未来。这是一个良弱，良而且弱，犹如长谷川是一个良弱。堀口不及他的情人，"男的醉在目前的景象里，而女的却放纵般地梦想着将来的幸福。"他不会为情而死，他缺乏理想，以及为理想而奋斗的力量。一个可怜虫，充满了精神上的骚动。他那一线的牺牲禁不住几番风吹雨打的梦魇。我们的世界有的是这类良弱。

但是如若有人问我，"你欢喜三篇哪一篇？"我将质真地答曰：《人》。这不象一

---

① 我承认我的偏颇，"日本通"一定会把我看做愚昧，我的印象完全根据的是翻译，自然不能算做健全。然而，无论如何，这是我的印象。《神》的毛病不在所受日本小说的影响，如若我的印象不算正确，不过这推翻不了《神》的缺陷单调。作者应当多从几方面来观察。

篇小说；也罢，反正我选了它，我并不失悔。为什么？敢请回身问问各自的日本朋友。犹如作者去年立下的誓，谈到这一篇，我甘愿把自己贬入沉默。

十二月十六日

（原载李建吾著《咀华集》，上海文化生活出版社1936年版）

论张爱玲的小说

傅 雷

前 言

在一个低气压的时代，水土特别不相宜的地方，谁也不存什么幻想，期待文艺园地里有奇花异卉探出头来。然而天下比较重要一些的事故，往往在你冷不防的时候出现。史家或社会学家，会用逻辑来证明，偶发的事故实在是酝酿已久的结果。但没有这种分析头脑的大众，总觉得世界上真有魔术棒似的东西在指挥着，每件新事故都像从天而降，教人无论悲喜都有些措手不及。张爱玲女士的作品给予读者的第一个印象，便有这情形。"这太突兀了，太像奇迹了，"除了这类不着边际的话以久，读者从没切实表示过意见。也许真是过于意外而怔住了。也许人总是胆怯的动物，在明确的舆论未成立以前，明哲的办法是含糊一下再说。但舆论还得大众去培植；而且文艺的成长，急需社会的批评，而非谨慎的或冷淡的缄默。是非好恶，不妨直说。说错了看错了，自有人指正。——无所谓尊严问题。

我们的作家一向对技巧抱着鄙夷的态度。"五四"以后，消耗了无数笔墨的是关于主义的论战。仿佛一有准确的意识就能立地成佛似的，区区艺术更是不成问题。其实，几条抽象的原则只能给大中学生应付会考。哪一种主义也好，倘没有深刻的人生观，真实的生活体验，迅速而犀利的观察，熟练的文字技能，活泼丰富的想象，决不能产生一件像样的作品。而且这一切都得经过长期艰苦的训练。《战争与和平》的原稿修改过七遍：大家可只知道托尔斯泰是个多产的作家（仿佛多产便是滥造似的）。巴尔扎克一部小说前前后后的修改稿，要装订成十余巨册，像百科辞典般排成一长队。然而大家以为巴尔扎克写作时有债主逼着，定是匆匆忙忙赶起来的。忽视这样显著的历史教训，便是使我们许多作品流产的主因。

譬如，斗争是我们最感兴趣的题材。对，人生一切都是斗争。但第一是斗争的范围，过去并没包括全部人生。作家的对象，多半是外界的敌人：宗法社会，旧礼教，资本主义……可是人类最大的悲剧往往是内在的。外来的苦难，至少有客观的原因可得而诅咒，反抗，攻击；且还有赚取同情的机会。至于个人在情欲主宰之下所招致的祸害，非但失去了泄仇的目标，且更遭到"自作自受"一类的谴责。第二是斗争的表现。人的活动脱不了情欲的因素；斗争是活动的尖端，更其是情欲的舞台。去掉了情欲，斗争便失掉活力。情欲而无深刻的勾勒，一样失掉它的活力，同时把作品变成了空的躯壳。

在此我并没意思铸造什么尺度，也不想清算过去的文坛；只是把已往的主要缺陷回顾一下，瞧瞧我们的新作家把它们填补了多少。

一 《金锁记》

由于上述的观点，我先讨论《金锁记》。它是一个最圆满肯定的答复。情欲（passion）的作用，很少像在这件作品里那么重要。

从表面看，曹七巧不过是遗老家庭里一种牺牲品，没落的宗法社会里微末不足道的渣滓。但命运偏偏要教渣滓当续命汤，不但要做她儿女的母亲，还要做她媳妇的婆婆，——把旁人的命运交在她手里。以一个小家碧玉而高攀簪缨望族，门户的错配已经种下了悲剧的第一个远因。原来当残废公子的姨奶奶的角色，由于老太太一念之善（或一念之差），抬高了她的身份，做了正室；于是造成了她悲剧的第二个远因。在姜家的环境里，固然当姨奶奶未必有好收场，但黄金欲不致被刺激得那么高涨，恋爱欲也就不致被抑压得那么厉害。她的心理变态，即使有，也不致病入膏肓，扯上那么多的人替她殉葬。然而最基本的悲剧因素还不在此。她是担当不起情欲的人，情欲在她心中偏偏来得嚣张。已经把一种情欲压倒了，才死心塌地来服侍病人，偏偏那情欲死灰复燃，要求它的那份权利。爱情在一个人身上不得满足，便需要三四个人的幸福与生命来抵偿。可怕的报复！

可怕的报复把她压瘪了。"儿子女儿恨毒了她"，至亲骨肉都给"她沉重的枷角劈杀了"，连她心爱的男人也跟她"仇人似的"；她的惨史写成故事时，也还得给不相干的群众义愤填胸的咒骂几句。悲剧变成了丑史，血泪变成了罪状：还有什么更悲惨的？

当七巧回想着早年当曹大姑娘的时代，和肉店里的朝禄打情骂俏时，"一阵温风直扑到她脸上，腻滞的死去的肉体的气味……她皱紧了眉毛。床上睡着她的丈夫，那没有生命的肉体……"当年的肉腥虽然教她皱眉，究竟是美妙的憧憬，充满了希望。眼前的肉腥，却是刽子手刀上气味。——这个刽子手是谁？黄金。——黄金的情欲。为了黄金，她在焦灼期待，"啃不到"黄金的边的时代，嫉妒妯娌姑子，跟兄嫂闹架。为了黄金，她只能"低声"对小叔嚷着："我有什么地方不如人？我有什么地方不好？"为了黄金，她十年后甘心把最后一个满足爱情的希望吹肥皂泡似的吹破了。当季泽站在她面前，小声叫道："二嫂！……七巧！"接着诉说了（终于！）隐藏十年的爱以后：——

> 七巧低着头，沐浴在光辉里，细细的音乐，细细的喜悦……这些年了，她跟他捉迷藏似的，只是近不得身，原来还有今天！

"沐浴在光辉里"，一生仅仅这一次，主角蒙受到神的恩宠。好似项勃朗笔下的肖像，整个的人都沉没在阴暗里，只有脸上极小的一角沾着些光亮。即是这些少的光亮直透入我们的内心。

季泽立在她跟前，两手合在她扇子上，面颊贴在她扇子上。他也老了十年了。然而人究竟还是那个人呵！他难道是哄她么？他想她的钱——她卖掉她的一生换来的几个钱？仅仅这一念便使她暴怒起来了……

这一转念赛如一个闷雷，一片浓重的乌云，立刻掩盖了一刹那的光辉；"细细的音乐，细细的喜悦"，被暴风雨无情地扫荡了。雷雨过后，一切都已过去，一切都已晚了。"一滴，一滴，……一更，二更，……一年，一百年……"完了，永久的完了。剩下的只有无穷的悔恨。"她要在楼上的窗户里再看他一眼。无论如何，她从前爱过他。她的爱给了她无穷的痛苦。单只这一点，就使她值得留恋。"留恋的对象消灭了，只有留恋往日的痛苦。就在一个出身低微的轻狂女子身上，爱情也不曾减少圣洁。

七巧眼前仿佛挂了冰冷的珍珠帘，一阵热风来了，把那帘紧紧贴在她脸上，风去了，又把帘子吸了回去，气还没透过来，风又来了，没头没脸包住她——一阵凉，一阵热，她只是淌着眼泪。

她的痛苦到了顶点（作品的美也到了顶点），可是没完。只换了方向，从心头沉到心底，越来越无名。忿懑变成尖刻的怨毒，莫名其妙的只想发泄，不择对象。她眯缝着眼望着儿子，"这些年来她的生命里只有这一个男人，只有他，她不怕他想她的钱——横竖钱都是他的。可是，因为他是她的儿子，他这一个人还抵不了半个……"多怆痛的呼声！"……现在，就连这半个人她也保留不住——他娶了亲。"于是儿子的幸福，媳妇的幸福，女儿的幸福，在她眼里全变作恶毒的嘲笑，好比公牛面前的红旗。歇斯底里变得比疯狂还可怕，因为"她还有一个疯子的审慎与机智"。凭了这，她把他们一齐断送了。这也不足为奇。炼狱的一端紧接着地狱，殉难者不肯忘记把最亲近的人带进去的。

最初她把黄金锁住了爱情，结果却锁住了自己。爱情磨折了她一世和一家。她战败了，她是弱者。但因为是弱者，她就没有被同情的资格了么？弱者做了情欲的俘虏，代情欲做了刽子手，我们便有理由恨她么？作者不这么想。在上面所引的几段里，显然有作者深切的怜悯，唤引着读者的怜悯。还有："多少回了，为了要按捺她自己，她迸得全身的筋骨与牙根都酸楚了。""十八九岁做姑娘的时候……喜欢她的有……如果她挑中了他们之中的一个，往后日子久了，生了孩子，男人多少对她有点真心。七巧挪了挪头底下的荷叶边洋枕，凑上脸去揉擦一下，那一面的一滴眼泪，她也就懒怠去揩拭，由它挂在腮上，渐渐自己干了。"这些淡淡的朴素的句子，也许为粗忽的读者不会注意的，有如一阵温暖的微风，抚弄着七巧墓上的野草。

和主角的悲剧相比之下，几个配角的显然缓和多了。长安姊弟都不是有情欲的人。幸福的得失，对他们远没有对他们母亲那么重要。长白尽往陷坑里沉，早已失去了知觉，也许从来就不曾有过知觉。长安有过两次快乐的日子，但都用"一个美丽而苍凉的手势"自愿舍弃了。便是这个手势使她的命运虽不像七巧的那样阴森可怕,影响深远,却令人觉得另一股惆怅与凄凉的滋味。Long, long ago 的曲调所引起的无名的悲哀,将永远留在读者心坎。

结构,节奏,色彩,在这件作品里不用说有了最幸运的成就。特别值得一提的,还有下列几点:

第一是作者的心理分析,并不采用冗长的独白,或枯索繁琐的解剖,她利用暗示,把动作、言语、心理三者打成一片。七巧,季泽,长安,童世舫,芝寿,都没有专写他们内心的篇幅;但他们每一个举动,每一缕思维,每一段谈话,都反映出心理的进展。两次叔嫂调情的场面,不光是那种造型美显得动人,却还综合着储蓄、细腻、朴素、强烈、抑止、大胆,这许多似乎相反的优点。每句说话都是动作,每个动作都是说话。即在没有动作没有言语的场合,情绪的波动也不曾减弱分毫。例如童世舫与长安订婚以后:

……两人并排在公园里走着,很少说话,眼角里带着一点对方的衣服与移动着的脚,女子的粉香,男子的淡巴菰气,这单纯而可爱的印象,便是他们的阑干,阑干把他们与大众隔开了。空旷的绿草地上,许多人跑着,笑着,谈着,可是他们走的是寂寂的绮丽的回廊,——走不完的寂寂的回廊。不说话,长安并不感到任何缺陷。

还有什么描写,能表达这一对不调和的男女的调和呢?能写出这种微妙的心理呢?和七巧的爱情比照起来,这是平淡多了,恬静多了,正好散文、牧歌之于戏剧。两代的爱,两种的情调,相同的是温暖。

至于七巧磨折长安的几幕,以及最后在童世舫前毁谤女儿来离间他们的一段,对病态心理的刻划,更是令人"毛骨悚然"的精彩文章。

第二是作者的节略法(raccourci)的运用:

风从窗子里进来,对面挂着的回文雕漆长镜被吹得摇摇晃晃。磕托磕托敲着墙。七巧双手按住了镜子。镜子里反映着翠竹帘子和一幅金绿山水屏条依旧在风中来回荡漾着,望久了,便有一种晕船的感觉。再定睛看时,翠竹帘子已经褪色了,金绿山水换了张丈夫的遗像,镜子里的人也老了十年。

这是电影的手法:空间与时间,模模糊糊淡下去了,又隐隐约约浮上来了。巧妙的转调技术!

第三是作者的风格。这原是首先引起读者注意和赞美的部分。外表的美永远比内在的美容易发现。何况是那么色彩鲜明,收得住、泼得出的文章!新旧文字的糅和,新旧意境的交错,在本篇里正是恰到好处。仿佛这俐落痛快的文字是天造地设的一般,老早摆在那里,预备来叙述这幕悲剧的。譬喻的巧妙,形象的入画,固是作者风格的特色，但在完成整个作品上，从没像在这篇里那样的尽其效用。例如："三十年前的上海，一个有月亮的晚上……年轻的人想着三十年前的月亮，该是铜钱大的一个红黄的湿晕，像朵云轩信笺上落了一滴泪珠，陈旧而迷糊。老年人回忆中的三十年前的月亮是欢愉的，比眼前的月亮大，圆，白，然而隔着三十年的辛苦路望回看，再好的月色也不免带些凄凉。"这一段引子，不但月的描写是那么新颖，不但心理的观察那么深入，而且轻描淡写的呵成了一片苍凉的气氛，从开场起就罩住了全篇的故事人物。假如风格没有这综合的效果，也就失掉它的价值了。

毫无疑问，《金锁记》是张女士截至目前的最完满之作，颇有《猎人日记》中某些故事的风味。至少也该列为我们文坛最美的收获之一。没有《金锁记》，本文作者决不在下文把《连环套》批评得那么严厉，而且根本也不会写这篇文字。

二　《倾城之恋》

一个"破落户"家的离婚女儿，被穷酸兄嫂的冷嘲热讽撵出母家，跟一个饱经世故，狡猾精刮的老留学生谈恋爱。正要陷在泥淖里时，一件突然震动世界的变故把她救了出来，得到一个平凡的归宿。——整篇故事可以用这一两行包括。因为是传奇（正如作者所说），没有悲剧的严肃、崇高，和宿命性；光暗的对照也不强烈。因为是传奇，情欲没有惊心动魄的表现。几乎占到二分之一篇幅的调情，尽是些玩世不恭的享乐主义者的精神游戏；尽管那么机巧，文雅，风趣，终究是精练到近乎病态的社会的产物。好似六朝的骈体，虽然珠光宝气，内里却空空洞洞，既没有真正的欢畅，也没有刻骨的悲哀。《倾城之恋》给人家的印象，仿佛是一座雕刻精工的翡翠宝塔，而非莪特式大寺的一角。美丽的对话，真真假假的捉迷藏，都在心的浮面飘滑；吸引，挑逗，无伤大体的攻守战，遮饰着虚伪。男人是一片空虚的心，不想真正找着落的心，把恋爱看作高尔夫与威士忌中间的调剂。女人，整日担忧着最后一些资本——三十岁左右的青春——再吃一次倒帐；物质生活的迫切需求，使她无暇顾到心灵。这样的一幕喜剧，骨子里的贫血，充满了死气，当然不能有好结果。疲乏，厌倦，苟且，浑身小智小慧的人，担当不了悲剧的角色。麻痹的神经偶而抖动一下，居然探头瞥见了一角未来的历史。病态的人有他特别敏锐的感觉：

……从浅水湾饭店过去一截子路，空中飞跨着一座桥梁，桥那边是山，桥这边是一块灰砖砌成的墙壁，拦住了这边的山……柳原看着她道："这堵墙，不知为什么使我想起地老天荒那一类的话……有一天，我们的文明整个的毁掉了，什么都完了——烧完了，炸完了，坍完了，也许还剩下这堵墙。流苏，如果我们那时候再在这墙跟底下遇见了……流苏，也许你会对我有一点真心，也许我会对你有一点真心。"

好一个天际辽阔，胸襟浩荡的境界！在这中篇里，无异平凡的田野中忽然显现出一片无垠的流沙。但也像流沙一样，不过动荡着显现了一刹那。等到预感的毁灭真正临到了，完成了，柳原的神经却只在麻痹之上多加了一些疲倦。从前一刹那的觉醒早已忘记了。他从没再加思索。连终于实现了的"一点真心"也不见得如何可靠。只有流苏，劫后舒了一口气，淡淡的浮起一些感想：——

  流苏拥被坐着，听着那悲凉的风。她确实知道浅水湾附近，灰砖砌的那一面墙，一定还屹然站在那里……她仿佛做梦似的，又来到墙根下，迎面来了柳原……在这动荡的世界里，钱财，地产，天长地久的一切，全不可靠了。靠得住的只有她腔子里的这口气，还有睡在她身边的这个人。她突然爬到柳原身边，隔着他的棉被拥抱着他。他从被窝里伸出手来握住她的手。他们把彼此看得透明透亮。仅仅是一刹那彻底的谅解，然而这一刹那够他们在一起和谐地活个十年八年。

  两人的心理变化，就只这一些。方舟上的一对可怜虫，只有"天长地久的一切全不可靠了"这样淡漠的惆怅。倾城大祸（给予他们的痛苦实在太少，作者不曾尽量利用对比），不过替他们收拾了残局；共患难的果实，"仅仅是一刹那的彻底的谅解"，仅仅是"活个十年八年"的念头。笼统的感慨，不彻底的反省。病态文明培植了他们的轻佻，残酷的毁灭使他们感到虚无，幻灭。同样没有深刻的反应。

  而且范柳原真是一个这么枯涸的（Fade）人么？关于他，作者为何从头至尾只写侧面？在小说中他不是应该和流苏占着同等地位，是第二主题么？他上英国去的用意，始终暧昧不明；流苏隔被拥抱他的时候，当他说："那时候太忙着谈恋爱了，哪里还有工夫恋爱"的时候，他竟没进一步吐露真正切实的心腹。"把彼此看得透明透亮"，未免太速写式的轻轻带过了。可是这里正该是强有力的转捩点，应该由作者全副精神去对付的啊！错过了这最后一个高峰，便只有平凡的，庸碌鄙俗的下山路了。柳原宣布登报结婚的消息，使流苏快活得一忽儿哭一忽儿笑，柳原还有那种 cynical 的闲适去"羞她的脸"；到上海以后，"他把他的俏皮话省下来说给旁的女人听"；由此看来，他只是一个暂时收了心的唐·裘安，或是伊林华斯勋爵一流的人物。

  "他不过是一个怎么的男子，她不过是一个怎么的女人。"但他们连怎么也没有迹象可寻。"在这兵荒马乱的时代，个人主义者是无处容身的。可是总有地方容得下一对平凡的夫妻。"世界上有的是平凡，我不抱怨作者多写了一对平凡的人。但战争使范柳原恢复一些人性，使把婚姻当职业看的流苏有一些转变（光是觉得靠得住的只有腔子里的气和身边的这个人，是不够说明她的转变的），也不能算是怎样的不平凡。平凡并非没有深度的意思。并且人物的平凡，只应该使作品不平凡。显然，作者把她的人物过于匆促的送走了。

  勾勒的不够深刻，是因为对人物思索得不够深刻，生活得不够深刻；并且作品的重心过于偏向俏皮而风雅的调情。倘再从小节上检视一下的话，那末，流苏"没念过两句书"而居然够得上和柳原针锋相对，未免是个大漏洞。离婚以前的生活经验毫无追叙，使她离家以前和以后的思想引动显得不可解。这些都减少了人物的现实性。

总之，《倾城之恋》的华彩胜过了骨干：两个主角的缺陷，也就是作品本身的缺陷。

三　短篇和长篇

恋爱与婚姻，是作者至此为止的中心题材；长长短短六七件作品，只是 variations upon a theme。遗老遗少和小资产阶级，全都为男女问题这恶梦所苦。恶梦中老是淫雨连绵的秋天，潮腻腻的，灰暗，肮脏，窒息与腐烂的气味，像是病人临终的房间。烦恼，焦急，挣扎，全无结果。恶梦没有边际，也就无从逃避。零星的磨折，生死的苦难，在此只是无名的浪费。青春，热情，幻想，希望，都没有存身的地方。川嫦的卧房，姚先生的家，封锁期的电车车厢，扩大起来便是整个的社会。一切之上，还有一只瞧不及的巨手张开着，不知从哪儿重重的压下来，要压瘪每个人的心房。这样一幅图画印在劣质的报纸上，线条和黑白的对照迷糊一些，就该和张女士的短篇气息差不多。

为什么要用这个譬喻？因为她阴沉的篇幅里，时时渗入轻松的笔调，俏皮的口吻，好比一些闪烁的磷火，教人分不清这微光是黄昏还是曙色。有时幽默的分量过了分，悲喜剧变成了趣剧。趣剧不打紧，但若沾上了轻薄味（如《琉璃瓦》），艺术就给摧残了。

明知挣扎无益，便不挣扎了。执著也是徒然，便舍弃了。这是道地的东方精神。明哲与解脱；可同时是卑怯，懦弱，懒惰，虚无。反映到艺术品上，便是没有波澜的寂寂的死气，不一定有美丽而苍凉的手势来点缀。川嫦没有和病魔奋斗，没有丝毫意志的努力。除了向世界遗憾地投射一眼之外，她连抓住世界的念头都没有。不经战斗的投降。自己的父母与爱人对她没有深切的留恋。读者更容易忘记她。而她还是许多短篇中①刻划得最深的人物！

微妙尴尬的局面，始终是作者最擅长的一手。时代、阶级、教育、利害观念完全不同的人相处在一块时所有暧昧含糊的情景，没有人比她传达得更真切。各种心理互相摸索，磨擦，进攻，闪避，显得那么自然而风趣，好似古典舞中一边摆着架式（figute）一边交换舞伴那样轻盈，潇洒，熨贴。这种境界稍有过火或稍有不及，《封锁》与《年轻的时候》中细腻娇嫩的气息就要给破坏，从而带走了作品全部的魅力。然而这巧妙的技术，本身不过是一种迷人的奢侈；倘使不把它当作完成主题的手段（如《金锁记》中这些技术的作用），那末，充其量也只能制造一些小骨董。

在作者第一个长篇只发表了一部分的时候就来批评，当然是不免唐突的。但其中

---

① 《心经》一篇只读到上半篇，九月期《万象》遍觅不得，故本文特置不论。好在这儿写的不是评传，挂漏也不妨。——原注

暴露的缺陷的严重，使我不能保持谨慎的缄默。

《连环套》的主要弊病是内容的贫乏。已经刊布了四期，还没有中心思想显露。霓喜和两个丈夫的历史，仿佛是一串五花八门，西洋镜式的小故事凑成的。没有心理的进展，因此也看不见潜在的逻辑，一切穿插都失掉了意义。雅赫雅是印度人，霓喜是广东养女：就这两点似乎应该是《第一环》的主题所在。半世纪前印度商人对中国女子的看法，即使逃不出玩物二字，难道竟没有旁的特殊心理？他是殖民地各族，但在香港和中国人的地位不同，再加是大绸缎铺子的主人。可是《连环套》中并无这二三个因素错杂的作用。养女（而且是广东的养女）该有养女的心理，对她一生都有影响。一朝移植之后，势必有一个演化蜕变的过程；决不会像作者所写的，她一进绸缎店，仿佛从小就在绸缎店里长大的样子。我们既不觉得雅赫雅买的是一个广东养女，也不觉得广东养女嫁的是一个印度富商。两个典型的人物都给中和了。

错失了最有意义的主题，丢开了作者最擅长的心理刻划，单凭着丰富的想象，逗着一支流转如踢踏舞似的笔，不知不觉走上了纯粹趣味性的路。除开最初一段，越往后越着重情节：一套又一套的戏法（我几乎要说是噱头），突兀之外还要突兀，刺激之外还要刺激，仿佛作者跟自己比赛似的，每次都要打破上一次的记录，像流行的剧本一样，也像歌舞团里的接一连二的节目一样，教读者眼花缭乱，应接不暇。描写色情的地方（多的是），简直用起旧小说和京戏——尤其是梆子戏——中最要不得而最叫座的镜头！《金锁记》的作者竟不惜用这种技术来给大众消闲和打哈哈，未免太出人意外了。

至于人物的缺少真实性，全都弥漫着恶俗的漫画气息，更是把 taste "看成了脚下的泥"。西班牙女修士的行为，简直和中国从前的三姑六婆一模一样。我不知半世纪前香港女修院的清规如何，不知作者在史实上有何根据；但她所写的，倒更近于欧洲中世纪的丑史，而非她这部小说里应有的现实。其次，她的人物不是外国人，便是广东人。即使地方色彩在用语上无法积极的标识出来，至少也不该把纯粹《金瓶梅》《红楼梦》的用语，硬嵌入西方人和广东人嘴里。这种错乱得可笑的化装，真乃不可思议。

风格也从没像在《连环套》中那样自贬得厉害。节奏，风味，品格，全不讲了。措词用语，处处显出"信笔所之"的神气，甚至往腐化的路上走。《倾城之恋》的前半篇，偶而已看到"为了宝络这头亲，却忙得鸦飞雀乱，人仰马翻"的套语；幸而那时还有节制，不过小疵而已。但到了《连环套》，这小疵竟越来越多，像流行病的细菌一样了："两个嘲戏做一堆"，"是那个贼囚根子在他跟前……"，"一路上凤尾森森，香尘细细"，"青山绿水，观之不足，看之有余"，"三人分花拂柳"，"衔恨于心，不在话下"，"见了这等人物，如何不喜"，"……暗暗点头，自去报信不提"，"他触动前情，放出风流债主的手段"，"有话即长，无话即短"，"那内侄如同箭穿雁嘴，钩搭鱼腮，做声不得"……这样的滥调，旧小说的渣滓，连现在的鸳鸯蝴蝶派和黑幕小说家也觉得恶俗而不用了，而居然在这里出现。岂不也太像奇迹了吗？

在扯了满帆，顺流而下的情势中，作者的笔锋"熟极而流"，再也把不住舵。

《连环套》逃不过刚下地就夭折的命运。

四 结 论

我们在篇首举出一般创作的缺陷，张女士究竟填补了多少呢？一大部分，也是一小部分。心理观察，文字技巧，想象力，在她都已不成问题。这些优点对作品真有贡献的，却只《金锁记》一部。我们固不能要求一个作家只产生杰作，但也不能坐视她的优点把她引入危险的歧途，更不能听让新的缺陷去填补旧的缺陷。

《金锁记》和《倾城之恋》，以题材而论似乎前者更难处理，而成功的却是那更难处理的。在此见出作者的天分和功力。并且她的态度，也显见对前者更严肃，作品留在工场里的时期也更长久。《金锁记》的材料大部分是间接得来的：人物和作者之间，时代，环境，心理，都距离甚远，使她不得不丢开自己，努力去生活在人物身上，顺着情欲发展的逻辑，尽往第三者个性里钻。于是她触及了鲜血淋漓的现实。至于《倾城之恋》，也许因为作者身经危城劫难的印象太强烈了。自己的感觉不知不觉过量的移注在人物身上，减少了客观探索的机会。她和她的人物同一时代，更易混入主观的情操。还有那漂亮的对话，似乎把作者首先迷住了：过度的注意局部，妨害了全体的完成。只要作者不去生活在人物身上，不跟着人物走，就免不了肤浅之病。

小说家最大的秘密，在能跟着创造的人物同时演化。生活经验是无穷的。作家的生活经验怎样才算丰富是没有标准的。人寿有限，活动的环境有限；单凭外界的材料来求生活的丰富，决不够成为艺术家。唯有在众生身上去体验人生，才会使作者和人物同时进步，而且渐渐超过自己。巴尔扎克不是在第一部小说成功的时候，就把人生了解得那么深，那么广的。他也不是对贵族、平民、劳工、富商、律师、诗人、画家、荡妇、老处女、军人……那些种类万千的人的心理，分门别类的一下子都研究明白，了如指掌之后，然后动笔写作的。现实世界所有的不过是片段的材料，片段的暗示；经小说家用心理学家的眼光，科学家的耐心，宗教家的热诚，依照严密的逻辑推索下去，忘记了自我，化身为故事中的角色（还要走多少回头路，白化多少心力），陪着他们作身心的探险，陪他们笑，陪他们哭，才能获得作者实际未曾经历的经历。一切的大艺术家就是这样一面工作一面学习的。这些平凡的老话，张女士当然知道。不过作家所遇到的诱惑特别多，也许旁的更悦耳的声音，在她耳畔盖住了老生常谈的单调的声音。

技巧对张女士是最危险的诱惑。无论哪一部门的艺术家，等到技巧成熟过度，成了格式，就不免要重复他自己。在下意识中，技能像旁的本能一样时时骚动着，要求一显身手的机会，不问主人胸中有没有东西需要它表现。结果变成了文字游戏。写作的目的和趣味，仿佛就在花花絮絮的方块字的堆砌上。任何细胞过度的膨胀，都会变成癌。其实，彻底的说，技巧也没有止境。一种题材，一种内容，需要一种特殊的技巧去适应。所以真正的艺术家，他的心灵探险史，往往就是和技巧的战斗史。人生形相之多，岂有一二套衣装就够穿戴之理？把握住了这一点，技巧永久不会成癌，也就无所谓危险了。

文学遗产的记忆过于清楚，是作者另一危机。把旧小说的文体运用到创作上来，虽在适当的限度内不无情趣，究竟近于玩火，一不留神，艺术会给它烧毁的。旧文体的不能直接搬过来，正如不能把西洋的文法和修辞直接搬用一样。何况俗套滥调，在任何文字里都是毒素！希望作者从此和它们隔离起来。她自有她净化的文体。《金锁记》的作者没有理由往后退。

聪明机智成了习气，也是一块绊脚石。王尔德派的人生观，和东方式的"人生朝露"的腔调混合起来，是没有前程的。它只能使心灵从洒脱而空虚而枯涸，使作者离开艺术，离开人生，埋葬在沙龙里。

我不责备作者的题材只限于男女问题。但除了男女之外，世界究竟还辽阔得很。人类的情欲不仅仅限于一二种。假如作者的视线改换一下角度的话，也许会摆脱那种淡漠的贫血的感伤情调；或者痛快成为一个彻底的悲观主义者，把人生剥出一个血淋淋的面目来。我不是鼓励悲观。但心灵的窗子不会嫌开得太多，因为可以免除单调与闭塞。

总而言之：才华最爱出卖人！像张女士般有多方面的修养而能充分运用的作家（绘画，音乐，历史的运用，使她的文体特别富丽动人），单从《金锁记》到《封锁》，不过如一杯兑过几次开水的龙井，味道淡了些。即使如此，也嫌太奢侈，太浪费了。但若取悦大众（或只是取悦自己来满足技巧欲，——因为作者能可谦抑地说：我不过写着玩儿的）到写日报连载小说（fcuilleton）的所谓 fiction 的地步，那样的倒车开下去，老实说，有些不堪设想。

宝石镶嵌的图画被人欣赏，并非为了宝石的彩色。少一些光芒，多一些深度，少了一些词藻，多一些实质：作品只会有更完满的收获。多写，少发表，尤其是服侍艺术最忠实的态度。（我知道作者发表的决非她的处女作，但有些大作家早年废弃的习作，有三四十部小说从未问世的纪录。）文艺女神的贞洁是最宝贵的，也是最容易被污辱的。爱护她就是爱护自己。

一位旅华十年的外侨和我闲谈时说起："奇迹在中国不算希奇，可是都没有好收场。"但愿这两句话永远扯不到张爱玲女士身上！

一九四四年四月七日

（原载《万象》1944 年 5 月号；署名迅雨）

一个中国诗人

王佐良

对于战时中国诗歌的正确的评价,大概要等中国政治局面更好的一日。黄河以北一大块土地尚待发掘。模糊地听见的只有延安方面的一些诗人——在战前就建立了声誉的,如艾青和田间,曾实验过一些新的形式,既非学院气息,也不花花绿绿。有人说这些形式大体是民歌的改造,常常还以秧歌作为穿插。这些当然是错误的传闻。而传闻也必须到此为止:我们回到那年青的昆明的一群。

这一群毫不有名。他们的文章出现在很快就夭折的杂志上,有二三个人出了他们的第一个集子。但是那些印在薄薄土纸上的小书从来就无法走远,一直到今天,还是有运输困难和邮局的限制。只有朋友们才承认它们的好处,在朋友之间,偶尔还可以看见一卷文稿在传阅。

这些诗人们多少与国立西南联大有关,联大的屋顶是低的,学者们的外表褴褛,有些人形同流民,然而却一直有着那点对于心智上事物的兴奋。在战争的初期,图书馆比后来的更小,然而仅有的几本书,尤其是从外国刚运来的珍宝似的新书,是用着一种无礼貌的饥饿吞下了的。这些书现在大概还躺在昆明师范学院的书架上吧:最后,纸边都卷如狗耳,到处都皱叠了,而且往往失去了封面。但是这些联大的年青诗人们并没有白读了他们的艾里奥脱与奥登。也许西方会出惊地感到它对于文化东方的无知,以及这无知的可耻,当我们告诉它,如何地带着怎样的狂热,以怎样梦寐的眼睛,有人在遥远的中国读着这二个诗人。在许多下午,饮着普通的中国茶,置身于乡下来的农民和小商人的嘈杂之中,这些年青作家迫切地热烈讨论着技术的细节。高声的辩论有时伸入夜晚:那时候,他们离开小茶馆,而围着校园一圈又一圈地激动地不知休止地走着。但是对于他们,生活并不容易。学生时代,他们活在微薄的政府公费上。毕了业,作为大学和中学的低级教员,银行小职员,科员,实习记者,或仅仅是一个游荡的闲人,他们同物价作着不断的灰心的抗争。他们之中有人结婚,于是从头就负债度日,他们洗衣、买菜、烧饭,同人还价,吵嘴,在市场上和房东之前受辱。他们之间并未发展起一个排他的、贵族性的小团体。他们陷在污泥之中,但是,总有那么些次,当事情的重压比较松了一下,当一年又转到春天了,他们从日常琐碎的折磨里偷出时间和心思来——来写。

战争,自然不仅是物价,也不仅是在城市里躲警报,他们大多要更接近它一点。二个参加了炮兵。一个帮美国志愿队作战,好几个变成宣传部的人员。另外有人在滇缅公路的修筑上晒过毒太阳,或将敌人从这路上打退。但是最痛苦的经验却只属于一个人,那是一九四二年的滇缅撤退,他从事自杀性的殿后战。日本人穷追,他的马倒了地,传令兵死了,不知多少天,他给死去战友的直瞪的眼睛追赶着,在热带的毒雨里，他的腿肿了。疲倦得从来没有想到人能够这样疲倦，放逐在时间——几乎还在空间——之外，胡康河谷的森林的阴暗和死寂一天比一天沉重了，更不能支持了，带着一种致命性的痫疾，让蚂蝗和大得可怕的蚊子咬着。而在这一切之上，是叫人发疯的饥饿。他曾经一次断粮到八日之久。但是这个二十四岁的年青人，在五个月的失踪之后，结果是拖了他的身体到达印度。虽然他从此变了一个人，以后在印度三个月的休养里又几乎因饥饿之后的过饱而死去，这个瘦长的，外表脆弱的诗人却有意想不到的坚韧，他活了下来，来说他的故事。

但是不！他并没有说。因为如果我的叙述泄露了一种虚假的英雄主义的坏趣味，他本人对于这一切淡漠而又随便，或者便连这样也觉得不好意思。只有一次，被朋友们逼得没有办法了，他才说了一点，而就是那次，他也只说到他对于大地的惧怕，原始的雨，森林里奇异的看了使人害病的草木怒长，而在繁茂的绿叶之间却是那些走在他前面的人的腐烂的尸身，也许就是他的朋友们的。

他的名字是穆旦，现在是一个军队里的中校，而且主持着一张常常惹是非的报纸。他已经有了二个集子，第三个快要出了，但这些日子他所想的可能不是他的诗，而是他的母亲。有整整八年他没见到母亲了，而他已不再是一个十八岁的孩子。

这个孩子实际上并未长成大人。他并没有普通中国诗人所有的派头。他有一个好的正式的教育，而那仅仅给了他技术方面的必要的知识。在好奇心方面，他还只有十八岁；他将一些事物看作最初的元素。

> 当我呼吸，在山河的交铸里，
> 无数个晨曦，黄昏，彩色的光，
> 从昆仑，喜马，天山的傲视，
> 流下了干燥的，卑湿的草原，
> 当黄河，扬子，珠江终于憩息……

如果说是这里有些太堂皇的修辞，那么让我们指出：这首诗写在一九三九年。正当中国激动在初期的挫败里。应该是外在的陌生的东西，在一个年青的无经验的手中变成了内在的情感。

我们的诗人以纯粹的抒情著称，而好的抒情是不大容易见到的，尤其在中国。在中国所写的，有大部分是地位不明白的西方作家的抄袭，因为比较文学的一个普通的讽刺是：只有第二流的在另一个文字里产生了真正的影响。最好的英国诗人就在穆旦的手指尖上，但他没有模仿，而且从来不借别人的声音歌唱。他的焦灼是真实的：

> 我从我心的旷野里呼喊，
> 为了我窥见的美丽的真理：
> 而不幸，彷徨的日子将不再有了，
> 当我缢死了我的错误的童年，

（那些深情的执拗和偏见，）

主要的调子却是痛苦：

在坚实的肉里那些深深的
血的沟渠，血的沟渠灌溉了
翻白的花，在青铜样的皮上，
是多大的奇迹，从紫色的血泊中
它抖身，它站立，它跃起，
风在鞭挞它痛楚的喘息，

是这一种受难的品质，使穆旦显得与众不同的。人们猜想现代中国写作必将生和死写得分明生动，但是除了几闪鲁迅的凶狠地刺人的机智和几个零碎的悲愤的喊叫，大多数中国作家是冷淡的。倒并不是因为他们太飘逸，事实上，没有别的一群作家比他们更接近土壤，而是因为在拥抱了一个现实的方案和策略时，政治意识闷死了同情心。死在中国街道上是常见景象，而中国的智识分子虚空地断断续续地想着。但是穆旦并不依附任何政治意识。一开头，自然，人家把他当作左派，正同每一个有为的中国作家多少总是一个左派。但是他已经超越过这个阶段，而看出了所有口头式政治的庸俗：

在犬牙的甬道中让我们反复
行进，让我们相信你句句的紊乱
是一个真理。而我们是皈依的，
你给我们丰富，和丰富的痛苦。

我并不是说他逐渐流入一个本质上是反动的态度。他只是更深入，更钻进根底，问题变成了心的死亡：

然而这不值得挂念，我知道
一个更紧的死亡追在后头，
因为我听见了洪水，随着巨风，
从远而近，在我们的心里拍打，
吞蚀着古旧的血液和骨肉。

就在他采用了辩证，穆旦也是在让一个黑暗的情感吞蚀着：

勃朗宁，毛瑟，三号手提式，

或是爆进人肉去的左轮，
它们能给我绝望后的快乐，
对着漆黑的枪口，你们会看见
从历史的扭转的弹道里，
我是得到了二次的诞生。

他总给人那么一点肉体的感觉，这感觉，所以存在是因为他不仅用头脑思想，他还"用身体思想"。他的五官锐利如刀：

在一瞬间
我看见了遍野的白骨
旋动

就是关于爱情，他的最好的地方是在那些官能的形象里：

你的眼睛看见这一场火灾，
你看不见我，虽然我为你点燃，
唉，那燃烧着的不过是成熟的年代，
你的，我的，我们相隔如重山。

从这自然底蜕变底程序里，
我却爱了一个暂时的你。
即使我哭泣，变灰，变灰又新生，
姑娘，那只是上帝在玩弄他自己。

我不知道别人怎样看这首诗，对于我，这个将肉体和形而上的玄思混合的作品是现代中国最好的情诗之一。

但是穆旦的真正的迷却是：他一方面最善于表达中国知识分子的受折磨而又折磨人的心情，另一方面他的最好的品质却全然是非中国的。在别的中国诗人是模糊而像羽毛样轻的地方，他确实，而且几乎是拍着桌子说话。在普遍的单薄之中，他的组织和联想的丰富有点近乎冒犯别人了。这一点也许可以解释他为什么很少读者，而且无人赞誉。然而他的在这里的成就也是属于文字的。现代中国作家所遭遇的困难主要是表达方式的选择。旧的文体是废弃了，但是它的词藻却逃了过来压在新的作品之上。穆旦的胜利却在他对于古代经典的彻底的无知。甚至于他的奇幻也是新式的。那些不灵活的中国字在他的手里给揉着，操纵着，它们给暴露在新的严厉和新的气候之前。他有许多人家所想不到的排列和组合。在《五月》这类的诗里，他故意地将新的和旧的风格相比，来表示"一切都在脱节之中"，而结果是，有一种猝然，一种剃刀片

似的锋利:

> 负心儿郎多情女
> 荷花池旁订誓盟
> 而今独自倚栏想
> 落花飞絮漫天空
> 而五月的黄昏是那样的朦胧,
> 在火炬的行列叫喊过去以后,
> 谁也不会看见的
> 被恭维的街道就把他们倾出,
> 在报上登过救济民生的谈话后
> 谁也不会看见的
> 愚蠢的人们就扑进泥沼里,
> 而谋害者,凯歌着五月的自由,
> 紧握一切无形电力的总枢纽。

穆旦之得着一个文字,正由于他弃绝了一个文字。他的风格完全适合他的敏感。

　　穆旦对于中国新写作的最大贡献,照我看,还是在他的创造了一个上帝。他自然并不为任何普通的宗教或教会而打神学上的仗,但诗人的皮肉和精神有着那样的一种饥饿,以至喊叫着要求一点人身以外的东西来支持和安慰。大多数中国作家的空洞他看了不满意,他们并非无神主义者,他们什么也不相信。而在这一点上,他们又是完全传统的。在中国式极为平衡的心的气候里,宗教诗从来没有发达过。我们的诗里缺乏大的精神上的起伏,这也可以用前面提到过的"冷漠"解释。但是穆旦,以他的孩子似的好奇,他的在灵魂深处的窥探,至少是明白冲突和怀疑的:

> 虽然生活是疲惫的,我必须追求,
> 虽然观念的丛林缠绕我,
> 善恶的光亮在我的心里明灭

以及一个比较直接的决心

> 看见到处的繁华原来是地狱,
> 不能够挣扎,爱情将变作仇恨,
> 是在自己的废墟上,以卑贱的泥土,
> 他们匍匐着竖起了异教的神。

以及"辨识"的问题,在"我"这首诗里用了那样艰难的,痛苦的韵律所表达的:

从子宫割裂，失去了温暖，
是残缺的部分渴望着救援，
永远是自己，锁在荒野里，

从静止的梦离开了群体，
痛感到时流，没有什么抓住，
不断的回忆带不回自己，

遇见部分时在一起哭喊，
是初恋的狂喜，想冲出樊篱，
伸出双手来抱住了自己

幻化的形象，是更深的绝望，
永远是自己，锁在荒野里，
仇恨着母亲给分出了梦境。

这是一首奇异的诗，使许多人迷惑了。里面所牵涉到的有性，母亲的"母题"，爱上一个女郎，自己的一"部分"，而她是像母亲的。使我想起的还有柏拉图的对话，在一九三六年穆旦与我同时在北平城外一个校园里读的。附带的，我想请读者注意诗里"子宫"二字，在英文诗里虽然常见，中文诗里却不大有人用过。在一个诗人探问着子宫的秘密的时候，他实在是问着事物的黑暗的神秘。性同宗教在血统上是相联的。

就眼前说，我们必须抗议穆旦的宗教是消极的。他懂得受难，却不知至善之乐。不过这可能是因为他今年还只二十八岁。他的心还在探索着。这种流动，就中国的新写作而言，也许比完全的虔诚要更有用些。他最后所达到的上帝也可能不是上帝，而是魔鬼本身。这种努力是值得赞赏的，而这种艺术的进展——去爬灵魂的禁人上去的山峰，一件在中国几乎完全是新的事——值得我们的注意。

（原载《文学杂志》1947年7月第2卷第2期）

《呼兰河传》序

茅 盾

一

今年四月,第三次到香港,我是带着几分感伤的心情的。从我在重庆决定了要绕这么一个圈子回上海的时候起,我的心怀总有点儿矛盾和抑郁,——我决定了这么走,可又怕这么走,我怕香港会引起我的一些回忆,而这些回忆我是愿意忘却的;不过,我忘却之前,我又极愿意再温习一遍。

在广州先住了一个月,生活相当忙乱;因为忙乱,倒也压住了怀旧之感;然而,想要温习一遍然后忘却的意念却也始终不曾抛开,我打算到九龙太子道看一看我第一次寓居香港的房子,看一看我的女孩子那时喜欢约了女伴们去游玩的蝴蝶谷,找一找我的男孩子那时专心致意收集来的一些美国出版的连环图画,也想看一看香港坚尼地道我第二次寓居香港时的房子,"一二·八"香港战争爆发后我们"避难"的那家"跳舞学校"(在轩尼诗道),而特别想看一看的,是萧红的坟墓——在浅水湾。

我把这些愿望放在心里,略有空闲,这些心愿就来困扰我了,然而我始终提不起这份勇气,还这些未了的心愿,直到离开香港,九龙是没有去,浅水湾也没有去;我实在常常违反本心似的规避着,常常自己找些借口来拖延,虽然我没有说过我有这样的打算,也没有催促我快还这些心愿。

二十多年来,我也颇经历了一些人生的甜酸苦辣,如果有使我愤怒也不是,悲痛也不是,沉甸甸地老压在心上,因而愿意忘却,但又不忍轻易忘却的,莫过于太早的死和寂寞的死。为了追求真理而牺牲了童年的欢乐,为了要把自己造成一个对民族对社会有用的人而甘愿苦苦地学习,可是正当学习完成的时候却忽然死了,像一颗未出膛的枪弹,这比在战斗中倒下,给人以不知如何的感慨,似乎不是单纯的悲痛或惋惜所可形容的。这种太早的死,曾经成为我的感情上的一种沉重的负担,我愿意忘却,但又不能且不忍轻易忘却,因此我这次第三回到了香港想去再看一看蝴蝶谷这意念,也是无聊的;可资怀念的地方岂止这一处,即使去了,未必就能在那边埋葬了悲哀。

对于生活曾经寄以美好的希望但又屡次"幻灭"了的人,是寂寞的;对于自己的能力有自信,对于自己的工作也有远大的计划,但是生活的苦酒却又使她颇为悒悒不能振作,而又因此感到苦闷焦躁的人,当然会加倍的寂寞:这样精神上寂寞的人一旦发觉了自己的生命之灯快将熄灭,因而一切都无从"补救"的时候,那她的寂寞的悲哀恐怕不是语言可以形容的。而这样的寂寞的死,也成为我的感情上的一种沉重的负担,我愿意忘却,而又不能且不忍轻易忘却,因此我想去浅水湾看看而终于违反本心地屡次规避掉了。

二

萧红的坟墓寂寞地孤立在香港的浅水湾。

在游泳的季节，年年的浅水湾该不少红男绿女罢，然而躺在那里的萧红是寂寞的。

在一九四〇年十二月——那正是萧红逝世的前年，那是她的健康还不怎样成问题的时候，她写成了她的最后著作——小说《呼兰河传》，然而即使在那时，萧红的心境已经是寂寞的了。

而且从《呼兰河传》，我们又看到了萧红的幼年也是何等的寂寞！读一下这部书的寥寥数语的"尾声"，就想得见萧红在回忆她那寂寞的幼年时，她的心境是怎样寂寞的：

> 呼兰河这小城里边，以前住着我的祖父，现在埋着我的祖父。
>
> 我生的时候，祖父已经六十多岁了，我长到四五岁，祖父就快七十了，我还没有长到二十岁，祖父就七八十岁了。祖父一过了八十，祖父就死了。
>
> 从前那后花园的主人，而今不见了。老主人死了，小主人逃荒去了。
>
> 那园里的蝴蝶，蚂蚱，蜻蜓，也许还是年年仍旧，也许现在完全荒凉了。
>
> 小黄瓜，大倭瓜，也许还是年年的种着，也许现在根本没有了。
>
> 那早晨的露珠是不是还落在花盆架上。那午间的太阳是不是还照着那大向日葵，那黄昏时候的红霞是不是还会一会工夫会变出来一匹马来，一会工夫变出来一匹狗来，那么变着。
>
> 这一些不能想象了。
>
> 听说有二伯死了。
>
> 老厨子就是活着年纪也不小了。
>
> 东邻西舍也都不知怎样了。
>
> 至于那磨坊里的磨官，至今究竟如何，则完全不晓得了。
>
> 以上我所写的并没有什么幽美的故事，只因他们充满我幼年的记忆，忘却不了，难以忘却，就记在这里了。

《呼兰河传》脱稿以后，翌年之四月，因为史沫特莱女士的劝说，萧红想到星加坡去。（史沫特莱自己正要回美国，路过香港，小住一月。萧红以太平洋局势问她，她说：日本人必然要攻香港及南洋，香港至多能守一月，而星加坡则坚不可破，即使破了，在星加坡也比在香港办法多些）。萧红又鼓动我们夫妇俩也去。那时我因为工作关系不能也不想离开香港，我以为萧红怕陷落在香港（万一发生战争的话），我还多方为之解释，可是我不知道她之所以想离开香港因为她在香港生活是寂寞的，心境是寂寞的,她是希望由于离开香港而解脱那可怕的寂寞。并且我也想不到她那时的心境会这样寂寞。那时正在皖南事变以后,国内文化人大批跑到香港,造成了香港文化界空前的活跃,在这样环境中,而萧红会感到寂寞是难以索解的。等到我知道了而且也理解了这一切的时候,萧红埋在浅水湾已经快满一年了。

  星加坡终于没有去成,萧红不久就病了,她进了玛丽医院。在医院里她自然更其寂寞了,然而她求生的意志非常强烈,她希望病好,她忍着寂寞住在医院。她的病相当复杂,而大夫也荒唐透顶,等到诊断明白是肺病的时候就宣告已经无可救药。可是萧红自信能活。甚至在香港战争爆发以后,夹在死于炮火和死于病二者之间的她,还是更怕前者,不过,心境的寂寞,仍然是对于她的最大的威胁。

  经过了最后一次的手术,她终于不治。这时香港已经沦陷,她咽最后一口气时,许多朋友都不在她面前,她就这样带着寂寞离开了这人间。

三

  《呼兰河传》给我们看萧红的童年是寂寞的。

  一位解事颇早的小女孩子每天的生活多么单调呵!年年种着小黄瓜,大倭瓜,年年春秋佳日有些蝴蝶,蚂蚱,蜻蜓的后花园,堆满了破旧东西,黑暗而尘封的后房,是她消遣的地方;慈祥而犹有童心的老祖父是她唯一的伴侣;清早在床上学舌似的念老祖父口授的唐诗,白天嬲着老祖父讲那些实在已经听厌了的故事,或者看看那左邻右舍的千年如一日的刻板生活,——如果这样死水似的生活中有什么突然冒起来的浪花,那也无非是老胡家的小团圆媳妇病了,老胡家又在跳神了,小团圆媳妇终于死了;那也无非是磨官冯歪嘴忽然有了老婆,有了孩子,而后来,老婆又忽然死了,剩下刚出世的第二个孩子。

  呼兰河这小城的生活也是刻板单调的。

  一年之中,他们很有规律地过活着;一年之中,必定有跳大神,唱秧歌,放河灯,野台子戏,四月十八日娘娘庙大会……这些热闹隆重的节日,而这些节日也和他们的日常生活一样多么单调而呆板。

  呼兰河这小城的生活可又不是没有音响和色彩的。

  大街小巷,每一茅舍内,每一篱笆后边,充满了唠叨,争吵,哭笑,乃至梦呓。一年四季,依着那些走马灯似的挨次到来的隆重热闹的节日,在灰黯的日常生活的背景前,呈现了粗线条的大红大绿的带有原始性的色彩。

  呼兰河的人民当然多是良善的。

  他们照着几千年传下来的习惯而思索,而生活;他们有时也许显得麻木,但实在他们也颇敏感而琐细,芝麻大的事情他们会议论或者争吵三天三夜而不休。他们有时也许显得愚昧而蛮横,但实在他们并没有害人或自害的意思,他们是按照他们认为最合理的方法,"该怎么办就怎么办。"

  我们对于老胡家的小团圆媳妇的不幸的遭遇,当然很同情,我们怜惜她,我们为她叫屈，同时我们也憎恨，——但憎恨的对象不是小团圆媳妇的婆婆，我们只觉得这婆婆也可怜，她同样是"照着几千年传下来的习惯而思索而生活"的一个牺牲者。她的"立场"，她的叫人觉得可恨却又更可怜的地方，在她"心安理得地化了五十吊"请那骗子——云游道人给小团圆媳妇治病的时候，就由她自己申说得明明白白的：

> 她来到我家，我没给她气受，那家的团圆媳妇不受气，一天打八顿，骂三场，可是我也打过她，那是我给她一个下马威，我只打了她一个多月，虽然说我打得狠了一点，可是不狠哪能够规矩出一个好人来。我也是不愿意狠打她的，打得连喊带叫的，我是为她着想，不打得狠一点，她是不能够中用的。……

这老胡家的婆婆为什么坚信她的小团圆媳妇必得狠狠地"管教"呢？小团圆媳妇有些什么地方叫她老人家看着不顺眼呢？因为那小团圆媳妇第一天来到老胡家就由街坊公论判定她是"太大方了"，"一点也不知道羞，头一天来到婆家，吃饭就吃三碗"，而且"十四岁就长得那么高"也是不合规律，——因为街坊公论说：这小团圆媳妇不像个小团圆媳妇，所以更使她的婆婆坚信非严加管教不可，而且更因为"只想给她一个下马威"的时候，这"太大方"的小团圆媳妇居然不服管教——带哭连喊，说要回"家"去——所以不得不狠狠地打了她一个月。

街坊们当然也都是和那个小团圆媳妇无怨无仇，都是为了要她好，——要她像一个团圆媳妇。所以当这小团圆媳妇被"管教"成病的时候，不但她的婆婆肯舍大把的钱为她治病，（跳神，各种偏方），而众街坊也热心地给她出主意。

而结果呢？结果是把一个"黑忽忽的，笑呵呵的"名为十四岁其实不过十二，可实在长得比普通十四岁的女孩子又高大又结实的小团圆媳妇活生生"送回老家去"！

呼兰河这小城的生活是充满了各种各样的声响和色彩的，可又是刻板单调。

呼兰河小城的生活是寂寞的。

萧红的童年生活就是在这种样的寂寞环境中过去的。这在她心灵上留的烙印有多么深，自然不言而喻。

无意识地违背了"几千年传下来的习惯而思索而生活"的老胡家的小团圆媳妇终于死了，有意识地反抗着几千年传下来的习惯而思索而生活的萧红则以含泪的微笑回忆这寂寞的小城，怀着寂寞的心情，在悲壮的斗争的大时代。

四

也许有人会觉得《呼兰河传》不是一部小说。

他们也许会这样说：没有贯串全书的线索，故事和人物都是零零碎碎，都是片段的，不是整个的有机体。

也许又有人觉得《呼兰河传》好象是自传，却又不完全象自传。

但是我却觉得正因其不完全象自传，所以更好，更有意义。

而且我们不也可以说：要点不在《呼兰河传》不象是一部严格意义的小说，而在它于这"不象"之外，还有些别的东西——一些比"象"一部小说更为"诱人"些的东西：它是一篇叙事诗，一幅多彩的风土画，一串凄婉的歌谣。

有讽刺，也有幽默。开始读时有轻松之感，然而愈读下去心头就会一点一点沉重起来。可是，仍然有美，即使这美有点病态，也仍然不能不使你炫惑。

也许你要说《呼兰河传》没有一个人物是积极性的。都是些甘愿做传统思想的奴隶而又自怨自艾的可怜虫，而作者对于他们的态度也不是单纯的。她不留情地鞭笞他们，可是她又同情他们：她给我们看，这些屈服于传统的人多么愚蠢而顽固——有时甚至于残忍，然而他们的本质是良善的，他们不欺诈，不虚伪，他们也不好吃懒做，他们极容易满足。有二伯，老厨子，老胡家的一家子，漏粉的那一群，都是这样的人物。他们都象最低级的植物似的，只要极少的水分，土壤，阳光——甚至没有阳光，就能够生存了，磨官冯歪嘴子是他们中间生命力最强的一个——强的使人不禁想赞美他。然而在冯歪嘴子身上也找不出什么特别的东西，除了生命力特别顽强，而这是原始性的顽强。

如果让我们在《呼兰河传》找作者思想的弱点，那么，问题恐怕不在于作者所写的人物都缺乏积极性，而在于作者写这些人物的梦魇似的生活时给人们以这样一个印象：除了因为愚昧保守而自食其果，这些人物的生活原也悠然自得其乐，在这里，我们看不见封建的剥削和压迫，也看不见日本帝国主义那种血腥的侵略。而这两重的铁枷，在呼兰河人民生活的比重上，该也不会轻于他们自身的愚昧保守罢？

五

萧红写《呼兰河传》的时候，心境是寂寞的。

她那时在香港几乎可以说是"蛰居"的生活。在一九四〇年前后这样的大时代中，像萧红这样对于人生有理想，对于黑暗势力作过斗争的人，而会悄然"蛰居"多少有点不可解。她的一位女友曾经分析她的"消极"和苦闷的根因，以为"感情"上的一再受伤，使得这位感情富于理智的女诗人，被自己的狭小的私生活的圈子所束缚（而这圈子尽管是她咒诅的，却又拘于惰性，不能毅然决然自拔），和广阔的进行着生死搏斗的大天地完全隔绝了，这结果是，一方面陈义太高，不满于她这阶层的知识分子们的各种活动，觉得那全是扯淡，是无聊，另一方面却又不能投身到农工劳苦大众的群中，把生活彻底改变一下。这又如何能不感到苦闷而寂寞？而这一心情投射在《呼兰河传》上的暗影不但见之于全书的情调，也见之于思想部分，这是可以惋惜的，正象我们对于萧红的早死深致其惋惜一样。

一九四六年八月于上海

（原载上海《文汇报》1946 年 10 月 17 日）

论赵树理的创作

周 扬

在被解放了的广大农村中,经历了而且正经历着巨大的变化。农民与地主之间进行了微妙而剧烈的斗争。农民为实行减租减息,为满足民生民主的正当要求而斗争,这个斗争在抗战期间大大地改善了农民的生活地位,因而组织了中国人民抗敌的雄厚力量。抗战胜利以后,减租减息与反奸、复仇、清算的斗争结合起来,斗争正在继续深入发展。这个斗争将摧毁农村封建残余势力,引导农民走上彻底翻身的道路。经过八年抗战,农民已经空前地觉悟和团结起来了。他们认识了他们贫穷的真正原因,他们决心为根本消灭这个原因而斗争。他们把斗争会、清算会很正确地叫做"挖穷根"。这就是说,要把贫穷的根子挖出来,将它斩断。农民的革命精力正在被充分地发挥,这个力量是没有什么东西能够抗拒的,是无穷无尽的。它正在改变农村的面貌,改变中国的面貌,同时也改变农民自己的面貌。这是现阶段中国社会的最大、最深刻的变化,一种由旧中国到新中国的变化。

这个农村中的伟大的变革过程,要求在艺术作品上取得反映。赵树理同志的作品就在一定程度上满足了这个要求。

赵树理,他是一个新人,但是一个在创作、思想、生活各方面都有准备的作者,一位在成名之前已经相当成熟了的作家,一位具有新颖独创的大众风格的人民艺术家。他第一篇为人所知的短篇小说《小二黑结婚》,在一九四三年发表之后,立刻在群众中获得了大量读者,仅在太行一个区就销行达三四万册,群众并自动地将这故事改编成剧本,搬上舞台。接着发表了中篇《李有才板话》。这是一篇非常真实地、非常生动地描写农民斗争的作品,简直可以说是一个杰作。不久以前,又发表了同样主题的长篇《李家庄的变迁》。

我们面前是三幅农村中发生的伟大变革的庄严美妙的图画。

《小二黑结婚》写的是一个农村中恋爱的故事。故事很简单:小二黑,一个特等射手的年轻漂亮的农民,同一位美丽的农家姑娘小芹相好。但是小二黑的父亲二孔明和小芹的母亲三仙姑,这村子里的两位"神仙",却反对他们的结合。二孔明为他儿子收了一个八九岁的小姑娘作童养媳,但是小二黑不认账,他对父亲说:"你愿意养你就养着,反正我不要。"小芹也不认母亲为她定下的婚事,把婚礼扔在一地,对母亲说:"我不管!谁收了人家的东西,谁跟人家走!"你看,他们回绝得多么干脆,多么坚决!当村里的恶霸金旺兄弟将这对情人双双拿住,企图诬告他们的时候,小二黑一点没有畏怯,他是理直气壮的。因为他"打听过区上的同志,人家说只要男女本人愿意,就能到区上登记,别人谁也作不了主"。结果,自然是小二黑胜利了。作者是在这里讴歌自由恋爱的胜利吗?不是的!他是在讴歌新社会的胜利(只有在这种社会里，农民才能享受自由恋爱的正当权利），讴歌农民的胜利（他们开始掌握自己的命运，懂得为更好的命运斗争），讴歌农民中开明、进步的因素对愚昧、落后、迷信等等因素的胜利，最后，也最关重要的是：讴歌农民对封建势力的胜利。作者对二孔明与"三仙姑"的描写，算得是够讽刺的了，但当我们看到这两位"神仙"为自己儿女的事情弄得那么狼狈不堪的时候，我们真有点可怜起他们来。待到后来看到他们的转变，简直要喜欢起他们来了。原来作者攻击的对象，并不是他们，而是金旺兄弟，那些横行乡里的恶霸们。

在《李有才板话》中，便正面展开了农民与地主之间的斗争。斗争围绕在改选村政权与减租两个问题上。老户主阎恒元，作者在这个人物身上描出了地主的老奸巨猾的性格，他把持了村政权，操纵了农救会。关于他，李有才曾经编过一段快板：

> 村长阎恒元，一手遮住天，
> 自从有村长，一当十几年。
> 年年要投票，嘴说是改选，
> 选来又选去，还是阎恒元。
> 不如弄块板，刻个大名片，
> 每逢该投票，大家按一按，
> 人人省得写，年年不用换，
> 用他百把年，管保用不烂。

李有才，这位农民的天才歌手，用他的快板反映了村子里的事件和人物，表达了农民对于这些事件和人物的情绪的反应。这些快板是多么真实，多么畅快，多么锋利呀！正因为这些快板戳穿了阎恒元们的假面，李有才被他们撵出了村子。农民中的积极分子被打击、分化、收买。年轻、热情，但是没有经验，犯了主观主义、官僚主义的章工作员被愚弄着，完全蒙在鼓里，他还说阎恒元是"开明绅士"呢，并且还把阎家山奖为"模范村"呢。然而农民们的眼睛是明亮的，他们唱道：

> 模范不模范，从西往东看；
> 西头吃烙饼，东头喝稀饭。

他们继续斗争着。一个小元变坏了，其他许多"小字号的人物"还是积极的。有才老叔撵走了，还是有人编歌子；他们的嘴是封不住的。当县农会主席老杨同志，这位从群众中生长起来，熟悉群众要求，有群众作风的人物来到村子里的时候，那一伙年轻积极的农民，便好象给吸铁石所吸引一样都团结到他的周围了。他们重新组织起农救会，发动了斗争，改组了村政权，实行了减租法令，斗争胜利了。作者在这里正确地处理了农村斗争的主题，写出了斗争的曲折与复杂性，写出了农村中的各种人物：地主；农民，包含积极的，中间的，与落后的；两种类型的工作干部。他没有把人物与行动简单化，没有只写胜利，不写困难。只写光明的一面，不写阴暗一面。他的笔是那样轻松，那样充满幽默，同时又是那样严肃，那样热情。光明的、新生的东西始终是他作品中的支配一切的因素。

《李家庄的变迁》的主题，同样是写的农民与豪绅地主之间的斗争，而且这个斗争范围更广，过程更长，因而也更激烈、更残酷。前两篇作品所特有的幽默的调子在这里被一种沉重的空气所笼罩。农民主人公铁锁的性格也比那些"小字号的人物"更深沉，他有比他们更多的经历，他的活动更带自觉的性质。全书的故事就是以他作中心来展开的，他是李家庄的一个外来户，受尽了当地豪绅地主的剥削压迫，跑到哪里也逃不出他们的魔掌，只有在太原和一个叫做小常的青年共产党员的偶然相识，才第一次在他的生活史上投射了一线光明。这个小常几乎成了他以及后来他全村的偶像。抗战开始，小常恰好被派到他们县上来工作，他亲自到了他们的村子里，在这里轰轰烈烈地展开了牺盟会的工作。铁锁和农民中其他积极分子冷元、白狗都活跃起来了。豪绅地主李如珍一伙也在加紧活动；他们抵抗减租减息，他们想教牺盟会不起作用。中央军、日本兵来了，他们便得志起来，对农民实行了血的报复。小常被活埋了，铁锁、冷元投到了八路军。而当八路军第二次解放这村子的时候，村里剩下的人，连从前的一半都不到了。斗争是残酷的，而且长期的。作者在故事结尾处写到了庆祝抗战胜利大会本来就可以住笔了的罢，然而他却不能不加写一场为自卫战争欢送参战人员的大会，向读者强烈地暗示：斗争还在前面！他灌输了读者以胜利信心和斗争勇气。

《李家庄的变迁》虽只写的一个村子的事情，但却衬托了十年多来山西政治的背景，涉及了抗战期间山西发生的许多重要事件，包含了历史的和现实的政治的内容；可以看出作者在这里有很大的企图。和作者的企图相比，这篇作品还没有达到它所应有的完美的程度，还不及《小二黑结婚》与《李有才板话》在它们各自范围之内所完成的。它们似乎是更完整、更精炼。但是就作品的规模和包含的内容来说，《李家庄的变迁》自有它的为别的两篇作品所不可及的地方。

在评视了赵树理同志的这三篇小说之后，我想说一说在他的创作中有些什么地方，什么独创的地方，特别值得研究，值得学习呢？我打算说两点：一是他的人物的创造；二是他的语言的创造。

作者在人物创造上，第一个特点就是：他总是将他的人物安置在一定斗争的环境中，放在这斗争中的一定地位上，这样来展开人物的性格和发展。每个人物的心理变化都决定于他在斗争中所处的地位的变化，以及他与其他人们相互之间的关系的变化。他没有在静止的状态上消极地来描写他的人物。

首先，他写了农民中的积极分子和工作干部。他们是站在斗争的最前线。创造积极人物的典型，是我们文学创作上的一个伟大而困难的任务。原因是：一、作为我们遗产的过去优秀的作品几乎都只写了农民消极的落后的方面；二、现实中新的人物，新的个性也还在形成、生长之中。作者虽还没有创造出高度集中的典型，象阿Q那样的，但他无论如何写出了新的人物的真实面貌，那些"小字号的人物"们可以看作新的农民的集体的形象。而且,是多么生动的、可爱的形象呵!但是作者也并没有将他们理想化。这些都不过是普通的农民;他们年轻、热情,有时甚至冒失;他们所身受的豪绅地主的剥削压迫,迫使他们不能不走向革命。他们在苦难与斗争中渐渐成长起来,他们渐渐学会了斗争的方法和策略;他们敢说敢干,且又富于机智和幽默。每个人都在斗争中显示出各自的本领与才能,正如《李有才板话》中的老杨同志所说的,"老槐树底有能人"。群众的斗争——这就是决定一切的力量。斗争教育了农民,培养出了他们中间的积极分子。赵树理同志的创作就反映了农民的智慧、力量和革命乐观主义。在老杨同志这个人物身上,他创造了一个杰出的农民干部的成功的形象。

作者同样出色地描写了地主恶霸和他们的"狗腿"。他的重点也是放在他们和农民对立,和新政权对立的关系上。他们对于农民的要求减租与组织农会,改组村政权等等活动,进行了顽固的坚决的抵抗;这种抵抗在不能使用公开暴力的时候,就凭藉狡猾的手腕;他们"一肚子的肮脏计"。他们充分地利用了农民的自私、落后,以及工作干部的没有经验、主观主义、官僚主义。《李有才板话》中《丈地》一章便提供了关于这一方面的非常突出的描述。

农民与地主之间的界线是划分得十分清楚的。农民凭着他们的阶级本能和经验,对于这个分界一点也不含糊。我们只要看看,当小元还是积极分子的时候,那些"小字号的人物"对他多么亲,而一当小元做了武委会主任,受地主同化之后,他们对他就疏了。他们前后态度是完全不同的,他们从心底发出了两种不同的情感。两个农民在被指派给小元锄地的时候,有段对话是妙极了。我只引其中的两句:

"小福道:'头一遍是咱给他锄,第二遍还教咱给他锄!'小顺道:'哪可不一样!头一遍是人家把他送走了,咱们大家情愿帮助,第二遍是人家升了官,不能锄地了。派咱给人家当差。早知道落这个结果,能互相帮忙?省点力气不能睡觉?'"

作者也写了农民中的落后分子,如象《李有才板话》中的老秦:他"吃亏、怕事、受一辈子穷,可瞧不起穷人",但他也有个好处,"只要年轻人一发脾气,他就不说话了",他到底还是善良的。落后的人物在斗争的环境中也不能不起变化。不只这个老秦,还有《小二黑结婚》中的那两位"神仙",到后来都有些变了。你也许觉得他们的变化太小,而且近乎消极罢,但作者是现实主义的,他不能把一个人物写成一个晚上就完全变了样子,象有些作者写人物转变那样;他只是着重写了环境的力量,他虽没有告诉你他的人物转变得怎样,但却叫你不能不相信他们的转变。

作者在描写他的人物方面,其次一个特点就是:他总是通过人物自己的行动和语言来显示他们的性格,表现他们的思想情绪。关于人物,他很少做长篇大论的叙述,很少以作者身份出面来介绍他们,也没有作多少添枝加叶的描写。他还每个人物以本来面目。他写的人物没有"衣服是工农兵,面貌却是小资产阶级",他写农民就象农民，动作是农民的动作，语言是农民的语言。一切都是自然的，简单明了的，没有一点矫揉造作、装腔作势的地方。而且，只消几个动作，几句语言，就将农民的真实的情绪和面貌勾画出来了。让我再从《李有才板话》中引用一段，这是写农民们在听到他们村长撤职的消息时的反应：

  一进门，小元喊道："大事情！大事情！"有才忙道："什么？什么？"小明答道："老哥！喜富的村长撤差了！"小顺从坑上往地下一跳道："真是？再唱三天戏！"小福道："我也算数！"有才道："还有今天？我当他这饭碗是铁箍箍住了！谁说的？"小元道："真的！章工作员来了，带着公事！"小福的表兄问小福道："你村跟喜富的仇气就这么大？"

  就这么短短的对话，听来是那样轻松，那样愉快，然而又是多么有力地表示了农民对于地主恶霸的仇恨心理。这种仇恨在《李家庄的变迁》中就成了爆发式的；农民们在龙王庙将汉奸地主李如珍活活打死的那个血淋淋的场面，也许会有人感觉到农民的报复太残忍了罢；但是请听一听农民怎么说的："这还算血淋淋的？人家要杀我们那时候，庙里的血都跟水道流出去了！"还有比这更正当、更公平的辩白吗？这些农民都是积极的活动的人物，所以他们的语言和行动是紧紧结合的。语言表现行动，而又凝成于行动之中；所以总是简练的，生动的。斗争的语言和日常生活的语言完全融合起来了。农民的机智和幽默在斗争的火焰中磨炼得光芒四射。他们把讽刺的话叫做"开心话"，叫做"扔砖头话"；这就是对豪绅地主、官僚、恶霸、"狗腿"们"扔砖头"，这是斗争的语言。就这样，作者从这些行动和语言中，将新的人物的性格显示出来了。

  最后，作者在处理人物上，还有一个特点，就是明确地表示了作者自己和他的人物的一定的关系。他没有站在斗争之外，而是站在斗争之中，站在斗争的一方面，农民的方面，他是他们中间的一个。他没有以旁观者的态度或高高在上的态度来观察与描写农民。农民的主人公的地位不只表现在通常文学的意义上，而是代表了作品的整个精神、整个思想。因为农民是主体，所以在描写人物、叙述事件的时候，都是以农民直接的感觉、印象和判断为基础的。他没有写超出农民生活想象之外的事体；没有写他们所不感兴趣的问题（当然写别的主题的作品，又是另外一回事）。他把每个人物或事件在群众中的反应及所引起的效果，当作他观察与描写这个人物或事件的主要角度，农村的事情，还有谁比农民了解得更深切、更透彻的吗？对于地主，有谁比农民更熟悉、更清楚底细的吗？就是对于农村中干部们工作的好坏，农民也是最正确的批判者，因为群众的意见总是正确的。在《李有才板话》中，李有才的那些真实反映了群众的意见的快板，如果单从形式上看，也许会被看作是中国旧小说所特有的"有诗为证"的一个变体，但我却认为它表现了赵树理同志创作上的一个重要精神。这是他创作上的群众观点。有了这个观点，人民大众的立场和现实主义的方法才能真正结合起来。

若有人怀疑，赵树理岂不只是一个农民作家吗？他的创作的和思想的水平不是降低到了"农民意识"吗？回答当然不是。他不但歌颂了农民的积极的前进的方面，而且批判了农民的消极的落后的方面。他写了好的工作干部，这是在农村中实现无产阶级领导的骨干，没有这骨干，农民的翻身是不可能的；同时也批判了坏的工作干部。这好与坏的一个主要区别的标准，就是能不能和农民打成一片，替他们解决问题。老杨同志和章工作员的区别就在这里。两个人物的对照的描写充满了现实的教育的意义。

关于赵树理同志在人物创造上的基本特点，我所看到的就是如此。现在我就来说一说他在语言上的创造的工作。

他在他的作品中那么熟练地、丰富地运用了群众的语言，显示了他的口语化的卓越的能力；不但在人物对话上，而且在一般叙述的描写上，都是口语化的，在他的作品中，我们可以看出和中国固有小说传统的深刻联系；他在表现方法上，特别是语言形式上吸取了中国旧小说的许多长处。但是他所创造出来的决不是旧形式，而是真正的新形式，民族新形式。他的语言是群众的活的语言。他在文学创作上，不是墨守成规者，而是革新家，创造家。

"文艺座谈会"讲话以后，学习民间语言、民间形式的努力产生了很多的优秀的结果。就在小说创作方面，也有成绩。但有些作者却往往只在方言、土语、歇后语的采用与旧形式的表面的模仿上下功夫。赵树理同志却不是那样，他执行了他自己作品的创造的任务。

在他的作品中，他几乎很少用方言、土语、歇后语这些；他决不为炫耀自己语言的知识，或为了装饰自己的作品来滥用它们。他尽量用普遍的、平常的话语，但求每句话都能适合每个人物的特殊身份、状态和心理。有时一句平常的话在一定的场合，从一定的人物口中说出来，可以产生不平常的效果。同时他又采用了许多从群众的生活和斗争中不断产生出来的新的语言。他的人物的对话是生动的、漂亮的；话一到了他的人物的嘴上就活了，有了生命，发出光辉。

他在作叙述描写时也同样是用的群众的语言，这一点我以为特别重要。写人物的对话应当用口语，应当忠实于人物的身份，这现在是再没有谁作另外主张的了；唯独关于叙述的描写，即如何写景写人等等，却好象是作者自由驰骋的世界，他可以写月亮，写灵魂；用所谓美丽的词藻，深刻的句子；全不管这些与他所描写的人物与事件是否相称以及有无关系。要创造工农兵文艺，这个领域有打扫一番的必要。人物与环境必须相称。如果环境中的什么事物，在一个人物的心中是不存在的，即是他对这事物不感兴趣，这事物与他的生活毫无关系，那末，作者为什么要耗费气力去写它呢，仅仅为了自己个人的爱好？我们来看一看赵树理同志怎样描写环境："阎家山这地方有点古怪，村西头是砖楼房，中间是平房，东头的老槐树下是一排二三十孔土窑，地势看来也还平，可是从房顶上看起来，从西到东却是一道斜坡。"（《李有才板话》）这里，风景画是没有的。然而从西到东一道斜坡不正是农村中阶级的明显的区分吗？

再看一看他如何描写李有才的窑洞："李有才住的一孔土窑，说也好笑，三面看来有三变：门朝南开，靠西墙正中有个炕，炕的两头还都留着五尺长短的地面。前边靠门这一头，盘了个小灶，还摆着些水缸、菜瓮、锅、匙、碗、碟；靠后墙摆着些筐子、箩头，里面装的是人家送给给他的核桃、柿子（因为他是看庄稼的，大家才给他送这些）；正炕后墙上，就炕那么高，打了个半截套窑，可以铺半条蓆子，因此你要一进门看正面，好象个小山果店；扭转头看西边，好象石菩萨的神龛；回头来看窗下，又好象小村子里的小饭铺。"这岂只是在写窑洞呵？他把李有才的身份和个性都写出来了。

作者在描写人物的时候所使用的方法和语言也是非常突出的。他往往不从正面来写，而从人物的举止行动在别人身上所发生的效果反衬出来。

他这样描写着小二黑的漂亮："小二黑是二诸葛的二小子，有一次反扫荡打死过两个敌人，曾得到特等射手的奖励。说到他的漂亮，那不只在刘家峧有名，每年正月扮故事，不论去到哪一村，妇女们的眼睛都跟着他转。"写小芹，也用了同样的方法："小芹今年十八了，村里的轻薄人说，比她娘年轻时候好得多。青年小伙子们，有事没事，总想跟小芹说句话。小芹去洗衣服，马上青年们也都去洗，小芹上山采野菜，马上青年们也都去采。"

最精彩的是写小芹的娘"三仙姑"到区上去的那一幕："刚才跑出去那个小闺女，跑到外边一宣传，说有个打官司的老太婆，四十五了，擦着粉，穿着花鞋，邻近的女人们都跑来看，挤了半院，唧唧哝哝说：'看看，四十五了！''看那裤腿！''看那鞋！'三仙姑半辈子没有脸红过，偏这会撑不住气了，一道道热汗在脸上流，交通员领着小芹来了故意说：'看什么？人家也是个人吧，没有见过？闪开路！'一伙女人们哈哈大笑，把小芹叫来了，区长说：'你问问你闺女愿意不愿意！'三仙姑只听见院里人说'四十五''穿花鞋'，羞得只顾擦汗，再也开不得口。院里的人们忽然又转了话头，都说'那是人家的闺女''闺女不如娘会打扮'。也有人说'听说还会下神'，偏又有个知道底细的断断续续讲'米烂了'的故事，这时三仙姑恨不得一头碰死。"

从上面的引用，我们可以看出作者在作任何叙述描写时都是用群众的语言，而这些语言是充满了何等的魅力呵！这种魅力只有从生活中，从群众中才能取得的。

不用说，作者在语言上是用过很大功夫的。他一贯努力于通俗化的工作；他在写这三篇作品之前作过许多文字的活动。他竭力使自己的作品写得为大众所懂得。他不满意于新文艺和群众脱离的状态。他在创作上有自己的见解和主张。同时，他对于群众的生活是熟悉的。因此他的成功并不是偶然的。这正是他实践了毛泽东同志所提出的文艺方向的结果。他有意识地将他的这些作品叫做"通俗故事"；当然，这些决不是普通的通俗故事，而是真正的艺术品，它们把艺术性和大众性相当高度地结合起来了。

我的文章写到这里该停笔了罢。关于赵树理同志的创作，我还有什么要说的呢？你或者要说，我只说了他的好处而缺点几乎一点也没有讲。是的。我与其说是在批评什么，不如说是在拥护什么。"文艺座谈会"以后，艺术各部门都获得了重要的收获,开创了新的局而,赵树理同志的作品是文学创作上的一个重要收获,是毛泽东文艺思想在创作上实践的一个胜利。我欢迎这个胜利,拥护这个胜利!

(原载《解放日报》1946 年 8 月 26 日)

沉思者冯至
——读冯至《十四行集》

唐湜

沉思者：

> 回到朴素，回到自然，
> 回到生命的最初的蜜。

我们很早就听到过《吹箫人》的幽婉的吹奏，他的孤独的身影是如此长长地下垂：

> 他望着那深深的谷间，
> 也不知望了多少天。

他的寻求是焦急的，如像天地间早已安排好这两支箫的合奏，他们必会相互吸引，相互结合，而也不能不为生命与爱的完成牺牲他们生命中的音乐。我们很早就听到过《帷幔》的故事，一段寂寞的爱情随着笛声给绣在帐幔上面：开头是那少女心里涌出的一朵白莲，随后是一个极乐的世界，

> 树叶相遮，溪声相应，……

我们很早就听到过《蚕马》的传说，那个人兽的原始的爱该给塑成希腊人的塑像，明朗而健壮的颤动的肉体，却给我们的诗人写成了中世纪的神秘，充满着人情的温煦。波特莱尔，我想起了他，罪恶里的花朵，他说：爱情是一匹疯狂的马，常常会吞下它的主人，蚕马不正好就是它的象征？（"一点神话本来就够了！"）我们也很早就听到过"寺门之前"，老僧说出的追寻，海市蜃楼渐渐消失，但更奇幻的景象，更痛苦的试炼来了！银光灿烂的恒河下面原来是半裸的女尸：幻灭的想像后面痛苦的现实；现实本不是孤立的，历史是绵延的河流，历史的现实只有溶解在人性的现实里面，为思想的光所照耀，才能是活生生的现实。三十多年来新诗的创作是一片荒原上的丛莽，但经受得起风雨的侵蚀，而仍然保留着风格意义的早期作品，似乎只有二十余年前发表的《昨日之歌》与《北游》，因为它们的克腊四克（Classic）的宁静与娟秀，也因为历史的庄严的现实在人的性格里化成了生命的存在，生机盎然，而不再是孤立的，人性的温厚给了它们灿然的意义；但冯至先生，鲁迅先生所称许的中国最优

秀的抒情诗人，已不愿再提起那些昨日之歌，他在作了一段长长的沉默的生之旅后，为古人的鹏鸟梦所感，在1941年写下了《十四行集》里最早的诗，于是，偶然的开端就成了内心的责任，一个沉思时代的窗帷由他揭开了：

"……有些体验，永久在我脑里再现；有些人物，我不断地从他们那里吸取养分；有些自然现象，它们给我许多启示：我为什么不给他们留下一些感谢的纪念呢？"

（《十四行集》再版序）

于是，"从历史上不朽的精神到无名的村童农妇，从远方的千古的名城到山坡上的飞虫小草，从个人的一小段生活到许多人共同的遭遇"，凡与诗人的生命"发生深切的关连的"，重重地震撼了他的生命，或轻轻地使他的深心颤动的，他都给出了他的诗；于是，豪华之后来了真淳，幻美之后来了朴素，不仅是语言的或"诗的还原"，而且更是生命的还原——也是生命的新的真淳的觉醒，如像我在《手》里所说的"沉默在历史性的沉默里的一切真淳的觉醒"；正是如此，出现了沉思者，展开了他的宽阔的风度。

《十四行集》本身二十七章就是一个完整的小小体系：开始与终结中间有着一片心理的戏剧，意象的戏剧的层层开展与步步追寻，二者的交错与凝结：一朵小小的生命的火焰，正如李广田先生说到的它的形式："它的层层上升而又下降，渐渐集中而又解开，以及它的错综而又整齐，它的韵法之穿来而又插去。"我们得如诗人所要求的，准备着领受那些意想不到的奇迹，那些生命的意象的凝定：

在漫长的岁月里忽然有
彗星的出现，狂风乍起：

我们的生命在这一瞬间，
仿佛在第一次的拥抱里。
过去的悲欢忽然在眼前
凝结成屹然不动的形体。

（《十四行集》第一首）

我们得随着诗人历遍生命的旅程，在每一旅邸打开自己沉思的窗子，得出生入死，尝遍一切生活的内在的滋养，得懂得生命在自然气候里的蜕化，或者如诗人所说，得侍候生命，它的每一次陌生、惊异与成熟，得以纯洁的爱与大爱者的眼睛观看一切，静听一切有声的与无语的，分担他们的命运，得把我们"安排给那个未来的死亡，像一段歌曲"：

歌声从音乐的身上脱落，

> 终归剩下了音乐的身躯,
> 化作一脉的青山默默。
>
> (《十四行集》第二首)

唯大勇大仁者有正视自己,正视自己的死亡或蜕化的勇气,诗问"何处长亭更短亭";而诗人也爱群的生活,人与人间有"同样的惊醒",也有"同样的命运",

> 共同有一个神,
> 他为我们担心。
>
> (《十四行集》第七首)

警报是天天会涌现的,不在空中,也在心里,神的意义就在于他能分担大众的命运,给人以从容的执着,是自然的能力,也是信念与理想的化身。诗人抒说着"想依附着鹏鸟飞翔,去和宁静的星辰谈话"的先知,那些理想主义的光辉,信心坚定的飞行者,

> 他们常常为了学习
> 怎样运行,怎样殒落,
> 好把星秩序排在人间,
> 便光一般投身空际。
>
> (《十四行集》第八首)

他于是开始了他的英雄传,第一个是一个优利赛斯(Ulysses)的似的英雄,

> 你长年在生死的中间生长,
> 一旦你回到这堕落的城中,
> 听着这市上的愚蠢的歌唱,
> 你会像是一个古代的英雄,
>
> 在千百年后他忽然回来,
> 从些变质的堕落的子孙
> 寻不出一些盛年的姿态,
> 他会出乎意料之外,感到眩昏。
>
> (《十四行集》第八首)

这市上愚蠢的歌唱不正是目下的现实吗?我们的英雄自然不能忍受这样的现实,他只能成为断线的纸鸢,因为他超越了庸俗,堕落的子孙已不能维系他的向上,他的旷远

了。第二个是蔡元培，只在过渡的黎明与黄昏才能认出的长庚星；而第三个是鲁迅，一段特殊的经历给了我们一个真实的印象：

> 在许多年前的一个深夜，
> 你为几个青年感到一觉，
> 你不知经验过多少幻灭，
> 但那一觉却永不曾凋谢。
>
> （《十四行集》第十一首）

曾经引出"他希望的微笑"的小草许就是诗人的自比；于是他抒说了杜甫的贫穷在闪烁里发光，像一件圣者的烂衣裳，还有歌德的生涯：

> 好像宇宙在那儿寂然地运行，
> 但是不曾有一分一秒的停息，
> 随时随处都演出新的生机，
> 不论风风雨雨，或者日朗天晴。
>
> （《十四行集》第十二首）

还有梵·高（Vincent Van Gogh）的热情到处燃起火把，诗人问他："你可要把些不幸者迎接过来了？"于是慨叹着这生之旅，诗人把自己看作一个过客：

> 我们走过无数山水，
> 随时占有，随时又放弃，
>
> 仿佛鸟飞翔在空中，
> 它随时都管领太空。
> 随时都感到一无所有。
>
> （《十四行集》第十五首）

但他这叹息一闪就过去了，随着来的仍是那份执着：

> 我们走过的城市、山川
> 都化成了我们的生命。
>
> （《十四行集》第十六首）

> 在融合后开了花，结了果。
>
> （《十四行集》第二〇首）

回答当然是两者都是，相融与分裂也不过是同一回事的两面，或两种说法，在自然，一切都是浑同的，只有我们人类的眼睛里才有这些差异；而人与人间也有相互丰富的义务，一种公平的交易，生命与记忆的交换。于是，诗人抒说了生命的远近与久暂，孤独与群的意义跟自持的坚忍的必要：在生活的狂风暴雨里，我们必须固守自己孤单的堡垒，不依赖外物的支援，因为我们

就是和我们用具的中间，

也生了千里万里的距离：
铜炉在向往深山的矿苗，
瓷壶在向往江边的陶泥，
它们都像风雨中的飞鸟
各自东西……

（《十四行集》第二十一首）

万物都在向往着它们原来的自然的生活，在时与空的狂风暴雨里，只有最朴素的生活才是最稳定的。但朴素并不意味着静止与死亡，尤其是绝对的静止与死亡，反之，它却是一种自然之道，一种"向自然的回归"（Return to Nature），如卢骚的说法。得让狂风把一切都吹入高空，也得让暴雨把一切又淋入泥土，因为最朴素的也最丰富，历遍一切世情苦难的，才得回归于真淳，风雨的试炼只能使坚定有更深广的力量；于是雨的洗礼来了，时空的交织使诗人觉得四围狭窄得像回到了母胎，他于是像一个古代哲人那么祈求了：

给我狭窄的心
一个大的宇宙！

（《十四行集》第二十二首）

这是一个宁静中强烈的屹立，本世纪每一个伟大的思想家与诗人都会有的感觉：这世界容不下人类的心，由于太多的思想与社会的束缚，也由于一种如古代观看星辰的哲人的高扬的意志；生命的深阔的充沛，如山川般的绵延不绝，却给现代生活的窒息与市侩主义的庸俗包围住了。于是，诗人就转向了自己的内在的深渊，像但丁的地狱那样，那里面充满了呼唤与欲求的魔鬼、罪恶，而也有罪恶的花朵——真挚的意象；还有奠基在这地狱之上的净土，那是自觉的光，理性与知识的安定，它管领着地狱的门，制造了地狱的痛苦，也平衡了生命的完整的存在。它必须从地狱获取生命的力量，从矛盾错综中保持统一，而它也必须吐出向上的光亮，在它自己之上维系着一个完整的生命——一个天国或一个理想都无不可，一个在现实的平面斗争上的和谐的高；所有这些构成了一个完整的生命，一个内在的宇宙。因而，这个诗人向之祈求的

"神"不是别的，正是生命的"自然"（Nature），一种内在的自在自足的力量，在母胎里孕育成长，却必须脱离母胎，向广大的土地山川伸展，而又不能不植根于母胎，从其中获得最初的力量。诗人抒说母狗怎样把新生的小狗衔到阳光里，让它们用全身领受第一次的光与暖：

　　……但这一幕经验
　　会融入将来的吠声，
　　你们在深夜吠出光明。

（《十四行集》第二十三首）

使我想起了里尔克，诗人所私淑的大诗人所说的关于诗创作的话："……诗不如人们所想像的只是感情，……它是经验。为了写一行诗，人应该去看许多城市、人民与别的东西；他该懂得野兽与鸟在空中的生活与小花如何开放在早晨……人必须忘去它们，能有大坚忍等待它们再现……而当它们变成了在我们内部的血肉与光耀、姿态，……于是，在一个稀有的时辰，一首诗的第一个字会跃起而且跨向前在……"。真实深切的生活中，谁不该是诗人，融合自己的经验，吠出自己的光明？而诗人，许是一个自然主义的必然论者，深识有生之前一切生之根苗都已准备好了，用了齐物论那样的眼光，看遍一切世态的演变，唱出了：

　　看小小的飞虫
　　在它的飞翔内
　　时时都是永生。

（《十四行集》第二十四首）

　　因为生命的存在是确定的，甚至是"宿命"的，"我们未降生之前，一个歌者已从变幻的天空，从绿草和青松唱我们的命运"，最小的生涯也能有最大的肯定，大小不过只是量的多寡，重要的却是质的坚定。诗人提醒我们：靠生命的进化也正是它的抽象化或象征化，言语里因而没有歌声，举动里因而没有舞蹈，这进步的意识生活与睡梦里原始的潜意识生活一比较就显出了它的缺乏深厚的生命力，后者是一种自然的运行，"空气在体内游戏，海盐在血里游戏"，呼吸与血液循环原是元素的作用；在那自然的梦里，一些深挚的力量——

　　天和海向我们呼叫。

（《十四行集》第二十五首）

　　大的自然，天与海如此拥抱了小的自然——"我"，"我"也就如此走向了它的自然的归宿，一种希腊人的哲学，泰利斯（Thales）的朴素的唯物论：一切自然是一个永久意志（Eternal will）的表现，而这意志也是自然的内在生命，内在法则，有自然即有生命；水，作为生命的流动的象征，就是自然的本源，这就是诗人的感性的哲学，如果作为理性都保留一些在这面旗上。

诗人愿自己的诗能如这面风旗把住一些把不住的事体，是做到了的，生活的气流里涌现着的旗正是诗的象征，而这旗也正是诗人自己，一个沉思者，比拟万物于一身，气度的高华，恰如李广田先生所说的光风霁月的景象。诗人在奔向一个新的世界，他经历了从浪漫蒂克到克腊四克，从音乐到雕塑，从流动到凝炼的转变，这像是自然的气候般的变化，"从浩无涯涘的海洋转向凝重的山岳"。他要把屹立而沉默的无人认识的"新"，一个宇宙的觉识表现出来，但是他，与里尔克显然还有一段距离，如果说里尔克后来已完全"入化"，入了大化之流，化身万物，而万物皆备于"我"，则冯至还只在参悟与稍现踌躇地尝味，他的怀抱还不够坦率而开朗，不够"任之自然"，无为而无不为；一些颇露痕迹的补缀，如几几乎每首诗最后的几行，就常现出些不安的情绪，拿里尔克的《秋》的结尾：

> 而还有一个人，他在我们永远
> 堕落在他的手的温柔里时支持着我们。

与冯至的十四行第二十六首的结尾：

> 不要觉得一切都已熟悉，
> 到死时抚摸自己的发肤，
> 生了疑问，这是谁的身体？

一比，就可以看出：在气度上表现出来的从容与局促的距离，用两个修辞学的名词来作一个随便的比拟；如果里尔克的沉思是一种隐喻，主客观对等的相互化入，浑然为一，则冯至的沉思还只是明喻，主客观的非对等的比拟；当然冯至也表现了里尔克那样的移情，如像第二六首与二七首，而表现得最完满的，更有附录里的非十四行；不知道是否因为十四行的组织有着戏剧性的力量，因而意象的凝定就受到一些影响，非十四行的几首的确是更纯朴的情诗。《等待》是一种广深如水的爱，而"你"与"我"只是一个完整的"我"的分裂，这中间的丰富正如《歌》里坚忍的雕像，一种火焰似的力量。《歌》如一个爱的神秘的浮雕，爱的坚忍的相持与相济里有着一种灼热，而第四章题名《给秋心》的悼亡诗更有一种内敛的美，一种从容：

> 你像是一个灿烂的春光
> 沉在夜里，宁静而阴暗。

正是诗本身的最好的说明：死亡或含凝原是更大的丰富。第一章抒说死亡与青春的密

切关连，第二章抒说生命共同的自然基础，

> 我只觉得在我的血里，
> 还流着我们共同的血球。

因而，死亡并不能完全抹去人的存在的影子。第三章抒说回忆的追寻，"生疏"里会有更多的惊喜。第四章抒说诗人对死亡的领悟：死去的人像风雨初过的村庄，只剩下一片月光，颤动地说着过去风雨里的一切景象：

> 你的死觉是这般的静默
> 静默得像我们远方的故乡。

这正是东方人的一种视死如归的精神，死，就是永恒，是一种"比担负我们的欢乐更大的信心"（里尔克），也是诗人所私淑的大诗人歌德说的永远的欢欣，一种可以担负沉重的悲哀的信心——静默，莎士比亚说：死亡是人类一去不返的故乡。

  如此，诗人的语言如穿过永恒的一线光芒，如庄严的智者的祈祷里凝结了历史的风雨，一片月光闪动在雨后的村庄，黯淡里有更多的绚烂。不过历史并没有消失，它只是化入了更大的自然，贯穿于诗人的自然主义：朴素就是一切。历史的精神，一种对人类生活的真诚的关切使诗人的语言有了更多的坚定，他的对自然的皈依，则使他有了更多的剔透。

  沉思者，最丰富的也最朴素。

（原载《春秋》1948 年 8 月）

《围城》与《汤姆·琼斯传》

郑朝宗

钱锺书先生的《围城》单行问世以来，给我们寂寞的文苑添了不少的声色。它在过去一年里面所受的"谴责"和"赞美"，如果全体搜罗起来，大约总可编成一巨册的。但是评论这书的人虽多，却还未见有谁指出它的渊源。有些批评家看见书中夹着许多中西典故，不禁怒发冲冠，大骂作者自作聪明，把小说当作骈体文来做。哪晓得这种在稗官野史里引经据典的作风，别处老早就有，并不是钱锺书发明的。这只是举一个例来说罢了，其他有来历的新奇手法，书中还有的是，我相信作者写这部小说的主要动机，便在介绍这些外来的手法和作风，"我想写现代中国某一部分社会，某一类人物"云云，恐怕还只是次要的。因此，我想破些功夫，来给读者指点这书的来源。不过，这工作很不容易。钱先生是以博览群书著名的，他这部作品所取法的西洋小说真不知有几派几家，书中甚至连有些比喻都有出处！详细的注释应该留给未来天下太平时的学者去做。这儿只打算挑出一部性质跟它最近似的小说来比较，这就是18世纪英国小说家亨利·菲尔丁的杰作《汤姆·琼斯传》。

钱锺书和菲尔丁至少有两点相同：第一，他们都是天生的讽刺家或幽默家，揭发虚伪和嘲笑愚昧是他们最擅长同时也最愿意干的事情；第二，他们都不是妙手空空的作家，肚子里有的是书卷，同时又都不赞成"别材非学"的主张，所以连做小说也还要掉些书袋。这两点，前者决定内容，后者决定外表，他们作品的"质"与"形"可由此推知了。我不敢说钱锺书的《围城》有意模仿菲尔丁的《汤姆·琼斯传》，但我敢断言他在"悬拟这本书该怎样写"时，脑海中必然有这一部小说的影子在那里浮动着。不信，且来看看这两部小说的各方面。

菲尔丁在《汤姆·琼斯传》的开卷第一章里，以饮食为喻，声明他要奉献给读者的佳肴只有一道——人性。说得明白一点，他在那本小说里惟一要做的，是忠实地刻画人性。钱先生虽不曾公然拈出揭发人性的宗旨，但他的《围城》却更彻底地是一部人性大观。这两位心目中的人性，读者可以想见，是决不会高明的。《汤姆·琼斯传》中的人物，除一两尊外，可大别为二类：下流的和阴险的。钱先生比菲尔丁还要愤世嫉俗，他在《围城》的序文中劈头便表白："在本书里，我想写现代中国某一部分社会，某一类人物。写这类人，我没忘记他们是人类，还是人类，具有无毛两足动物的基本根性。"这就是说，他不相信世间会有 Allworthy（见《汤姆·琼斯传》）那样一尘不染的完人。我们的世界，照钱先生的看法，不是天堂，也不是地狱，而是粪窖——这里面熙熙攘攘着的尽是些臭人和丑事！一部《围城》便是专门拿来给粪窖中的人物画脸谱的。脸谱有三副，用韩非子的字眼来形容，一副代表"愚"，一副代表"诬"，还有一副则是两美并全"愚而兼诬"。恰似但丁对待地狱中的鬼魂，作者对于粪窖中的三类人物还要加以区别。他比较最能同情的是第一类的"愚"。这类人物的毛病只在抵挡不住肉体的引诱，正合老子所说："吾所以有大患者，惟吾有身"，准情酌理是可以原谅的；书中的方鸿渐和赵辛楣属于这一类。第二类的"诬"病在心术，在地狱中应屈居下层，自然更要厚加呵斥；书中的韩学愈属于这一类。至于第三类的"愚而兼诬"，那是穷凶极恶，不可救药，只好用大棒子来痛打了；书中的李梅亭属于这一类。《围城》中所有人物不出这三类，中间只有一个例外——唐晓芙。作者对于唐小姐特表好感，似乎有心发慈悲，给粪窖安上一朵花，藉以略解秽气。但即便是唐晓芙，好处也只是不愚不诬而已，并没有什么了不起的超人德性，别说比得上 Allworthy，连 Sophia（亦见《汤姆·琼斯传》）的程度还差得很远呢。

　　正由于宗旨相同，这两书的"口气"（tone）便也不谋而合。菲尔丁在《汤姆·琼斯传》的第八卷第一章里曾向文艺女神呼吁，希望能让自己追踪亚里斯多芬、刘仙、塞万提斯、拉柏雷、莫里哀、莎士比亚、斯威夫特、马里服诸人，以幽默来充实本书的篇幅，"直到人类培养了只对别人的丧廉忘耻之行发笑的好脾气，以及深以自己的同样行为为憾的谦逊美德"。钱先生并没向谁呼吁，不过我们可断定他心里所向慕的前代作家，必然的也就是前面那几位。《围城》和《汤姆·琼斯传》同样是以幽默讽刺的笔调来写的，这笔调浸透全书，成了一种不可须臾离的原质；偶然一离，读者立刻便有异样之感。而也就在这里，这两位作家稍微有些不同。菲尔丁虽好讽刺，却并不悲观。他不喜欢板起脸孔来教训，但有时也说正经话。因此，每逢他转换口气，总是从"幽默"改为"正经"。钱先生则是个彻底的悲观家，讽刺之外，惟有感伤。这情形从两书的结束处看得最清楚。菲尔丁在他大作的第十八卷第一章里，便曾公开声明要改变作风。果然，在这一卷里，作者笑意全收，以异常严正的态度，让奸邪败露，佳偶成双。讽刺了一场之后，到底还是止于至善，真正的十足狄更斯作风！《围城》的前七章笔飞墨舞，极尽冷嘲热讽之能事，字里行间看得见作者脸上嘻笑的表情。从第八章起这笑容渐渐消去，跟着来的不是"正经"，而是"悲哀"。第九章几乎全浸在悲哀的情调中，纵有笑声，也是非常勉强的。虽然这儿述的仍是方鸿渐的事，作者的心声无形中已从里面透露出来了。本来书名《围城》，是也谅有此收场的。《围城》不仅象征着方鸿渐的人生观，实际也代表着作者自己的。

　　以体裁来说，这两部作品都是所谓"流浪汉小说"（the picaresque novel）。这派小说有个特点，便是不太注重故事，因而也无所谓结构。作者照例是利用主人翁作线索来贯串全书，这主人翁又照例是天生一副驴马命，永远不会安逸。作者便藉着他到处漂泊的机会，来刻画社会各阶层的形形色色。在这一点上，《围城》和《汤姆·琼斯传》可说是完全一致的。但后者毕竟是 18 世纪的出产品，无结构之中还是有结构，而且有严密的结构。全书十八卷平分三部：第一部从汤姆出世起叙到他被逐止；第二部叙他从故乡一路漂泊到伦敦去的情形；第三部叙他在伦敦的经历以及他的最后胜利。书中事实千头万绪，人物也十分繁富，一路看去，像是信手牵出，全无干系，到了结束处，才知道这些全有作用。原来这里面包藏着无数的"埋伏"和"巧遇"，真是万派朝宗，一切路全通到罗马去！这种传奇性的手法固然很巧，给我们 20 世纪的读者看来，却未免过于造作，有违"可能"（possible）和"可靠"（probable）的原则。比较起来，还是《围城》接近人生。这书的结构非常简单，只是把一位留学生从国外回来后的二年半里面的经历，挨着次序叙述出来，中间既无曲折，又无呼应，老派小说家惯用的那些解数，这儿一概豁免。书中的事实，除了方鸿渐和孙小姐同在大铺里梦魇那一桩有点神秘外，其余是太阳光底下习闻惯见的。可知作者的兴趣并不在事实和结构上面，而是另有所在了。

说到这里，我们才真正触及钱锺书和菲尔丁的根本相通之处。这两位小说家有个共同的信念，便是题材无关紧要，要紧的是处理这题材的手腕。菲尔丁曾以牛肉为喻，说明王公大人席上的牛肉或许和里巷贱人桌上的牛肉同出于一牛之身，然而前者能叫胃口顶坏的人动起食欲，而后者却使食欲最强的人倒尽胃口，可见分别全在调味、加料和烹制的手腕上面。紧接着便来了下面的结论："同样的，精神食物的精美与否，关系于题材的比关系于作家的艺术手腕的为少"（见《汤姆·琼斯传》第一卷第一章）。这一番议论是为了掩护书中丑恶的题材而发的，由钱先生全部接受过去，而变本加厉地运用起来。不久以前有人在香港出版的《小说月刊》上评论《围城》，说作者态度傲慢，俨然以上帝自居。其实，钱氏的野心是决不止于做做"上帝之梦"的，他还想更上一层楼地去做上帝的改革者。李长吉诗云："笔补造化天无功。"钱锺书的真正野心是想拿艺术去对抗自然，把上帝创造天地时的疏忽给弥补起来。《围城》一书，除了臭人丑事外，还特地挑出宇宙间最惹厌的一些东西，如鼾声、狐臭、跳蚤、饥饿、梦魇、胡子、喉核、厕所之类来加工描写。揣作者的用意，无非想化臭腐为神奇，拿粪窖中的材料来盖造八宝楼台。平心而论，这书在题材、意识、态度诸方面，可攻之点自然不少，但作者感觉的灵敏和笔墨的精妙，却是无论如何难以否认的。书中第五章记方鸿渐旅行所见，那些情景，抗战期中常在内地奔波的，谁没有经历过？可是当代小说家中，除钱氏外，还有谁能写出这样惊才绝艳的一章？批评《围城》的人，如果连这一点也把它抹煞掉，那不是眼光出了毛病，也必定是把心肝偏到夹肢窝里去了！这一点点的公道，我们觉得必须替钱先生维持的。

关于艺术手腕，菲尔丁和钱锺书惯用的都是做诗的技术。福斯德（E. M. Forster）说过：小说是介乎诗与历史之间的一种东西。也许是有感于自己题材的过于丑恶吧，这两位小说家都拼命用"诗"来补救。菲尔丁在《汤姆·琼斯传》的第四卷第二章里曾自白过："因此，为了使我们的作品不至于被比作这些历史家的出产品，我们便尽量利用机会，把各种的显喻、描写文，以及其他诗的文饰，散入全书。"这一段话毫无折扣地被钱先生拿来实行。《围城》里面的描写文最多，写景的就有十段左右。这些虽都只短短的，却都极富诗趣，而且也还均匀地散布书中。让我们举出一段来看：

> 天空早起了黑云，漏出疏疏几颗星，风浪像饕餮吞吃的声音，白天的汪洋大海，这时候全消化在更广大的昏夜里。衬了这背景，一个人身心的搅动也缩小以至于无，只心里一团明天的希望，还未落入渺茫，在广漠澎湃的黑暗深处，一点

萤火似的自照着。（19－20 页）①

这是紧接着方鸿渐跟鲍小姐在船上调情之后而来的一段描写，恶俗的场面后偏有此清幽的景色，可见作者是有心要借云水清光来给我们洗眼的了。风景以外的零碎描写，书中更到处可见，美不胜收。例如：

鸿渐昨晚没降好，今天又累了，邻室虽然弦歌交作，睡眠漆黑一团，当头罩下来，他一忽睡到天明，觉得身体里纤屑蜷伏的疲倦，都给睡眠熨平了，像衣服上的皱纹摺痕经过烙铁一样。（198 页）②

以上两个例子里的最后一句话都是所谓"显喻"（simile），读《围城》的人首先发觉的，必是书中这种比喻之多与新奇。但是这些跟《汤姆·琼斯传》里的比喻一样，都是直接从荷马学来的，《伊利亚特》中的 180 个显喻是它们的蓝本。这种比喻的特点是能独立自存，有时甚至喧宾夺主，把所比的丢在读者脑后，叫他只注意比喻本身。《围城》中顶标准的荷马式显喻，该是下列这接连在一起的两个：

鸿渐嘴里机械地说着，心理仿佛黑牢里的禁锢者摸索着一根火柴，刚划亮，火柴就熄了，眼前没看清的一片又滑回黑暗里。譬如黑夜里两船相迎擦过，一个在这条船上，瞥见对面船舱的灯光里正是自己梦寐不忘的脸，没来得及叫唤，彼此早距离远了。（191 页）③

显喻和描写文构成了这两部作品——尤其是《汤姆·琼斯传》——大部分的血肉和生命，假使把这些通通剥掉，这两本书纵不至生机枯萎，剩下的精华怕也有限了。

以上是就二书相同之点来作比较。假如还要更进一步地去讨论它们的互异之点，那我们可以简单地说：《汤姆·琼斯传》中的事实多于议论；《围城》刚刚相反，议论多于事实。这分别是植根于两位作家生活经验广狭的不同。菲尔丁的经验比较丰富，所以他的作品虽也一样的以"批评人生"为主要目的，却多少总带点"表现人生"的倾向，尽量把来自多方面的事实填塞进去。钱先生所见的人生似乎不多，于是他更珍惜这仅有的一点点经验，要把它蒸熟、煮烂，用诗人的神经来感觉它，用哲学家的头脑来思索它。其结果，事实不能仅仅是事实，而必须配上一连串的议论。这议论由三方面表达出来：作者的解释、人物的对话、主人翁的自我分析。说到这里，不由的令人想出一个新的名词："学人之小说"。

1948 年 11 月 27 日

（原载《梦痕录》，香港三联书店 1986 年版）

---

① 本文出处均系晨光版页码。见人民文学出版社版 14 页——编辑者。
② 人民文学出版社版 149 页——编辑者。
③ 人民文学出版社版 144 页——编辑者。

文论篇

摩罗诗力说①

鲁　迅

　　求古源尽者将求方来之泉，将求新源。嗟我昆弟，新生之作，新泉之涌于渊深，其非远矣。②

——尼佉

一

　　人有读古国文化史者，循代而下，至于卷末，必凄以有所觉，如脱春温而入于秋肃，勾萌绝朕③，枯槁在前，吾无以名，姑谓之萧条而止。盖人文之留遗后世者，最有力莫如心声④。古民神思，接天然之閟宫，冥契万有，与之灵会，道其能道，爰为诗歌。其声度时劫而入人心，不与缄口同绝；且益曼衍，视其种人⑤。递文事式微，则种人之运命亦尽，群生辍响，荣华收光；读史者萧条之感，即以怒起，而此文明史记，亦渐临末页矣。凡负令誉于史初，开文化之曙色，而今日转为影国⑥者，无不如斯。使举国人所习闻，最适莫如天竺。天竺古有《韦陀》⑦ 四种，瑰丽幽复，称世界大文；其《摩诃波罗多》暨《罗摩衍那》二赋⑧，亦至美妙。厥后有诗人加黎陀萨（Kalidasa）⑨ 者出，以传奇鸣世，间染抒情之篇；日耳曼诗宗瞿提（W. von Goethe），至崇为两间之绝唱。降及种人失力，而文事亦共零夷，至大之声，渐不生于彼国民之

---

①　本篇最初发表于1908年2月和3月《河南》月刊第二号、第三号，署名令飞。
②　尼采的这段话见于《扎拉图斯特拉如是说》第三卷第十二部分第二十五节《旧的和新的墓碑》。
③　勾萌绝朕：即毫无生机的意思。勾萌，草木萌芽时的幼苗；朕，先兆。
④　心声：指语言。扬雄《法言·问神》："言，心声也；书，心画也。"这里指诗歌及其他文学创作。
⑤　种人：指种族或民族。
⑥　影国：指名存实亡或已经消失了的文明古国。
⑦　《韦陀》通译《吠陀》，印度最古的宗教、哲学、文学的经典。约为公元前二千五百年至前五百年间的作品。内容包括颂诗、祈祷文、咒文及祭祀仪式的记载等。共分《黎俱》《娑摩》《耶柔》《阿闼婆》四部分。
⑧　《摩诃波罗多》和《罗摩衍那》：印度古代两大叙事诗。《摩诃波罗多》，一译《玛哈帕腊达》，约为公元前七世纪至前四世纪的作品，叙诸神及英雄的故事。《罗摩衍那》，一译《腊玛延那》，约为五世纪的作品，叙古代王子罗摩的故事。
⑨　加黎陀萨（约公元五世纪）：通译迦梨陀婆，印度古代诗人、戏剧家。他的诗剧《沙恭达罗》，叙述印度古代史诗《摩诃波罗多》中国王杜虚孟多和沙恭达罗恋爱的故事。1789年曾由琼斯译成英文，传至德国，歌德读后，于1791年题诗赞美："春华瑰丽，亦扬其芬；秋实盈衍，亦蕴其珍；悠悠天隅，恢恢地轮；彼美一人，沙恭达纶。"（据苏曼殊译文）

灵府，流转异域，如亡人也。次为希伯来①，虽多涉信仰教诫，而文章以幽邃庄严胜，教宗文术，此其源泉，灌溉人心，迄今兹未艾。特在以色列族，则止耶利米（Jeremiah）②之声；列王荒矣，帝怒以赫，耶路撒冷遂隳③，而种人之舌亦默。当彼流离异地，虽不遽忘其宗邦，方言正信，拳拳未释，然《哀歌》而下，无赓响矣。复次为伊兰埃及④，皆中道废弛，有如断绠，灿烂于古，萧瑟于今。若震旦而逸斯列，则人生大戚，无逾于此。何以故？英人加勒尔（Th. Carlyle）⑤曰，得昭明之声，洋洋乎歌心意而生者，为国民之首义。意太利分崩矣，然实一统也，彼生但丁（Dante Alighieri）⑥，彼有意语。大俄罗斯之札尔⑦，有兵刃炮火，政治之上，能辖大区，行大业。然奈何无声？中或有大物，而其为大也暗。（中略）迨兵刃炮火，无不腐蚀，而但丁之声依然。有但丁者统一，而无声兆之俄人，终支离而已。

尼佉（Fr. Nietzsche）不恶野人，谓中有新力，言亦确凿不可移。盖文明之朕，固孕于蛮荒，野人狉獉⑧其形，而隐曜即伏于内。文明如华，蛮野如蕾，文明如实，蛮野如华，上征在是，希望亦在是。惟文化已止之古民不然：发展既央，隳败随起，况久席古宗祖之光荣，尝首出周围之下国，暮气之作，每不自知，自用而愚，污如死海。其煌煌居历史之首，而终匿形于卷末者，殆以此欤？俄之无声，激响在焉。俄如孺子，而非喑人；俄如伏流，而非古井。十九世纪前叶，果有鄂戈理（N. Gogol）⑨者起，以不可见之泪痕悲色，振其邦人，或以拟英之狭斯丕尔（W. Shakespeare），即加勒尔所赞扬崇拜者也。顾瞻人间，新声争起，无不以殊特雄丽之言，自振其精神而绍介其伟美于世界；若渊默而无动者，独前举天竺以下数古国而已。嗟夫，古民之心声手泽，非不庄严，非不崇大，然呼吸不通于今，则取以供览古之人，使摩挲咏叹而外，更何物及其子孙？否亦仅自语其前此光荣，即以形迩来之寂寞，反不如新起之邦，纵文化未昌，而大有望于方来之足致敬也。故所谓古文明国者，悲凉之语耳，嘲

---

① 希伯来：犹太民族的又一名称。公元前1320年，其民族领袖摩西率领本族人民由埃及归巴勒斯坦，分建犹太和以色列两国。希伯来人的典籍《旧约全书》，包括文学作品、历史传说以及有关宗教的记载等，后来成为基督教《圣经》的一部分。

② 耶利米：以色列的预言家。《旧约全书》中有《耶利米书》五十二章记载他的言行；又有《耶利米哀歌》五章，哀悼犹太故都耶路撒冷的陷落，相传也是他的作品。

③ 耶路撒冷遂隳：公元前586年犹太王国为巴比伦所灭，耶路撒冷被毁。《旧约全书·列王纪下》说，这是由于犹太诸王不敬上帝，引起上帝震怒的结果。

④ 伊兰埃及：都是古代文化发达的国家。伊兰，即伊朗，古称波斯。

⑤ 加勒尔：即卡莱尔。这里所引的一段话见于他的《论英雄和英雄崇拜》第三讲《作为英雄的诗人：但丁、莎士比亚》的最后一段。

⑥ 但丁（1265—1321）：意大利诗人，欧洲文艺复兴时期在文学上的代表人物之一。作品多暴露封建专制和教皇统治的罪恶。他最早用意大利语言从事写作，对意大利语文的丰富和提炼有重大贡献。主要作品有《神曲》《新生》等。

⑦ 札尔：通译沙皇。

⑧ 狉獉：这里形容远古时代人类未开化的情景。原作榛狉。唐代柳宗元《封建论》："草木榛榛，鹿豕狉狉！"

⑨ 鄂戈理（Н. В. Гоголь，1809—1852）：通译果戈理，俄国作家。作品多揭露和讽刺俄国农奴制度下黑暗、停滞、落后的社会生活。作品有剧本《钦差大臣》、长篇小说《死魂灵》等。

讽之辞耳！中落之胄，故家荒矣，则喋喋语人，谓厥祖在时，其为智慧武怒①者何似，尝有闳宇崇楼，珠玉犬马，尊显胜于凡人。有闻其言，孰不腾笑？夫国民发展，功虽有在于怀古，然其怀也，思理朗然，如鉴明镜，时时上征，时时反顾，时时进光明之长途，时时念辉煌之旧有，故其新者日新，而其古亦不死。若不知所以然，漫夸耀以自悦，则长夜之始，即在斯时。今试履中国之大衢，当有见军人踉蹡而过市者，张口作军歌，痛斥印度波阑之奴性②；有漫为国歌者亦然。盖中国今日，亦颇思历举前有之耿光，特未能言，则姑曰左邻已奴，右邻且死，择亡国而较量之，冀自显其佳胜。夫二国与震旦究孰劣，今姑弗言；若云颂美之什③，国民之声，则天下之咏者虽多，固未见有此作法矣。诗人绝迹，事若甚微，而萧条之感，辄以来袭。意者欲扬宗邦之真大，首在审己，亦必知人，比较既周，爰生自觉。自觉之声发，每响必中于人心，清晰昭明，不同凡响。非然者，口舌一结，众语俱沦，沉默之来，倍于前此。盖魂意方梦，何能有言？即震于外缘，强自扬厉，不惟不大，徒增欷耳。故曰国民精神之发扬，与世界识见之广博有所属。

今且置古事不道，别求新声于异邦，而其因即动于怀古。新声之别，不可究详；至力足以振人，且语之较有深趣者，实莫如摩罗④诗派。摩罗之言，假自天竺，此云天魔，欧人谓之撒但⑤，人本以目裴伦（G. Byron）⑥。今则举一切诗人中，凡立意在反抗，指归在动作，而为世所不甚愉悦者悉入之，为传其言行思惟，流别影响，始宗主裴伦，终以摩迦（匈加利）文士⑦。凡是群人，外状至异，各禀自国之特色，发为光华；而要其大归，则趣于一：大都不为顺世和乐之音，动吭一呼，闻者兴起，争天拒俗，而精神复深感后世人心，绵延至于无已。虽未生以前，解脱而后，或以其声为不足听；若其生活两间，居天然之掌握，辗转而未得脱者，则使之闻之，固声之最雄桀伟美者矣。然以语平和之民，则言者滋惧。

二

平和为物，不见于人间。其强谓之平和者，不过战事方已或未始之时，外状若宁，暗流仍伏，时劫一会，动作始矣。故观之天然，则和风拂林，甘雨润物，似无不

---

① 武怒：武功显赫。怒，形容气势显赫。

② 清末流行的军歌和文人诗作中常有这样的内容，例如张之洞所作的《军歌》中就有这样的句子："请看印度国土并非小，为奴为马不得脱笼牢。"他作的《学堂歌》中也说："波兰灭，印度亡，犹太遗民散四方。"

③ 什：《诗经》中雅颂部分以十篇编为一卷，称"什"。这里指篇章。

④ 摩罗：通作魔罗，梵文 Mára 音译。佛教传说中的魔鬼。

⑤ 撒但：希伯来文 Sātan 音译，原意为"仇敌"。《圣经》中用作魔鬼的名称。

⑥ 裴伦（1788—1824）：通译拜伦，英国诗人。他曾参加意大利资产阶级民主革命活动和希腊民族独立战争。作品多表现对专制压迫者的反抗和对资产阶级虚伪残酷的憎恨，充满积极浪漫主义精神，对欧洲诗歌的发展有很大影响。主要作品有长诗《唐·璜》、诗剧《曼弗雷特》等。

⑦ 摩迦文士：指裴多菲。摩迦（Magyar），通译马加尔，匈牙利的主要民族。

以降福祉于人世，然烈火在下，出为地囱①，一旦偾兴，万有同坏。其风雨时作，特暂伏之见象，非能永劫安易，如亚当之故家②也。人事亦然，衣食家室邦国之争，形现既昭，已不可以讳掩；而二士室处，亦有吸呼，于是生颢气③之争，强肺者致胜。故杀机之昉，与有生偕；平和之名，等于无有。特生民之始，既以武健勇烈，抗拒战斗，渐进于文明矣，化定俗移，转为新懦，知前征之至险，则爽然思归其雌④，而战场在前，复自知不可避，于是运其神思，创为理想之邦，或托之人所莫至之区，或迟之不可计年以后。自柏拉图（Platon）《邦国论》始，西方哲士，作此念者不知几何人。虽自古迄今，绝无此平和之朕，而延颈方来，神驰所慕之仪的，日逐而不舍，要亦人间进化之一因子欤？吾中国爱智之士，独不与西方同，心神所注，辽远在于唐虞，或迳入古初，游于人兽杂居之世；谓其时万祸不作，人安其天，不如斯世之恶浊阽危，无以生活。其说照之人类进化史实，事正背驰。盖古民曼衍播迁，其为争抗劬劳，纵不厉于今，而视今必无所减；特历时既永，史乘无存，汗迹血腥，泯灭都尽，则追而思之，似其时为至足乐耳。傥使置身当时，与古民同其忧患，则颓唐侘傺，复远念盘古未生，斧凿未经之世，又事之所必有者已。故作此念者，为无希望，为无上征，为无努力，较以西方思想，犹水火然；非自杀以从古人，将终其身更无可希冀经营，致人我于所仪之主的，束手浩叹，神质同隳焉而已。且更为忖度其言，又将见古之思士，决不以华土为可乐，如今人所张皇；惟自知良懦无可为，乃独图脱屣尘埃，惝恍古国，任人群堕于虫兽，而已身以隐逸终。思士如是，社会善之，咸谓之高蹈之人，而自云我虫兽我虫兽也。其不然者，乃立言辞，欲致人同归于朴古，老子⑤之辈，盖其枭雄。老子书五千语，要在不撄人心；以不撄人心故，则必先自致槁木之心，立无为之治；以无为之为化社会，而世即于太平。其术善也。然奈何星气既凝⑥，人类既出而后，无时无物，不禀杀机，进化或可停，而生物不能返本。使拂逆其前征，势即入于苓落，世界之内，实例至多，一览古国，悉其信证。若诚能渐致人间，使归于禽虫卉木原生物，复由渐即于无情⑦，则宇宙自大，有情已去，一切虚无，宁非至净。而不幸进化如飞矢，非堕落不止，非著物不止，祈逆飞而归弦，为理势所无有。此人世所以可悲，而摩罗宗之为至伟也。人得是力，乃以发生，乃以曼衍，乃以上征，乃至于人所能至之极点。

中国之治，理想在不撄，而意异于前说。有人撄人，或有人得撄者，为帝大禁，其意在保位，使子孙王千万世，无有底止，故性解（Genius）⑧之出，必竭全力死

---

① 地囱：火山。
② 亚当之故家：指《旧约·创世记》中所说的"伊甸园"。
③ 颢气：空气。
④ 思归其雌：退避潜伏的意思。《老子》第二十四章："知其雄，守其雌。"
⑤ 老子：姓李名耳，字聃，春秋时楚国人，道家学派创始人。他政治上主张"无为而治"，向往"小国寡民"的氏族社会。著有《道德经》。
⑥ 星气既凝：德国哲学家康德的"星云说"，认为地球等天体是由星云逐渐凝聚而成的。
⑦ 无情：指无生命的东西。
⑧ 性解：天才。这个词来自严复译述的《天演论》。

之；有人撄我，或有能撄人者，为民大禁，其意在安生，宁蜷伏堕落而恶进取，故性解之出，亦必竭全力死之。柏拉图建神思之邦，谓诗人乱治，当放域外；虽国之美污，意之高下有不同，而术实出于一。盖诗人者，撄人心者也。凡人之心，无不有诗，如诗人作诗，诗不为诗人独有，凡一读其诗，心即会解者，即无不自有诗人之诗。无之何以能够？惟有而未能言，诗人为之语，则握拨一弹，心弦立应，其声澈于灵府，令有情皆举其首，如睹晓日，益为之美伟强力高尚发扬，而污浊之平和，以之将破。平和之破，人道蒸也。虽然，上极天帝，下至舆台，则不能不因此变其前时之生活；协力而夭阏之，思永保其故态，殆亦人情已。故态永存，是曰古国。惟诗究不可灭尽，则又设范以囚之。如中国之诗，舜云言志①；而后贤立说，乃云持人性情，三百之旨，无邪所蔽②。夫既言志矣，何持之云？强以无邪，即非人志。许自繇③于鞭策羁縻之下，殆此事乎？然厥后文章，乃果辗转不逾此界。其颂祝主人，悦媚豪右之作，可无俟言。即或心应虫鸟，情感林泉，发为韵语，亦多拘于无形之囹圄，不能舒两间之真美；否则悲慨世事，感怀前贤，可有可无之作，聊行于世。倘其嗫嚅之中，偶涉眷爱，而儒服之士，即交口非之。况言之至反常俗者乎？惟灵均将逝，脑海波起，通于汨罗④，返顾高丘，哀其无女⑤，则抽写哀怨，郁为奇文。茫洋在前，顾忌皆去，怼世俗之浑浊，颂己身之修能⑥，怀疑自遂古之初⑦，直至百物之琐末，放言无惮，为前人所不敢言。然中亦多芳菲凄恻之音，而反抗挑战，则终其篇未能见，感动后世，为力非强。刘彦和所谓才高者菀其鸿裁，中巧者猎其艳辞，吟讽者衔其山川，童蒙者拾其香草。⑧ 皆著意外形，不涉内质，孤伟自死，社会依然，四语之中，函深哀焉。故伟美之声，不震吾人之耳鼓者，亦不始于今日。大都诗人自倡，生民不耽。试稽自有文字以至今日，凡诗宗词客，能宣彼妙音，传其灵觉，以美善吾人之性情，崇大吾人之思理者，果几何人？上下求索，几无有矣。第此亦不能为彼徒罪也，人人之心，无不沦二大字曰实利，不获则劳，既获便睡。纵有激响，何能撄之？夫心不受撄，非槁死则缩朒耳，而况实利之念，复黏黏热于中，且其为利，又至陋劣不足道，则驯至卑懦俭啬，退让畏葸，无古民之朴野，有末世之浇漓，又必然之势矣，此

---

① 舜云言志：见《尚书·舜典》："诗言志，歌永言，声依永，律和声。"
② 关于诗持人性情之说，见于汉代人所作《诗纬含神雾》："诗者，持也；持其性情，使不暴去也。"（《玉函山房辑佚书》）在这之前，孔丘也说过："诗三百，一言以蔽之，曰：思无邪。"（《论语·为政》）后来南朝梁刘勰在《文心雕龙·明诗》中综合地说："诗者持也；持人性情。三百之蔽，义归无邪。"
③ 自繇：即自由。
④ 屈原被楚顷襄王放逐后，因忧愤国事，投汨罗江而死。
⑤ 返顾高丘，哀其无女：屈原《离骚》："忽反顾以流涕兮，哀高丘之无女"。高丘，据汉代王逸注，是楚国的山名。女，比喻行为高洁和自己志向相同的人。
⑥ 怼世俗之浑浊，颂己身之修能：屈原《离骚》："世溷浊而不分兮，好蔽美而嫉妒"，"纷吾既有此内美兮，又重之以修能"。修能，杰出美好的才能。王逸注："又重有绝远之能，与众异也。"
⑦ 怀疑自遂古之初：屈原在《天问》中，对古代历史和神话传说提出种种疑问，开头就说："遂古之初，谁传道之？"遂古，即远古。
⑧ 刘彦和（？—约520），名勰，南朝梁南东莞（今江苏镇江）人，文艺理论家。他所著《文心雕龙》是我国古代文学批评名著。这里所引的四句见该书《辨骚》篇。

亦古哲人所不及料也。夫云将以诗移人性情，使即于诚善美伟强力敢为之域，闻者或哂其迂远乎；而事复无形，效不显于顷刻。使举一密栗①之反证，殆莫如古国之见灭于外仇矣。凡如是者，盖不止笞击縻系，易于毛角②而已，且无有为沉痛著大之声，撄其后人，使之兴起；即间有之，受者亦不为之动，创痛少去，即复营营于治生，活身是图，不恤污下，外仇又至，摧败继之。故不争之民，其遭遇战事，常较好争之民多，而畏死之民，其苓落殄亡，亦视强项敢死之民众。

千八百有六年八月，拿坡仑大挫普鲁士军，翌年七月，普鲁士乞和，为从属之国。然其时德之民族，虽遭败亡窘辱，而古之精神光耀，固尚保有而未隳。于是有爱伦德（E. M. Ar-ndt）③者出，著《时代精神篇》（*Geist der Zeit*），以伟大壮丽之笔，宣独立自繇之音，国人得之，敌忾之心大炽；已而为敌觉察，探索极严，乃走瑞士。递千八百十二年，拿坡仑挫于墨斯科之酷寒大火，逃归巴黎，欧土遂为云扰，竟举其反抗之兵。翌年，普鲁士帝威廉三世④乃下令召国民成军，宣言为三事战，曰自由正义祖国；英年之学生诗人美术家争赴之。爱伦德亦归，著《国民军者何》暨《莱因为德国大川特非其界》二篇，以鼓青年之意气。而义勇军中，时亦有人曰台陀开纳（Theodor Körner）⑤，慨然投笔，辞维也纳国立剧场诗人之职，别其父母爱者，遂执兵行；作书贻父母曰，普鲁士之鹫，已以鸷击诚心，觉德意志民族之大望矣。吾之吟咏，无不为宗邦神往。吾将舍所有福祉欢欣，为宗国战死。嗟夫，吾以明神之力，已得大悟。为邦人之自由与人道之善故，牺牲孰大于是？热力无量，涌吾灵台⑥，吾起矣！后此之《竖琴长剑》（*Leier und Schwert*）一集，亦无不以是精神，凝为高响，展卷方诵，血脉已张。然时之怀热诚灵悟如斯状者，盖非止开纳一人也，举德国青年，无不如是。开纳之声，即全德人之声，开纳之血，亦即全德人之血耳。故推而论之，败拿坡仑者，不为国家，不为皇帝，不为兵刃，国民而已。国民皆诗，亦皆诗人之具，而德卒以不亡。此岂笃守功利，摈斥诗歌，或抱异域之朽兵败甲，冀自卫其衣食室家者，意料之所能至哉？然此亦仅譬诗力于米盐，聊以震崇实之士，使知黄金黑铁，断不足以兴国家，德法二国之外形，亦非吾邦所可活剥；示其内质，冀略有所悟解而已。此篇本意，固不在是也。

---

① 密栗：确凿。
② 毛角：指禽兽。
③ 爱伦德（1769—1860）：通译阿恩特，德国诗人、历史学家，著有《德意志人之歌》《时代之精神》等。
④ 威廉三世（Wilhelm Ⅲ，1770—1840）：普鲁士国王。1806年普法战争中被拿破仑打败。1812年拿破仑从莫斯科溃败后，他又与交战，取得胜利。1815年同俄、奥建立维护封建君主制度的"神圣同盟"。
⑤ 台陀开纳（1791—1813）：通译特沃多·柯尔纳，德国诗人、戏剧家。1813年参加反抗拿破仑侵略的义勇军，在战争中阵亡。他的《竖琴长剑》是一部抒发爱国热情的诗集。
⑥ 灵台：心。《庄子·庚桑楚》："不可内于灵台"。

三

　　由纯文学上言之，则以一切美术之本质，皆在使观听之人，为之兴感怡悦。文章为美术之一，质当亦然，与个人暨邦国之存，无所系属，实利离尽，究理弗存。故其为效，益智不如史乘，诚人不如格言，致富不如工商，弋功名不如卒业之券①。特世有文章，而人乃以几于具足。英人道覃（E. Dowden）② 有言曰，美术文章之桀出于世者，观诵而后，似无裨于人间者，往往有之。然吾人乐于观诵，如游巨浸，前临渺茫，浮游波际，游泳既已，神质悉移。而彼之大海，实仅波起涛飞，绝无情愫，未始以一教训一格言相授。顾游者之元气体力，则为之陡增也。故文章之于人生，其为用决不次于衣食，宫室，宗教，道德。盖缘人在两间，必有时自觉以勤勉，有时丧我而惝恍，时必致力于善生③，时必并忘其善生之事而入于醇乐，时或活动于现实之区，时或神驰于理想之域；苟致力于其偏，是谓之不具足。严冬永留，春气不至，生其躯壳，死其精魂，其人虽生，而人生之道失。文章不用之用，其在斯乎？约翰穆黎④曰，近世文明，无不以科学为术，合理为神，功利为鹄。大势如是，而文章之用益神。所以者何？以能涵养吾人之神思耳。涵养人之神思，即文章之职与用也。

　　此他丽于文章能事者，犹有特殊之用一。盖世界大文，无不能启人生之閟机，而直语其事实法则，为科学所不能言者。所谓閟机，即人生之诚理是已。此为诚理，微妙幽玄，不能假口于学子。如热带人未见冰前，为之语冰，虽喻以物理生理二学，而不知水之能凝，冰之为冷如故；惟直示以冰，使之触之，则虽不言质力二性，而冰之为物，昭然在前，将直解无所疑沮。惟文章亦然，虽缕判条分，理密不如学术，而人生诚理，直笼其辞句中，使闻其声者，灵府朗然，与人生即会。如热带人既见冰后，曩之竭研究思索而弗能喻者，今宛在矣。昔爱诺尔特（M. Arnold）⑤ 氏以诗为人生评骘，亦正此意。故人若读鄂谟（Homeros）⑥ 以降大文，则不徒近诗，且自与人生会，历历见其优胜缺陷之所存，更力自就于圆满。此其效力，有教示意；既为教示，斯益人生；而其教复非常教，自觉勇猛发扬精进，彼实示之。凡苓落颓唐之邦，无不以不耳此教示始。

---

① 卒业之券：即毕业文凭。
② 道覃（1843—1913）：通译道登，爱尔兰诗人、批评家。著有《文学研究》《莎士比亚初步》等。这里所引的话见于他的《抄本与研究》一书。
③ 善生：生计的意思。
④ 约翰穆黎（J. S. Mill, 1806—1873）：通译约翰·穆勒，英国哲学家、经济学家。著有《逻辑体系》《政治经济原理》《功利主义》等。
⑤ 爱诺尔特（1822—1888）：通译亚诺德，英国文艺批评家、诗人。著有《文学批评论集》《吉卜赛学者》等。
⑥ 鄂谟：通译荷马，相传是公元前九世纪古希腊行吟盲诗人，《伊利亚德》和《奥德赛》两大史诗的作者。

顾有据群学①见地以观诗者，其为说复异：要在文章与道德之相关。谓诗有主分，曰观念之诚。其诚奈何？则曰为诗人之思想感情，与人类普遍观念之一致。得诚奈何？则曰在据极溥博之经验。故所据之人群经验愈溥博，则诗之溥博视之。所谓道德，不外人类普遍观念所形成。故诗与道德之相关，缘盖出于造化。诗与道德合，即为观念之诚，生命在是，不朽在是。非如是者，必与群法僻驰②。以背群法故，必反人类之普遍观念；以反普遍观念故，必不得观念之诚。观念之诚失，其诗宜亡。故诗之亡也，恒以反道德故。然诗有反道德而竟存者奈何？则曰，暂耳。无邪之说，实与此契。苟中国文事复兴之有日，虑操此说以力削其萌蘖者，当有徒也。而欧洲评骘之士，亦多抱是说以律文章。十九世纪初，世界动于法国革命之风潮，德意志西班牙意太利希腊皆兴起，往之梦意，一晓而苏；惟英国较无动。顾上下相迕，时有不平，而诗人裴伦，实生此际。其前有司各德（W. Scott）③辈，为文率平妥翔实，与旧之宗教道德极相容。迨有裴伦，乃超脱古范，直抒所信，其文章无不函刚健抗拒破坏挑战之声。平和之人，能无惧乎？于是谓之撒但。此言始于苏惹（R. Southey）④，而众和之；后或扩以称修黎（P. B. Shelley）⑤以下数人，至今不废。苏惹亦诗人，以其言能得当时人群普遍之诚故，获月桂冠，攻裴伦甚力。裴伦亦以恶声报之，谓之诗商。所著有《纳尔逊传》（The Life of Lord Nelson）今最行于世。

《旧约》记神既以七日造天地，终乃抟埴为男子，名曰亚当，已而病其寂也，复抽其肋为女子，是名夏娃，皆居伊甸。更益以鸟兽卉木；四水出焉。伊甸有树，一曰生命，一曰知识。神禁人勿食其实；魔乃侂⑥蛇以诱夏娃，使食之，爰得生命知识。神怒，立逐人而诅蛇，蛇腹行而土食；人则既劳其生，又得其死，罚且及于子孙，无不如是。英诗人弥耳敦（J. Milton），尝取其事作《失乐园》（The Paradise Lost）⑦，有天神与撒但战事，以喻光明与黑暗之争。撒但为状，复至狞厉。是诗而后，人之恶撒但遂益深。然使震旦人士异其信仰者观之，则亚当之居伊甸，盖不殊于笼禽，不识不知，惟帝是悦，使无天魔之诱，人类将无由生。故世间人，当蒇弗秉有魔血，惠之及人世者，撒但其首矣。然为基督宗徒，则身被此名，正如中国所谓叛道，人群共弃，艰于置身，非强怒善战豁达能思之士，不任受也。亚当夏娃既去乐园，乃举二

---

① 群学：即社会学。
② 僻驰：背道而驰。《淮南子·说山训》："分流僻驰，注于东海"。
③ 司各德（1771—1832）：英国作家。他广泛采用历史题材进行创作，对欧洲历史小说的发展有一定影响。作品有《艾凡赫》《十字军英雄记》等。
④ 苏惹（1774—1843）：通译骚塞，英国诗人、散文家。与华滋华斯（W. Wordsworth）、格勒律治（S. Coleridge）并称"湖畔诗人"。他政治上倾向反动，创作上表现为消极浪漫主义。1813年曾获得桂冠诗人的称号。他在长诗《审判的幻影》序言中曾暗指拜伦是"恶魔派"诗人，后又要求政府禁售拜伦的作品，并在一篇答复拜伦的文章中公开指责拜伦是"恶魔派"首领。下文说到的《纳尔逊传》，是记述抵抗拿破仑侵略的英国海军统帅纳尔逊（1758—1805）生平事迹的作品。
⑤ 修黎（1792—1822）：通译雪莱，英国诗人。曾参加爱尔兰民族独立运动。他的作品表现了对君主专制、宗教欺骗的愤怒和反抗，富有积极浪漫主义精神。作品有《伊斯兰的起义》《解放了的普罗米修斯》等。
⑥ 侂：同"托"。
⑦ 弥尔顿的《失乐园》，是一部长篇叙事诗，歌颂撒但对上帝权威的反抗。1667年出版。

子，长曰亚伯，次曰凯因①。亚伯牧羊，凯因耕植是事，尝出所有以献神。神喜脂膏而恶果实，斥凯因献不视；以是，凯因渐与亚伯争，终杀之。神则诅凯因，使不获地力，流于殊方。裴伦取其事作传奇②，于神多所诘难。教徒皆怒，谓为渎圣害俗，张皇灵魂有尽之诗，攻之至力。迄今日评骘之士，亦尚有以是难裴伦者。尔时独穆亚（Th. Moore）③及修黎二人，深称其诗之雄美伟大。德诗宗瞿提，亦谓为绝世之文，在英国文章中，此为至上之作；后之劝遏克曼（J. P. Eckermann）④治英国语言，盖即冀其直读斯篇云。《约》又记凯因既流，亚当更得一子，历岁永永，人类益繁，于是心所思惟，多涉恶事。主神乃悔，将殄之。有挪亚独善事神，神令致亚斐木为方舟⑤，将眷属动植，各从其类居之。遂作大雨四十昼夜，洪水泛滥，生物灭尽，而挪亚之族独完，水退居地，复生子孙，至今日不绝。吾人记事涉此，当觉神之能悔，为事至奇；而人之恶撒但，其理乃无足诧。盖既为挪亚子孙，自必力斥抗者，敬事主神，战战兢兢，绳其祖武⑥，冀洪水再作之日，更得密诏而自保于方舟耳。抑吾闻生学家言，有云反种⑦一事，为生物中每现异品，肖其远先，如人所牧马，往往出野物，类之不拉（Zebra）⑧，盖未驯以前状，复现于今日者。撒但诗人之出，殆亦如是，非异事也。独众马怒其不伏箱⑨，群起而交踶之，斯足悯叹焉耳。

四

裴伦名乔治戈登（George Gordon），系出司堪第那比亚⑩海贼蒲隆（Burun）族。其族后居诺曼⑪，从威廉入英，递显理二世时，始用今字。裴伦以千七百八十八年一月二十二日生于伦敦，十二岁即为诗；长游堪勃力俱大学⑫不成，渐决去英国，作汗漫游，始于波陀牙，东至希腊突厥⑬及小亚细亚，历审其天物之美，民俗之异，成

---

① 凯因：通译该隐。据《旧约·创世记》，该隐是亚伯之兄。
② 指拜伦的长篇叙事诗《该隐》，作于1821年。
③ 穆亚（1779—1852）：通译穆尔，爱尔兰诗人。作品多反对英国政府对爱尔兰人民的压迫，歌颂民族独立。著有《爱尔兰歌曲集》等。他和拜伦有深厚友谊，1830年作《拜伦传》，其中驳斥了一些人对拜伦的诋毁。
④ 遏克曼（1792—1854）：通译艾克曼，德国作家。曾任歌德的私人秘书。著有《歌德谈话录》。这里所引歌德的话见该书中1823年10月21日的谈话记录。
⑤ 挪亚：通译诺亚；亚斐木，通译歌裴木。
⑥ 绳其祖武：追随祖先的足迹的意思。见《诗·大雅·下武》。
⑦ 反种：即返祖现象，指生物发展过程中出现与远祖类似的变种或生理现象。
⑧ 之不拉：英语斑马的音译。
⑨ 不伏箱：不服驾驭的意思。《诗·小雅·大东》："睆彼牵牛，不可以服箱。"
⑩ 司堪第那比亚：即斯堪的那维亚半岛。公元8世纪前后，在这里定居的诺曼人经常发动海上远征，劫掠商船和沿海地区。
⑪ 诺曼：即诺曼底，在今法国北部。1066年，诺曼底封建领主威廉公爵攻克伦敦，成为英国国王，诺曼底遂属英国。这一年，拜伦的祖先拉尔夫·杜·蒲隆随威廉迁入英国。至1450年，诺曼底划归法国。显理二世，通译亨利第二，1154年起为英国国王。
⑫ 堪勃力俱大学：通译剑桥大学。
⑬ 突厥：指土耳其。

《哈洛尔特游草》(*Childe Harold's Pilgrimage*)① 二卷，波谲云诡，世为之惊绝。次作《不信者》(*The Giaour*)② 暨《阿毕陀斯新妇行》(*The Bride of Abydos*) 二篇，皆取材于突厥。前者记不信者（对回教而言）通哈山之妻，哈山投其妻于水，不信者逸去，后终归而杀哈山，诣庙自忏；绝望之悲，溢于毫素，读者哀之。次为女子苏黎加爱舍林，而其父将以婚他人，女偕舍林出奔，已而被获，舍林斗死，女亦终尽；其言有反抗之音。迨千八百十四年一月，赋《海贼》(*The Corsair*) 之诗。篇中英雄曰康拉德，于世已无一切眷爱，遗一切道德，惟以强大之意志，为贼渠魁，领其从者，建大邦于海上。孤舟利剑，所向悉如其意。独家有爱妻，他更无有；往虽有神，而康拉德早弃之，神亦已弃康拉德矣。故一剑之力，即其权利，国家之法度，社会之道德，视之蔑如。权力若具，即用行其意志，他人奈何，天帝何命，非所问也。若问定命之何如？则曰，在鞘中，一旦外辉，彗且失色而已。然康拉德为人，初非元恶，内秉高尚纯洁之想，尝欲尽其心力，以致益于人间；比见细人蔽明，谗谄害聪，凡人营营，多猜忌中伤之性，则渐冷淡，则渐坚凝，则渐嫌厌；终乃以受自或人之怨毒，举而报之全群，利剑轻舟，无间人神，所向无不抗战。盖复仇一事，独贯注其全精神矣。一日攻塞特，败而见囚，塞特有妃爱其勇，助之脱狱，泛舟同奔，遇从者于波上，乃大呼曰，此吾舟，此吾血色之旗也，吾运未尽于海上！然归故家，则银釭暗而爱妻逝矣。既而康拉德亦失去，其徒求之波间海角，踪迹奇然，独有以无量罪恶，系一德义之名，永存于世界而已。裴伦之祖约翰③，尝念先人为海王，因投海军为之帅；裴伦赋此，缘起似同；有即以海贼字裴伦者，裴伦闻之窃喜，则篇中康拉德为人，实即此诗人变相，殆无可疑已。越三月，又作赋曰《罗罗》(*Lara*)，记其人尝杀人不异海贼，后图起事，败而伤，飞矢来贯其胸，遂死。所叙自尊之夫，力抗不可避之定命，为状惨烈，莫可比方。此他犹有所制，特非雄篇。其诗格多师司各德，而司各德由是锐意于小说，不复为诗，避裴伦也。已而裴伦去其妇，世虽不知去之之故，然争难之，每临会议，嘲骂即四起，且禁其赴剧场。其友穆亚为之传，评是事曰，世于裴伦，不异其母，忽爱忽恶，无判决也。顾寡戮天才，殆人群恒状，滔滔皆是，宁止英伦。中国汉晋以来，凡负文名者，多受谤毁，刘彦和为之辩曰，人禀五才，修短殊用，自非上哲，难以求备，然将相以位隆特达，文士以职卑多诮，此江河所以腾涌，涓流所以寸析者。④ 东方恶习，尽此数言。然裴伦之祸，则缘起非如前陈，实反由于名盛，社会顽愚，仇敌窥觇，乘隙立起，众则不察而妄和之；若颂高官而厄寒士者，

---

① 《哈洛尔特游草》：通译《恰尔德·哈罗尔德游记》，拜伦较早的一部有影响的长诗，前两章完成于1810年，后两章完成于1817年。它通过哈罗尔德的经历叙述了作者旅行东南欧的见闻，歌颂那里人民的革命斗争。

② 《不信者》和下文的《阿毕陀斯新妇行》《海贼》《罗罗》，分别通译为《异教徒》《阿拜多斯的新娘》《海盗》《莱拉》。1813年至1814年间写成，多取材于东欧和南欧，因此和其他类似的几首诗一起统称《东方叙事诗》。

③ 拜伦的祖父约翰（1723—1786），曾任英国海军上将。

④ 刘勰关于人禀五才的话，见于《文心雕龙·程器》。五才（材），古人认为金、木、水、火、土是构成一切物质的基本元素，人的禀赋也决定于这五种元素。寸析，原作寸折，曲折很多的意思。

其污且甚于此矣。顾裴伦由是遂不能居英，自曰，使世之评骘诚，吾在英为无值，若评骘谬，则英于我为无值矣。吾其行乎？然未已也，虽赴异邦，彼且蹑我。已而终去英伦，千八百十六年十月，抵意太利。自此，裴伦之作乃益雄。

裴伦在异域所为文，有《哈洛尔特游草》之续，《堂祥》（Don Juan）①之诗，及三传奇称最伟，无不张撒但而抗天帝，言人所不能言。一曰《曼弗列特》（Manfred），记曼以失爱绝欢，陷于巨苦，欲忘弗能，鬼神见形问所欲，曼云欲忘，鬼神告以忘在死，则对曰，死果能令人忘耶？复衷疑而弗信也。后有魅来降曼弗列特，而曼忽以意志制苦，毅然斥之曰，汝曹决不能诱惑灭亡我。（中略）我，自坏者也。行矣，魅众！死之手诚加我矣，然非汝手也。意盖谓己有善恶，则褒贬赏罚，亦悉在己，神天魔龙，无以相凌，况其他乎？曼弗列特意志之强如是，裴伦亦如是。论者或以拟瞿提之传奇《法斯忒》（Faust）②云。二曰《凯因》（Cain），典据已见于前分，中有魔曰卢希飞勒③，导凯因登太空，为论善恶生死之故，凯因悟，遂师摩罗。比行世，大遭教徒攻击，则作《天地》（Heaven and Earth）以报之，英雄为耶彼第，博爱而厌世，亦以诘难教宗，鸣其非理者。夫撒但何由昉乎？以彼教言，则亦天使之大者，徒以陡起大望，生背神心，败而堕狱，是云魔鬼。由是言之，则魔亦神所手创者矣。已而潜入乐园，至善美安乐之伊甸，以一言而立毁，非具大能力，易克至是？伊甸，神所保也，而魔毁之，神安得云全能？况自创恶物，又从而惩之，且更瓜蔓以惩人，其慈又安在？故凯因曰，神为不幸之因。神亦自不幸，手造破灭之不幸者，何幸福之可言？而吾父曰，神全能也。问之曰，神善，何复恶邪？则曰，恶者，就善之道尔。神之为善，诚如其言：先以冻馁，乃与之衣食；先以疠疫，乃施之救援；手造罪人，而曰吾赦汝矣。人则曰，神可颂哉，神可颂哉！营营而建伽兰焉。卢希飞勒不然，曰吾誓之两间，吾实有胜我之强者，而无有加于我之上位。彼胜我故，名我曰恶，若我致胜，恶且在神，善恶易位耳。此其论善恶，正异尼佉。尼佉意谓强胜弱故，弱者乃字其所为曰恶，故恶实强之代名；此则以恶为弱之冤谥。故尼佉欲自强，而并颂强者；此则亦欲自强，而力抗强者，好恶至不同，特图强则一而已。人谓神强，因亦至善。顾善者乃不喜华果，特嗜腥膻，凯因之献，纯洁无似，则以旋风振而落之。人类之始，实由主神，一拂其心，即发洪水，并无罪之禽虫卉木而殄之。人则曰，爱灭罪恶，神可颂哉！耶彼第乃曰，汝得救孺子众！汝以为脱身狂涛，获天幸欤？汝曹偷生，逞其食色，目击世界之亡，而不生其悯叹；复无勇力，敢当大波，与同胞之人，共其运命；偕厥考逃于方舟，而建都邑于世界之墓上，竟无惭耶？然人竟无惭也，方伏地赞颂，无有休止，以是之故，主神遂强。使众生去而不之理，更何威

---

① 《堂祥》：通译《唐·璜》，政治讽刺长诗，拜伦的代表作。写于1819年至1824年。它通过传说中的西班牙贵族青年唐·璜在希腊、俄国、英国等地的种种经历，广泛反映了当时欧洲的社会生活，抨击封建专制，反对外族侵略，但同时也流露出感伤情绪。

② 《法斯忒》：通译《浮士德》，诗剧，歌德的代表作。

③ 卢希飞勒：通译鲁西反。据犹太教经典《泰尔谟德》（约为公元350年至500年间的作品）记载，他原是上帝的天使长，后因违抗命令，与部属一起被赶出天国，堕入地狱，成为魔鬼。

力之能有？人既授神以力，复假之以厄撒但；而此种人，又即主神往所殄灭之同类。以撒但之意观之，其为顽愚陋劣，如何可言？将晓之欤，则音声未宣，众已疾走，内容何若，不省察也。将任之欤，则非撒但之心矣，故复以权力现于世。神，一权力也；撒但，亦一权力也。惟撒但之力，即生于神，神力若亡，不为之代；上则以力抗天帝，下则以力制众生，行之背驰，莫甚于此。顾其制众生也，即以抗故。倘其众生同抗，更何制之云？裴伦亦然，自必居人前，而怒人之后于众。盖非自居人前，不能使人勿后于众故；任人居后而自为之前，又为撒但大耻故。故既揄扬威力，颂美强者矣，复曰，吾爱亚美利加，此自由之区，神之绿野，不被压制之地也。由是观之，裴伦既喜拿坡仑之毁世界，亦爱华盛顿之争自由，既心仪海贼之横行，亦孤援希腊之独立，压制反抗，兼以一人矣。虽然，自由在是，人道亦在是。

五

自尊至者，不平恒继之，忿世嫉俗，发为巨震，与对蹠之徒争衡。盖人既独尊，自无退让，自无调和，意力所如，非达不已，乃以是渐与社会生冲突，乃以是渐有所厌倦于人间。若裴伦者，即其一矣。其言曰，硗确之区，吾侪奚获耶？（中略）凡有事物，无不定以习俗至谬之衡，所谓舆论，实具大力，而舆论则以昏黑蔽全球也。① 此其所言，与近世诺威文人伊孛生（H. Ibsen）所见合，伊氏生于近世，愤世俗之昏迷，悲真理之匿耀，假《社会之敌》② 以立言，使医士斯托克曼为全书主者，死守真理，以拒庸愚，终获群敌之谥。自既见放于地主③，其子复受斥于学校，而终奋斗，不为之摇。末乃曰，吾又见真理矣。地球上至强之人，至独立者也！其处世之道如是。顾裴伦不尽然，凡所描绘，皆禀种种思，具种种行，或以不平而厌世，远离人群，宁与天地为侪偶，如哈洛尔特；或厌世至极，乃希灭亡，如曼弗列特；或被人天之楚毒，至于刻骨，乃咸希破坏，以复仇雠，如康拉德与卢希飞勒；或弃斥德义，蹇视淫游，以嘲弄社会，聊快其意，如堂祥。其非然者，则尊侠尚义，扶弱者而平不平，颠仆有力之蠢愚，虽获罪于全群无惧，即裴伦最后之时是已。彼当前时，经历一如上述书中众士，特未歇歔断望，愿自逖于人间，如曼弗列特之所为而已。故怀抱不平，突突上发，则倨傲纵逸，不恤人言，破坏复仇，无所顾忌，而义侠之性，亦即伏此烈火之中，重独立而爱自繇，苟奴隶立其前，必衷悲而疾视，衷悲所以哀其不幸，疾视所以怒其不争，此诗人所为援希腊之独立，而终死于其军中者也。盖裴伦者，自繇主义之人耳，尝有言曰，若为自由故，不必战于宗邦，则当为战于他国。④ 是时意

---

① 拜伦的这段话见于1820年11月5日致托玛斯·摩尔的信。
② 《社会之敌》即《文化偏至论》中的《民敌》，通译《国民公敌》。
③ 地主：指房主。
④ 拜伦的这段话见于1820年11月5日致托玛斯·摩尔的信。原文应为："如果一个人在国内没有自由可争，那么让他为邻邦的自由而战斗吧。"

太利适制于墺①，失其自由，有秘密政党起，谋独立，乃密与其事，以扩张自由之元气者自任，虽狙击密侦之徒，环绕其侧，终不为废游步驰马之事。后秘密政党破于墺人，企望悉已，而精神终不消。裴伦之所督励，力直及于后日，起马志尼②，起加富尔③，于是意之独立成④。故马志尼曰，意太利实大有赖于裴伦。彼，起吾国者也！盖诚言已。裴伦平时，又至有情愫于希腊，思想所趣，如磁指南。特希腊时自由悉丧，入突厥版图，受其羁縻，不敢抗拒。诗人惋惜悲愤，往往见于篇章，怀前古之光荣，哀后人之零落，或与斥责，或加激励，思使之攘突厥而复兴，更睹往日耀灿庄严之希腊，如所作《不信者》暨《堂祥》二诗中，其怨愤谯责之切，与希冀之诚，无不历然可征信也。比千八百二十三年，伦敦之希腊协会⑤驰书托裴伦，请援希腊之独立。裴伦平日，至不满于希腊今人，尝称之曰世袭之奴，曰自由苗裔之奴，因不即应；顾以义愤故，则终诺之，遂行。而希腊人民之堕落，乃诚如其说，励之再振，为业至难，因羁滞于克弗洛尼亚岛⑥者五月，始向密淑伦其⑦。其时海陆军方奇困，闻裴伦至，狂喜，群集迓之，如得天使也。次年一月，独立政府任以总督，并授军事及民事之全权，而希腊是时，财政大匮，兵无宿粮，大势几去。加以式列阿忒⑧佣兵见裴伦宽大，复多所要索，稍不满，辄欲背去；希腊堕落之民，又诱之使窘裴伦。裴伦大愤，极诋彼国民性之陋劣；前所谓世袭之奴，乃果不可猝救如是也。而裴伦志尚不灰，自立革命之中枢，当四围之艰险，将士内讧，则为之调和，以己为楷模，教之人道，更设法举债，以振其穷，又定印刷之制，且坚堡垒以备战。内争方烈，而突厥果攻密淑伦其，式列阿忒佣兵三百人，复乘乱占要害地。裴伦方病，闻之泰然，力平党派之争，使一心以面敌。特内外迫拶，神质剧劳，久之，疾乃渐革。将死，其从者持楮墨，将录其遗言。裴伦曰否，时已过矣。不之语，已而微呼人名，终乃曰，吾言已毕。从者曰，吾不解公言。裴伦曰，吁，不解乎？呜呼晚矣！状若甚苦。有间，复曰，吾既以吾物暨吾康健，悉付希腊矣。今更付之吾生。他更何有？遂死，时千八百

---

① 墺：奥地利。

② 马志尼（G. Mazzini，1805—1872）：意大利政治家，民族解放运动中的民主共和派领袖。他关于拜伦的评价见于所作论文《拜伦和歌德》。

③ 加富尔（C. B. diCavour，1810—1861）：意大利自由贵族和资产阶级君主立宪派领袖，统一的意大利王国第一任首相。

④ 意之独立：意大利于1800年被拿破仑征服，拿破仑失败后，奥国通过1815年维也纳会议，取得了意大利北部的统治权。1820年至1821年，意大利人在"烧炭党"的鼓动下，举行反对奥国的起义，后被以奥国为首的"神圣同盟"所镇压。1848年，意大利再度发生要求独立和统一的革命，最后经过1860年至1861年的民族革命战争取得胜利，成立了统一的意大利王国。

⑤ 希腊协会：1821年希腊爆发反对土耳其统治的独立战争，欧洲一些国家组织了支援希腊独立的委员会。这里指英国支援委员会，拜伦是该会的主要成员。

⑥ 克弗洛尼亚岛（Cephalonia）：通译克法利尼亚岛，希腊爱奥尼亚群岛之一。拜伦于1823年8月3日到达这里，次年1月5日赴米索朗基。

⑦ 密淑伦其（Missolonghi）：通译米索朗基，希腊西部的重要城市。1824年拜伦曾在这里指挥抵抗土耳其侵略者的战斗，后在前线染了热病，4月19日（按文中误为18日）在这里逝世。

⑧ 式列阿忒（Suliote）：通译苏里沃特，当时在土耳其统治下的民族之一。拜伦在米索朗基曾收留了500名式列阿忒族士兵。

二十四年四月十八日夕六时也。今为反念前时，则裴伦抱大望而来，将以天纵之才，致希腊复归于往时之荣誉，自意振臂一呼，人必将靡然向之。盖以异域之人，犹凭义愤为希腊致力，而彼邦人，纵堕落腐败者日久，然旧泽尚存，人心未死，岂意遂无情愫于故国乎？特至今兹，则前此所图，悉如梦迹，知自由苗裔之奴，乃果不可猝救有如此也。次日，希腊独立政府为举国民丧，市肆悉罢，炮台鸣炮三十七，如裴伦寿也。

  吾今为案其为作思惟，索诗人一生之内閟，则所遇常抗，所向必动，贵力而尚强，尊己而好战，其战复不如野兽，为独立自由人道也，此已略言之前分矣。故其平生，如狂涛如厉风，举一切伪饰陋习，悉与荡涤，瞻顾前后，素所不知；精神郁勃，莫可制抑，力战而毙，亦必自救其精神；不克厥敌，战则不止。而复率真行诚，无所讳掩，谓世之毁誉褒贬是非善恶，皆缘习俗而非诚，因悉措而不理也。盖英伦尔时，虚伪满于社会，以虚文缛礼为真道德，有秉自由思想而探究者，世辄谓之恶人。裴伦善抗，性又率真，夫自不可以默矣，故托凯因而言曰，恶魔者，说真理者也。遂不恤与人群敌。世之贵道德者，又即以此交非之。遏克曼亦尝问瞿提以裴伦之文，有无教训。瞿提对曰，裴伦之刚毅雄大，教训即函其中；苟能知之，斯获教训。若夫纯洁之云，道德之云，吾人何问焉。盖知伟人者，亦惟伟人焉而已。裴伦亦尝评朋思（R. Burns）①曰，斯人也，心情反张②，柔而刚，疏而密，精神而质，高尚而卑，有神圣者焉，有不净者焉，互和合也。裴伦亦然，自尊而怜人之为奴，制人而援人之独立，无惧于狂涛而大傲于乘马，好战崇力，遇敌无所宽假，而于累囚之苦，有同情焉。意者摩罗为性，有如此乎？且此亦不独摩罗为然，凡为伟人，大率如是。即一切人，若去其面具，诚心以思，有纯禀世所谓善性而无恶分者，果几何人？遍观众生，必几无有，则裴伦虽负摩罗之号，亦人而已，夫何诧焉。顾其不容于英伦，终放浪颠沛而死异域者，特面具为之害耳。此即裴伦所反抗破坏，而迄今犹杀真人而未有止者也。嗟夫，虚伪之毒，有如是哉！裴伦平时，其制诗极诚，尝曰，英人评骘，不介我心。若以我诗为愉快，任之而已。吾何能阿其所好为？吾之握管，不为妇孺庸俗，乃以吾全心全情感全意志，与多量之精神而成诗，非欲聆彼辈柔声而作者也。夫如是，故凡一字一辞，无不即其人呼吸精神之形现，中于人心，神弦立应，其力之曼衍于欧土，例不能别求之英诗人中；仅司各德所为说部，差足与相伦比而已。若问其力奈何？则意太利希腊二国，已如上述，可毋赘言。此他西班牙德意志诸邦，亦悉蒙其影响。次复入斯拉夫族而新其精神，流泽之长，莫可阐述。至其本国，则犹有修黎

---

 ① 朋思（1759—1796）：通译彭斯，英国诗人。出身贫苦，一生在穷困中度过。他的诗多反映苏格兰农民生活，表现了对统治阶级的憎恨。著有长诗《农夫汤姆》《愉快的乞丐》和数百首著名短歌。文中所引评论彭斯的话，见拜伦1813年12月13日的日记。
 ② 反张：意即矛盾。

(Percy Bysshe Shelley)一人。契支(John Keats)①虽亦蒙摩罗诗人之名，而与裴伦别派，故不述于此。

六

修黎生三十年而死，其三十年悉奇迹也，而亦即无韵之诗。时既艰危，性复狷介，世不彼爱，而彼亦不爱世，人不容彼，而彼亦不容人，客意太利之南方，终以壮龄而夭死，谓一生即悲剧之实现，盖非夸也。修黎者，以千七百九十二年生于英之名门，姿状端丽，夙好静思；比入中学，大为学友暨校师所不喜，虐遇不可堪。诗人之心，乃早萌反抗之朕兆；后作说部，以所得值飨其友八人，负狂人之名而去。次入恶斯佛大学②，修爱智之学，屡驰书乞教于名人。而尔时宗教，权悉归于冥顽之牧师，因以妨自由之崇信。修黎蹶起，著《无神论之要》一篇，略谓惟慈爱平等三，乃使世界为乐园之要素，若夫宗教，于此无功，无有可也。书成行世，校长见之大震，终逐之；其父亦惊绝，使谢罪返校，而修黎不从，因不能归。天地虽大，故乡已失，于是至伦敦，时年十八，顾已孤立两间，欢爱悉绝，不得不与社会战矣。已而知戈德文(W. Godwin)③，读其著述，博爱之精神益张。次年入爱尔兰，檄其人士，于政治宗教，皆欲有所更革，顾终不成。逮千八百十五年，其诗《阿剌斯多》(Alastor)④始出世，记怀抱神思之人，索求美者，遍历不见，终死旷原，如自叙也。次年乃识裴伦于瑞士；裴伦深称其人，谓奋迅如狮子，又善其诗，而世犹无顾之者。又次年成《伊式阑转轮篇》(The Revolt of Islam)。凡修黎怀抱，多抒于此。篇中英雄曰罗昂，以热诚雄辩，警其国民，鼓吹自由，掊击压制，顾正义终败，而压制于以凯还，罗昂遂为正义死。是诗所函，有无量希望信仰，暨无穷之爱，穷追不舍，终以殒亡。盖罗昂者，实诗人之先觉，亦即修黎之化身也。

至其杰作，尤在剧诗；尤伟者二，一曰《解放之普洛美迢斯》(Prometheus Unbound)⑤，一曰《黏希》(The Cenci)。前者事本希腊神话，意近裴伦之《凯因》。假普洛美迢为人类之精神，以爱与正义自由故，不恤艰苦，力抗压制主者儵毕多⑥，窃火贻人，受絷于山顶，猛鹫日啄其肉，而终不降。儵毕多为之辟易；普洛美迢乃眷女子珂希亚，获其爱而毕。珂希亚者，理想也。《黏希》之篇，事出意太利，记女子黏

---

① 契支(1795—1821)：通译济慈，英国诗人。他的作品具有民主主义精神，受到拜伦、雪莱的肯定和赞扬。但他有"纯艺术"的、唯美主义的倾向，所以说与拜伦不属一派。作品有《为和平而写的十四行诗》、长诗《伊莎贝拉》等。

② 恶斯佛大学：通译牛津大学。

③ 戈德文(1756—1836)：通译葛德文，英国作家，空想社会主义者。他反对封建制度和资本主义剥削关系，主张成立独立的自由生产者联盟，通过道德教育来改造社会。著有政论《政治的正义》、小说《卡莱布·威廉斯》等。

④ 《阿剌斯多》和下文的《伊式阑转轮篇》，分别通译为《阿拉斯特》《伊斯兰起义》。

⑤ 《解放之普洛美迢斯》和下文的《黏希》，分别通译为《解放了的普罗米修斯》《钦契》。

⑥ 儵毕多(Jupiter)：通译朱庇特，罗马神话中的诸神之父，即希腊神话中的宙斯。

希之父，酷虐无道，毒虐无所弗至，黏希终杀之，与其后母兄弟，同戮于市。论者或谓之不伦。顾失常之事，不能绝于人间，即中国《春秋》①，修自圣人之手者，类此之事，且数数见，又多直书无所讳，吾人独于修黎所作，乃和众口而难之耶？上述二篇，诗人悉出以全力，尝自言曰，吾诗为众而作，读者将多。又曰，此可登诸剧场者。顾诗成而后，实乃反是，社会以谓不足读，伶人以谓不可为；修黎抗伪俗弊习以成诗，而诗亦即受伪俗弊习之天阏，此十九稘②上叶精神界之战士，所为多抱正义而骈殒者也。虽然，往时去矣，任其自去，若夫修黎之真值，则至今日而大昭。革新之潮，此其巨派，戈德文书出，初启其端，得诗人之声，乃益深入世人之灵府。凡正义自由真理以至博爱希望诸说，无不化而成醇，或为罗昂，或为普洛美迢，或为伊式阑之壮士，现于人前，与旧习对立，更张破坏，无稍假借也。旧习既破，何物斯存，则惟改革之新精神而已。十九世纪机运之新，实赖有此。朋思唱于前，裴伦修黎起其后，搭击排斥，人渐为之仓皇；而仓皇之中，即亟人生之改进。故世之嫉视破坏，加之恶名者，特见一偏而未得其全体者尔。若为案其真状，则光明希望，实伏于中。恶物悉颠，于群何毒？破坏之云，特可发自冥顽牧师之口，而不可出诸全群者也。若其闻之，则破坏为业，斯愈益贵矣！况修黎者，神思之人，求索而无止期，猛进而不退转，浅人之所观察，殊莫可得其渊深。若能真识其人，将见品性之卓，出于云间，热诚勃然，无可沮遏，自趁其神思而奔神思之乡；此其为乡，则爱有美之本体。奥古斯丁③曰，吾未有爱而吾欲爱，因抱希冀以求足爱者也。惟修黎亦然，故终出人间而神行，冀自达其所崇信之境；复以妙音，喻一切未觉，使知人类曼衍之大故，暨人生价值之所存，扬同情之精神，而张其上征渴仰之思想，使怀大希以奋进，与时劫同其无穷。世则谓之恶魔，而修黎遂以孤立；群复加以排挤，使不可久留于人间，于是压制凯还，修黎以死，盖宛然阿剌斯多之殒于大漠也。

虽然，其独慰诗人之心者，则尚有天然在焉。人生不可知，社会不可恃，则对天物之不伪，遂寄之无限之温情。一切人心，孰不如是。特缘受染有异，所感斯殊，故目睛夺于实利，则欲驱天然为之得金资；智力集于科学，则思制天然而见其法则；若至下者，乃自春徂冬，于两间崇高伟大美妙之见象，绝无所感应于心，自堕神智于深渊，寿虽百年，而迄不知光明为何物，又爱解所谓卧天然之怀，作婴儿之笑矣。修黎幼时，素亲天物，尝曰，吾幼即爱山河林壑之幽寂，游戏于断崖绝壁之为危险，吾伴侣也。考其生平，诚如自述。方在稚齿，已盘桓于密林幽谷之中，晨瞻晓日，夕观繁星，俯则瞰大都中人事之盛衰，或思前此压制抗拒之陈迹；而芜城古邑，或破屋中贫人啼饥号寒之状，亦时复历历入其目中。其神思之澡雪④，既至异于常人，则旷观天然，自感神閟，凡万汇之当其前，皆若有情而至可念也。故心弦之动，自与天籁合

---

① 《春秋》：春秋时期鲁国的编年史，记载鲁隐公元年至鲁哀公十四年（前722—前481）二百四十二年间鲁国的史实，相传为孔丘所修。
② 栋即萁：本意是周年，这里指世纪。
③ 奥古斯丁（A. Augustinus, 354—430）：迦太基神学者，基督教主教。著有《天主之城》《忏悔录》等。
④ 澡雪：高洁的意思。《庄子·知北游》："澡雪精神"。

调，发为抒情之什，品悉至神，莫可方物，非狭斯丕尔暨斯宾塞①所作，不有足与相伦比者。比千八百十九年春，修黎定居罗马，次年迁毕撒②；裴伦亦至，此他之友多集，为其一生中至乐之时。迨二十二年七月八日，偕其友乘舟泛海，而暴风猝起，益以奔电疾雷，少顷波平，孤舟遂杳。裴伦闻信大震，遣使四出侦之，终得诗人之骸于水裔，乃葬罗马焉。修黎生时，久欲与生死问题以诠解，自曰，未来之事，吾意已满于柏拉图暨培庚之所言，吾心至定，无畏而多望，人居今日之躯壳，能力悉蔽于阴云，惟死亡来解脱其身，则秘密始能阐发。又曰，吾无所知，亦不能证，灵府至奥之思想，不能出以言辞，而此种事，纵吾身亦莫能解尔。嗟乎，死生之事大矣，而理至閟，置而不解，诗人未能，而解之之术，又独有死而已。故修黎曾泛舟坠海，乃大悦呼曰，今使吾释其秘密矣！然不死。一日浴于海，则伏而不起，友引之出，施救始苏，曰，吾恒欲探井中，人谓诚理伏焉，当我见诚，而君见我死也。然及今日，则修黎真死矣，而人生之閟，亦以真释，特知之者，亦独修黎已耳。

七

若夫斯拉夫民族，思想殊异于西欧，而裴伦之诗，亦疾进无所沮核。俄罗斯当十九世纪初叶，文事始新，渐乃独立，日益昭明，今则已有齐驱先觉诸邦之概，令西欧人士，无不惊其美伟矣。顾夷考权舆，实本三士：曰普式庚③，曰来尔孟多夫④，曰鄂戈理。前二者以诗名世，均受影响于裴伦；惟鄂戈理以描绘社会人生之黑暗著名，与二人异趣，不属于此焉。

普式庚（A. Pushkin）以千七百九十九年生于墨斯科，幼即为诗，初建罗曼宗于其文界，名以大扬。顾其时俄多内讧，时势方亟，而普式庚诗多讽喻，人即借而挤之，将流鲜卑⑤，有数耆宿力为之辩，始获免，谪居南方。其时始读裴伦诗，深感其大，思理文形，悉受转化，小诗亦尝摹裴伦；尤著者有《高加索累囚行》⑥，至与《哈洛尔特游草》相类。中记俄之绝望青年，囚于异域，有少女为释缚纵之行，青年之情意复苏，而厥后终于孤去。其《及泼希》（Gypsy）一诗亦然，及泼希者，流浪欧洲之民，以游牧为生者也。有失望于世之人曰阿勒戈，慕是中绝色，因入其族，与

---

① 斯宾塞（E. Spenser, 1552—1599）：英国诗人。他的作品反映了资产阶级上升时期积极进取的精神，在形式上对英国诗歌的格律有很大影响，被称为斯宾塞体。作品有长诗《仙后》等。

② 毕撒（Pisa）：通译比萨，意大利城市。

③ 普式庚（A. Pushkin, 1799—1837）：通译普希金，俄国诗人。作品多抨击农奴制度，谴责贵族上流社会，歌颂自由与进步。主要作品有《欧根·奥涅金》《上尉的女儿》等。

④ 来尔孟多夫（M. Lermontov, 1814—1841）：通译莱蒙托夫，俄国诗人。他的作品尖锐抨击农奴制度的黑暗，同情人民的反抗斗争。著有长诗《童僧》《恶魔》和中篇小说《当代英雄》等。

⑤ 鲜卑：这里指西伯利亚，一八二〇年沙皇亚历山大一世因普希金写诗讽刺当局，原想把他流放此地；后因作家卡拉姆静、茹柯夫斯基等人为他辩护，改为流放高加索。

⑥ 《高加索累囚行》和下文的《及泼希》，分别通译为《高加索的俘虏》《茨冈》，都是普希金在高加索流放期间（1820—1824）所写的长诗。

为婚因，顾多嫉，渐察女有他爱，终杀之。女之父不施报，特令去不与居焉。二者为诗，虽有裴伦之色，然又至殊，凡厥中勇士，等是见放于人群，顾复不离亚历山大时俄国社会之一质分，易于失望，速于奋兴，有厌世之风，而其志至不固。普式庚于此，已不与以同情，诸凡切于报复而观念无所胜人之失，悉指摘不为讳饰。故社会之伪善，既灼然现于人前，而及泼希之朴野纯全，亦相形为之益显。论者谓普式庚所爱，渐去裴伦式勇士而向祖国纯朴之民，盖实自斯时始也。尔后巨制，曰《阿内庚》（*Eugiene Onieguine*）①，诗材至简，而文特富丽，尔时俄之社会，情状略具于斯。惟以推敲八年，所蒙之影响至不一，故性格迁流，首尾多异。厥初二章，尚受裴伦之感化，则其英雄阿内庚为性，力抗社会，断望人间，有裴伦式英雄之概，特已不凭神思，渐近真然，与尔时其国青年之性质肖矣。厥后外缘转变，诗人之性格亦移，于是渐离裴伦，所作日趣于独立；而文章益妙，著述亦多。至与裴伦分道之因，则为说亦不一：或谓裴伦绝望奋战，意向峻绝，实与普式庚性格不相容，曩之信崇，盖出一时之激越，追风涛大定，自即弃置而返其初；或谓国民性之不同，当为是事之枢纽，西欧思想，绝异于俄，其去裴伦，实由天性，天性不合，则裴伦之长存自难矣。凡此二说，无不近理；特就普式庚个人论之，则其对于裴伦，仅摹外状，迨放浪之生涯毕，乃骤返其本然，不能如来尔孟多夫，终执消极观念而不舍也。故旋墨斯科后，立言益务平和，凡足与社会生冲突者，咸力避而不道，且多赞诵，美其国之武功。千八百三十一年波阑抗俄②，西欧诸国右波阑，于俄多所憎恶。普式庚乃作《俄国之谗谤者》暨《波罗及诺之一周年》二篇③，以自明爱国。丹麦评骘家勃阑兑思（G. Brandes）④于是有微辞，谓惟武力之恃而狼藉人之自由，虽云爱国，顾为兽爱。特此亦不仅普式庚为然，即今之君子，日日言爱国者，于国有诚为人爱而不坠于兽爱者，亦仅见也。及晚年，与和阑⑤公使子覃提斯连，终于决斗被击中腹，越二日而逝，时为千八百三十七年。俄自有普式庚，文界始独立，故文史家芘宾⑥谓真之俄国文章，实与斯人偕起也。而裴伦之摩罗思想，则又经普式庚而传来尔孟多夫。

来尔孟多夫（M. Lermontov）生于千八百十四年，与普式庚略并世。其先来尔孟斯（T. Learmont）⑦氏，英之苏格兰人；故每有不平，辄云将去此冰雪警吏之地，归

---

① 《阿内庚》通译《欧根·奥涅金》，长篇叙事诗，普希金的代表作，写于 1823 年至 1831 年间。

② 波阑抗俄：1803 年 11 月，波兰军队反抗沙皇的命令，拒绝开往比利时镇压革命，并举行武装起义，在人民支持下解放华沙，宣布废除沙皇尼古拉一世的统治，成立新政府。但起义成果被贵族和富豪所篡夺，最后失败，华沙复为沙俄军队占领。

③ 《俄国之谗谤者》和《波罗及诺之一周年》，分别通译为《给俄罗斯之谗谤者》《波罗金诺纪念日》，都写于 1831 年。当时沙皇俄国向外扩张，到处镇压革命，引起被侵略国家人民的反抗。普希金这两首诗都有为沙皇侵略行为辩护的倾向。按：波罗金诺是莫斯科西郊的一个市镇。1812 年 8 月 26 日俄军在这里击败拿破仑军队，1831 年沙皇军队占领华沙，也是 8 月 26 日，因此，普希金以《波罗金诺纪念日》为题。

④ 勃阑兑思（1842—1927）：通译勃兰兑斯，丹麦文学批评家，激进民主主义者。著有《十九世纪欧洲文学主潮》《歌德研究》等。他对普希金这两首诗的批评意见，见于《俄国印象记》。

⑤ 和阑：即荷兰。

⑥ 芘宾（A. H. TSaXY, 1833—1904）：通译佩平，俄国文学史家，著有《俄罗斯文学史》等。

⑦ 来尔孟斯（约 1220—1297）：苏格兰诗人。

其故乡。顾性格全如俄人，妙思善感，惆怅无间，少即能缀德语成诗；后入大学被黜，乃居陆军学校二年，出为士官，如常武士，惟自谓仅于香宾酒中，加少许诗趣而已。及为禁军骑兵小校，始仿裴伦诗纪东方事，且至慕裴伦为人。其自记有曰，今吾读《世胄裴伦传》，知其生涯有同我者；而此偶然之同，乃大惊我。又曰，裴伦更有同我者一事，即尝在苏格兰，有媪谓裴伦母曰，此儿必成伟人，且当再娶。而在高加索，亦有媪告吾大母，言与此同。纵不幸如裴伦，吾亦愿如其说。① 顾来尔孟多夫为人，又近修黎。修黎所作《解放之普洛美迢》，感之甚力，于人生善恶竞争诸问，至为不宁，而诗则不之仿。初虽摹裴伦及普式庚，后亦自立。且思想复类德之哲人勖宾赫尔，知习俗之道德大原，悉当改革，因寄其意于二诗，一曰《神摩》（Demon），一曰《谟咩黎》（Mtsyri）② 前者托旨于巨灵，以天堂之逐客，又为人间道德之憎者，超越凡情，因生疾恶，与天地斗争，苟见众生动于凡情，则辄旋以贱视。后者一少年求自由之呼号也。有孺子焉，生长山寺，长老意已断其情感希望，而孺子魂梦，不离故园，一夜暴风雨，乃乘长老方祷，潜遁出寺，彷徨林中者三日，自由无限，毕生莫伦。后言曰，尔时吾自觉如野兽，力与风雨电光猛虎战也。顾少年迷林中不能返，数日始得之，惟已以斗豹得伤，竟以是殒。尝语侍疾老僧曰，丘墓吾所弗惧，人言毕生忧患，将入睡眠，与之永寂，第忧与吾生别耳。……吾犹少年。……宁汝尚忆少年之梦，抑已忘前此世间憎爱耶？倘然，则此世于汝，失其美矣。汝弱且老，灭诸希望矣。少年又为述林中所见，与所觉自由之感，并及斗豹之事曰，汝欲知吾获自由时，何所为乎？吾生矣。老人，吾生矣。使尽吾生无此三日者，且将惨淡冥暗，逾汝暮年耳。及普式庚斗死，来尔孟多夫又赋诗以寄其悲③，末解有曰，汝侪朝人，天才自由之屠伯，今有法律以自庇，士师盖无如汝何，第犹有尊严之帝在天，汝不能以金资为赂。……以汝黑血，不能涤吾诗人之血痕也。诗出，举国传诵，而来尔孟多夫亦由是得罪，定流鲜卑；后遇援，乃戍高加索，见其地之物色，诗益雄美。惟当少时，不满于世者义至博大，故作《神摩》，其物犹撒但，恶人生诸凡陋劣之行，力与之敌。如勇猛者，所遇无不庸懦，则生激怒；以天生崇美之感，而众生扰扰，不能相知，爰起厌倦，憎恨人世。顾后乃渐即于实，凡所不满，已不在天地人间，退而止于一代；后且更变，而猝死于决斗。决斗之因，即肇于来尔孟多夫所为书曰《并世英雄记》④。人初疑书中主人，即著者自序，迨再印，乃辨言曰，英雄不为一人，实吾曹并时众恶之象。盖其书所述，实即当时人士之状尔。于是有友摩尔迭诺夫⑤者，谓来尔孟多夫

---

① 莱蒙托夫的这两段话，见于他 1830 年写的《自传札记》。《世胄裴伦传》，即穆尔所著《拜伦传》。
② 《神摩》和《谟咩黎》，分别通译为《恶魔》《童僧》。
③ 指《诗人之死》。这首诗揭露了沙俄当局杀害普希金的阴谋，发表后引起热烈的反响，莱蒙托夫因此被拘捕，流放到高加索。下文的末解，即最末一节，指莱蒙托夫为《诗人之死》补写的最后十六行诗；士师，指法官。
④ 《并世英雄记》：通译《当代英雄》，写成于 1840 年，由五篇独立的故事连缀而成。
⑤ 摩尔迭诺夫：俄国军官。他在官厅的阴谋主使下，于 1841 年 7 月在高加索毕替哥斯克城的决斗中，将莱蒙托夫杀害。

取其状以入书,因与索斗。来尔孟多夫不欲杀其友,仅举枪射空中;顾摩尔迭诺夫则拟而射之,遂死,年止二十七。

前此二人之于裴伦,同汲其流,而复殊别。普式庚在厌世主义之外形,来尔孟多夫则直在消极之观念。故普式庚终服帝力,入于平和,而来尔孟多夫则奋战力拒,不稍退转。波覃勖迭①氏评之曰,来尔孟多夫不能胜来追之运命,而当降伏之际,亦至猛而骄。凡所为诗,无不有强烈弗和与踔厉不平之响者,良以是耳。来尔孟多夫亦甚爱国,顾绝异普式庚,不以武力若何,形其伟大。凡所眷爱,乃在乡村大野,及村人之生活;且推其爱而及高加索土人。此土人者,以自由故,力敌俄国者也;来尔孟多夫虽自从军,两与其役,然终爱之,所作《伊思迈尔培》(*Ismail-Bey*)②一篇,即纪其事。来尔孟多夫之于拿坡仑,亦稍与裴伦异趣。裴伦初尝责拿坡仑对于革命思想之谬,及既败,乃有愤于野犬之食死狮而崇之。来尔孟多夫则专责法人,谓自陷其雄士。至其自信,亦如裴伦,谓吾之良友,仅有一人,即是自己。又负雄心,期所过必留影迹。然裴伦所谓非憎人间,特去之而已,或云吾非爱人少,惟爱自然多耳等意,则不能闻之来尔孟多夫。彼之平生,常以憎人者自命,凡天物之美,足以乐英诗人者,在俄国英雄之目,则长此黯淡,浓云疾雷而不见霁日也。盖二国人之异,亦差可于是见之矣。

八

丹麦人勃阑兑思,于波阑之罗曼派,举密克威支(A. Mickiewicz)③ 斯洛伐支奇(J. Slowacki)④ 克拉旬斯奇(S. Krasinski)⑤ 三诗人。密克威支者,俄文家普式庚同时人,以千七百九十八年生于札希亚小村之故家。村在列图尼亚⑥,与波阑邻比。十八岁出就维尔那大学⑦,治言语之学,初尝爱邻女马理维来苏萨加,而马理他去,密克威支为之不欢。后渐读裴伦诗,又作诗曰《死人之祭》(*Dziady*)⑧。中数份叙列图尼亚旧俗,每十一月二日,必置酒果于圹上,用享死者,聚村人牧者术士一人,暨众冥鬼,中有失爱自杀之人,已经冥判,每届是日,必更历苦如前此;而诗止断片未

---

① 波覃勖迭(F. M. vonBodenstedt,1819—1892):通译波登斯德特,德国作家。他翻译过普希金、莱蒙托夫等俄国作家的作品。

② 《伊思迈尔培》:通译《伊斯马伊尔·拜》,长篇叙事诗,写于1832年。内容是描写高加索人民为争取民族解放、反对沙皇专制统治的战争。

③ 密克威支(1798—1855):通译密茨凯维支,波兰诗人、革命家。他毕生为反抗沙皇统治,争取波兰独立而奋斗。著有《青春颂》和长篇叙事诗《塔杜施先生》、诗剧《先人祭》等。

④ 斯洛伐支奇(1809—1849):通译斯洛伐茨基,波兰诗人。他的作品多反映波兰人民对民族独立的强烈愿望,1830年波兰起义时曾发表诗歌《颂歌》《自由颂》等以鼓舞斗志。主要作品有诗剧《珂尔强》等。

⑤ 克拉旬斯奇(1812—1859):波兰诗人。主要作品有《非神的喜剧》《未来的赞歌》等。

⑥ 列图尼亚:通译立陶宛。

⑦ 维尔那大学:在今立陶宛境内维尔纽斯城。

⑧ 《死人之祭》:通译《先人祭》,诗剧,密茨凯维支的代表作之一。写成于1823年至1832年间。它歌颂了农民反抗地主压迫的复仇精神,表现了波兰人民对沙皇专制的强烈抗议,号召为争取祖国独立而献身。

成。尔后居加夫诺（Kowno）① 为教师；二三年返维尔那。递千八百二十二年，捕于俄吏，居囚室十阅月，窗牖皆木制，莫辨昼夜；乃送圣彼得堡，又徙阿兑塞②，而其地无需教师，遂之克利米亚③，揽其地风物以助咏吟，后成《克利米亚诗集》④ 一卷。已而返墨斯科，从事总督府中，著诗二种，一曰《格罗苏那》（Grazyna）⑤，记有王子烈泰威尔，与其外父域多勒特迕，将乞外兵为援，其妇格罗苏那知之，不能令勿叛，惟命守者，勿容日耳曼使人入诺华格罗迭克。援军遂怒，不攻域多勒特而引军薄烈泰威尔，格罗苏那自擐甲，伪为王子与战，已而王子归，虽幸胜，而格罗苏那中流丸，旋死。及葬，縶发炮者同置之火，烈泰威尔亦殉焉。此篇之意，盖在假有妇人，第以祖国之故，则虽背夫子之命，斥去援兵，欺其军士，濒国于险，且召战争，皆不为过，苟以是至高之目的，则一切事，无不可为者也。一曰《华连洛德》（Wallenrod）⑥，其诗取材古代，有英雄以败亡之余，谋复国仇，因伪降敌陈，渐为其长，得一举而复之。此盖以意太利文人摩契阿威黎（Machiavelli）⑦ 之意，附诸裴伦之英雄，故初视之亦第罗曼派言情之作。检文者不喻其意，听其付梓，密克威支名遂大起。未几得间，因至德国，见其文人瞿提。⑧ 此他犹有《佗兑支氏》（Pan Tadeusz）⑨ 一诗，写苏孛烈加暨诃什支珂二族之事，描绘物色，为世所称。其中虽以佗兑支为主人，而其父约舍克易名出家，实其主的。初记二人熊猎，有名华伊斯奇者吹角，起自微声，以至洪响，自榆度榆，自櫪至櫪，渐乃如千万角声，合于一角；正如密克威支所为诗，有今昔国人之声，寄于是焉。诸凡诗中之声，清澈弘厉，万感悉至，直至波阑一角之天，悉满歌声，虽至今日，而影响于波阑人之心者，力犹无限。令人忆诗中所云，听者当华伊斯奇吹角久已，而尚疑其方吹未已也。密克威支者，盖即生于彼歌声反响之中，至于无尽者夫。

密克威支至崇拿坡仑，谓其实造裴伦，而裴伦之生活暨其光耀，则觉普式庚于俄国，故拿坡仑亦间接起普式庚。拿坡仑使命，盖在解放国民，因及世界，而其一生，则为最高之诗。至于裴伦，亦极崇仰，谓裴伦所作，实出于拿坡仑，英国同代之人，虽被其天才影响，而卒莫能并大。盖自诗人死后，而英国文章，状态又归前纪矣。若

---

① 加夫诺：立陶宛城市。密茨凯维支曾在这里度过四年中学教师生活。
② 阿兑塞：通译敖德萨，在今乌克兰共和国南部。
③ 克利米亚：即克里米亚半岛，在苏联西南部黑海与亚速海之间，有许多风景区。
④ 《克利米亚诗集》：即《克里米亚十四行诗》，共18首，写于1825年至1826年间。
⑤ 《格罗苏那》：通译《格拉席娜》，长篇叙事诗，1823年写于立陶宛。
⑥ 《华连洛德》：通译全名是《康拉德·华伦洛德》，长篇叙事诗，写于1827年至1828年间，取材于古代立陶宛反抗普鲁士侵略的故事。
⑦ 摩契阿威黎（1469—1527）：通译马基雅维里，意大利作家、政治家。他是君主专制政体的拥护者，主张统治者为了达到政治目的可以不择手段。著有《君主》等书。密茨凯维支在《华伦洛德》一诗的开端，引用了《君主》第十八章的一段话："因此，你得知道，取胜有两个方法：一定要又是狐狸，又是狮子。"
⑧ 密茨凯维支于1829年8月17日到达德国魏玛，参加8月26日举行的歌德80寿辰庆祝会，和歌德晤谈。
⑨ 《佗兑支氏》通译《塔杜施先生》，长篇叙事诗，密茨凯维支的代表作。写于1832年至1834年。它以1812年拿破仑进攻俄国为背景，通过发生在立陶宛偏僻村庄的一个小贵族的故事，反映了波兰人民争取民族独立的斗争。下文中的华伊斯奇（Wojski），波兰语，是大管家的意思。

在俄国，则善普式庚，二人同为斯拉夫文章首领，亦裴伦分文，逮年渐进，亦均渐趣于国粹；所异者，普式庚少时欲畔帝力，一举不成，遂以铩羽，且感帝意，愿为之臣①，失其英年时之主义，而密克威支则长此保持，洎死始已也。当二人相见时，普式庚有《铜马》②一诗，密克威支则有《大彼得像》一诗为其记念。盖千八百二十九年顷，二人尝避雨偶次，密克威支因赋诗纪所语，假普式庚为言，末解曰，马足已虚，而帝不勒之返。彼曳其枚，行且坠碎。历时百年，今犹未堕，是犹山泉喷水，著寒而冰，临悬崖之侧耳。顾自由日出，熏风西集，寒沍之地，因以昭苏，则喷泉将何如，暴政将何如也？虽然，此实密克威支之言，特托之普式庚者耳。波阑破后③，二人遂不相见，普式庚有诗怀之；普式庚伤死，密克威支亦念之至切。顾二人虽甚稔，又同本裴伦，而亦有特异者，如普式庚于晚出诸作，恒自谓少年眷爱自繇之梦，已背之而去，又谓前路已不见仪的之存，而密克威支则仪的如是，决无疑贰也。

斯洛伐支奇以千八百九年生克尔舍密涅克（Krzemieniec）④，少孤，育于后父；尝入维尔那大学，性情思想如裴伦。二十一岁入华骚户部⑤为书记；越二年，忽以事去国，不能复返。初至伦敦；已而至巴黎，成诗一卷，仿裴伦诗体。时密克威支亦来相见，未几而去。所作诗歌，多惨苦之音。千八百三十五年去巴黎，作东方之游，经希腊埃及叙利亚；三十七年返意太利，道出曷尔爱列须⑥阻疫，滞留久之，作《大漠中之疫》⑦一诗。记有亚剌伯人，为言目击四子三女，洎其妇相继死于疫，哀情涌于毫素，读之令人忆希腊尼阿孛（Niobe）⑧事，亡国之痛，隐然在焉。且又不止此苦难之诗而已，凶惨之作，恒与俱起，而斯洛伐支奇为尤。凡诗词中，靡不可见身受楚毒之印象或其见闻，最著者或根史实，如《克垒勒度克》（Król Duch）⑨中所述俄帝伊凡四世，以剑钉使者之足于地一节，盖本诸古典者也。

波阑诗人多写狱中戍中刑罚之事，如密克威支作《死人之祭》第三卷中，几尽绘已身所历，倘读其《契珂夫斯奇》（Cichowski）一章，或《娑波卢夫斯奇》（Sobolewski）之什，记见少年二十橇，送赴鲜卑事，不为之生愤激者盖鲜也。而读上述二人吟咏，又往往闻报复之声。如《死人祭》第三篇，有囚人所歌者：其一央珂夫斯奇曰，欲我为信徒，必见耶稣马理⑩，先惩污吾国土之俄帝而后可。俄帝若在，无能

---

① 普希金于1831年秋到沙皇政府外交部任职，1834年又被任命为宫廷近侍。
② 《铜马》：今译《青铜骑士》，写于1833年。下文的《大彼得像》，今译《彼得大帝的纪念碑》，写于1832年。
③ 指1830年波兰十一月起义失败，次年八月沙皇军队占领华沙，进行大屠杀，并再次将波兰并入俄国版图。
④ 克尔舍密涅克：通译克列梅涅茨，在今苏联乌克兰的特尔诺波尔省。
⑤ 华骚：即华沙；户部，掌管土地、户籍及财政收支等事务的官署。
⑥ 曷尔爱列须（ElArish）：通译埃尔·阿里什，埃及的海口。
⑦ 《大漠中之疫》：今译《瘟疫病人的父亲》。
⑧ 尼阿孛：又译尼俄柏，希腊神话中忒拜城的王后。因为她轻蔑太阳神阿波罗的母亲而夸耀自己有七个儿子和七个女儿，阿波罗和他的妹妹月神阿耳忒弥斯就将她的子女全部杀死。
⑨ 《克垒勒度克》：波兰语，意译为《精神之王》，是一部有爱国主义思想的哲理诗。按诗中无这里所说伊凡四世的情节。
⑩ 马理：通译马利亚，基督教传说中耶稣的母亲。

令我呼耶稣之名。其二加罗珂夫斯奇曰，设吾当受谪放，劳役缧继，得为俄帝作工，夫何靳耶？吾在刑中，所当力作，自语曰，愿此苍铁，有日为帝成一斧也。吾若出狱，当迎鞑靼①女子，语之曰，为帝生一巴棱（杀保罗一世者）②。吾若迁居植民地，当为其长，尽吾陇亩，为帝植麻，以之成一苍色巨索，织以银丝，俾阿尔洛夫（杀彼得三世者）③得之，可缢俄帝颈也。末为康拉德歌曰，吾神已寂，歌在坟墓中矣。惟吾灵神，已嗅血腥，一噭而起，有如血蝠（Vampire）④，欲人血也。渴血渴血，复仇复仇！仇吾屠伯！天意如是，固报矣；即不如是，亦报尔！报复诗华，盖萃于是，使神不之直，则彼且自报之耳。

如上所言报复之事，盖皆隐藏，出于不意，其旨在凡窘于天人之民，得用诸术，拯其父国，为圣法也。故格罗苏那虽背其夫而拒敌，义为非谬；华连洛德亦然。苟拒异族之军，虽用诈伪，不云非法，华连洛德伪附于敌，乃歼日耳曼军，故土自由，而自亦忏悔而死。其意盖以为一人苟有所图，得当以报，则虽降敌，不为罪愆。如《阿勒普耶罗斯》（Alpujarras）⑤一诗，益可以见其意。中叙摩亚⑥之王阿勒曼若，以城方大疫，且不得不以格拉那陀地降西班牙，因夜出。西班牙人方聚饮，忽白有人乞见，来者一阿剌伯人，进而呼曰，西班牙人，吾愿奉汝明神，信汝先哲，为汝奴仆！众识之，盖阿勒曼若也。西人长者抱之为吻礼，诸首领皆礼之。而阿勒曼若忽仆地，攫其巾大悦呼曰，吾中疫矣！盖以彼忍辱一行，而疫亦入西班牙之军矣。斯洛伐支奇为诗，亦时责奸人自行诈于国，而以诈术陷敌，则甚美之，如《阑勃罗》（Lambro）《珂尔强》（Kordjan）皆是。《阑勃罗》为希腊人事，其人背教为盗，俾得自由以仇突厥，性至凶酷，为世所无，惟裴伦东方诗中能见之耳。珂尔强者，波阑人谋刺俄帝尼可拉一世者也。凡是二诗，其主旨所在，皆特报复而已矣。

上二士者，以绝望故，遂于凡可祸敌，靡不许可，如格罗苏那之行诈，如华连洛德之伪降，如阿勒曼若之种疫，如珂尔强之谋刺，皆是也。而克拉旬斯奇之见，则与此反。此主力报，彼主爱化。顾其为诗，莫不追怀绝泽，念祖国之忧患。波阑人动于其诗，因有千八百三十年之举；馀忆所及，而六十三年大变⑦，亦因之起矣。即在今兹，精神未忘，难亦未已也。

---

① 鞑靼：这里指居住中亚细亚一带的蒙古族后裔。
② 巴棱：沙皇保罗一世的宠臣。他于1801年3月谋杀了保罗一世。
③ 阿尔洛夫：俄国贵族首领。在一七六二年发生的宫廷政变中，他指使人暗杀了沙皇彼得三世。
④ 血蝠：又译吸血鬼。旧时欧洲民间传说：罪人和作恶者死后的灵魂，能于夜间离开坟墓，化为蝙蝠，吸吮生人的血。
⑤ 《阿勒普耶罗斯》和下文的《阑勃罗》《珂尔强》，分别通译为《阿勒普雅拉斯》《朗勃罗》《柯尔迪安》。《柯尔迪安》是大型诗剧，斯洛伐茨基的代表作。写于1834年。
⑥ 摩亚（Moor）：通译摩尔，非洲北部民族。曾于1238年到西南欧的伊比利亚半岛建立格拉那陀王国，1492年为西班牙所灭。阿勒曼若是格拉那陀王国的最后一个国王。
⑦ 指1863年波兰一月起义。这次起义成立了临时民族政府，发布解放农奴的宣言和法令。1865年因被沙皇镇压而失败。

九

若匈加利当沉默蜷伏之顷，则兴者有裴彖飞（A. Petöfi）①，沽肉者子也，以千八百二十三年生于吉思珂罗（Kis-körös）。其区为匈之低地，有广漠之普斯多（Puszta 此翻平原），道周之小旅以及村舍，种种物色，感之至深。盖普斯多之在匈，犹俄之有斯第孛（Steppe 此亦翻平原），善能起诗人焉。父虽贾人，而殊有学，能解腊丁文。裴彖飞十岁出学于科勒多，既而至阿琐特，治文法三年。然生有殊禀，挚爱自繇，愿为俳优；天性又长于吟咏。比至舍勒美支，入高等学校三月，其父闻裴彖飞与优人伍，令止读，遂徒步至菩特沛思德②，入国民剧场为杂役。后为亲故所得，留养之，乃始为诗咏邻女，时方十六龄。顾亲属谓其无成，仅能为剧，遂任之去。裴彖飞忽投军为兵，虽性恶压制而爱自由，顾亦居军中者十八月，以病疟罢。又入巴波大学③，时亦为优，生计极艰，译英法小说自度。千八百四十四年访伟罗思摩谛（M. Vörösmarty）④，伟为梓其诗，自是遂专力于文，不复为优。此其半生之转点，名亦陡起，众目为匈加利之大诗人矣，次年春，其所爱之女死，因旅行北方自遣，及秋始归。洎四十七年，乃访诗人阿阑尼（J. Arany）⑤ 于萨伦多，而阿阑尼杰作《约尔提》（Joldi）适竣，读之叹赏，订交焉。四十八年以始，裴彖飞诗渐倾于政事，盖知革命将兴，不期而感，犹野禽之识地震也。是年三月，墺大利人革命⑥报至沛思德，裴彖飞感之，作《兴矣摩迦人》（Tolpra Magyar）⑦一诗，次日诵以徇众，至解末迭句云，誓将不复为奴！则众皆和，持至检文之局，逐其吏而自印之，立俟其毕，各持之行。文之脱检，实自此始。裴彖飞亦尝自言曰，吾琴一音，吾笔一下，不为利役也。居吾心者，爰有天神，使吾歌且吟。天神非他，即自由耳。⑧ 顾所为文章，时多

---

① 裴彖飞（1823—1849）：通译裴多菲，匈牙利革命家，诗人。他积极参加了 1848 年 3 月 15 日布达佩斯的起义，反抗奥地利统治；次年在与协助奥国侵略的沙皇军队的战斗中牺牲。他的作品多讽刺社会的丑恶，描述被压迫人民的痛苦生活，鼓舞人民起来为争取自由而斗争。著有长诗《使徒》《勇敢的约翰》，政治诗《民族之歌》等。

② 菩特沛思德：通译布达佩斯。

③ 巴波大学应为中学，匈牙利西部巴波城的一所著名学校。

④ 伟罗思摩谛（1800—1855）：今译魏勒斯马尔提，匈牙利诗人。著有《号召》《查兰的出走》等。他曾介绍裴多菲的第一部诗集给国家丛书社出版。

⑤ 阿阑尼（1817—1882）：通译奥洛尼，匈牙利诗人。曾参加 1848 年匈牙利革命。主要作品《多尔第》三部曲（即文中所说的《约尔提》）写成于 1846 年。下文中的萨伦多指匈牙利东部的一个农村。

⑥ 墺大利人革命：1848 年 3 月 13 日，奥地利首都维也纳发生武装起义，奥皇被迫免去首相梅特涅的职务，同意召开国民会议，制定宪法，但并未解决重大社会问题。

⑦ 《兴矣摩迦人》：指《民族之歌》。"兴矣摩迦人"是该诗的首句，今译"起来，匈牙利人！"此诗写于 1848 年 3 月 13 日维也纳武装起义的当天。

⑧ 裴多菲的这段话，见于 1848 年 4 月 19 日的日记，译文如下："也许在世界上，有许多更加美丽、庄严的七弦琴和鹅毛笔，但比我那洁白的鹅毛笔更好的，却绝不会有。我的七弦琴任何一个声音，我的鹅毛笔任何一个笔触，从来没有把它用来图利。我所写的，都是我的心灵的主宰要我写的，而心灵的主宰——就是自由之神！"（《裴多菲全集》第五卷《日记抄》）

过情，或与众忤；尝作《致诸帝》①一诗，人多责之。裴彖飞自记曰，去三月十五数日而后，吾忽为众恶之人矣，褫夺花冠，独研深谷之中，顾吾终幸不屈也。比国事渐急，诗人知战争死亡且近，极思赴之。自曰，天不生我于孤寂，将召赴战场矣。吾今得闻角声召战，吾魂几欲骤前，不及待令矣。遂投国民军（Honvéd）中，四十九年转隶贝谟②将军麾下。贝谟者，波阑武人，千八百三十年之役，力战俄人者也。时轲苏士③招之来，使当脱阑希勒伐尼亚④一面，甚爱裴彖飞，如家人父子然。裴彖飞三去其地，而不久即返，似或引之。是年七月三十一日舍俱思跋⑤之战，遂殁于军。平日所谓为爱而歌，为国而死者，盖至今日而践矣。裴彖飞幼时，尝治裴伦暨修黎之诗，所作率纵言自由，诞放激烈，性情亦仿佛如二人。曾自言曰，吾心如反响之森林，受一呼声，应以百响者也。又善体物色，著之诗歌，妙绝人世，自称为无边自然之野花。所著长诗，有《英雄约诺斯》（*János Vitéz*）⑥一篇，取材于古传，述其人悲欢畸迹。又小说一卷曰《缢吏之缧》（*A Hóhér Kötele*）⑦，记以眷爱起争，肇生孽障，提尔尼阿遂陷安陀罗奇之子于法。安陀罗奇失爱绝欢，庐其子坟上，一日得提尔尼阿，将杀之。而从者止之曰，敢问死与生之忧患孰大？曰，生哉！乃纵之使去；终诱其孙令自经，而其为绳，即昔日缧安陀罗奇子之颈者也。观其首引耶和华⑧言，意盖云厥祖罪愆，亦可报诸其苗裔，受施必复，且不嫌加甚焉。至于诗人一生，亦至殊异，浪游变易，殆无宁时。虽少逸豫者一时，而其静亦非真静，殆犹大海漩洑中心之静点而已。设有孤舟，卷于旋风，当有一瞬间忽尔都寂，如风云已息，水波不兴，水色青如微笑，顾漩洑偏急，舟复入卷，乃至破没矣。彼诗人之暂静，盖亦犹是焉耳。

上述诸人，其为品性言行思惟，虽以种族有殊，外缘多别，因现种种状，而实统于一宗：无不刚健不挠，抱诚守真；不取媚于群，以随顺旧俗；发为雄声，以起其国人之新生，而大其国于天下。求之华土，孰比之哉？夫中国之立于亚洲也，文明先进，四邻莫之与伦，寒视高步，因益为特别之发达；及今日虽彫苓，而犹与西欧对立，此其幸也。顾使往昔以来，不事闭关，能与世界大势相接，思想为作，日趣于新，则今日方卓立宇内，无所愧逊于他邦，荣光俨然，可无苍黄变革之事，又从可知尔。故一为相度其位，稽考其邂逅，则震旦为国，得失滋不云微。得者以文化不受

---

① 《致诸帝》今译《给国王们》，写于1848年3月27日至30日之间。在这首诗里，裴多菲预言全世界暴君的统治即将覆灭。下引裴多菲的话，见于1848年3月17日的日记。

② 贝谟（J. Bem，1795—1850）：通译贝姆，波兰将军。1830年11月波兰起义领导人之一，失败后流亡国外，参加了1848年维也纳武装起义和1849年匈牙利民族解放战争。

③ 轲苏士（L. Kossuth，1802—1894）：通译科苏特，1848年匈牙利革命的主要领导者。他组织军队，于1849年四月击败奥军，宣布匈牙利独立，成立共和国，出任新国家元首。失败后出亡，死于意大利。

④ 脱阑希勒伐尼亚（Transilvania）：通译特兰西瓦尼亚，当时在匈牙利东南部，今属罗马尼亚。

⑤ 舍俱思跋：通译瑟克什伯堡，1849年夏沙皇尼古拉一世派出十多万军队援助奥地利，贝姆所部在这里受挫，裴多菲即在此役中牺牲。

⑥ 《英雄约诺斯》：通译《勇敢的约翰》，长篇叙事诗，写于1844年。

⑦ 《缢史之缧》：通译《绞吏之绳》，写于1846年。

⑧ 耶和华：希伯来人对上帝的称呼。

影响于异邦，自具特异之光采，近虽中衰，亦世希有。失者则以孤立自是，不遇校雠，终至堕落而之实利；为时既久，精神沦亡，逮蒙新力一击，即砉然冰泮，莫有起而与之抗。加以旧染既深，辄以习惯之目光，观察一切，凡所然否，谬解为多，此所为呼维新既二十年，而新声迄不起于中国也。夫如是，则精神界之战士贵矣。英当十八世纪时，社会习于伪，宗教安于陋，其为文章，亦摹故旧而事涂饰，不能闻真之心声。于是哲人洛克①首出，力排政治宗教之积弊，唱思想言议之自由，转轮之兴，此其播种。而在文界，则有农人朋思生苏格阑，举全力以抗社会，宣众生平等之音，不惧权威，不跽金帛，洒其热血，注诸韵言；然精神界之伟人，非遂即人群之骄子，轗轲流落，终以夭亡。而裴伦修黎继起，转战反抗，具如前陈。其力如巨涛，直薄旧社会之柱石。余波流衍，入俄则起国民诗人普式庚，至波阑则作报复诗人密克威支，入匈加利则觉爱国诗人裴彖飞；其他宗徒，不胜具道。顾裴伦修黎，虽蒙摩罗之谥，亦第人焉而已。凡其同人，实亦不必曰摩罗宗，苟在人间，必有如是。此盖聆热诚之声而顿觉者也，此盖同怀热诚而互契者也。故其平生，亦甚神肖，大都执兵流血，如角剑之士，转辗于众之目前，使抱战栗与愉快而观其鏖扑。故无流血于众之目前者，其群祸矣；虽有而众不之视，或且进而杀之，斯其为群，乃愈益祸而不可救也！

今索诸中国，为精神界之战士者安在？有作至诚之声，致吾人于善美刚健者乎？有作温煦之声，援吾人出于荒寒者乎？家国荒矣，而赋最末哀歌，以诉天下贻后人之耶利米，且未之有也。非彼不生，即生而贼于众，居其一或兼其二，则中国遂以萧条。劳劳独躯壳之事是图，而精神日就于荒落；新潮来袭，遂以不支。众皆曰维新，此即自白其历来罪恶之声也，犹云改悔焉尔。顾既维新矣，而希望亦与偕始，吾人所待，则有介绍新文化之士人。特十余年来，介绍无已，而究其所携将以来归者；乃又舍治饼饵守图圄之术②而外，无他有也。则中国尔后，且永续其萧条，而第二维新之声，亦将再举，盖可准前事而无疑者矣。俄文人凯罗连珂（V. Korolenko）作《末光》③一书，有记老人教童子读书于鲜卑者，曰，书中述樱花黄鸟，而鲜卑沍寒，不有此也。翁则解之曰，此鸟即止于樱木，引吭为好音者耳。少年乃沉思。然夫，少年处萧条之中，即不诚闻其好音，亦当得先觉之诠解；而先觉之声，乃又不来破中国之萧条也。然则吾人，其亦沉思而已夫，其亦惟沉思而已夫！

一九〇七年作

（原载《河南》杂志1908年第二、三期，后收入1926年杂文集《坟》）

---

① 洛克（J. Locke，1632—1704）：英国哲学家。他认为知识起源于感觉，后天经验是认识的源泉，反对天赋观念论和君权神授说。著有《人类理解力论》《政府论》等。

② 治饼饵守图圄之术：指当时留学生从日文翻译的关于家政和警察学一类的书。

③ 凯罗连珂（1853—1921）：通译柯罗连科，俄国作家。1880年因参加革命运动被捕，流放西伯利亚六年。写过不少关于流放地的中篇和短篇小说。著有小说集《西伯利亚故事》和文学回忆录《我的同时代人的故事》等；《末光》是《西伯利亚故事》中的一篇，中译本题为《最后的光芒》（韦素园译）。

文学改良刍议

胡 适

今之谈文学改良者众矣,记者末学不文,何足以言此?然年来颇于此事再四研思,辅以友朋辩论,其结果所得,颇不无讨论之价值。因综括所怀见解,列为八事,分别言之,以与当世之留意文学改良者一研究之。

吾以为今日而言文学改良,须从八事入手。八事者何?

一曰,须言之有物。

二曰,不摹仿古人。

三曰,须讲求文法。

四曰,不作无病之呻吟。

五曰,务去滥调套语。

六曰,不用典。

七曰,不讲对仗。

八曰,不避俗字俗语。

一曰,须言之有物

吾国近世文学之大病,在于言之无物。今人徒知"言之无文,行之不远",而不知言之无物,又何用文为乎?吾所谓"物",非古人所谓"文以载道"之说也。吾所谓"物",约有二事。

(一) 情感

《诗序》曰:"情动于中而形诸言。言之不足,故嗟叹之。嗟叹之不足,故咏歌之。咏歌之不足,不知手之舞之,足之蹈之也。"此吾所谓情感也。情感者,文学之灵魂。文学而无情感,如人之无魂,木偶而已。行尸走肉而已。(今人所谓"美感"者,亦情感之一也。)

(二) 思想

吾所谓"思想",盖兼见地、识力、理想三者而言之。思想不必皆赖文学而传,而文学以有思想而益贵。思想亦以有文学的价值而益贵也。此庄周之文,渊明老杜之诗,稼轩之词,施耐庵之小说,所以夐绝千古也。思想之在文学,犹脑筋之在人身。人不能思想,则虽面目姣好,虽能笑啼感觉,亦何足取哉。文学亦犹是耳。

文学无此二物,便如无灵魂无脑筋之美人,虽有秾丽富厚之外观,抑亦末矣。近世文人沾沾于声调字句之间，既无高远之思想，又无真挚之情感，文学之衰微，此其大因矣。此文胜之害，所谓言之无物者是也。欲救此弊，宜以质救之。质者何。情与思二者而已。

二曰，不摹仿古人

文学者，随时代而变迁者也。一时代有一时代之文学。周秦有周秦之文学，汉魏有汉魏之文学，唐宋元明有唐宋元明之文学。此非吾一人之私言，乃文明进化之公理也。即以文论，有《尚书》之文，有先秦诸子之文，有司马迁班固之文，有韩柳欧苏之文，有语录之文，有施耐庵曹雪芹之文。此文之进化也。试更以韵文言之。击壤之歌，五子之歌，一时期也。三百篇之诗，一时期也。屈原荀卿之骚赋，又一时期也。苏李以下，至于魏晋，又一时期也。江左之诗流为排比，至唐而律诗大成，此又一时期也。老杜香山之"写实"体诸诗（如杜之《石壕吏》《羌村》，白之《新乐府》），又一时期也。诗至唐而极盛，自此以后，词曲代兴。唐五代及宋初之小令，此词之一时代也。苏柳（永）辛姜之词，又一时代也。至于元之杂剧传奇，则又一时代矣。凡此诸时代，各因时势风会而变，各有其特长。吾辈以历史进化之眼光观之，决不可谓古人之文学皆胜于今人也。左氏史公之文奇矣。然施耐庵之《水浒传》视《左传》《史记》，何多让焉。《三都》《两京》之赋富矣。然以视唐诗宋词，则糟粕耳。此可见文学因时进化，不能自止。唐人不当作商周之诗，宋人不当作相如子云之赋。即令作之，亦必不工，逆天背时，违进化之迹，故不能工也。

既明文学进化之理，然后可言吾所谓"不摹仿古人"之说。今日之中国，当造今日之文学。不必摹仿唐宋，亦不必摹仿周秦也。前见国会开幕词，有云："於铄国会，遵晦时休"。此在今日而欲为三代以上之文之一证也。更观今之"文学大家"，文则下规姚曾，上师韩欧，更上则取法秦汉魏晋，以为六朝以下无文学可言，此皆百步与五十步之别而已，而皆为文学下乘。即令神似古人，亦不过为博物院中添几许"逼真赝鼎"而已，文学云乎哉。昨见陈伯严先生一诗云：

涛园抄杜句，半岁秃千毫。所得都成泪，相过问奏刀。
万灵噤不下，此老仰弥高。胸腹回滋味，徐看薄命骚。

此大足代表今日"第一流诗人"摹仿古人之心理也。其病根所在，在于以"半岁秃千毫"之工夫作古人的钞胥奴婢，故有"此老仰弥高"之叹。若能洒脱此种奴性，不作古人的诗，而惟作我自己的诗，则决不致如此失败矣！

吾每谓今日之文学，其足与世界"第一流"文学比较而无愧色者，独有白话小说（我佛山人、南亭亭长、洪都百炼生三人而已。）一项。此无他故，以此种小说皆不事摹仿古人，（三人皆得力于《儒林外史》《水浒》《石头记》。然非摹仿之作也。）而惟实写今日社会之情状，故能成真正文学。其他学这个，学那个之诗古文家，皆无文学之价值也。今之有志文学者，宜知所从事矣。

三曰，须讲求文法

今之作文作诗者，每不讲求文法之结构。其例至繁，不便举之，尤以作骈文律诗者为尤甚。夫不讲文法，是谓"不通"。此理至明，无待详论。

四曰，不作无病之呻吟

此殊未易言也。今之少年往往作悲观。其取别号则曰"寒灰""无生""死灰"。其作为诗文，则对落日而思暮年，对秋风而思零落，春来则惟恐其速去，花发又惟惧其早谢。此亡国之哀音也。老年人为之犹不可，况少年乎。其流弊所至，遂养成一种暮气，不思奋发有为，服劳报国，但知发牢骚之音，感喟之文。作者将以促其寿年，读者将亦短其志气，此吾所谓无病之呻吟也。国之多患，吾岂不知之。然病国危时，岂痛哭流涕所能收效乎。吾惟愿今之文学家作费舒特，作玛志尼，而不愿其为贾生、王粲、屈原、谢皋羽也。其不能为贾生、王粲、屈原、谢皋羽，而徒为妇人醇酒丧气失意之诗文者，尤卑卑不足道矣！

五曰，务去滥调套语

今之学者，胸中记得几个文学的套语，便称诗人。其所为诗文处处是陈言滥调，"蹉跎""身世""寥落""飘零""虫沙""寒窗""斜阳""芳草""春闺""愁魂""归梦""鹃啼""孤影""雁字""玉楼""锦字""残更"，……之类，累累不绝，最可憎厌。其流弊所至，遂令国中生出许多似是而非，貌似而实非之诗文。今试举一例以证之。

> 荧荧夜灯如豆，映幢幢孤影，凌乱无据。翡翠衾寒，鸳鸯瓦冷，禁得秋宵几度。幺弦漫语，早丁字帘前，繁霜飞舞。袅袅余音，片时犹绕柱。

此词骤观之，觉字字句句皆词也。其实仅一大堆陈套语耳。"翡翠衾""鸳鸯瓦"，用之白香山《长恨歌》则可，以其所言乃帝王之衾之瓦也。"丁字帘""幺弦"，皆套语也。此词在美国所作，其夜灯决不"荧荧如豆"，其居室尤无"柱"可绕也。至于"繁霜飞舞"，则更不成话矣。谁曾见繁霜之"飞舞"耶？

吾所谓务去滥调套语者，别无他法，惟在人人以其耳目所亲见、亲闻、所亲身阅历之事物，一一自己铸词以形容描写之。但求其不失真，但求能达其状物写意之目的，即是工夫。其用滥调套语者，皆懒惰不肯自己铸词状物者也。

六曰，不用典

吾所主张八事之中，惟此一条最受朋友攻击，盖以此条最易误会也。吾友江亢虎君来书曰：

> 所谓典者，亦有广狭二义。饾饤獭祭，古人早悬为厉禁。若并成语故事而屏之，则非惟文字之品格全失，即文字之作用亦亡。……文字最妙之意味，在用字简而涵意多。此断非用典不为功。不用典不特不可作诗，并不可写信，且不可演说。来函满纸"旧雨"、"虚怀"、"治头治脚"、"舍本逐末"、"洪水猛兽"、"发聋振聩"、"负弩先驱"、"心悦诚服"、"词坛"、"退避三舍"、"无病呻吟"、"滔天"、"利器"、"铁证"，……皆典也。试尽抉而去之，代以俚语俚字，将成何说话。其用字之繁简，犹其细焉。恐一易他词，虽加倍蓰而涵义仍终不能如是恰到好处，奈何。……

此论甚中肯要。今依江君之言，分典为广狭二义，分论之如下：

（一）广义之典非吾所谓典也。广义之典约有五种：

（甲）古人所设譬喻，其取譬之事物，含有普通意义，不以时代而失其效用者，今人亦可用之。如古人言"以子之矛攻子之盾"。今人虽不读书者，亦知用"自相矛盾"之喻。然不可谓为用典也，上文所举例中之"治头治脚""洪水猛兽""发聋振聩"，……皆此类也。盖设譬取喻，贵能切当，若能切当，固无古今之别也。若"负弩先驱""退避三舍"之类，在今日已非通行之事物，在文人相与之间，或可用之，然终以不用为上。如言"退避"，千里亦可，百里亦可，不必定用"三舍"之典也。

（乙）成语　成语者，合字成辞，别为意义。其习见之句，通行已久，不妨用之。然今日若能另铸"成语"，亦无不可也。"利器""虚怀""舍本逐末"，……皆属此类。此非"典"也，乃日用之字耳。

（丙）引史事　引史事与今所论议之事相比较，不可谓为用典也。如老杜诗云，"未闻殷周衰，中自诛褒妲"，此非用典也。近人诗云，"所以曹孟德，犹以汉相终"，此亦非用典也。

（丁）引古人作比　此亦非用典也。杜诗云，"清新庾开府，俊逸鲍参军"，此乃以古人比今人，非用典也。又云，"伯仲之间见伊吕，指挥若定失萧曹"，此亦非用典也。

（戊）引古人之语　此亦非用典也。吾尝有句云，"我闻古人言，艰难惟一死"。又云，"尝试成功自古无，放翁此语未必是"。此乃引语，非用典也。

以上五种为广义之典，其实非吾所谓典也。若此者可用可不用。

（二）狭义之典，吾所主张不用者也。吾所谓"用典"者，谓文人词客不能自己铸词造句，以写眼前之景，胸中之意，故借用或不全切，或全不切之故事陈言以代之,以图含混过去。是谓"用典"。上所述广义之典,除戊条外,皆为取譬比方之辞。但以彼喻此,而非以彼代此也。狭义之用典,则全为以典代言,自己不能直言之,故用典以言之耳。此吾所谓用典与非用典之别也。狭义之典亦有工拙之别,其工者偶一用之,未为不可,其拙者则当痛绝之已。

(子)用典之工者　此江君所谓用字简而涵义多者也。客中无书不能多举其例,但杂举一二,以实吾言。

(1) 东坡所藏仇池石,王晋卿以诗借观,意在于夺。东坡不敢不借,先以诗寄之,有句云,"欲留嗟赵弱,宁许负秦曲。传观慎勿许,间道归应速。"此用蔺相如返璧之典,何其工切也。

(2) 东坡又有"章质夫送酒六壶,书至而酒不达。"诗云,"岂意青州六从事,化为乌有一先生"。此虽工已近于纤巧矣。

(3) 吾十年前尝有读《十字军英雄记》一诗云:"岂有酖人羊叔子?焉知微服赵主父,十字军真儿戏耳,独此两人可千古"。以两典包尽全书,当时颇沾沾自喜,其实此种诗,尽可不作也。

(4) 江亢虎代华侨谏陈英士文有"未悬太白,先坏长城。世无钼霓,乃戕赵卿"四句,余极喜之。所用赵宣子一典,甚工切也。

(5) 王国维咏史诗,有"虎狼在堂室,徒戎复何补。神州遂陆沉,百年委榛莽。寄语桓元子,莫罪王夷甫。"此亦可谓使事之工者矣。

上述诸例,皆以典代言,其妙处,终在不失设譬比方之原意。惟为文体所限,故譬喻变而为称代耳。用典之弊,在于使人失其所欲譬喻之原意。若反客为主,使读者迷于使事用典之繁,而转忘其所为设譬之事物,则为拙矣。古人虽作百韵长诗,其所用典不出一二事而已。("北征"与白香山"悟真寺诗"皆不用一典。)今人作长律则非典不能下笔矣。尝见一诗八十四韵,而用典至百余事,宜其不能工也。

(丑)用典之拙者　用典之拙者,大抵皆衰惰之人,不知造词,故以此为躲懒藏拙之计。惟其不能造词,故亦不能用典也。总计拙典亦有数类:

(1) 比例泛而不切,可作几种解释,无确定之根据。今取王渔洋《秋柳》一章证之。

娟娟凉露欲为霜,万缕千条拂玉塘。浦里青荷中妇镜,江干黄竹女儿箱。空怜板渚隋堤水,不见琅琊大道王。若过洛阳风景地,含情重问永丰坊。

此诗中所用诸典无不可作几样说法者。

(2) 僻典使人不解。夫文学所以达意抒情也。若必求人人能读五车书,然后能通其文,则此种文可不作矣。

(3) 刻削古典成语,不合文法。"指兄弟以孔怀,称在位以曾是,"(章太炎语),是其例也。今人言"为人作嫁"亦不通。

(4) 用典而失其原意。如某君写山高与天接之状,而曰"西接杞天倾"是也。

（5）古事之实有所指，不可移用者，今往乱用作普通事实。如古人灞桥折柳，以送行者，本是一种特别土风。阳关渭城亦皆实有所指。今之懒人不能状别离之情，于是虽身在滇越，亦言灞桥，虽不解阳关渭城为何物，亦皆言"阳关三迭"，"渭城离歌"。又如张翰因秋风起而思故乡之莼羹鲈脍，今则虽非吴人，不知莼鲈为何味者，亦皆自称有"莼鲈之思"。此则不仅懒不可救，直是自欺欺人耳！

凡此种种，皆文人之不下工夫，一受其毒，便不可救。此吾所以有"不用典"之说也。

七曰，不讲对仗

排偶乃人类言语之一种特性，故虽古代文字，如老子孔子之文，亦间有骈句。如"道可道，非常道；名可名，非常名。无名天地之始，有名万物之母。故常无，欲以观其妙；常有，欲以观其徼。"此三排句也。"食无求饱，居无求安"。"贫而无谄，富而无骄"。"尔爱其羊，我爱其礼"。此皆排句也。然此皆近于语言之自然，而无牵强刻削之迹；尤未有定其字之多寡，声之平仄，词之虚实者也。至于后世文学末流，言之无物，乃以文胜。文胜之极，而骈文律诗兴焉，而长律兴焉。骈文律诗之中非无佳作，然佳作终鲜。所以然者何。岂不以其束缚人之自由过甚之故耶。（长律之中，上下古今，无一首佳作可言也。）今日而言文学改良，当"先立乎其大者"，不当枉废有用之精力于微细纤巧之末。此吾所以有废骈废律之说也。即不能废此两者，亦但当视为文学末技而已，非讲求之急务也。

今人犹有鄙夷白话小说为文学小道者。不知施耐庵、曹雪芹、吴趼人皆文学正宗，而骈文律诗乃真小道耳。吾知必有闻此言而却走者矣。

八曰，不避俗语俗字

吾惟以施耐庵、曹雪芹、吴趼人为文学正宗，故有"不避俗字俗语"之论也（参看上文第二条下）。盖吾国言文之背驰久矣。自佛书之输入，译者以文言不足以达意，故以浅近之文译之，其体已近白话。其后佛氏讲义语录尤多用白话为之者，是为语录体之原始。及宋人讲学以白话为语录，此体遂成讲学正体。（明人因之。）当是时，白话已久入韵文，观唐宋人白话之诗词可见也。及至元时，中国北部已在异族之下，三百余年矣（辽、金、元）。此三百年中，中国乃发生一种通俗行远之文学。文则有《水浒》《西游》《三国》之类，戏曲则尤不可胜计。（关汉卿诸人，人各著剧数十种之多。吾国文人著作之富，未有过于此时者也。）以今世眼光观之，则中国文学当以元代为最盛，可传世不朽之作，当以元代为最多。此可无疑也。当是时，中国之文学最近言文合一。白话几成文学的语言矣。使此趋势不受阻遏，则中国几有一"活文学出现"，而但丁、路得之伟业，（欧洲中古时，各国皆有俚语，而以拉丁文为文言，凡著作书籍皆用之，如吾国之以文言著书也。其后意大利有但丁诸文豪，始以其国俚语著作。诸国踵兴，国语亦代起。路得创新教始以德文译旧约新约，遂开德文学之先。英法诸国亦复如是。今世通用之英文新旧约乃一六一一年译本，距今才三百年耳。故今日欧洲诸国之文学，在当日皆为俚语。迨诸文豪兴，始以"活文学"代拉丁之死文学。有活文学而后有言文合一之国语也。）几发生于神州。不意此趋势骤为明代所阻，政府既以八股取士，而当时文人如何李七子之徒，又争以复古为高，于是此千年难遇言文合一之机会，遂中道夭折矣。然以今世历史进化的眼光观之，则白话文学之为中国文学之正宗，又为将来文学必用之利器，可断言也。（此"断言"乃自作者言之，赞成此说者今日未必甚多也。）以此之故，吾主张今日作文作诗，宜采用俗语俗字。与其用三千年前之死字（如"于铄国会，遵晦时休"之类），不如用二十世纪之活字。与其作不能行远不能普及之秦汉六朝文字，不如作家喻户晓之《水浒》《西游》文字也。

结　　论

上述八事，乃吾年来研思此一大问题之结果。远在异国，既无读书之暇晷，又不得就国中先生长者质疑问难，其所主张容有矫枉过正之处。然此八事皆文学上根本问题，一一有研究之价值。故草成此论，以为海内外留心此问题者作一草案。谓之刍议，犹云未定草也。伏惟国人同志有以匡纠是正之。

（原载《新青年》1917 年第 2 卷第 5 号）

文学革命论

陈独秀

今日庄严灿烂之欧洲，何自而来乎？曰：革命之赐也。欧语所谓革命者，为革故更新之义。与中土所谓朝代鼎革，绝不相类。故自文艺复兴以来，政治界有革命，宗教界亦有革命，伦理道德亦有革命，文学艺术，亦莫不有革命，莫不因革命而新兴而进化。近代欧洲文明史，宜可谓之革命史。故曰：今日庄严灿烂之欧洲，乃革命之赐也。

吾苟偷庸懦之国民，畏革命如蛇蝎，故政治界虽经三次革命，而黑暗未尝稍减。其原因之小部分，则为三次革命，皆虎头蛇尾，未能充分以鲜血洗净旧污。其大部分，则为盘踞吾人精神界根深底固之伦理道德、文学艺术诸端，莫不黑幕层张，垢污深积，并此虎头蛇尾之革命而未有焉。此单独政治革命所以于吾之社会，不生若何变化，不收若何效果也。推其总因，乃在吾人疾视革命，不知其为开发文明之利器故。

孔教问题，方喧呶于国中。此伦理道德革命之先声也。文学革命之气运，酝酿已非一日。其首举义旗之急先锋，则为吾友胡适。余甘冒全国学究之敌，高张"文学革命军"大旗，以为吾友之声援。旗上大书特书吾革命军三大主义。曰推倒雕琢的阿谀的贵族文学，建设平易的抒情的国民文学。曰推倒陈腐的铺张的古典文学，建设新鲜的立诚的写实文学。曰推倒迂晦的艰涩的山林文学，建设明了的通俗的社会文学。

国风多里巷猥辞，楚辞盛用土语方物，非不斐然可观。承其流者两汉赋家，颂声大作。雕琢阿谀，词多而意寡。此贵族之文、古典之文之始作俑也。魏晋以下之五言，抒情写事，一变前代板滞堆砌之风。在当时可谓为文学一大革命，即文学一大进化，然希托高古，言简意晦，社会现象，非所取材，是犹贵族之风，未足以语通俗的国民文学也。齐梁以来，风尚对偶，演至有唐，遂成律体。无韵之文，亦尚对偶。尚书周易以来，即是如此。[古人行文，不但风尚对偶，且多韵语，故骈文家颇主张骈体为中国文章正宗之说。（亡友王无生即主张此说之一人。）不知古书传抄不易，韵与对偶，以利传诵而已。后之作者，乌可泥此？]

东晋而后，即细事陈启，亦尚骈丽。演至有唐，遂成骈体。诗之有律，文之有骈，皆发源于南北朝，大成于唐代。更进而为排律，为四六。此等雕琢的、阿谀的、铺张的、空泛的贵族古典文学，极其长技，不过如涂脂抹粉之泥塑美人。以视八股试帖之价值，未必能高几何，可谓为文学之末运矣！韩柳崛起，一洗前人纤巧堆朵之习，风会所趋，乃南北朝贵族古典文学，变而为宋元国民通俗文学之过渡时代。韩柳元白应运而出，为之中枢。俗论谓昌黎文章起八代之衰，虽非确论，然变八代之法，开宋元之先，自是文界豪杰之士。吾人今日所不满于昌黎者二事。一曰文犹师古。虽非典文，然不脱贵族气派。寻其内容，远不若唐代诸小说家之丰富，其结果乃造成一新贵族文学。二曰误于"文以载道"之谬见。文学本非为载道而设，而自昌黎以讫曾国藩所谓载道之文，不过抄袭孔孟以来极肤浅、极空泛之门而语而已。余尝谓唐宋八家文之所谓"文以载道"，直与八股家之所谓"代圣贤立言"，同一鼻孔出气。以此二事推之，昌黎之变古，乃时代使然。于文学史上，其自身并无十分特色可观也。元明剧本，明清小说，乃近代文学之粲然可观者。惜为妖魔所厄，未及出胎，竟尔流产。以至今日中国之文学，委琐陈腐，远不能与欧洲比肩。此妖魔为何？即明之前后七子，及八家文派之归方刘姚是也。此十八妖魔辈，尊古蔑今，咬文嚼字，称霸文坛。反使盖代文豪若马东篱，若施耐庵，若曹雪芹诸人之姓名，几不为国人所识。若夫七子之诗，刻意模古，直谓之抄袭可也。归方刘姚之文，或希荣慕誉，或无病而呻，满纸之乎者也矣焉哉。每有长篇大作，摇头摆尾，说来说去，不知道说些什么。此等文学，作者既非创造才，胸中又无物，其伎俩惟在仿古欺人，直无一字有存在之价值。虽著作等身，与其时之社会文明进化无丝毫关系。

今日吾国文学，悉承前代之敝。所谓桐城派者，八家与八股之混合体也。所谓骈体文者，思绮堂与随园之四六也。所谓西江派者，山谷之偶像也。求夫目无古人，赤裸裸的抒情写世，所谓代表时代之文豪者，不独全国无其人，而且举世无此想。文学之文，既不足观。应用之文，益复怪诞。碑铭墓志，极量称扬，读者决不见信，作者必照例为之。寻常启事，首尾恒有种种谀词。居丧者即华居美食，而哀启必欺人曰，苫块昏迷。赠医生以匾额，不曰术迈岐黄，即曰著手成春。穷乡僻壤极小之豆腐店，其春联恒作"生意兴隆通四海，财源茂盛达三江"。此等国民应用之文学之丑陋，皆阿谀的、虚伪的、铺张的贵族古典文学阶之厉耳。

际兹文学革新之时代，凡属贵族文学、古典文学、山林文学，均在排斥之列。以何理由而排斥此三种文学耶？曰，贵族文学，藻饰依他，失独立自尊之气象也。古典文学，铺张堆砌，失抒情写实之旨也。山林文学，深晦艰涩，自以为名山著述，于其群之大多数无所裨益也。其形体则陈陈相因，有肉无骨，有形无神，乃装饰品而非实用品。其内容则目光不越帝王权贵、神仙鬼怪，及其个人之穷通利达。所谓宇宙，所谓人生，所谓社会，举非其构思所及。此三种文学公同之缺点也。此种文学，盖与吾阿谀夸张、虚伪迂阔之国民性，互为因果。今欲革新政治，势不得不革新盘踞于运用此政治者精神界之文学，使吾人不张目以观世界社会文学之趋势及时代之精神，日夜埋头故纸堆中，所目注心营者，不越帝王权贵、鬼怪神仙与夫个人之穷通利达，以此而求革新文学、革新政治，是缚手足而敌孟贲也。

欧洲文化，受赐于政治科学者固多，受赐于文学者亦不少。予爱卢梭、巴士特之法兰西，予尤爱虞哥、左拉之法兰西，予爱康德、黑格尔之德意志，予尤爱歌德、霍普特曼之德意志。予爱倍根、达尔文之英吉利，予尤爱狄更斯、王尔德之英吉利。吾国文学界豪杰之士，有自负为中国之雨果、左拉、歌德、霍普特曼、狄更斯、王尔德者乎？有不顾迂儒之毁誉，明目张胆以与十八妖魔宣战者乎？予愿拖四十二生的大炮，为之前驱。

（原载《新青年》1917年2月第2卷第6号）

诗与小说精神上之革新

刘半农

我尝说诗与小说,是文学中两大主干,其形式上应行改革之处,已就鄙见所及,说过一二。此篇专就精神上立论,分述如下。

一、曰诗

朱熹《诗传序》曰:"人生而静,天之性也。感于物而动,性之欲也。夫既有欲矣,则不能无思。既有思矣,则不能无言。既有言矣,则言之所不能尽,而发于咨嗟咏叹之余者,必有自然之音响节奏而不能已焉。此诗之作以作也。"曹文埴《香山诗选序》曰:"自知诗之根于性情,流于感触,而非可以牵强为者。而彼尚戈戈焉比拟于字句声调间也。则曷反之于作诗之初心,其亦有动焉否耶?"袁枚《随园诗话》有曰:"须知有性情,便有格律,格律不在性情外。三百篇半是劳人思妇,率意言情之事。谁为之格,谁为之律。而今之谈格调者,能出其范围否?"可见作诗本意,只须将思想中最真的一点,用自然音响节奏写将出来便算了事,便算极好,故曹文埴又说"三百篇者,野老征夫游女怨妇之辞皆在焉。其悱恻而缠绵者,皆足以感人心于千载之下。"可怜后来诗人,灵魂中本没有一个"真"字,又不能在自然界及社会现象中,放些本领去探出一个"真"字来。却看得人家做诗,眼红手痒,也想勉强胡诌几句,自附风雅。于是真诗亡而假诗出现于世。

《国风》是中国最真的诗,——《变雅》亦可勉强算得,——以其能为野老征夫游女怨妇写照,描摹得十分真切也。后来只有陶渊明白香山二人,可算真正诗家。以老陶能于自然界中见到真处,老白能于社会现象中见到真处。均有绝大本领,决非他人所及。然而三千篇"诗",被孔丘删剩了三百十一篇。其余二千六百八十九篇中,尽有绝妙的"国风",这老头儿糊糊涂涂,用了那极不确当的"思无邪"的眼光,将他一概抹杀,简直是中国文学上最大的罪人了。

现在已成假诗世界。其专讲声调格律,拘执着几平几仄方可成句,或引古证今,以为必如何如何始能对得工巧的,这种人我实在没工夫同他说话。其能脱却这窠臼,而专在性情上用功夫的,也大都走错了路头。如明明是贪名爱利的荒论,却偏喜做山林村野的诗。明明是自己没甚本领,却偏喜大发牢骚,似乎这世界害了他什么。明明是处于青年有为的地位,却偏喜写些颓唐老境。明明是感情淡薄,却偏喜做出许多极恳挚的"怀旧"或"送别"诗来。明明是欲障未曾打破,却喜在空阔幽渺之处立论,说上许多可解不解的话儿,弄得诗不像诗,偈不像偈。诸如此类无非是不真二字,在那儿捣鬼。自有这种虚伪文学,他就不知不觉,与虚伪道德互相推波助澜;造出个不可收拾的虚伪社会来。至于王次回一派人，说些肉麻淫艳的轻薄话，便老着脸儿自称为情诗。郑所南一派人，死抱了那"但教大宋在，即是圣人生"的顽固念头，便摇头摆脑，说是有肝胆有骨气的爱国诗，亦是见理未真之故（余尝谓中国无真正的情诗与爱国诗，语虽武断，却至少说中了一半）。近来易顺鼎樊增祥等人，拼命使着烂污笔墨，替刘喜奎梅兰芳王克琴等做斯文奴隶，尤属丧却人格，半钱不值，而世人竟奉为一代诗宗。又康有为作"开岁忽六十"一诗，长至二百五十韵，自以为前无古人，报纸杂志，传载极广。据我看来，即置字句之不通，押韵之牵强于不问，单就全诗命意而论，亦恍如此老已经死了，儿女们替他发了通哀启。又如乡下大姑娘进了城，回家向大伯小叔摆阔。胡适之先生说，仿古文章，便做到极好，亦不过在古物院中，添上几件"逼真赝鼎"。我说此等没价值诗，尚无进古物院资格，只合抛在垃圾桶里。

朋友！我今所说诗的精神上之革新，实在是复旧；因时代有古今，物质有新旧，这个真字，却是唯一无二，断断不随着时代变化的。约翰生论此甚详，介绍其说如下。约翰生博士，Dr. Samuel Johnson 生于一七〇九年，殁于一七八四年。为十八世纪英国文学界中第一人物。性情极僻，行事极奇，我国杂志中，已有译载其本传者，兹不详述。氏所著书，以《英文字典》（English Dictionary）《诗人传》（The Lives of English Poets）两种为毕生事业中最大之成就。而《拉塞拉司》（Rasseias），《人类愿望之虚幻》（Vanity of Human Wishes），《漫游人》（The Rambler）诸书，亦多为后世珍重。此段即从《拉塞拉司》中译出。书为寓言体，言"亚比西尼亚（Abyssinia）有一王子，曰拉塞拉司，居快乐谷（The Happy Valley）中，谷即人世'极乐地'（Paradice）。四面均属高山，有一秘密之门，可通出入。王子居之久，觉此中初无乐趣，与二从者窃门而逃，欲一探世界中何等人最快乐。卒至遍历地球，所见所遇，在在均是苦恼。然后兴尽返谷，恍然于谷名之适当云。"氏思想极高，文笔以时代之关系，颇觉深奥难读。本篇所译，力求平顺翔实，要以句句不失原义而止。

应白克曰，"……我辈无论何往，与人说起做诗，大都以为这是世间最高的学问。而且将他看得甚重，似乎人之所能供献于神的自然界者，便是个诗。然有一事最奇怪，世界不论何国，都说最古的诗，便是最好的诗。推求其故，约有数说。一说为别种学问，必须从研究中渐渐得来。诗却是天然的赠品，上天将他一下子送给了人类，故先得者独胜。又一说谓古时诗家，于榛狂蒙昧之世，忽地做了些灵秀婉妙的诗出来，时人惊喜赞叹，视为神圣不可几及。后来信用遗传，千百年后，仍于人心习惯上，享受当初的荣誉。又一说谓诗以描写自然与情感为范围，而自然与情感，却始终如一，永久不变的。古时诗人，既将自然界中最足动人之事物，及情感界中最有趣味的遭遇，一概描写净尽，半些儿没有留给后人。后人做诗，便只能跟着古人，将同样的事物，重新抄录一通，或将脑筋中同样的印象，翻个花样布置一下，自己却造不出什么。此三说，孰是孰非，且不必管。总而言之，古人做诗，能把自然界据为己有，后人却只有些技术，古人心中，能有充分的魄力与发明力，后人却只有些饰美力与敷陈力了。

"我甚喜作诗，且极望微名得与前此至有光荣之诸兄弟（指诗人）并列。波斯及阿刺伯诸名人诗集，我已悉数读过，又能背诵麦加大回教寺中所藏诗卷。然仔细想来，徒事摹仿，有何用处。天下岂有从摹仿上着力，而能成其为伟人哲士者。于是我爱好之心，立即逼我移其心力于自然与人生两方面。以自然为吾仆役，恣吾驱使，而以人生为吾参证者，俾是非好坏，得有一定之依据。自后无论何物，倘非亲眼见过，决不妄为描写。无论何人，倘其意向与欲望，尚未为我深悉，我亦决不望我之情感，为彼之哀乐所动。

"我既立意要作一诗家，遂觉世上一切事物，各各为我生出一种新鲜意趣来。我心意所注射的地域，亦于刹那间拓充百倍，自知无论何事，无论何种知识，均万不可轻轻忽过。我尝排列诸名山诸沙漠之印象于眼前，而比较其形状之同异。又于心头作画，凡森林中有一株之树，山谷中有一朵之花，但令曾经见过，即收入幅中，岩石之高顶，宫阙之塔尖，我以等量之心思观察之。小河曲折，细流淙淙，我必循河徐步，以探其趣，夏云倏起，弥布天空，我必静坐仰观，以穷其变。所以然者，深知天下无诗人无用之物也。而且诗人理想，尤须有并蓄兼收的力量。事物美满到极处，或惨怖到极处，在诗人看来，却是习见。大而至于不可方物，小而至于纤眇不能目睹，在诗人亦视为相狎有素，不足为奇。故自园中之花，森林中之野兽，以至地下之矿藏，天上之星象，无不异类同归，互相联结，而存储于诗人不疲不累之心栈中。因此等意思，大有用处能于道德或宗教的真理上，增加力量。小之，亦可于饰美上增进其自然真确之描画。故观察愈多，所知愈富，则做诗时愈能错综变化其情景，使读者睹此精微高妙之讽辞，心悦诚服，于无意中受一绝好之教训。

"因此之故，我于自然界形形色色，无不悉心研习。足迹所至，无一国无一地不以其特有之印象见惠，以益我诗力而偿我行旅之劳。"

拉塞拉司曰，"君游踪极广，见闻极博，想天地间必尚有无数事物，未经实地观察。如我之？处群山之中，身既不能外出，耳目所接，悉皆陈旧。欲见所未见，观察所未观察而不可得，则如何？"

应白克曰，"诗人之事业，是一般特性的观察，而非各个的观察。但能于事物实质上大体之所备具，与形态上大体之所表见，见着个真相便好。若见了郁金香花，便一株株地数他叶上有几条纹，见了树林，便一座座地量他影子是方是圆，多长多阔，岂非麻烦无谓。即所做的诗，亦只须从大处落墨，将心中所藏自然界无数印象，择其关系最重而情状最足动人者，一一陈列出来。使人人见了，心中恍然于宇宙的真际，原来如此。至于意识中认为次一等的事物，却当付诸删削。然这删削一事，也有做得甚认真，也有做得甚随便，这上面就可见出诗人的本分，究竟谁是留心，谁是贪懒了。

"但是诗人观察自然，还只下了一半功夫，其又一半，即须娴习人生现象。凡种种社会种种人物之乐处苦处，须精密调查，而估计其实量。情感的势力，及其相交相并之结果，须设身处地以观察之。人心的变化，及其受外界种种影响后所呈之异象，与夫因天时及习俗的势力所生的临时变化，自人人活泼康健的儿童时代起，直至其颓唐衰老之日止，均须循其必经之轨道，穷迹其去来之踪。能如是，其诗人之资格犹未尽备。必须自能剥夺其时代上及国界上牢不可破之偏见，而从抽象的及不变的事理中判一是非。尤须不为一时的法律与舆论所羁累，而超然高举，与至精无上，圆妙无极，万古同一的真理相接触，如此，则心中不特不急急以求名，且以时人的推誉为可厌，只把一生欲得之报酬，委之于将来真理彰明之后。于是所做的诗，对于自然界是个天人联络的译员，对于人类是个灵魂中的立法家。他本人也脱离了时代与地方的关系，独立太空之中，对于后世一切思想与状况，有控御统辖之权。

"虽然，诗人所下苦工，犹未尽也。不可不习各种语言，不可不习各种科学。诗格亦当高尚，俾与思想相配。至措词必如何而后隽妙，音调必如何而后和叶，尤须于实习中求其练熟……"

二、曰小说

"小说为社会教育之利器，有转移世道人心之能力。"此话已为今日各小说杂志发刊词中必不可少之套语。然问其内容，有能不用"迎合社会心理"的工夫，以遂其"孔方兄速来"之主义者乎。愿小说出版家各凭良心一答我言。

"文情"二字，又今日谈小说者视为构成小说之原质者也。然我尝举一"文"字，问业于一颇负时名之小说家，其答语曰，"作文言小说，近当取法于《聊斋》，远当取法于'史汉'。作白话小说，求其细腻，当取法于《红楼》。求其瘦硬，当取法于《水浒》。然《红楼》又脱胎于《杂事秘辛》诸书，《水浒》又脱胎于《飞燕外传》诸书。则谓小说即是古文，非古文不能称小说可也。"又尝举一"情"字，问业于一喜读小说之出版家，其答曰，"情节离奇是小说的骨子。必须起初一个闷葫芦，深藏密闭，直到临了才打破，主方为上乘。其次亦当如金圣叹评'大易'，所谓，'手轻脚快，一路短打'方是。若在古文上用功夫，句句是乌龟大翻身，有何趣味。"由前说言，中国原有古文，已觉读之不尽，何必再做。且何不竟做古文而做此刻鹄类鹜画虎类狗之小说为。由后说言，街头巷尾，小书摊上所卖"穷秀才落难中状元，大小姐后园赠衣物"的大丛书，亦仅可消闲破闷，何必浪费笔墨，再出新书。

小说家最大的本领有二：第一是根据真理立言，自造一理想世界。如施耐庵一部《水浒》，只说了"做官的逼民为盗"一句话，是当时虽未有"社会主义"的名目，他心中已有了个"社会主义的世界"。托尔斯泰所作社会小说，亦是此旨。其宗教小说，则以"Where's Love, there's God."一语为归宿，是意中不满于原有的宗教，而别有一理想的"新宗教世界"也。此外如提福之《鲁滨生》一书，则以"社会不良，吾人是否能避此社会？"及"吾人脱离社会后，能否独立生活？"两问题，构成一

"人有绝对的独立生活力"的新世界。欧文所著各书,则以"风俗浇漓足以造成罪恶",而虚构一"浑浑噩噩之古式的新世界。"虞哥所撰各书,则破坏"一切制造罪恶的法律",而虚构一"以天良觉悟代法律的新世界"。王尔德所著各书,能于"爱情真谛"之中,辟一"永远甜蜜"的新世界。左喇所著各书,能以"悲天悯人"之念,辟一"忠厚良善"之新世界。虽个人立说不同,其能发明真理之一部分,以促世人之觉悟则一。第二是各就所见的世界,为绘一维妙维肖之小影。此等工夫,已较前稍逊。然如吾国之曹雪芹、李伯元、吴趼人,英国之狄铿士、萨克雷、吉伯林、史梯文生,法国之龚枯尔兄弟与莫泊三,美国之欧·亨利与马克·吐温,其心思之细密,观察力之周至,直能将此世界此社会表面里面所具大小精粗一切事物,悉数吸至笔端,而造一人类的缩影,此是何等本领。至如惠尔司之撰科学小说,康南道尔之撰侦探小说,维廉勒苟之撰秘密小说,瑟勒勃郎之撰强盗小说,已非小说之正,且亦全无道理,与吾国《花月痕》《野叟曝言》《封神榜》《七侠五义》等书,同一胡闹。然天地间第一笨贼,却出在我国,此人为谁?曰俞仲华之撰《荡寇志》是!

同是一头两手,同是一纸一笔,何以所做小说,好者如彼而恶劣者如此,曰,此是头脑清与不清之故。果能清也,天分高,功夫深,固可望大成;既不高不深,亦可望小成。否则说上一辈子吃话,博得俗伧叫好而已。我今介绍樊戴克之说,即是洗清头脑的一剂灵药〔樊戴克博士,Henry van Dyke 为美国当代第一流文豪。曾任 Princeton 大学英文学主讲。其著作有 *Fisherman's Luck*, *Little Rivers*, *The Blue Flowers*, *The Ruling Passion*, *Music*, *and other Poems*, *The House of Rimon*, *The Toiling of Felix*, *and other poems* 等。首二种为纪事写生文,次二种为小说,余为诗集,均极有声誉。此节见于 *The Ruling Passion* 一书之篇首,标题曰《著作家之祈祷》(*A writer's Request of His Master*),盖用教会中祈祷文体,以发表其小说上之观念,正所以自明其视文学为神圣的学问也。其言甚简,却字字着实,句句见出真学问,实不可多得之短文也。〕

愿上帝佑我,永远勿任我贸然以道德问题与小说相牵涉,且永远勿任我叙述一无意义之故事。愿汝督察我,令我敬重我之材料,俾不敢轻视自己之著述。愿汝助我以诚实之心对待文字与人类,因此皆有生命之物也。愿汝示我以至清明之途径,因著书如泅水。少许之澄清,胜于多许之混浊也。愿汝导我观察事物之色相,而不昧我心中潜蓄之灵光。愿汝以理想赐我,俾我得立足于纺机之线,循序织入人类之锦,然后于蒙昧不明之一大疑团中,探得其真际所在。愿汝管束我,勿令我注意书籍,有过于人类,注意技术,有过于人生。愿汝保持我,使我尽其心力,作此一节之功课,至于圆满充足而后止。既毕事,则止我。且给我以酬,如汝之意。更愿汝助我,从我安静之心中,说一感谢汝恩之亚门。

此说专对小说立论,与约翰生之论诗,虽题目各殊,用意实出一轨。可知诗与小说仅于形式上异其趋向,骨底仍是一而二,二而一,即诗与小说而外,一切确有文学的价值之作物,似亦未必不可以此等思想绳之。

结　论

　　前文云云，我不敢希望于今之"某老某老"之大吟坛，亦不敢希望于报纸中用二号大字刊登"洛阳纸贵""著作等身"之小说大家。即持此以与西洋十先令或一便士的廉价出版品。——有时亦可贵至一元三角半或三先令六便士——之著作家说话，亦是对牛弹琴，大杀风景。然则此文究竟做给何等人看，曰，做给爱看此文者看。

"If this will not suffice, it must appear
That malice bears down Truth" ——Shakespeare
"Truth crashed to earth shall rise again:
The eternal years of God are hers." ——Bryant

（见《刘半农文集》，北京线装书局2009年版）

人的文学

周作人

我们现在应该提倡的新文学，简单地说一句，是"人的文学"。应该排斥的，便是反对的非人的文学。

新旧这名称，本来很不妥当，其实"太阳底下，何尝有新的东西？"思想道理，只有是非，并无新旧。要说是新，也单是新发见的新，不是新发明的新。新大陆是在十五世纪中，被哥伦布发见，但这地面是古来早已存在。电是在十八世纪中，被弗兰克林发见，但这物事也是古来早已存在。无非以前的人，不能知道，遇见哥伦布与弗兰克林才把他看出罢了。真理的发见，也是如此。真理永远存在，并无时间的限制，只因我们自己愚昧，闻道太迟，离发见的时候尚近，所以称他新。其实他原是极古的东西，正如新大陆同电一般，早在宇宙之内，倘若将他当作新鲜果子，时式衣裳一样看待，那便大错了。譬如现在说"人的文学"，这一句话，岂不也象时髦。却不知世上生了人，便同时生了人道。无奈世人无知，偏不肯体人类的意志，走这正路，却迷入兽道鬼道里去，彷徨了多年，才得出来。正如人在白昼时候，闭着眼乱闯，末后睁开眼睛，才晓得世上有这样好阳光，其实太阳照临，早已如此，已有了无量数年了。

欧洲关于这"人"的真理的发见，第一次是在十五世纪，于是出了宗教改革与文艺复兴两个结果。第二次成了法国大革命，第三次大约便是欧战以后将来的未知事件了。女人与小儿的发见，却迟至十九世纪，才有萌芽。古来女人的位置，不过是男子的器具与奴隶。中古时代，教会里还曾讨论女子有无灵魂，算不算得一个人呢。小儿也只是父母的所有品，又不认他是一个未长成的人，却当他作具体而微的成人，因此又不知演了多少家庭的与教育的悲剧。自从弗罗培尔与戈特文夫人以后，才有光明出现。到了现在，造成儿童与女子问题这两个大课题，可望得出极好的结果来。中国讲到这类问题，却须从头做起，人的问题，从来未经解决，女人小儿更不必说了。如今第一步先从人说起，生了四千余年，现在却还讲人的意义，从新要发见"人"，去"辟人荒"，也是可笑的事。但老了再学，总比不学该胜一筹罢。我们希望从文学上起首，提倡一点人道主义思想，便是这个意思。

我们要说人的文学，须得先将这个人字，略加说明。我们所说的人，不是世间所谓"天地之性最贵"，或"圆颅方趾"的人。乃是说，"从动物进化的人类"。其中有两个要点，一是"从动物"进化的，二是从动物"进化"的。

我们承认人是一种生物。他的生活现象，与别的动物并无不同。所以我们相信人的一切生活本能，都是美的善的，应该完全满足。凡是违反人性，不自然的习惯制度，都应排斥改正。

但我们又承认人是一种从动物进化的生物。他的内面生活，比他动物更为复杂高深,而且逐渐向上,有能改造生活的力量。所以我们相信人类以动物的生活为生存的基础,而其内面生活,却渐与动物相远,终能达到高上和平的境地。凡兽性的余留,与古代礼法可以阻碍人性向上的发展者,也都应排斥改正。

这两个要点,换一句话说,便是人的灵肉二重的生活。古人的思想,以为人性有灵肉二元,同时并存,永相冲突。肉的一面,是兽性遗传。灵的一面,是神性的发端。人生的目的,便偏重在发展这神性。其手段,便在灭了体质以救灵魂。所以古来宗教,大都厉行禁欲主义,有种种苦行,抵制人类的本能。一方面却别有不顾灵魂的快乐派,只愿"死便埋我"。其实两者都是趋于极端,不能说是人的正当生活。到了近世,才有人看出这灵肉本是一物的两面,并非对抗的二元。兽性与神性,合起来便只是人性。英国十八世纪诗人勃莱克在《天国与地狱的结婚》一篇中,说得最好:

(一)人并无与灵魂分离的身体。因这所谓身体者,原止是五官所能见的一部分的灵魂。
(二)力是唯一的生命,是从身体发生的。理就是力的外面的界。
(三)力是永久的悦乐。

他这话虽然略含神秘的气味,但很能说出灵肉一致的要义。我们所信的人类正当生活,便是这灵肉一致的生活。所谓从动物进化的人,也便是指这灵肉一致的人,无非用别一说法罢了。

这样"人"的理想生活,应该怎样呢?首先便是改良人类的关系。彼此都是人类,却又各是人类的一个。所以须营一种利己而又利他,利他即是利己的生活。第一,关于物质的生活,应该各尽人力所及,取人事所需。换一句话,便是各人以心力的劳作,换得适当的衣食住与医药,能保持健康的生存。第二,关于道德的生活,应该以爱智信勇四事为基本道德,革除一切人道以下或人力以上的因袭的礼法,使人人能享自由真实的幸福生活。这种"人的"理想生活,实行起来,实于世上的人,无一不利。富贵的人虽然觉得不免失了他的所谓尊严,但他们因此得从非人的生活里救出,成为完全的人,岂不是绝大的幸福么?这真可说是二十世纪的新福音了。只可惜知道的人还少,不能立地实行。所以我们要在文学上略略提倡,也稍尽我们爱人类的意思。

但现在还须说明,我所说的人道主义,并非世间所谓"悲天悯人"或"博施济众"的慈善主义,乃是一种个人主义的人间本位主义。这理由是:第一,人在人类中,正如森林中的一株树木。森林盛了,各树也都茂盛。但要森林盛,却仍非靠各树各自茂盛不可。第二,人爱人类,就只为人类中有了我,与我相关的缘故。墨子说"兼爱"的理由,因为"己亦在人中",便是最透彻的话。上文所谓利己而又利他,利他即是利己,正是这个意思。所以我说的人道主义,是从个人做起。要讲人道,爱人类,便须先使自己有人的资格,占得人的位置。耶稣说:"爱邻如己。"如不先知自爱,怎能"如己"地爱别人呢?至于无我的爱,纯粹的利他,我以为是不可能的。

人为了所爱的人，或所信的主义，能够有献身的行为。若是割肉饲鹰，投身给饿虎吃，那是超人间的道德，不是人所能为的了。

用这人道主义为本，对于人生诸问题，加以记录研究的文字，便谓之人的文学。其中又可以分作两项：一是正面的，写这理想生活，或人间上达的可能性。二是侧面的，写人的平常生活，或非人的生活，都很可以供研究之用。这类著作，份量最多，也最重要，因为我们可以因此明白人生实在的情状，与理想生活比较出差异与改善的方法。这一类中写非人的生活的文学，世间每每误会，与非人的文学相混，其实却大有分别。譬如法国莫泊桑的小说《人生》是写人间兽欲的人的文学，中国的《肉蒲团》却是非人的文学。俄国库普林的小说《坑》是写娼妓生活的人的文学，中国的《九尾龟》却是非人的文学。这区别就只在著作的态度不同。一个严肃，一个游戏。一个希望人的生活，所以对于非人的生活，怀着悲哀或愤怒。一个安于非人的生活，所以对于非人的生活，感着满足，又多带着玩弄与挑拨的形迹。简明说一句，人的文学与非人的文学的区别，便在著作的态度，是以人的生活为是呢？非人的生活为是呢？这一点上，材料方法，别无关系。即如提倡女人殉葬——即殉节——的文章，表面上岂不说是"维持风教"，但强迫人自杀，正是非人的道德，所以也是非人的文学。中国文学中，人的文学，本来极少。从儒教道教出来的文章，几乎都不合格。现在我们单从纯文学上举例如：

（一）色情狂的淫书类
（二）迷信的鬼神书类（《封神传》《西游记》等）
（三）神仙书类（《绿野仙踪》等）
（四）妖怪书类（《聊斋志异》《子不语》等）
（五）奴隶书类（甲种主题是皇帝状元宰相，乙种主题是神圣的父与夫）
（六）强盗书类（《水浒》《七侠五义》《施公案》等）
（七）才子佳人书类（《三笑姻缘》等）
（八）下等谐谑书类（《笑林广记》等）
（九）"黑幕"类
（十）以上各种思想和合结晶的旧戏

这几类全是妨碍人性的生长，破坏人类的平和的东西，统应该排斥。这宗著作，在民族心理研究上，原都极有价值。在文艺批评上，也有几种可以容许。但在主义上，一切都该排斥。倘若懂得道理，识力已定的人，自然不妨去看。如能研究批评，便于世间更为有益，我们也极欢迎。

人的文学，当以人的道德为本，这道德问题方面很广，一时不能细说。现在只就文学关系上，略举几项。譬如两性的爱，我们对于这事，有两个主张：一是男女两本位的平等，二是恋爱的结婚。世间著作，有发挥这意思的，便是绝好的人的文学。如挪威易卜生的戏剧《娜拉》《海女》，俄国托尔斯泰的小说《安娜·卡列尼娜》，英国哈代的小说《苔斯》等就是。恋爱起源，据芬兰学者威思德马克说，由于"人的对于与我快乐者的爱好"。却又如奥国卢闾说，因多年心的进化，渐变了高上的感情。所以真实的爱与两性的生活，也须有灵肉二重之一致。但因为现世社会境势所迫，以致偏于一面的，不免极多。这便须极据人道主义的思想，加以记录研究。却又不可将这样生活，当作幸福或神圣，赞美提倡。中国的色情狂的淫书，不必说了。旧基督教的禁欲主义的思想，我也不能承认他为是。又如俄国陀思妥耶夫斯基是伟大的人道主义的作家。但他在一部小说中，说一男人爱一女子，后来女子爱了别人，他却竭力斡旋，使他们能够配合。陀思妥耶夫斯基自己，虽然言行竟是一致，但我们总不能承认这种种行为，是在人情以内，人力以内，所以不愿提倡。又如印度诗人泰戈尔做的小说，时时颂扬东方思想。有一篇记一寡妇的生活，描写他的"心的撒提"，（撒提是印度古语。指寡妇与其丈夫的尸体一同焚化的习俗。）又一篇说一男人弃了他的妻子，在英国别娶，他的妻子，还典卖了金珠宝玉，永远地接济他。一个人如有身心的自由，以自由别择，与人结了爱，遇着生死的别离，发生自己牺牲的行为，这原是可以称道的事。但须全然出于自由意志，与被专制的因袭礼法逼成的动作，不能并为一谈。印度人身的撒提，世间都知道是一种非人道的习俗，近来已被英国禁止。至于心的撒提，便只是一种变相。一是死刑，一是终身监禁。照中国说，一是殉节，一是守节，原来撒提这字，据说在梵文，便正是节妇的意思。印度女子被"撒提"了几千年，便养成了这一种畸形的贞顺之德。讲东方文化的，以为是国粹，其实只是不自然的制度习惯的恶果。譬如中国人磕头惯了，见了人便无端地要请安拱手作揖，大有非跪不可之意。这能说是他的谦和美德么？我们见了这种畸形的所谓道德，正如见塞在坛子里养大的、身子象萝卜形状的人，只感着恐怖、嫌恶、悲哀、愤怒种种感情，决不该将他提倡，拿他赏赞。

其次如亲子的爱。古人说，父母子女的爱情，是"本于天性"，这话说得最好。因他本来是天性的爱，所以用不着那些人为的束缚，妨害他的生长。假如有人说，父母生子，全由私欲，世间或要说他不道。今将他改作由于天性，便极适当。照生物现象看来，父母生子，正是自然的意志。有了性的生活，自然有生命的延续与哺乳的努力，这是动物无不如此。到了人类，对于恋爱的融合，自我的延长，更有意识，所以亲子的关系，尤为深厚。近时识者所说儿童的权利与父母的义务，便即据这天然的道理推演而出，并非时新的东西。至于世间无知的父母，将子女当作所有品，牛马一般养育，以为养大以后，可以随便吃他骑他，那便是退化的谬误思想。英国教育家戈思德称他们为"猿类之不肖子"，正不为过。日本津田左右吉著《文学上国民思想的研究》卷一说："不以亲子的爱情为本的孝行观念，又与祖先为子孙而生存的生物学的普遍事实，人为将来而努力的人间社会的实际状态，俱相违反，却认作子孙为祖先而生存，如此道德中，显然含有不自然的分子。"祖先为子孙而生存，所以父母理应爱重子女，子女也就应该爱敬父母。这是自然的事实，也便是天性。文学上说这亲子的爱的，希腊荷马史诗《伊理亚特》与欧里庇得斯悲剧《德罗夜兑斯》中，说赫克多尔夫妇与儿子的死别两节，在古文学中，最为美妙。近来挪威易卜生的《群鬼》，德国士兑曼的戏剧《故乡》,俄国屠格涅夫的小说《父与子》等,都很可以供我们的研究。至于郭巨埋儿、丁兰刻木那一类残忍迷信的行为,当然不应再行赞扬提倡。割股一事,尚是魔术与食人风俗的遗留,自然算不得道德。不必再叫他混入文学里,更不消说了。

照上文所说,我们应该提倡与排斥的文学,大致可以明白了。但关于古今中外的一件事上,还须追加一句说明,才可免了误会。我们对于主义相反的文学,并非如胡致堂或乾隆做史论,单依自己的成见,将古今人物排头骂倒。我们立论,应抱定"时代"这一个观念,又将批评与主张,分作两事。批评古人的著作,便认定他们的时代,给他们一个正直的评价、相应的位置。至于宣传我们的主张,也认定我们的时代,不能与相反的意见通融让步,唯有排斥的一条方法。譬如原始时代,本来只有原始思想,行魔术食人肉,原是份所当然。所以关于这宗风俗的歌谣故事,我们还要拿来研究,增点见识。但如近代社会中,竟还有想实行魔术食人的人,那便只得将他捉住,送进精神病院去了。其次,对于中外这个问题,我们也只须抱定时代这一个观念,不必再划出什么别的界限。地理上历史上,原有种种不同,但世界交通便了,空气流通也快了,人类可望逐渐接近,同一时代的人,便可相并存在。单位是个我,总数是个人。不必自以为与众不同,道德第一,划出许多畛域。因为人总与人类相关,彼此一样,所以张三、李四受苦,与彼得、约翰受苦,要说与我无关,便一样无关。说与我相关,也一样相关。仔细说,便只为我与张三李四或彼得约翰虽姓名不同,籍贯不同,但同是人类之一,同具感觉性情。他以为苦的,在我也必以为苦。这苦会降在他身上,也未必不能降在我的身上。因为人类的运命是同一的,所以我要顾虑我的运命,便同时须顾虑人类共同的运命。所以我们只能说时代,不能分中外。我们偶有创作,自然偏于见闻较确的中国一方面,其余大多数都还须介绍译述外国的著作,扩大读者的精神,眼里看见了世界的人类,养成人的道德,实现人的生活。

(原载《新青年》1918年12月第5卷第6号)

中国文学改良论

胡先骕

自陈独秀、胡适之创中国文学革命之说，而盲从者风靡一时。在陈胡所言，固不无精到可采之处，然过于偏激，遂不免因噎废食之讥。而盲从者方为彼等外国毕业及哲学博士等头衔所震，遂以为所言者，在在合理，而视中国文学，果皆陈腐卑下不足取，而不惜尽情推翻之。殊不知彼等立言大有所蔽也。彼故作堆砌艰涩之文者，固以艰深以文其浅陋，而此等文学革命家，则以浅陋以文其浅陋，均一失也。而前者尚有先哲之规模，非后者毫无文学之价值者所可比焉。某不佞，亦曾留学外国，寝馈于英国文学，略知世界文学之源流，素怀改良文学之志，且与胡适之君之意见，多所符合。独不敢为鲁莽灭裂之举，而以白话推倒文言耳。今试平心静气，以论文学之改良，读者或不以其头脑为陈腐，而不足以语此乎？

文学自文学，文字自文字，文字仅取达意，文学则必于达意之外，有结构，有照应，有点缀，而字句之间，有修饰，有锻炼，凡曾习修辞学作文学者，咸能言之。非谓信笔所之，信口所说，便足称文学也。故文学与文字，迥然有别，今之言文学革命者，徒知趋于便易，乃昧于此理矣。

或谓欧西各国言文合一，故学文字甚易，而教育发达。我国文言分离，故学问之道苦，而教育亦受其障碍，而不能普及。实则近年来文学之日衰，教育之日敝，皆司教育之职者之过，而非文学有以致之也。且言文合一，谬说也。欧西言文，何尝合一，其他无论矣。即以戏曲论，夫戏曲本取于通俗也，何莎士比亚之戏曲，所用之字至万余，岂英人日用口语，须用如此之多之字乎？小说亦本以白话为本者也，今试读 Charlotte Bronte 之著作，则见其所用典雅之字极夥，其他若 Dr. Johnson 之喜用奇字者，更无论矣。且历史家如 Macaulay, Prescott, Green 等，科学家如达尔文、赫胥黎、斯宾塞尔等，莫不用极雅驯极生动之笔，以纪载一代之历史，或叙述辨论其学理，而令百世之下，犹以其文为规范。此又何耶？夫口语所用之字句，多写实，文学所用之字句多抽象，执一英国农夫，询以 perception, conception, consciousness, freedom of will, reflection, stimulation, trance, meditation, suggestion 等名词，彼固无从而知之。即敷陈其义，亦不易领会也。且用白话以叙说高深之理想，最难剀切简明，今试用白话以译 Bergson 之创制天演论，必致不能达意而后已。若欲参入抽象之名词，典雅之字句，则又不为纯粹之白话矣，又何必不用简易之文言，而必以驳杂不纯口语代之乎？

且古人之为文，固不务求艰深也。故孔子曰："辞达而已矣。"今试以左传、礼记、国语、国策、论、孟、史、汉观之，除少数艰涩之句外，莫不言从字顺，非若书之盘庚、大诰，诗之雅、颂可比也。至韩、欧以还之作者，尤以奇僻为戒，且有因此而流入枯槁之病者矣。此等文学苟施以相当之教育，犹谓十四五龄之中学生，不能领解其义，吾不之信也。进而观近人之著，如梁任公之《意大利建国三杰传》《噶苏士传》，何等简明显豁，而亦不失文学之精神。下至金圣叹之批《水浒》，动辄洋洋万言，莫不痛快淋漓，纤悉必达，读之者几于心目十行而下，宁有艰涩之感，又何必白话之始能达意始能明了乎？凡此皆中学学生能读能作之文体，非《乾凿度》《穆天子传》之比也。若以此为犹难，犹欲以白话代之，则无宁铲除文字，纯用语言之为愈耳。

更进而论美术之韵文，韵文者，以有声韵之辞句，傅以清逸隽秀之词藻，以感人美术、道德、宗教之感想者也。故其功用不专在达意，而必有文采焉。而必能表情焉、写景焉，再上则以能造境为归宿，弥尔敦、但丁之独绝一世者，岂不以其魄力之伟大，非常人所能摹拟耶。我国陶、谢、李、杜过人者，岂不以心境冲淡、奇气恣横、笔力雄沉，非后人所能望其肩背耶？不务于此，而以为白话作诗，始能写实，能述意，初不知白话之适用与否为一事，诗之为诗与否又一事也。且诗家必不能尽用白话，征诸中外皆然。彼震于外国毕业而用白话为诗者，曷亦观英人之诗乎？Wordsworth、Browning、Byron、Tennyson，此英人近代最著名之诗家也。如Wordsworth之《重至汀潭寺》（Tintern Abbey）诗，理想极高洁而冲和，岂近日白话诗家所能作者，即其所用之字，如Seclusion、Sportive、Vagrant、Tranquil、Tririol、Aspect、Sublime、Serene、Corporeal、Perplexity、Recompense、Grating、Interfused、Behold、Ecstasy 等，岂白话中常见之字乎？其他若Byron之The Prisoner of Chillon、Tennyson之Aenone、Longfellow之Evangeline，皆雅词正音也。至Browning之Rabbi Ben Ezra，则尤为理想高超之作，非素习文学者，不能穷其精蕴。岂元、白之诗，爨婢皆解之比耶？其真以白话为诗者，如Robert Burns之歌谣，《新青年》所载Lady A. Lindsey之Auld Robin Gray等诗是。然亦诗中之一体耳。更观中国之诗，如杜工部之《兵车行》《赠卫八处士》《哀江头》《哀王孙》《石壕吏》《垂老别》《无家别》《梦李白》诸古体，及律诗中之《月夜》《月夜忆舍弟》《阁夜》《秋兴》《诸将》诸诗，皆情文兼至之作，其他唐宋名家指不胜屈，岂皆不能言情达意，而必俟今日之白话诗乎？如刘半农之《相隔一层纸》一诗，何如杜工部之"朱门酒肉臭，路有冻死骨"十字之写得尽致。至如沈尹默之《月夜》诗："霜风呼呼的吹着，月光明明的照着，我和一株顶高的树并排立着，却没有靠着"与其《鸽子》《宰羊》诸诗，直毫无诗意存于其间，真可覆瓿矣。试观阮大铖之《村夜》："坐听柴扉响，村童夜汲还。为言溪上月，已照门前山。暮气千峰领，清宵独树间。徘徊空影下，襟露已斑斑。"其造境之高，岂可方物乎？即小诗如"小娃撑小艇，偷采白莲回。不解藏踪迹，浮萍一道开"亦较沈氏之《月夜》有情致也。不此之辨，徒以白话为贵，又何必作诗乎？

不特诗尚典雅，即词曲亦莫不然，故柳屯田之"愿奶奶兰心蕙性"之句，终为白圭之玷，比之周清真之"如今向渔村水驿，夜如岁，焚香独自语"同一言情，而有仙凡之别。然周之"许多烦恼，只为当时一晌留情"之句，犹为通人所诟病焉。至如曲，则《牡丹亭》"原来姹紫嫣红开遍"一折，亦必用姹紫嫣红、断井颓垣、良辰美景、赏心乐事、雨丝风片、烟波画船、锦屏人、韶光诸雅词以点缀之，不闻其非俗语而避之也。且无论何人，必不能以俗语填词，而胜于汤玉茗此折之绝唱，则可断言之矣。

　　以上所称，为白话不能全代文言之证，即或能代之，然古语有云：利不十不变法。即如今日之世界语，虽极便利，然欲以之完全替代各国语言文字，则必不可能之事也。且语言若与文字合而为一，则语言变而文字亦随之而变，故英之 Chaucer 去今不过五百余年，Spencer 去今不过四百余年，以英国文字为谐声文字之故，二氏之诗，已如我国商周之文之难读，而我国则周秦之书，尚不如是，岂不以文字不变，始克臻此乎？向使白话为文，随时变迁，宋元之文，已不可读，况秦汉魏晋乎？此在中国言文分离之优点，乃论者以之为劣，岂不谬哉。且《盘庚》《大诰》之所以难于《尧典》《舜典》者，即以前者为殷人之白话，而后者乃史官文言之记述也。故宋元语录，与元人戏曲，其为白话，大异于今，多不可解。然宋元人之文章，则与今日无别，论者乃恶其便利，而欲故增其困难乎？抑宋元以上之学，已可完全抛弃而不足惜，则文学已无流传之后世之价值，而古代之书籍可完全焚毁矣。斯又何解于西人之保存彼国之古籍耶？且 Chaucer、Spencer 即近至莎士比亚、弥尔敦之诗文，已有异于今日之英文，而乔、斯二氏之文，已非别求训诂，即不能读。何英美中学尚以诸氏之诗文教其学子，而不限于专门学者，始研究之乎？盖人之异于物者，以其有思想之历史，而前人之著作，即后人之遗产也。若尽弃遗产，以图赤手创业，不亦难乎？某亦非不知文学须有创造之能力，而非陈陈相因，即尽其能事者，然亦非既能创造，则昔人之所创造便可唾弃之也。故瓦特创造汽机，后人必就瓦特所创造者，而改良之，始能成今日优美之成绩，而今日之汽机，无一非脱胎于瓦特汽机者，故创造与脱胎相因而成者也。吾人所斥为模仿而非脱胎，陈陈相因，是谓模仿，去陈出新，是谓脱胎。故《史》《汉》创造而非模仿者也，然必脱胎于周秦之文。俪文创造而非模仿者也，亦必脱胎于周秦之文。韩柳创造而革俪文之弊者也，亦必脱胎于周秦之文。他若五言七言古诗五律七律乐府歌谣词曲，何者非创造，亦何者非脱胎者乎？故欲创造新文学，必浸淫于古籍，尽得其精华，而遗其糟粕，乃能应时势之所趋，而创造一时之新文学，如斯始可望其成功，故俄国之文学，其始脱胎于英法，而今远驾其上，即善用其遗产，而能发扬张大之耳，否则盲行于具茨之野，即令或达，已费无限之气力矣。故居今日而言创造新文学，必以古文学为根基，而发扬光大之，则前途当未可限量，否则徒自苦耳。

（原刊《东方杂志》1919 年）

致蔡鹤卿书

林 纾

鹤卿先生太史足下:

与公别十余年,壬子始一把晤。匆匆八年,未通音问,至以为歉。属辱赐书,以遗民刘应秋先生遗著嘱为题词,书未梓行,无从拜读,能否乞赵君作一短简事略见示?谨撰跋尾归之。呜呼!明室敦气节,故亡国时殉烈者众;而夏峰梨洲亭林杨园二曲诸老,均脱身斧钺,其不死幸也。我公崇尚新学,乃亦垂念逋播之臣,足见名教之孤悬,不绝如缕,实望我公为之保全而护惜之,至慰至慰!虽然,尤有望于公者,大学为全国师表,五常之所系属。近者,外间谣诼纷集,我公必有所闻,即弟亦不无疑信,或且有恶乎阘茸之徒,因生过激之论,不知救世之道,必度人所能行,补偏之言,必使人以可信。若尽反常轨,侈为不经之谈,则毒粥既陈,旁有烂肠之鼠;明燎宵举,下有聚死之虫。何者?趋甘就热,不中其度,则未有不毙者。方今人心丧敝,已在无可救挽之时,更侈奇创之谈,用以哗众。少年多半失学,利其便已,未有不糜沸麕至而附和之者。而中国之命如属丝矣。晚清之末造,概世之论者恒曰:去科举,停资格,废八股,斩豚尾,复天足,逐满人,扑专制,整军备,则中国必强。今百凡皆遂矣,强又安在?于是更进一解,必覆孔孟,铲伦常为快。呜呼!因童子之羸困,不求良医,乃追责其二亲之有隐瘵逐之,而童子可以日就肥泽,有是理耶!外国不知孔孟,然崇仁,仗义,矢信,尚智,守礼,五常之道,未尝悖也,而又济之以勇。弟不解西文,积十九年之笔述,成译著一百三十三种,都一千二百万言,实未见中有违忤五常之语,何时贤乃有此叛亲蔑伦之论,此其得诸西人乎?抑别有所授耶!我公心右汉族,当在杭州时,间关避祸,与夫人同茹辛苦,而宗旨不变,勇士也。方公行时,弟与陈叔通惋惜公行,未及一送,申伍异趣,各衷其是。盖今公为民国宣力,弟仍清室举人,交情固在,不能视为冰炭。故辱公寓书殷殷,于刘先生之序跋,实隐示明清标季,各有遗民,其志均不可夺也。弟年垂七十,富贵功名,前三十年视若弃灰,今笃老尚抱守残缺,至死不易其操。前年梁任公倡马班革命之说,弟闻之失笑。任公非劣,何为作此媚世之言?马班之书,读者几人?殆不革而自革,何劳任公费此神力。若云死文字有碍生学术,则科学不用古文,古文亦无碍科学。英之迭更,累斥希腊腊丁罗马之文为死物,而至今仍存者,迭更虽躬负盛名,固不能用私心以蔑古。矧吾国人,尚有何人如迭更者耶!须知天下之理,不能就便而夺常,亦不能取快而滋弊。使伯夷叔齐生于今日,则万无济变之方。孔子为圣之时,时乎井田封建,则孔子必能使井田封建一无流弊,时乎潜艇飞机,则孔子必能使潜艇飞机不妄杀人,所以名为时中之圣。时者,与时不悖也。卫灵问阵,孔子行,陈恒弑君,孔子讨,用兵与不用兵,亦正决之以时耳。今必曰天下之弱,弱于孔子。然则天下之强,宜莫强于威廉。以柏灵一隅，抵抗全球皆败衄无措直，可为万世英雄之祖。且其文治武功，科学商务，下及工艺，无一不冠欧洲。胡为恹恹为荷兰之寓？公若云成败不可以论英雄，则又何能以积弱归罪孔子。彼庄周之书，最摈孔子者也。然《人间世》一篇，又盛推孔子。所谓"人间世"者，不能离人而立之。谓其托颜回，托叶公子高之问难，孔子在陈以接人处众之道，则庄周亦未尝不近人情而忤孔子。乃世士不能博辩为千载以上之庄周，竟咆勃为千载以下之桓魋，一何其可笑也。且天下惟有真学术，真道德，始足独树一帜，使人景从。若尽废古书，行用土语为文字，则都下引车卖浆之徒，所操之语，按之皆有文法，不类闽广人为无文法之啁啾，据此则凡京津之稗贩，均可用为教授矣。若《水浒》《红楼》，皆白话之圣，并足为教科之书，不知《水浒》中辞吻，多采岳珂之《金陀萃篇》；《红楼》亦不止为一人手笔，作者均博极群书之人。总之，非读破万卷，不能为古文，亦并不能为白话。若化古子之言为白话，演说亦未尝不是。按《说文》，演长流也。亦有延之广之之义，法当以短演长，不能以古子之长，演为白话之短。且使人读古子者，须读其原书耶？抑凭讲师之一二语，即算为古子？若读原书，则又不能全废古文矣。矧于古子之外，尚以《说文》讲授，《说文》之学，非俗书也。当参以古籀，证以钟鼎之文，试思用籀篆可化为白话耶？果以籀篆之文，杂之白话之中，是引汉唐之环燕，与村妇谈心；陈商周之俎豆，为野老聚饮。类乎不类？弟闽人也，南蛮鴃舌，亦愿习中原之语言，脱授我者以中原之语言，仍令我为鴃舌之闽语可乎？盖存国粹而授《说文》可以。以《说文》为客，以白话为主，不可也。乃近来尤有所谓新道德者，斥父母为自感情欲，于己无恩，此语曾一见之随园文中，仆方以为拟于不伦，斥袁枚为狂谬。不图竟有用为讲学者！人头畜鸣，辩不屑辩，置之可也。彼又云：武曌为圣王，卓文君为名媛，此亦拾李卓吾之余唾。卓吾有禽兽行，故发是言。李穆堂又拾其余唾，尊严嵩为忠臣。今试问二李之名，学生能举之否？同为埃灭，何苦增兹口舌，可悲也！大凡为士林表率，须圆通广大，据中而立，方能率由无弊。若凭位分势力，而施趋怪走奇之教育，则惟穆罕麦德左执刀而右传教，始可如其愿望。今全国父老，以子弟托公，愿公留意以守常为是，况天下溺矣，藩镇之祸，迩在眉睫，而又成为南北美之争。我公为南士所推，宜痛哭流涕助成和局，使民生有所苏息；乃以清风亮节之躬，而使议者纷纷集矢，甚为我公惜之。此书上后，可以不必示复，唯静盼好音，为国民端其趋向，故人老悖，甚有幸焉！愚直之言，万死万死！林纾顿首。

（原载《公言报》1919年3月18日）

自然主义与中国现代小说

茅 盾

一、中国现代的小说

中国现代的小说，就他们的内容与形式或思想与结构看来，大约可以分作新旧两派，而旧派中又可分为三种。

第一种是旧式章回体的长篇小说。章回体的旧小说里头，原也有好几部杰作，如《石头记》《水浒》之类。章回的格式，本来颇嫌束缚呆板，使作者不能自由纵横发展，《石头记》《水浒》的作者靠着一副天才，总算克胜了难关，此外天才以下的人受死板的章回体的束缚，把好材料好思想白白糟蹋了的，从古以来，不知有多少！现代的小说勉强沿用这章回体的，因为作者本非天才，更不象样了。

此派小说大概是用白话做的，描写的也是现代的人事，只可惜他们的作者大都不是有思想的人，而且亦不能观察人生入其堂奥；凭着他们肤浅的想象力，不过把那些可怜的胆怯的自私的中国人的盲动生活填满了他的书罢了，再加上作者誓死尽忠，牢不可破的两个观念，就把全书涂满了灰色。这两个观念是相反的，然而同样的有毒：一是"文以载道"的观念，一是"游戏"的观念。中了前一个毒的中国小说家，抛弃真正的人生不去观察不去描写，只知把圣经贤传上朽腐了的格言作为全篇"柱意"，凭空去想象出些人事，来附会他"因文以见道"的大作。中了后一个毒的小说家本着他们的"吟风弄月文人风流"的素志，游戏起笔墨来，结果也抛弃了真实的人生不察不写，只写了些佯啼假笑的不自然的恶札；其甚者，竟空撰男女淫欲之事，创为"黑幕小说"，以自快其"文字上的手淫"。所以现代的章回体小说，在思想方面说来，毫无价值。

那么艺术方面，即描写手段，如何呢？我上面已经说过，章回的格式太呆板，本足以束缚作者的自由发挥；天才的作者尚可借他们超绝的才华补救一些过来，一遇下才，补救不能，圈子愈钻愈紧，就把章回体的弱点赤裸裸的暴露出来了。中国现代这派的作者就是很好的代表。他们作品中每回书的字数必须大略相等，回目要用一个对子，每回开首必用"话说""却说"等字样，每回的尾必用"要知后事如何，且听下回分解"，并附两句诗；处处呆板牵强，叫人看了，实在起不起什么美感。他们书中描写一个人物第一次登场，必用数十字乃至数百字写零用帐似的细细地把那个人物的面貌，身材，服装，举止，一一登记出来，或做一首"西江月"，一篇"古风"以为代替。全书的叙述，完全用商家"四柱帐"的办法，笔笔从头到底，一老一实叙述，并且以能"交代"清楚书中一切人物（注意：一切人物！）的"结局"为难能可贵，称之曰一笔不苟，一丝不漏。他们描写书中的并行的几件事，往往又学劣手下围棋的方法，老老实实从每个角做起，棋子一排一排向外扩展，直到再不能向前时方才歇手，换一个角来，再同样努力向前，直到和前一角外扩的边缘相遇；他们就用这种样呆板的手段，造成他们的所谓"穿插"的章法。他们又摹仿旧章回体小说每回末尾的"惊人之笔"。旧章回体小说每当一回的结尾往往故意翻一笔，说几句险话，使读者不意的吃了一惊，急要到下一回里去跟究底细；这种办法，天才的作者能够做得不显露刻画的痕迹，尚可去得，但现代的章回体小说作者以为这是小说的"义法"，不自量力定要模仿，以至丑态百出。他们又喜欢详详细细叙述一件事的每个动作，而不喜——恐怕实在亦即是不能——分析一个动作而描写之；譬如写一个人从床上起身，往往是"……某甲开眼向窗外一看，只见天已大明，即忙推开枕头，掀开被窝，坐起身来，披上了一件小棉袄，随即穿了白丝袜，又穿了裤子，扎了裤脚管，方才下床，就床边套上那双拖鞋……"一大段，都是直记连续的动作，并没有一些描写。我们看了这种"记帐"式的叙述，只觉得眼前有的是个木人，不是活人，是一个无思想的木人，不是个有头脑能思想的活人；如果是个活人，他做这些动作的时候，全身总该有表情，由这些表情，我们乃间接的窥见他内心的活动。须知真艺术家的本领即在能够从许多动作中拣出一个紧要的来描写一下，以表见那人的内心活动；这样写在纸上的一段人生，才有艺术的价值，才算是艺术品！须知文学作品重在描写，并非记述，尤不取"记帐式"的记述；人类的头脑能联想，能受暗示，对于日常的生活有许多地方都能闻甲而联想及乙，并不待"记帐式"的一笔不漏，方能使人觉得亲切有味。现代的章回体派小说，根本错误即在把能受暗示能联想的人类的头脑看作只是拨一拨方动一动的算盘珠。

总而言之，他们做一篇小说，在思想方面惟求博人无意识的一笑，在艺术方面，惟求报帐似的报得清楚。这种东西，根本上不成其为小说，何论价值？但是因为他们现在尚为群众的读物，尚被群众认为小说，所以我也姑且把他们放在"现代小说"一题目之下，现在再看同属于旧派的第二种是怎样的一种东西。

第二种又可分为（甲）（乙）两系，他们同源出于旧章回体小说，然而面目略有不同。甲系完全剿袭了旧章回体小说的腔调和意境，又完全摹仿旧章回体小说的描写法；不过把对子的回目，每回末尾的"要知后事如何，且听下回分解"等等套调废去；他们异于旧式章回体小说之处，只是没有章回，所以我们姑称之为"不分章回的旧式小说"。这一类小说，也有用文言写的，也有用白话写的，也有长篇，也有短篇；除却承受了旧章回体小说描写上一切弱点而外，又加上些滥调的四六句子，和《水浒》腔《红楼》腔混合的白话。思想方面自然也是卑陋不足道，言爱情不出才子佳人偷香窃玉的旧套，言政治言社会，不外慨叹人心日非世道沦夷的老调。

乙系是一方剿袭旧章回体小说的腔调和结构法，他方又剿袭西洋小说的腔调和结构法，两者杂凑而成的混合品；我们姑称之为"中西混合的旧式小说"。中国自与西洋文物制度接触以来，物质生活与精神生活上，处处显出这种华洋杂凑，不中不西的状态，不独小说为然；既然有朝外挂一张油画布景而仍演摇鞭以代骑马，脸皮以寓褒贬的旧戏,当然也可以有不中不西的旧式小说。这派小说也有白话,有文言,有长篇,有短篇,其特点即在略采西洋小说的布局法而全用中国旧章回体小说的叙述法与描写法。这派小说的作者大都不能直接读西洋原文的小说,只能读读翻译成中文的西洋小说,不幸二十年前的译本西洋小说,大都只能译出原书的情节(布局),而不能传出原书的描写方法,因此,即使他们有意摹仿西洋小说,也只能摹仿西洋小说的布局了。他们也知废去旧章回体小说开卷即叙"话说某省某县有个某某人家……"的老调,也知用倒叙方法,先把吃紧的场面提前叙述,然后补明各位人物的身世;他们也知收束全书的时候,不必定要把书中提及的一切人物都有个"交代",竟可以"神龙见首不见尾",戛然的收住;他们描写一个人物初次上场,也知废去"怎见得,有诗为证"这样的描写法;这种种对于旧章回体小说布局法的革命的方法,都是从译本西洋小说里看出来的;只就这一点说,我们原也可以承认此派小说差强人意。但是小说之所以为小说不单靠布局,描写也是很要紧的。他们的描写怎样?能够脱离"记帐式"描写的老套么?当然不能的。即以他们的布局而言,除少有改变外,大关节尚不脱离合悲欢终至于大团圆的旧格式,仍旧局促于旧镣锁之下,没有什么创作的精神。所以此派小说毕竟不过与前两派相伯仲罢了。他们不但离我们的理想甚远,即与旧章回体小说中的名作相较,亦很不及;称之为小说,其实亦是勉强得很。我们再看第三种。

第三种是短篇居多,文言白话都有。单就体裁上说,此派作品勉强可当"小说"两字。上面说过的甲乙两系中,固然也有短篇,但是那些短篇只不过是字数上的短篇小说,不是体裁上的短篇小说。短篇小说的宗旨在截取一段人生来描写,而人生的全体因之以见。叙述一段人事,可以无头无尾;出场一个人物,可以不细叙家世;书中人物可以只有一人;书中情节可以简至仅是一段回忆。这些办法,中国旧小说里本来不行,也不是"第三种"小说的作者所能创造,当然是从西洋短篇小说学来的,能够学到这一层的,比起一头死钻在旧章回体小说的圈子里的人,自然要高出几倍;只可惜他们既然会看原文的西洋小说,却不去看研究小说作法与原理的西文书籍,仅凭着遗传下来的一点中国的小说旧观念,只往粗处摸索,采取西洋短篇小说里显而易见的一点特别布局法而已。短篇小说——不独短篇——最重要的采取题材的问题,他们却从来不想借镜于人,只在枯肠里乱索。至于描写方法,更不行了,完全逃不出《红楼梦》《水浒》《三国志》等几部老小说的范围。所谓"记帐式"的描写法,此派作者,尚未能免去。我可以举一篇名为《留声机器》(见《礼拜六》百○八期)的短篇为例。这篇小说的"造意"如何,姑且不论,只就他的描写看来,实在粗疏已极。这篇小说是讲一个"中华民国的情场失意人"名叫"情劫生"的,到了一个"各国失意情场的人"聚居的"恨岛"上,过他那"无聊"的生活。"情劫生"已过的极平常然而作者以为了不得的失恋历史,作者只以二百余字写零用帐似的直记了出来;一句"才貌双全的好女儿"就"交代"过背景里极重要的"情劫生"恋爱的对象,几句"他就一往情深,把清高诚实的爱情全个儿用在这女郎身上,一连十多年没有变心……"就"交代"过他们的恋爱史。然而这犹可说是追叙前事,不妨从略,岂知"叙"到最紧要的一幕,"情劫生"因病而将死,也只是聊聊二三百字,那就不能不佩服作者应用"记帐式"描写法之"到家"了。我且抄这一段在下面:

> 情劫生本是个多病之身,又兼着多愁,自然支持不住了。他的心好似被十七八把铁锁紧紧锁着,永没有开的日子。抑郁过度,就害了心病。他并不请医生诊治,听他自然,临了儿又吐起血来。他见了血,象见唾涎一般,毫不在意,把一枝破笔蘸了,在纸上写了无数的林倩玉字样;他还给一个好朋友瞧,说他的笔致,很象是颜鲁公呢。那朋友见了这许多血字,大吃一惊,即忙去请医生来;情劫生却关上了门,拒绝他进去,医生没法,便长叹而去。……

我们只看了这一段,必定疑是什么"报告",决不肯信是一篇短篇小说里的一段:"报告"只要"记帐"似的说得明白就算数,小说却重在描写。描写的好歹姑且不管,而连描写都没有的,也算得是小说么?诸如此类的短篇,现在触目皆是,其中固然稍有"上下床之别",然而他们的错误是相同;——不是描写,只是"记帐"式的报告。

再看他们小说里的思想,也很多令人不能满意的地方。作者自己既然没有确定的人生观,又没有观察人生的一副深炯眼光和冷静头脑,所以他们虽然也做人道主义的小说,也做描写无产阶级穷困的小说,而其结果,人道主义反成了浅薄的慈善主义,描写无产阶级的穷困的小说反成了讪笑讥刺无产阶级的粗陋与可厌了。并且他们大概缺乏对于艺术的忠诚。我记得有位作者在几年前做过一篇小说,讲一位"多情的小说家"的"文字生涯,岂不冷落",遂尔"资产"也有了,"画中人般的爱妻"也有了,结果是大团圆,大得意;近来他又把这层意思敷衍了一篇,光景这就是他的"艺术观"了。这种的"艺术观",替他说得好些,是中了中国成语所谓"书中自有黄金屋,书中有女颜如玉"的毒,若要老实不客气说,简直是中了"拜金主义"的毒,是真艺术的仇敌。对于艺术不忠诚的态度,再没有比这厉害些的了。在他们看来,小说是一件商品,只要有地方销,是可赶制出来的:只要能迎合社会心理,无论怎样迁就都可以的。这两个观念,是摧残文艺萌芽的浓霜,而这两个观念实又是上述三种小说作者所共具的"精神";有了这一层,就连迂腐的"文以载道"观念和名士派的"游戏"观念也都不要了。这可说是现代国内旧派"小说匠"的全体一致的观念。

总括上面所说,我们知道中国现代的三种旧派小说在技术方面有最大的共同的错误二,在思想方面有最大的共同的错误一。那技术上共同的错误是:

(一)他们连小说重在描写都不知道,却以"记帐式"的叙述法来做小说,以至连篇累牍所载无非是"动作"的"清帐",给现代感觉锐敏的人看了,只觉味同嚼蜡。

(二)他们不知道客观的观察,只知主观的向壁虚造,以至名为"此实事也"的作品,亦满纸是虚伪做作的气味,而"实事"不能再现于读者的"心眼"之前。

思想上的一个最大的错误，就是游戏的消遣的金钱主义的文学观念。

这三层错误，十余年来给与社会的暗示，不论在读者方面在作者方面，无形中已经养成一股极大的势力，我们若要从根本上铲除这股黑暗势力，必先排去这三层错误观念，而要排去这三层错误观念，我以为须得提倡文学上的自然主义。所以然的理由，请在下面详论，现在我们且先看一看现代的新派小说。

我们晓得现代的新派小说在技术方面和思想方面都和旧派小说（上面讲过的那三种）立于正相反对的地位，尤其是对于文学所抱的态度。我们要在现代小说中指出何者是新何者是旧，唯一的方法就是去看作者对于文学所抱的态度；旧派把文学看作消遣品，看作游戏之事，看作载道之器，或竟看作牟利的商品，新派以为文学是表现人生的，诉通人与人间的情感，扩大人们的同情的。凡抱了这种严正的观念而作出来的小说，我以为无论好歹，总比那些以游戏消闲为目的的作品要正派得多。但是我们对于文学的观念，固可一旦觉悟，便立刻改变，而描写的技术却不能在短时间内精妙了许多。所以除了几位成功的作者而外，大多数正在创作道上努力的人，技术方面颇有犯了和旧派相同的毛病的。一言以蔽之，不能客观的描写。现在热心于新文学的，自然多半是青年，新思想要求他们注意社会问题，同情于第四阶级，爱"被损害者与被侮辱者"，他们照办了，他们要把这种精神灌到创作中了，然而他们对于第四阶级的生活状况素不熟悉；勉强描写素不熟悉的人生，随你手段怎样高强，总是不对的，总要露出不真实的马脚来。最容易招起不真切之感的，便是对话。大凡一阶级人和别阶级人相异之点最显见的，一是容貌举止，二是说话的腔调。描容貌举止还容易些，要口吻逼肖却是极难。现在的青年作者所作描写第四阶级生活的短篇小说大都是犯了对话不逼肖的毛病。其次，因为作者自身并非第四阶级里的人，而且不曾和他们相处日久，当然对于第四阶级中人的心理也是很隔膜的，所以叙及他们的心理的时候，往往渗杂许多作者主观的心理，弄得非驴非马。第三，过于认定小说是宣传某种思想的工具，凭空想象出一些人事来迁就他的本意，目的只是把胸中的话畅畅快快吐出来便了；结果思想上虽或可说是成功，艺术上实无可取。这三项缺憾，我以为都由于作者忽视客观的描写所致；因为不把客观的描写看得重要，所以不曾实地观察就贸然描写了。

除此而外，题材上也很有许多缺点；最大的缺点是内容单薄，用意浅显。譬如一篇描写男女恋爱的小说，所讲无非一男一女互相爱恋而因家属不许，"好事多磨"，终于不谐，如此而已。在这篇小说里应该是重要部分的男和女的个性，却置之不写；两方家属的环境亦置之不写；各派思潮怎样影响于他们的恋爱观，亦置之不写。描写青年烦闷的小说，只能写些某青年志向如何纯洁，而现社会却处处黑暗可为悲观等等话头；描写"父"与"子"的冲突，只能写些拘守旧礼教的父怎样不许儿子自由结婚；总而言之，内容欠浓厚，欠复杂，用意太简单，太表面。这或许和作者的观察力锐敏与否，有点关系，但是最大的原因，还在作者采取题材没有目的。我们要晓得：小说家选取一段人生来描写，其目的不在此段人生本身，而在另一内在的根本问题。批评家说俄国大作家屠格涅夫写青年的恋爱不是只写恋爱，是写青年的政治思想和人生观,不过借恋爱来具体表现一下而已;正是这意思。我以为现代新派小说的试作者若不从此方努力,他们的作品将终不足观。

二、自然主义何以能担当这个重任?

从上面的粗疏的陈述看来,我们可以得个结论:不论新派旧派小说,就描写方法而言,他们缺了客观的态度,就采取题材而言,他们缺了目的。这两句话光景可以包括尽了有弱点的现代小说的弱点。我觉得自然主义恰巧可以补救这两个弱点。请仍就描写方法与采取题材两点分而论之。

自然主义起于何时,代表作者是谁,这些想来大家都知,本刊亦屡已说过,不用我再饶舌。我们都知道自然主义者最大的目标是"真";在他们看来,不真的就不会美,不算善。他们以为文学的作用,一方要表现全体人生的真的普遍性,一方也要表现各个人生的真的特殊性,他们以为宇宙间森罗万象都受一个原则的支配,然而宇宙万物却又莫有二物绝对相同。世上没有绝对相同的两匹蝇,所以若求严格的"真",必须事事实地观察。这事事必先实地观察便是自然主义者共同信仰的主张。实地观察后以怎样的态度去描写呢?左拉等人主张把所观察的照实描写出来,龚古尔兄弟等人主张把经过主观再反射出来的印象描写出来;前者是纯客观的态度,后者是加入些主观的。我们现在说自然主义是指前者。左拉这种描写法,最大的好处是真实与细致。一个动作,可以分析的描写出来,细腻严密,没有丝毫不合情理之处。这恰巧和上面说过的中国现代小说的描写法正相反对。专记连续的许多动作的"记帐式"的作法,和不合情理的描写法,只有用这种严格的客观描写法方能慢慢校正。其次,自然主义者事事必先实地观察的精神也是我们所当引为"南针"的。从前旧浪漫派的作者只描写他们自己理想天国中的人物,当然不考究实地观察的工夫,但是浪漫派大家雨果的《哀史》的描写却已颇有实地观察的精神;《哀史》的主人公冉阿让是个理想人物,而《哀史》的背景却根据实状描写,很是真切。自然派的先驱巴尔扎克和福楼拜等人,更注意于实地观察,描写的社会至少是亲身经历过的,描写的人物一定是实有其人(有 Model)的。这种实地观察的精神,到自然派便达到极点。他们不但对于全书的大背景,一个社会,要实地观察一下,即使是讲到一爿巴黎城里的小咖啡馆,他们也要亲身观察全巴黎城的咖啡馆,比较其房屋的建筑,内部的陈设,及其空气(就是馆内一般的情状),取其最普通的可为代表的,描写入书里。这种工夫,不但自然派讲究,新浪漫派的梅特林克等人也极讲究;可说是现代世界作家人人遵守的原则。然而中国旧派的小说家对于此点,简直完全忽视,新派作者中亦有大半不能严格遵守。旧派中竟有生气从未到过北方而做描写关东三省生活的小说,从未见过一个喇嘛,而竟大做其活佛秘史;这种徒凭传说向壁虚造的背景,能有什么"真"的价值?此外如描写"响马"生活,蜑户生活等等特殊的人生,没有一篇是出于实地观察的,大家在几本旧书上乱抄,再加了些"杜撰",结果自然要千篇一律。试问这种抄自书上的人生能有什么价值?中国做小说的人,和看小说的人,对于这种不实不尽的描实,几乎视为当然,要想校正他,非经过长期的实地观察的训练不能成功。这又是自然主义确能针对现代小说病根下药的一证。此外还有关于作者的心理一端,我以为亦有待于自然主义的校正。中国旧派小说家作小说的动机不是发牢骚,就是风流自赏。恋爱是人间何等样的神圣事,然而一到"风流自赏"的文士的笔下,便满纸是轻薄口吻,肉麻态度,成了"诲淫"的东西;言社会言政治又是何等样的正经事,然而一到"发牢骚"的"墨客"的笔下,便成了攻讦隐私,借文字以报私怨的东西。这都因作者对于一桩人生,始终未用纯然客观心理去看,始终不曾为表现人生而描写人生。中国的淫书,大概总自称"苦口婆心意在劝世",而其实不免于诲淫,就因为"劝世"的话头是挂在嘴上的,而"风流自赏"的心理却是生根在心里的。自然派作者对于一桩人生,完全用客观的冷静头脑去看,丝毫不搀入主观的心理;他们也描写性欲,但是他们对于性欲的看法,简直和孝悌义行一样看待,不以为秽亵,亦不涉轻薄,使读者只见一件悲哀的人生,忘了他描写的是性欲。这是自然主义的一个特点,对于专以小说为"发牢骚","自解嘲","风流自赏"的工具的中国小说家,真是清毒药;对于浸在旧文学观念里而不能自拔的读者,也是绝妙的兴奋剂。

以上是就描写方法上立说,以下再就采取题材上略说一说。

自然主义是经过近代科学的洗礼的;他的描写法,题材,以及思想,都和近代科学有关系。左拉的巨著《卢贡·玛卡尔》,就是描写卢贡·玛卡尔一家的遗传,是以进化论为目的。莫泊桑的《一生》,则写遗传而外又描写环境支配个人。意大利自然派的女小说家塞拉哇(Serao)的《病的心》(*Cuore Infermo*)是解剖意志薄弱的妇人的心理的。进化论,心理学,社会问题,道德问题,男女问题,……都是自然派的题材:自然派作家大都研究过进化论和社会问题,霍普德曼在作自然主义戏曲以前,曾经热烈地读过达尔文的著作,马克思和圣西门的著作,就是一个现成的例。现在国内有志于新文学的人,都努力想作社会小说,想描写青年思想与老年思想的冲突,想描写社会的黑暗方面,然而仍不免于浅薄之讥,我以为都因作者未曾学自然派作者先事研究的缘故。作社会小说的未曾研究过社会问题,只凭一点"直觉",难怪他用意不免浅薄了。想描写社会黑暗方面的人,很执着的只在"社会黑暗"四个字上做文章,一定不会做出好文章来的。我们应该学自然派作家,把科学上发见的原理应用到小说里,并该研究社会问题,男女问题,进化论种种学说。否则,恐怕没法免去内容单薄与用意浅显两个毛病。即使是天才的作者,这些预备似乎也是必要的。

三、有没有疑义?

我所见到的中国现代小说界应起一种自然主义运动的理由,不过是这一点而已,都是极浅近的,并没有什么特见;而且有好多地方许是我的偏见,甚望读者不吝赐教,加以讨论。我还有一点意见也想乘便贡给于自然主义的怀疑者。

就我所听到的怀疑论,约可分为二派:一是对于自然主义本身有不满意的,一是对于中国现在提倡自然主义有疑意的;而这两派里又可再分为就艺术上立论与就思想上立论的二组。所以可说一共有四种的怀疑论。

第一是就艺术上立论对于自然主义本身不满意的。他们大都引用新浪漫派攻击自然主义的理论为据，所持理由，约分二点：

（一）自然主义者所主张的纯粹的客观描写法是不对的，因为文学上的描写，客观与主观——就是观察与想象——常常相辅为用，犹如车之两轮。太偏于主观，容易流于虚幻，诚如自然派所指摘，但是太偏于客观，便是把人生弄成死板的僵硬的了。文学的作用，一方是社会人生的表现，一方也是个人生命力的表现，若照自然派的主张，那就是取消了后者了。

（二）自然主义者所主张的客观的观察法实在是蔽于主观的偏见，所以也是不对的。自然主义者主观的偏见先自肯定人生是丑恶的，从而去搜求客观丑恶相，结果只把人生看了一半；须知人生中是有丑有美的，自然派立意去寻丑，却不知道所见的只是一半。自然派虽自称为客观的观察，不涉一毫主见，其实完全是主观的观察，正与旧浪漫派同陷一失。

这两条理由当然是强有力的；但只是两条理论而已，和我们讨论的实际问题不生关系。我们的实际问题是怎样补救我们的弱点，自然主义能应这要求，就可以提倡自然主义。参茸虽是大补之品，却不是和每个病人都相宜的。新浪漫主义在理论上或许是现在最圆满的，但是给未经自然主义洗礼，也叨不到浪漫主义余光的中国现代文坛，简直是等于向瞽者夸彩色之美。彩色虽然甚美，瞽者却一毫受用不得。

第二是就思想上立论对于自然主义本身不满意的。这种怀疑论，大体也是根据了新浪漫派攻击自然主义的话。所持最大的理由就是说自然派所迷信的机械的物质的命运论不是健全的思想。这理由当然是不错的；不过我们也要明白，物质的机械的命运论仅仅是自然派作品里所含的一种思想，决不能代表全体，尤不能谓即是自然主义。自然主义是一事，自然派作品内所含的思想又是一事，不能相混。采用自然主义的描写方法并非即是采用物质的机械的命运论。况且定命论的思想也不是自然主义者所能创造的，必社会中先有了发生这定命论的可能，然后文学中乃有这思想。如果社会中有这可能，我们防它也是枉然，它自己总会发生的，否则，无论如何，不会发生。所以这一派的怀疑论亦不足以非难我们。

第三是就艺术上立论对于中国现在提倡自然主义有疑义的。这中间又分甲乙两组。甲组，大抵说中国新文艺正当萌芽时代，极该放宽道路，任凭天才自由创造，若用什么主义束缚，那是自走绝路。这种论调我觉得是浅见的。艺术当然要尊重自由创造的精神，一种有历史的有权威的主义当然不能束缚新艺术的创造，人类过去的艺术发展史早把这消息告诉我们了；但是过去的艺术发展史同时又告诉我们：民族的文艺的新生，常常是靠了一种外来的文艺思潮的提倡，由纷如乱丝的局面暂时的趋向于一条路，然后再各自发展。当纷如乱丝的局面，连什么是文艺都不能人尽知之，连象些文艺品的东西尚很少，大部分作者在盲目乱动，于此而提倡自由创造，实即是自由盲动罢咧！中国现在"青黄未发"，市面上最多的是自由盲动的不研究文学而专以做小说为业的作者，和那些"逐臭"的专以看小说为消遣的读者，当这种时代，我以为惟有先找个药方赶快医治作者读者共有的毛病，领他们共上了一条正路；否则，空呼"自由创造"，结果所得，不是东西。所以我觉得甲组所见颇浅。乙组的见解比较的深湛些，他们比较的着眼于实际情形，不徒作空论。他们说中国现代的小说大抵尚屈伏于古典主义之下，什么章回体，什么"文以载道"的思想，都是束缚作者的情绪的；中国文学里自来就很少真情流露的作品，热烈的情绪的颤动，中国文学里简直百不遇一。出于真情的文学才是有生气的文学，中国文人一向就缺少真挚的情感；所以此时应该提倡那以情绪为主的浪漫主义。这一说未尝不见到中国现代文学实际情形的一面，可惜忽略了那比较的更重要的一面。我以为热烈的情绪在中国文学里不是全然没有的，"发牢骚"的小说，其中何尝没有热烈的情绪？然而反因他主观的忿激的情绪过分了，以至生出意外的不好影响；这岂非也是实在的么？中国现代小说的缺点，最关重要的，是游戏消闲的观念，和不忠实的描写；这两者实非旧浪漫主义所能疗效。虽然西洋各国大都以次演过古典，浪漫，而后自然，并且也有人说在文艺新生的国里，当自然主义发生以前，大概是有个小小的浪漫运动的，然而我终觉得我们的时代已经充满了科学的精神，人人都带点先天的科学迷，对于纯任情感的旧浪漫主义，终竟不能满意；而况事实上中国现代小说的弱点，旧浪漫主义未必是对症药呢。

第四是就思想上立论对于中国现在提倡自然主义有疑义的。他们大概说自然主义描写个人受环境压迫而无反抗之余地，迷信物质的机械的命运论等等，都是使人消失奋斗的勇气，使人悲观失望的，给中国现代青年看了，恐有流弊。这当然是极可注意的怀疑论；但我们要晓得，意志薄弱的个人受环境压迫以及定命论等等，本是人生中存在的现象，自然主义者不过取出来描写一下而已，并非人间本无此现象，而自然主义者始创出来的。既然本有这现象，作小说的人见得到，旁人也见得到，小说家不描写，旁人也会感到的。所以专怪自然主义者泄漏恶消息，是不对的（请参看《小说月报》第十三卷第五号我与周君赞襄的通信所言）。况且我们要从自然主义者学的，并不是定命论等等，乃是他们的客观描写与实地观察。自然主义者带了这两件法宝——客观描写与实地观察——在西方大都市里找求小说材料，所得的结果是受人诟病的定命论等等的不健全思想。但是如今我们用了这两件工具在中国社会里找小说材料，恐未必所得定与西方自然主义者找得的相同罢。万一相同，那只能怪社会不好，和那两件工具毫不相干。忘了该诟骂的实在人生，却专去诅咒那该诟骂的实在人生的写真，并且诅咒及于写真的器具（那就是客观描写与实地观察两法），未免太无聊了。西洋的自然派小说固然是只看见人间的兽性的，固然是迷信定命论的，固然是充满了绝望的悲哀的，但这都因为十九世纪的欧洲的最普遍的人生就是多丑恶的，屈伏于物质的机械的命运下面的；我们的社会里最普遍的人生，如果不是和他们相同，则虽用了客观描写与实地观察去找材料，其必定是巴黎的"酒店"；如果相同，我们难道还假装痴聋，想自讳么？所以我觉得就思想上立论对于中国现在提倡自然主义怀疑的，也是过虑。

我的话都完了。除希望大家严格的批评外，更有二点要申明：①本文仓卒写成，因而第一段批评旧派小说本想多举例,也不克如愿,只随手举了一个;②凡我所说意见,都以广博的作者界及读者界为对象,并非拿几个已有所成就的新派作者做对象,因为我虽然反对那类乎鼓吹盲动的"自由创造"说,而对于真有天才并研究了文学的作者的真正"自由创造"却是十二分的钦敬和欢迎。

(原载《小说月报》1922年7月第13卷第7期)

新文学之使命

成仿吾

　　文学上的创作，本来只要是出自内心的要求，原不必有什么预定的目的。然而我们于创作时，如果把我们的内心的活动，十分存在意识里面的时候，我们是很容易使我们的内心的活动取一定之方向的。这不仅是可能的事情，而且是可喜的现象。

　　一讲到文学上的目的，我们每每立刻感着一种可惊的矛盾。原来世上的东西，没有比文学更加意见纷纷，莫衷一是的。有些人说它是不值一文钱的东西，有些人简直把它当做了自己的一切。即在一样肯定文学的人，都有人生的艺术 l'art pour la vie 与艺术的艺术 l'art pour l'art 之别。艺术的价值与根本既然那样摇摇不定。所以我们如果把它应用在一个特别的目的，或是说它应有一个特别的目的，简直是在沙堆上营筑宫殿了。

　　然而这种争论也不是决不可以避开的。如果我们把内心的要求作一切文学上创造的原动力，那么艺术与人生使两方都不能干涉我们，而我们的创作便可以不至为它们的奴隶。而且这种争论是没有止境的，如果我们没头去斗争，则我们将永远无创作之一日。文学没有创作，是与没有文学相等。所以我们最好是把文学的根蒂放在一个超越一切无用的争论之地点。这与科学家取绝对的静止点 absolute rest 意义是一样的。因为我们从此可以排去一切的障碍与矛盾，而直趋我们所要研究的事物。

　　文学既是我们内心的活动之一种，所以我们最好是把内心的自然的要求作它的原功力。一切嘈杂的争论，只当是各种的色盲过于信任了自己的肉眼，各非其所非而是其所是。譬如对于红色是色盲的人，只能感到红色的补色，虽然原来是一样的白光。如果我们承认光是白色的，那么，那些色盲的是非，我们可以了悟是他们各人所认识的只限于一小部分而不是全部的缘故。我们又可以由他们各人的争执，约略可以知道白光有些什么成分。我们由各成分的性质，又可以确定我们对于全部的见解。这样研究起来，我们不仅不怕什么矛盾，而且我们可以征服他们，利用他们。

　　我们既能由一个超越的地点俯视一切的矛盾，并能在这些矛盾之中，证出文学的实在，那么，我们对于我们的内心的活动，便不难看出他应取的方向，也不难自由自在地使取我们意中的方向了。

　　我们说文学有目的，或是有使命，是从这些地方说的。

　　然而文学的目的或使命却也不是很简单的东西，而且一般人心目中的文学之目的，实在说起来，已经离真的文学很远了。他们不是把时代看得太重，便是把文艺看得太轻，所以我们的新文学中，已经有不少的人走错了路径，把他们的精力空费了。我在这里想由那个根本的原理——以内心的要求为文学上活动之原动力的那个原理，进而考察我们的新文学所应有的使命。

我想我们的新文学，至少应当有以下的三种使命：

（一）对于时代的使命。

（二）对于国语的使命。

（三）文学本身的使命。

而这三种以外，我想却也不必贪多了。

我们是时代潮流中的一泡，我们所创造出来的东西，自然免不了要有它的时代的彩色。然而我们不当止于无意识地为时代排演，我们要进而把住时代，有意识地将它表现出来。我们的时代，它的生活，它的思想，我们要用强有力的方法表现出来，使一般的人对于自己的生活有一种回想的机会与评判的可能。所以我们第一对于时代负有一种重大的使命。

现代的生活，它的样式，它的内容，我们要取严肃的态度，加以精密的观察与公正的批评，对于它的不公的组织与因袭的罪恶，我们要加以严厉的声讨。

这是文学家的重大的责任。然而有些人每每假笑佯啼，强投人好，却不仅软弱无力，催人作呕，而且没有真挚的热情，便已经没了文学的生命。一个文学家，爱慕之情要比人强，憎恶之心也要比人大。文学是时代的良心，文学家便应当是良心的战士。在我们这种良心病了的社会，文学家尤其是任重而道远。

我们的时代是一个弱肉强食、有强权无公理的时代，一个良心枯萎、廉耻丧尽的时代，一个竞于物利、冷酷残忍的时代。我们的社会的组织，既与这样的时代相宜，我们的教育又是虚有其表，所以文学家在这一方面的使命，不仅是重大，而且是独任的。我们要在冰冷而麻痹了的良心，吹起烘烘的炎火，招起摇摇的激震。

对于时代的虚伪与它的罪孽，我们要不惜加以猛烈的炮火。我们要是真与善的勇士，犹如我们是美的传道者。

我们的时代已经被虚伪、罪孽与丑恶充斥了！生命已经在浊气之中窒息了！打破这种现状是新文学家的天职！

我们的新文学运动，自从爆发以来，即是一个国语的运动。然而由这几年的结果与目下的趋势看起来，似乎我们的这个运动，有点换汤不换药便满足了的样子。从形式上论，有人说不过加了一些乱用的标点，与由之乎也者变为了的底吗啊。就内容论，有人说不过加了一些极端抽象的语言如生之花、爱之海之类，其实表现的能力早愈趋而愈弱了。

我们新文学的运动，决不能这样就满足了。我们这运动的目的，在使我们表现自我的能力充实起来，把一切心灵与心灵的障碍消灭了。表现能力薄弱的语言，莫如我们的国语。多人相会的时候，他们谈话的取材，不是些日用的起居饮食，便是些关于时事的照例的唏嘘，而这些关于时事的唏嘘，便是他们最高尚的话题，与最丰富的表观。如果他们谈到了更难的问题，便要感到自己的表现力太薄弱了。

我们在外国文学中所能看出的那种丰富的表现，在我们的生活中，在我们的文学中，都是寻不出来的。是数千年来以文章自负的国民，也入了循环的衰颓的时代了？还是数千年来的宏富的文章终于不过是一些文字的游戏？

我们从前的枯燥的生活，使我们的心灵都干涸了，我们从前的文章，使我们的精髓都焦灼了。这些确是使我们现在的生活与文学贫乏到这般光景的原因，而且是使我们益发感到新文学的使命之重大的。然而我们现在新兴的文学究竟如何了？

在这样短少的时间，我们原不能对于它抱过分的希望。而且只要我们循序渐进，不入迷途，我们的成功原可预计。然而我们的新文学，不幸于它的第一步就踏入了迷途了。

我们知道我们的文学，还不可以过于苛求，但是我们一翻现在的出版物，几乎文法清通不令人做呕的文字都不多有，内容更可以无须多说。这真未免太令人失望了。我们的作家大多数是学生，有些尚不出中等学堂的程度，这固然可以为我们辩解，然而他们粗制滥造，毫不努力求精，却恐无辩解之余地。我们现在每天所能看到的作品，虽然报纸杂志堂堂皇皇替他们登出来，可是在明眼人眼里，只是些赤裸裸的不努力。作者先自努力不足，所以大多数还是论不到好丑。最厉害的有把人名录来当作诗，把随便的两句话当作诗的，那更不足道了。大抵年轻的学生不知天高地厚，徒以多多发表为荣，原是有的，然而我们新文学的真价，便多少不免为他们所湮没了。今后我们的作者如仍不对于自己的作品为更大的努力，我们新文学的真的建设家，恐怕要求之于异代了。

民族的自负心每每教我们称赞我们单音的文字，教我们辩护我们句法的呆板。然而他方而卑鄙的模仿性，却每每教我们把外国低级的文字拿来模仿。这是很自相矛盾而极可笑的事情，然而一部分人真把他当做很自然的事了。譬如日本的短歌我真不知何处有模仿的价值，而介绍者言之入神，模仿者趋之若鹜如此。一方面那样不肯努力，他方面这样轻于模仿，我真不知道真的文学作品，应当出现于何年何月了。

上述的两条歧路，还不过略举其大者。本来我们的先锋队中，多不懂文学为何的人物，所以他们最初便把我们带上了歧路了。聪者觉而知返，愚者迷而失道，归根起来，真不能不归咎于我们的前导者。然而现在的作者们自己也应当负全责之一半，而且今后如不早自觉悟，我们的文学，我们的国语，怕暂时不能不停顿于这可怜的现状了。

我们要在我们的语言创造些新的丰富的表现！我们不可忘记了新文学的使命之一部分即存在这里！为不辱这一部分的使命，我们今后要有意识地多多在表现上努力，要不轻事模仿！

我今要进而一说文学本身的使命了。

不论什么东西，除了对于外界的使命之外，总有一种使命对于自己。

文学也是这样，而且有不少的人把这种对于自己的使命特别看得要紧。所谓艺术的艺术便是这般。他们以为文学自有它内在的意义，不能长把它打在功利主义的算盘里，它的对象不论是美的追求，或是极端的享乐，我们专诚去追从它，总不是叫我们后悔无益之事……

艺术派的主张不必皆对，然而至少总有一部分的真理。不是对于艺术有兴趣的人，决不能理解为什么一个画家肯在酷热严寒里工作，为什么一个诗人肯废寝忘餐去冥想。我们对于艺术派不能理解，也许与一般对于艺术没有兴趣的人不能理解艺术家同是一辙。

至少我觉得除去一切功利的打算，专求文章的全（Perfection）与美（Beauty）有值得我们终身从事的价值之可能性。而且一种美的文学，纵或他没有什么可以教我们，而它所给我们的美的快感与慰安，这些美的快感与慰安对于我们日常生活的更新的效果，我们是不能不承认的。

而且文学也不是对于我们没有一点积极的利益的。我们的时代对于我们的智与意的作用赋税太重了。我们的生活已经到了干燥的尽处，我们渴望着有美的文学来培养我们的优美感情，把我们的生活洗涮了。文学是我们的精神生活的粮食。我们由文学可以感到多少生的欢喜！可以感到多少生的跳跃！

我们要追求文学的全！我们要实现文学的美！

我在上面把我所觉得新文学应有的使命约略说了。我现在再来添上数言，作为全体的收束。

有人说中国人欢喜趋易避难，所以近数年来，最难的科学少有人学，稍易的哲学便有不少的人，而最易的文学便滔滔者天下皆是了。这种议论本来错得不成话，然而却也可见一般青年的心理。恐怕不仅说这种话的人与这种话里面的人相信科学哲学与文学有这样显著的难易之差，即我们现在大多数的青年之中有这种误解的，怕也要占大多数。我们的新文学运动固然是自我表现的要求之结果，然而这种误解，至少总有了一点不小的帮助。

科学比哲学难，比文学更难——这种离奇的议论，使我又想起了新文学界的粗制滥造了。我们的青年作者之中，说不定有些人怀了这种误解，真个把文学认做了一件极容易的事。如果真是这般，我们的新文学运动真不知将来更要闹出一些什么笑话了。

我不能在这里详说科学哲学与文学的孰易孰难，我只想在这里顺便警告我们的青年作者几句：

> 科学决不比哲学与文学难，文学决不比科学与哲学易。
> 我们要做一个文学家，我们要先有十分的科学与哲学上的素养。
> 文学决不是游戏，文学决不是容易的东西。
> 我们要知道多少文学的作品，是古人用一生的心血换来的——与他们换得一种机关、换得一种原理一样。
> 我们要先有充分的修养，要不惜十分的努力。
> 要这样我们才能履行新文学的使命。

（原载《创造周报》1923 年 5 月第 2 号）

现代中国文学之浪漫的趋势

梁实秋

"现代中国文学"系指我们通常所谓的"新文学"而言。"浪漫的"系指西洋文学的"浪漫主义"而言。我这篇文章的主旨即在说明"新文学运动"的几个特点，以证明这全运动之趋向于"浪漫主义"。

这个工作有两层困难：（一）新文学现在还在很幼稚的时代，一切文学艺术还正在试验之中，恐怕还谈不到什么确定的主义。（二）文学里究竟有没有主义可谈，在现今中国还有人怀疑。有人以为文学里的"喝死木死"是批评家凭空捏造出来硬派给文学作家的一种标帜，所以与文学的本质漠不相关，只要你一谈文学里的主义，立刻就有人说你是庸人自扰。但我们若悉心的研究西洋文学批评的原理，再审慎地观察中国"新文学运动"的内容，就觉得这两种困难不是不可超越的。我现在不讲中国文学的浪漫主义，因为现在还在酝酿时期，在这运动里面的人自己还在莫名其妙。冷静的批评者或可考察这全运动的来踪去迹。所以我只讲现代中国文学之浪漫的"趋势"。至于文学里究竟有没有主义可谈，这个问题是很幼稚，但这个问题的解答却很复杂。对于此点本文暂不详论，但我须说明我的地位。我的批评方法是认定文学里有两个主要的类别，一是古典的，一是浪漫的。当然这种分类法不是我的独创，我只是随着西洋文学批评的正统。（这个方法可否施之于现代中国文学，留待下文细说）。据我自己研究的结果，我觉得浪漫主义的定义不但是不可能的，而且是无益的。我们心里明白什么是浪漫主义，并且在本文里我就要说明现代中国文学所含有的浪漫成分。这篇文章终了的时候，浪漫主义是什么样的问题，可以不解而解了。

一、外国的影响

我曾说，文学并无新旧可分，只有中外可辨。旧文学即是本国特有的文学，新文学即是受外国影响后的文学。我先要说明，凡是极端的承受外国影响，即是浪漫主义的一个特征。

浪漫主义者所最企求者即"新颖""奇异"。但一国之文学，或全部之文化，苟历年过久，必定渐趋于陈腐。一国鼎盛的时候，人才辈出，创作发达，但盛极必衰，往往传统的精神就陷于矫揉造作，艺术的精神沦为习惯的模仿。这在希腊的亚里山大时代，罗马的黄金时代以后，以及英法十八世纪之前半，莫不如是。而浪漫主义者实难堪此。他们要求自由、活动和新奇。国内的文学因传统的关系，层层桎梏，浪漫主义者的解脱之道，即在打破现状。打破现状的方法不外两种，一是返古，一是引入外国势力。而后一个方法在实际上比较的尤其容易。外国文学的根本精神总是新颖的，否则便不成为外国的文学。外国影响一经传入，即如摧残拉朽，势莫能御，不管是好的影响坏的影响必将一视同仁的兼收并纳，结果是弄得漫无秩序，一团糟，但在这一团糟里面却是有生气勃勃的一股精神。这一团糟的精神不会持久的，日久气衰，仍回复于稳固的基础之上。但浪漫主义者在那一团糟的时期里面，享乐最多。他们最喜欢的就是那蓬蓬勃勃的气象，不守纪律的自由活动。所以浪漫主义者就无限制地欢迎外国影响。

福禄特尔说："文学即如炉中的火一样，我们从邻居借火把自己的点燃，然后再转借给别人，以致为大家所共有。"这是妙譬。实际的情形并没有这样的和谐。斯达耳夫人说："一个人生成的法国的头脑，而是德国的心肠，必致演成悲剧。"这样的悲剧，在在皆是，我们不必举别人，只看斯达耳夫人自己的祖师卢梭便是榜样。我并不一概地反对外国影响。实在讲，外国影响之来是不可抵御的，因为外国影响未入之先，必其本国文学有令人可乘之机。况且，外国影响的本身也未必尽属不善。不过，承受外国影响，须要有选择的，然后才能得到外国影响的好处。这一点是一般浪漫主义者所不暇计的。我们且进而考察现代中国文学的外国影响。

凡是文学上的重大的变动，起初必定是文字问题。例如但丁之用意大利文，巢塞之用英语，笛伯雷之拥护法文，华资握斯之攻击诗藻，这些人在文学史上都是划分时代的大家，他们着手处却均在文字。我们中国的新文学运动，也是如此，其初步即为白话文运动。白话行文，并不是自近年始，最浅显的例如《水浒》《西游记》等书早已采用白话；而白话文运动，绝非仅是因袭《水浒》《西游记》之前例，实乃表示一种有意识的反抗古文。这种文字上的反抗，其主因固由于古文过趋于繁杂，过于人为的，但其反抗酝酿已久，何以到最近才行爆发？这爆发的导火线究竟是什么？我以为白话文运动的导火线即是外国的影响。近年倡导白话文的几个人差不多全是在外国留学的几个学生，他们与外国语言文字的接触比较的多些，深觉外国的语言与文字中间的差别不若中国语言文字那样的悬殊。同时外国也正在一个文学革新的时代，例如在美国英国有一部分的诗家联合起来，号为"影像主义者"，罗威尔女士、佛莱琪儿等属之，这一派唯一的特点，即在不用陈腐文字，不表现陈腐思想。我想，这一派十年前在美国声势最盛的时候，我们中国留美的学生一定不免要受其影响。试细按影像主义者的宣言，列有六条戒条，主要的如不用典，不用陈腐的套语，几乎条条都与我们中国倡导白话文的主旨吻合。所以我想，白话文运动是由外国影响而起。随着白话文运动以俱来的便是新式标点，新式标点完全是模仿外国，也可为旁证。

白话文运动的根本原理，并无可非议。文字是文学的工具，这外国影响足使中国文学改换一个新工具，就大体看来对于中国文学是有益无害的。不过白话既经倡导之后，似乎发生一种流行的误解，以为凡是俗言俚语，皆可入文。其实外国的文学所用的文字，也并非如此。在外国从没听说过"言文一致"的话，外国言文相差不及中国之甚罢了。但浪漫主义者的特性即是任性，他们把外国以日常语言作文的思想传到中国，只从反面的效用着眼，用以攻击古文文体，而不从正面努力，以建设文学的文字的标准。他们并且变本加厉，真真要做到"言文一致"的地步。以文学迁就语言，不以文字适应文学，这是浪漫主义者倡导白话文的结果。

讲到"语体文之欧化"则更足表明外国影响之剧烈。以白话为文，不过是在方法上借镜于外国，欧化文体则是更进一步，欲以欧式的白话代替中国式的白话。这个新颖的主张无异于声明不但中国文体不适于今日，即中国的语体亦不适于中国。至于以罗马字母代汉字的主张，则是更趋极端，意欲取消中国文字而后快，我只能看做是浪漫主义者的一出"噩梦"。

新诗的发生，在文字方面讲，是白话文运动的一部分。但新诗之所谓"新"者，不仅在文字方面，即形体上艺术上亦与旧诗有不同处。我又要说，诗并无新旧之分，只有中外可辨。我们所谓"新诗"就是外国式的诗。试取近年来的新诗以观，在体裁方面一反"绝句""律诗""排韵"等旧诗体裁，所谓"新的体裁"者亦不是"古诗""乐府"，而是"十四行体""俳句体""颂赞体""巢塞体""斯宾塞体""三行连锁体"，大多数采用的"自由诗体"。写法则分段进行，有一行一读，亦有两行一读。这是在新诗的体裁方面很明显的露出外国的影响。在艺术上讲则近来也日趋于洋化。某人是模仿哈尔地，某人是得力于吉柏龄，某人是私淑太戈尔，只须按图索骥，可以百不一爽。有些新诗还嵌满了一些委娜斯、阿波罗，则其为舶来品更无疑义。

西洋小说流入中国是在很早的时候，但在中国文学上发生影响则是比较的近年的事。"短篇小说"的体裁在新文学运动里要算是很出色的一幕。单就体裁而论，短篇小说我们中国古已有之，有人远引《庄子》里的故事，有人近举《聊斋》，以为前例。殊不知新文学里的短篇小说，绝不是我中国文学的正统，绝不是《聊斋》的文学习惯之继续。试就近年来报章杂志里的短篇小说而观，我们可以约略的看出哪一篇是模仿莫白桑，哪一篇是模仿柴霍甫。至于模仿施耐庵、曹雪芹，则是凤毛麟角绝无仅有的了。若是有人模仿蒲留仙，必将遭时人的痛骂，斥为滥调，诋为"某生体"。盖据浪漫主义者的眼光看来，凡是模仿本国的古典则为模仿，为陈腐；凡是模仿外国作品，则为新颖，为创造。例如中国章回体长篇小说，在艺术上讲本无可非议，即在外国小说也有类似的体裁，而所谓"新文学运动"者必摈斥不遗余力，以为"话说""且听下回分解""正是"是绝对的可笑。处处都表示出浪漫主义者之一方面全部推翻中国文学的正统，一方面全部的承受外国的影响。

中国戏剧本是我们中国特有的一种艺术。西洋的"奥普拉"，据辜汤生的定义，就是"连唱带做"。那么中国戏剧似与"奥普拉"相近。新文学运动以还，许多外国剧本都被介绍给中国来。这些剧本在中国文学上发生影响的不是莎士比亚，不是毛里哀，更不是莎孚克里斯，而是萧伯纳，是易卜生，是阿尼尔。现今的时代是一个浪漫的时代，中国文学正在浪漫，外国文学也正在浪漫。浪漫主义者有一种"现代的嗜好"，无论什么东西凡是"现代的"就是好的。这种"现代狂"是由于"进步的观念"而生，说来话长。中国戏所受外国影响，若确切些说，只是受外国近代文学的影响。所以新文学运动给我们中国文学陡然添了一个型类，叫做"散文剧"，举凡一切艺术技术完全模仿外国。散文剧的勃兴是受外国影响的结果，这是无可讳言的。但也不是可耻的。中国文学添设这一个型类，于中国文学无损。不过近来有许多浪漫主义者似乎以为"新戏"可以代替"旧戏",同时他们自己还不晓得所谓"新戏"就是外国戏,这就欠妥了。戏剧无新旧可分,只有中外可辨。中国的"国剧"现在连根基还没有重修起来,是有待于将来的努力。

外国文学影响侵入中国之最显著的象征,无过于外国文学的翻译。翻译一事在新文学运动里可以算得一个主要的柱石。翻译的文学无时不呈一种浪漫的状态,翻译者对于所翻译的外国作品并不取理性的研究的态度,其选择亦不是有纪律的,有目的的,而是任性纵情,凡投其所好者则尽量翻译,结果是往往把外国第三四流的作品运到中国,视为至宝,争相模拟。我们不要忘了,新文学运动里还有一个名词,叫做"文学介绍"。这在外国文学里,我没有听说过;在我们中国文学里,我也没有听说过。考所谓"文学介绍"者,即将某某作者的传略抄录一遍,再将其作品版本开列详单,再将主要作品的内容辗转的注释,如是而已。并且所谓文学介绍家者,大概都是很浪漫,他抓到一个外国作家,不管三七二十一,便把他推崇到无可再高的地位,我记得有人把爱尔兰的夏芝和莎士比亚相提并论,更有人把史文朋认为英国至上的诗人。真可谓失掉了全体的"配合"。若说把外国的文学在国内宣传,使国人注意,原是很好的事,例如在十八世纪中德国文学在法国英国可以说是没有声响,后来斯达耳夫人把德国的思想艺术在法国鼓吹,又后来喀赖尔在英国也尽力的鼓吹,德国影响之伸入美国,又靠了爱墨孙的力量。但是这些人都不是以"文学介绍"而成家,他们不是漫不经意的抓到一个外国人来捧场。我曾研究中国新文学介绍家的心理,其出发点仍不外乎浪漫性。除以介绍为职业者不论外,文学介绍者多半是热心文艺的人,他们研究外国文学是采取欣赏的态度。他们没有目标、没有计划、没有师承,他们像海上的漂泊者一样,随着风浪的飘送,一旦漂到了什么名山大川,或是无名的岛屿,他们便像探险者的喜悦一般,乐不自禁,除了自己欣赏之外,还要记载下来,公诸同好。这样的文学介绍的确是浪漫的,但是不可靠的。这种人我叫他做"游艺者",或径译英文音,叫做"滴来荡特"。游艺主义者在中国做了文学介绍家,所以所谓"文学介绍"者乃成为"浪漫的混乱"。

以上所说,只是就外国影响之表面的证据而论。全部影响之最紧要处乃在外国文学观念之输入中国。换言之,我们自经和外国文学发生接触之后,我们对于文学的见解完全变了。我们本来的文学观念可以用"文以载道"四个字来包括无遗,现在的文学观念则是要把文学当作艺术。再确切点说,我们从前承认四书是文学,现在把《红楼梦》也当作文学;从前把楚辞当文学,现在把孟姜女唱本也当文学。这一变可是非同小可。因为不但从今以后,中国文学根本的改了模样,即是已往的四千年来的文学,在中国文学史上的地位和价值,都要大大的更动。现代所谓"以科学方法整理国故"(其实就是张南皮所谓"中学为体,西学为用"的道理),就是这个道理。但是方法究竟还是小事,最要紧的是标准。没有标准便没有方法去衡量一切,也便没有方法去安配一切的地位与价值。外国影响浸入中国文学之最大的结果,在现今这个时代,便是给中国文学添加了一个标准。我们现在有两个标准,一个是中国的,一个是外国的。浪漫主义者的步骤,第一步是打倒中国的固有的标准,实在不曾打倒;第二步是建设新标准，实在所谓新标准即是外国标准，并且即此标准亦不曾建设。浪漫主义者的唯一的标准，即是"无标准"。所以新文学运动，就全部看，是"浪漫的混乱"。混乱状态亦时势之所不能免，但究非常态则可断言。至于谁能把一个常态的标准从混乱中清理出来，我不知道，不过我知道他一定不是一个浪漫主义者。

二、感情的推崇

古典主义者是最尊贵人的头；浪漫主义者最贵重人的心。头是理性的机关，里面藏着智慧；心是情感的泉源，里面包着热血。古典主义者说："我思想，所以我是"；浪漫主义者说："我感觉，所以我是"。古典主义者说："我凭着最高的理性，可以达到真实的境界"；浪漫主义者说："我有美妙的灵魂，可以超越一切"。按照人的常态，换句话说，按照古典主义者的理想，理性是应该占最高的位置。但是浪漫主义者最反对者就是常态，他们在心血沸腾的时候，如醉如梦，凭着感情的力量，想象到九霄云外，理性完全失去了统驭的力量。据浪漫主义者自己讲，这便是"诗狂""灵感"，或是"忘我的境界"。浪漫主义者觉得无情感便无文学，并且那情感还必须要自由活动。他们还以为如其理想从大门进来，文学就要从窗口飞出去。

现代中国文学，到处弥漫着抒情主义。

近年来情诗的创作在量上简直不可计算。没有一种报纸或杂志不有情诗。情诗的产生本是不期然而然的，到了后来成为习惯，成为不可少的点缀品。情诗成为时髦，这是事实，但为什么会有这种事实呢？我们中国人的生活，最重礼法。从前圣贤以礼乐治天下，几千年来，"乐"失传了，余剩的只是郑卫之音，"礼"也失掉了原来的意义，变为形式的仪节。所以中国人的生活在情感方面似乎有偏枯的趋势。到了最近，因着外来的影响而发生所谓"新文学运动"，处处要求扩张，要求解放，要求自由。到这时候，情感就如同铁笼里猛虎一般，不但把礼教的桎梏重重的打破，把监视情感的理性也扑倒了。这不羁的情感在人人的心里燃烧着，一两个人忍不住写一两首情诗，像星火燎原一般，顷刻间人人都在写情诗。青年人最容易启发的情感就是两性的恋爱。所以新诗里面大概总不离恋爱的题旨。有人调查一部诗集，统计的结果，约每四首诗要"接吻"一次。若令心理分析的学者来解释，全部新诗几乎都是性欲的表现了。

"抒情主义"的自身并无什么坏处，我们要考察情感的质是否纯正，及其量是否有度。从质量两方面观察，就觉得我们新文学运动对于情感是推崇过分。情感的质地不加理性的选择，结果是：

（一）流于颓废主义；

（二）假理想主义。

颓废主义的文学即耽于声色肉欲的文学，把文学拘锁到色相的区域以内，以激发自己和别人的冲动为能事。他们自己也许承认是伤感的，但有时实是不道德的（我的意思是说，不伦理的）。他们自己也许承认是自然的，但有时实是卑下的。凡不流于颓废的，往往又趋于别一极端，陷于假理想主义。假理想主义者，即是在浓烈的情感紧张之下，精神错乱，一方面顾不得现世的事实，一方面又体会不到超物质的实在界，发为文学乃如疯人的狂语，乃如梦呓，如空中楼阁。真理想主义与假理想主义的分别，就是柏拉图与卢梭的分别。现代中国文学的总趋势是推崇情感，在质一方面的弊病是趋于颓废。间有一二作家，是趋于假理想主义。

新文学家大半都是多情的人。其实情不在多，而在有无节制。许多近人的作品，无论是散文，或是韵文，无论其为记述，或是描写，到处情感横溢。情感不但是做了文学原料，简直的就是文学。在抒情诗里，当然是作者自诉衷肠，其表情的方法则多疏放不羁，写的时候，既是叫嚣不堪，读的时候亦必为之气喘交迫。见着雨，喊他是泪；见着云，喊他是船；见着蝴蝶，喊他做姊姊；见着花，喊他做情人。这就如同罗斯金所谓的"悲伤的虚幻"，而其虚幻还不只是"悲伤的"，且是"号啕的"。抒情的文学作者是无处不用情，在他眼光看来，文学的效用就是抒情，所以文学型类是不必要的分类，诗里抒情，小说里也未尝不可抒情。在现今中国文学里，抒情的小说比较讲故事的小说要多多了（我们要注意："型类的混杂"亦是浪漫主义者的一大特点，例如散文写诗，小说抒情，这是文学内部型类的混杂。诗与图画同为表现情感，音乐里奏出颜色，图画里绘出声音，这是全部艺术型类的混杂）。抒情的小说通常都是以作者自己为主人公，专事抒发自己的情绪，至于布局与人物描绘则均为次要。所以近来小说之用第一位代名词——我——的，几成惯例。浪漫主义者对于自己的生活往往要不必要的伤感，愈把自己的过去的生活说得悲惨，自己心里愈觉得痛快舒畅。离家不到百里，便可描写自己如何如何的流浪；割破一块手指，便可叙述自己如何如何的自杀未遂；晚饭迟到半小时，便可记录自己如何如何的绝粒。青年男女，谁没有一两段往事可写？再加上感情的渲染，无事不可写成小说。至于小说的体裁是宜于叙事，抑是宜于抒情，浪漫主义者是不过问的。心里觉得抑郁，便把情感发泄出来，若没有真挚的情感，临时自己暗示，制造情感亦非难事，至于写出来的是什么东西，当他未写之前，自己也未曾料到。浪漫主义就是不守纪律的情感主义。

情感在量上不加节制，在作者的人生观上必定附带着产出"人道主义"的色彩。人道主义的出发点是"同情心"，更确切些应是"普遍的同情心"。这无限制的同情在一切的浪漫作品都常表现出来，在我们的新文学里亦极为显著。近年来新诗中产出了一个"人力车夫派"。这一派是专门为人力车夫抱不平，以为神圣的人力车夫被经济制度压迫过甚，同时又以为劳动是神圣的，觉得人力车夫值得赞美。其实人力车夫凭他的血汗赚钱糊口，也可以算得是诚实的生活，既没有什么可怜恤的，更没有什么可赞美的。但是悲天悯人的浪漫主义者觉得人力车夫的生活可怜可敬可歌可泣，于是写起诗来张口人力车夫，闭口人力车夫。普遍的同情心由人力车夫复推施及于农夫、石匠、打铁的、抬轿的，以至于倚门卖笑的妓娼。浪漫主义者，对于妓娼往往表示无限的同情，以为她们"同是天涯沦落人"，以为她们职业虽是卑下，心地却仍光明。近年小说中常有把妓娼理想化的。普遍的同情心并不因此而止，由社会而推及于全世界，于是有所谓"弱小民族的文学""被损害民族的文学""非战文学"应运而来。

报章杂志上时常有许多翻译和论文,不但那外国作者的姓名我们不大熟识,即其国籍我们也不常听说。吾人试细按普遍的同情,其起源固由于"自爱""自怜"之扩大,但其根本思想乃是建筑于一个极端的假设,这个假设就是"人是平等的"。平等观念的由来,不是理性的,是情感的。重情感的浪漫主义者,因情感的驱使,乃不能不流为人道主义者。吾人反对人道主义的唯一理由,即是因为人道主义不是经过理性的选择。同情是要的,但普遍的同情是要不得的。平等的观念,在事实上是不可能的,在理论上也是不应该的。

三、印象主义

阿诺德论莎孚克里斯的伟大,他说莎孚克里斯能"沉静的观察人生,观察人生的全体"。这一句话道破了古往今来的古典主义者对于人生的态度。惟其能沉静的观察,所以能免去主观的偏见;惟其能观察全体,所以能有正确的透视。故古典文学里面表现出来的人性是常态的,是普遍的;其表现的态度是冷静的、清晰的、有纪律的。

当法朗士被选入法国学院的时候,格雷阿立刻提出抗议,认为这是鼓励"病狂的梦幻与放荡的游艺"。法朗士自己讲:"我完全不是批评家。有些聪明的人们把文学像打谷一般放在机上,把谷粒和谷壳打开,我没有那种本领。"法朗士的本领乃是"在文学杰作中作灵魂的冒险",这"灵魂的冒险",便是印象主义最适当的注脚。印象主义便是浪漫主义的末流,其人生观乃是建筑于"流动的哲学"之上的,像帕格孙所说,全宇宙无时无处不在变动,文学家所能观察到的自然与人生,亦不过是一些片段的稍纵即逝的影子。印象主义者就在这影子里生活着,随着他的性情心境的转移改换他对自然人生的态度。他喜欢的时候,看着花也在笑,叶也在舞;他悲哀的时候,看着太阳也是灰色的,云彩也是暗淡的。他绝不睁开了双眼沉静的观察人生,他要半闭着眼睛观察人生,觉得模糊的影子反倒幽美动人。文学不是客观的模仿,而是主观的印象了。

现在中国文学就是被这印象主义所支配。

年来"小诗"在中国风行一时,其主要原因固由于泰戈尔及日本俳句的影响,但新文学作者之所以乐于承受这种影响,正足以表示出国人趋于印象主义的心理。小诗唯一的效用就是可以由你把一些零星片段的思想印象记载下来,这些零星的思想和印象,有的比较深刻一点,有的比较肤浅一点,但其为零乱浮泛则初无二致。伟大的文学作品都是有"建筑性的",最注重的是干部的坚固,骨骼的均衡。而印象主义者则笃信天才,以为天才之来如殒星的一闪,如电光的一烁,来不可究,去不可测,天才启发的时候,眼里可见平常人看不见的东西,耳朵里可听平常人听不到的声音,只要把这时候所闻所见的东西记载下来,就是文学。"小诗"的体裁盛行一时,就是这个原故。我曾亲见一个小诗作者,一手执着铅笔,一手执着纸簿,坐在风景优美的地方,恭候印象的光临,随看,随听,随想,随写,随发表。这真极印象主义者的能事了。

在小说里我们也可以看出印象主义的趋势。小说本来的任务是叙述一个故事，但自浪漫主义得势以来，韵文和散文实际上等于结了婚，诗和小说很难分开，文学的型类完全混乱，很少人能维持小说的本务。现今中国小说，什九就没有故事可说，里面没有布局，也没有人物描写，只是一些零碎的感想和印象。散文往往是很美丽的，但你很难说它是小说。这一类的印象小说最常用的体裁，便是"书翰体"和"日记体"。书翰和日记本是随时随事的段落的记述，既可随意抒发心里的感慨，复可不必要紧凑的结构，所以浪漫主义者把这体裁当做几乎唯一的工具。短篇小说，当然是无首无尾的片段的记载，即是现今的几部长篇小说，实际上也只是许多许多的印象串凑而成。肯在章法上用功的很少很少。"历史小说"是极少见，因为有历史的故事做骨子，作者要受相当的束缚，不能完全自由的东撷西拾。现今小说作者最常用的题旨是：母亲的爱、祖母的爱、三角的爱、学校生活、青春的悲哀、情场失意、疯人笔记、狂人手札、绝命书等等。因为这些题旨是在一般作者的经验之内，这经验也许是实际的，也许是想象的，但比较的容易使作者发生一点感慨或印象。在印象主义自己看来，或者以为如此创作方可表现自我。殊不知他并不能表现自我，只是表现自我的表面。真实的自我，不在感觉的境界里面，而在理性的生活里。所以要表现自我，必要经过理性活动的步骤，不能专靠感觉境界内的一些印象。其实伟大的文学亦不在表现自我，而在表现一个普遍的人性。

我们还可以附带着讲，近来"游记"的发达，也是印象主义的一个征候。游记是最不负责任的文学，你到了罗马，你就记述罗马，并且你不必记述罗马的本身，只消记述你对罗马的印象。游记可以描写风景，亦可抒发感慨，总之你可以信笔写下去，印象不竭，游记也便不完。所以游记是"走马看花"的文章，也是印象主义赤裸裸的表现的所在。

印象主义最有效的实用是在文学批评方面。考西洋文学批评的方法，最根本的只有两个：一是判断的批评，一是鉴赏的批评。凡主张判断批评者必先承认文学有一客观的固定的普遍的标准，然后根据这个标准而衡量一切。凡主张赏鉴批评者必自己性情嗜好之外不承认有任何固定的标准，故其批评文学只根据其一己之好恶。概括言之，前者是古典的，后者是浪漫的；前者是理性的，后者是情感的。印象批评乃是后者之一极端的例子。这一派的批评家，如英国的裴特，如法国的法朗士，他们不但没有客观的标准，除一己之性格外并无主观标准之可言。例如裴特之评达文齐的《微笑》，他不评这幅图画的好坏及其所以好坏的缘故，他只是放情的发挥这幅图画在他心里勾引起来的情感的共鸣。结果他写出了一篇绝妙好词，若叫达文齐自己读到，恐怕都要连叫惭愧。裴特评《微笑》可推为印象批评的杰作。这种批评的根本错误，在于以批评为创作，以品味为天才。

中国近来文学批评并不多见，但在很少的文学批评里，大半即是"灵魂的冒险"。只要你自己以为有一个灵魂（其实不是灵魂，只是一副敏锐的神经和感官罢了），就可以到处去冒险。很少人把文学批评当作一种学问去潜心的研究。一般从事批评的人喜欢走抵抗最小的路,不在伟大的作品里寻出一个客观的标准,以为衡论一切的根据,反而急促的结论,断定文学没有标准,美丑没有标准,善恶亦没有标准。所以现今中国的批评,一方面是在谀颂,一方面是在谩骂,但其谀颂与谩骂俱根据于读者的印象,而无公允的标准。现今流行的批评方式叫做"读后感",譬如某甲死了母亲,作一篇小说来哭母亲,某乙读了勾动往事,于是也写一篇文字来哭他的哥哥。这篇某乙哭哥哥的文字便成了某甲哭母亲的小说的批评。印象批评做到了这个地步,便不成为批评。印象批评是浪漫的趋势的一部分,其主要原理即在推翻理性的判断力,否认标准的存在,其影响则甚大,可以转移全部的创作文学的趋向。在现今情感横溢的时代,印象主义也是很自然的结果。大凡文学标准的确定,端赖文学的传统。可是居今之世,以文学的传统精神相倡导,至少在印象主义者看来可谓不识时务已达极点。但在印象的世界里,事事是相对的,生活像走马灯似的川流不息的活动,生活没有稳健的基础,艺术文学于是也没有固定的标准,这在重理性的古典主义者看来,必感异常的不安。我们可以不必诉诸传统精神,但是我们可以诉诸理性。我们可以要求理性的文学作者,像阿诺德所说,"沉静的观察人生,并观察人生全体"。印象主义者的惯技,乃匆促的模糊的观察人生,并只观察人生的外表与局部。

四、自然与独创

在欧洲十八世纪的人为的社会里,卢梭登高一呼,"皈返自然"!这一个呼声震遍了全欧。声浪不断的鼓动了一百多年,一直到现代中国的文学里还辗转的发生了个回响。什么叫做"自然"?卢梭所最反对的蒲波,也喊过"皈返自然",比卢梭还早好几十年。蒲波说荷马就是自然,皈依自然就是皈依典籍;他又说常识就是自然,皈依常识就是皈依自然。卢梭所谓"自然",才是浪漫的自然。卢梭的论调仿佛是这样:人为的文明都是人生的束缚桎梏,你若把这些束缚桎梏一层一层剥去,所剩下来的便是"自然"。自然的人就是野人,自然的生活就是原始的生活。人在自然里是天真烂漫,无忧无虑。"皈依自然"的哲学的根本出发点乃是要求自由,这种精神表现在文学方面便是反对模仿,反对模仿的唯一的利器便是独创的推崇。浪漫主义者一方面要求文学的自然,一方面要求文学的独创。其实凡是自然的便不是独创的,这似乎是浪漫主义者的矛盾。但矛盾冲突正是浪漫主义的一大特色。浪漫的即是没有纪律的。

中国新文学运动的初步即是攻击旧文学,主张"皈返自然",攻击因袭主义,主张"独创"。现今全部的新文学作品都可以说是这两种主张的收获。这种浪漫的精神在西洋文学里最极端的代表就是卢梭。他因为要求文学的自然,甚至把文学及全体的艺术都根本推翻,卢梭是反对戏院的,因为戏剧根本的是人为产物而非自然。他在《忏悔录》里开端自述:"我也许不比别人好,但我和别人是不同的。"独创便是"和别人不同"。其实人性常态究竟是相同的,浪漫主义者专要寻出个人不同处,势必将自己的怪僻的变态极力扩展,以为光荣,实则脱离了人性的中心。"独创"做到这种地步，实在是极不"自然"的。那么，卢梭一方面要求自然，一方面要求独创，岂非矛盾？这诚是矛盾，不过其出发点仍是一个，那便是——"自由活动"。所谓自由活动者就是把一切的天然的和人为的纪律法则，都认为是阻遏天才的障碍，都一齐的打破。现代中国文学就是被这种精神所支配，推崇情感认为是人生的向导，推翻传统而醉心于新颖，上文已经论过。我现在可以举出几个具体的实例，以说明现代中国文学的浪漫趋势最有趣的几个特征。

新文学运动里有所谓"儿童文学"者。安徒生的童话、王尔德的童话，都很受读者的欢迎，而这些读者大概什分之九分半是成年的人，并非是儿童。故我所谓"儿童文学"并非是为儿童而作的文学，实是以儿童为中心的文学。从这种文学里我们可以体察出浪漫主义者对于儿童的态度。浪漫主义者就是儿童，至少在心理上是如此。他们所最尊贵的便是"赤子之心"。儿童是成年的儿子，但是华资渥斯要翻转来说"儿童是成年的父亲"。何以浪漫主义者要这样的尊重儿童？因为儿童生活是不受理性的约束，可以任情纵情，自由活动。在浪漫主义者看来，"天才"与儿童是可以相提并论的。浪漫的天才即是儿童的天真烂漫，同为不负责任的自然发生。浪漫主义者成年之后，与社会相接触，亲受种种的传统的礼教的约束，固然极端的不满，但既然生了，也便无法可想，同时他心里尚有一个不能完全泯灭的理性，这种理性要不时的低声的敲着他的脑袋，告诉他说："朋友！人生不只是爱，还有义务哩！"浪漫主义者最怕听的就是"义务"二字。所以理性的忠告，浪漫主义者听了完全不能入耳，听得厌烦的时候就只有逃避之一途——由现实生活逃避到幻想生活，由成年时代逃避到儿童时代，由文明社会逃避到原始社会。简单说，浪漫主义者把文学当作生活的遁逃薮。儿童文学便是人生的世外桃源，便是遁逃薮里面的一块仙境。但是这个"仙境"是建筑在情感上面的，是一座空中楼阁，禁不起风吹雨打，日久便要坍倒无余。

儿童是人在幼稚时的一个阶段。在儿童时代的确有一种可爱的地方，但儿童是个不完全的人，所以他的可爱也是一种不完全的可爱。人若在正当教育之下长到成年，全身心各部都平均的相当的发展，那才是自然的历程，并非是天真的损失。人的一生，最值得赞美的时代，便是老年时代。西塞罗《论老年》是一切古典主义者对老年的态度。他说老年是人生思想最成熟的时代，亦是人生最幸福的时候。孔子说他自己年至七十才能"从心所欲，不逾矩"。古典主义者所须要的文学是"从心所欲不逾矩"的文学，这种文学是守纪律的；浪漫主义者所须要的文学是"从心所欲"而"逾矩"的文学，这种文学是不负责任的。现今中国的儿童文学是属于后者。

儿童文学是根据于"逃避人生"的文学观而来，但人生是不能逃避的，逃避的文学是欺骗的文学，以自己的情感欺骗自己。可是人生又不必一定要被现实的生活所拘束，理想主义是可能的，但真理想的境界是在理性生活里面存在，不在情感的幻梦里。古典的文学是凭理性的力量，经过现实的生活以达于理想，浪漫的文学是由情感的横溢，撇开现实的生活，返于儿童的梦境。这个分别又是柏拉图与卢梭的分别。

与儿童文学同一论据之下而生的结果，便是"歌谣的采集"。现今中国从事于采集歌谣者不知凡几，无论他们的动机是为研究或是为赏鉴，其心理是浪漫的。歌谣是最早的诗歌，在没有文人的时候，就有了歌谣。其特色在"自然流露"。歌谣因有一种特殊的风格，所以在文学里可以自成一体，若必谓歌谣胜于作诗，则是把文学完全当作自然流露的产物，否认艺术的价值了。我们若把文学当作艺术，歌谣在文学里并不占最高的位置。中国现今有人极热心的收集歌谣，这是对中国历来因袭的文学一个反抗，也是我前面所说的"皈返自然"的精神的表现。在西洋近代浪漫主义运动中，歌谣的采集占很重要的地位。例如英国十八世纪中叶波西编纂的《诗歌拾零》，可算英国近代浪漫运动的前驱。在最重辞藻规律的时候，歌谣愈显得朴素活泼，可与当时作家一个新鲜的激刺。所以歌谣的采集，其自身的文学价值甚小，其影响及于文艺思潮者则甚大。当波西正在刊行他的《诗歌拾零》的时候，他的朋友批评家珊斯通写信劝告他说："我干脆的告诉你，假使你搜集过多毫无诗意的俗歌，那便足以破坏全部的计划。所以我劝你留神不要忙，须知在收集的量数上少一点不能算是缺憾。"波西听了他的忠告。可见歌谣采集若能得到伟大的效果，像波西所得到的那样大的效果，必其歌谣本身有相当的文学价值。我们知道，有文学价值的歌谣是像沙里黄金一般的难得。现今中国从事搜集歌谣的人似乎也正需要珊斯通那样的劝告。波西在英国浪漫运动上留下何等大的影响，但是他选的歌谣，现今有几个人读？

儿童文学的勃兴，与歌谣的搜集，都是我们现今中国文学趋于浪漫的凭据。我们可以赞成"皈依自然"，但我们是说以人性为中心的自然，不是浪漫主义者所谓的自然。浪漫主义者所谓的良然，是与艺术立于相反的地位。我们也可以赞成独创，但我们是说在理性指导之下去独创，不是浪漫主义者所谓叛离人性中心的个性活动。

我的文章现在可以收束了。我说现今文学是趋向于浪漫主义，因为：

（一）新文学运动根本的是受外国影响；

（二）新文学运动是推崇情感轻视理性；

（三）新文学运动所采取的对人生的态度是印象的；

（四）新文学运动主张皈依自然并侧重独创。

我所举的这四点是现代中国文学最显著的现象，同时也是艺术上浪漫主义最主要的成分。

最后，我要说明：中国文学本不该用西洋文学上的主义来衡量，但是对现今中国文学则可，因为现今中国的新文学就是外国式的文学。以外国文学批评的方法衡量外国式的中国文学，在理论上似乎也是可通的。

（原载《晨报副镌》1926年2月）

论中国创作小说

沈从文

一

关于怎么样去认识新的创作小说,这像是一件必须明白的事。因为中国在目下,创作已经那么多了,在数量上,性质上,作成一种分类统计还没有人。一个读者,他的住处如是离上海或北平较远,愿意买一本书看,便感到一种困难。他不知道应当买什么书好。不一定是那些住在乡僻地方的年青人,即或在上海、北平、武昌、南京、广州这些较大地方的大学生或中学生,愿意在中国新书上花一点钱,结果还是不知道如何去选择他所欢喜的书。人不拘远近,能够把钱掏出给书店,所要的书全是碰运气而得到的。听谁说这书好,于是花钱买来。看到报纸上广告很大,于是花钱买来。从什么刊物上,见有受称赞的书,于是花钱买来。买书的目的,原为对中国新的创作怀了十分可感的好意,尤其是僻处内地的年青人,钱是那么难得,书价却又这么贵。但是,结果,每一个读者,差不多全是在气运中造成他对文学的感情好坏,在市侩广告中,以及一些类似广告的批评中造成他对文学的兴味与观念。经营出版事业的,全是在赚钱上巧于打算的人,一本书影响大小估价好坏,商人看来全在销行的意义上,这销行的道理,又全在一点有形的广告与无形的广告上,结果也就差不多完全在一种近于欺骗的情形下使一些人成名。这欺骗,在"市侩发财""作家成名"以外,同时也就使新的文学陷到绝路上去,许多人在成绩上不免感到一点悲观了。许多人在受骗以后,对创作,便用卑视代替了尊严。并且还有这样的一种事实,便是从民十六后,中国新文学由北平转到上海以后,一个不可免避的变迁,是在出版业中,为新出版物起了一种商业的竞卖。一切趣味的俯就,使中国新的文学,与为时稍前低级趣味的海派文学,有了许多混淆的机会,因此影响创作方向与创作态度非常之大。从这混淆的结果上看来,创作的精神,是逐渐堕落了的。

因这个不良的影响,不止是五年来的过去,使创作在国内年青的人感情方面受了损失,还有以后的趋势,也自然为这个影响所毒害,使新创作的作者与读者,皆转到恶化一时的流行趣味里去,实在是一种很不好的现象。如今我想说到的是几个目下的中国作家与其作品,供关心新文学的人作一种参考。我不在告你们买某一本书或不买某一本书。为年青人选书读,开书单,这件事或者可以说是作教员的一种责任,但不是这一篇文章的责任。这里我将说到的,是十年来有些什么作者,在他那个时代里,如何用他的作品与读者见面,他的作品有了什么影响,所代表的是一种什么倾向,在组织文字技术成就上,这作者的作品的得失如何,……我告你们是明白那些已经买来的书，值得如何用不同的态度去认识，去理解，去赏鉴，却不劝你们去买某一个人的作品或烧某一个人的书。买来的不必烧去，预备买的却可以小心一点，较从容的选择一下。因为我知道，还有年青朋友们，走到书店去，看看那一本书封面还不坏，题目又很动人，因此非常慷慨的把钱送给书店中小伙计手上。拿回去一看，才明白原来是一本不值得一看的旧书。因此在机会中，我还想顺便说到买书的方法，以及受骗以后的救济。

二

"创作"这个名词，受人尊敬与注意，由五四运动而来。创作小说受人贱视与忽视，现在反而较十年前的人还多。五四运动左右，思想"解放"与"改造"运动，因工具问题，国语文学运动随之而起。国语文学的提倡者，胡适之、陈独秀等，使用这新工具的机会，除了在论文外，是只能写一点诗的。《红楼梦》《水浒》《西游记》等书，被胡适之提出，给了一种新的价值，使年青人用一个新的趣味来认识这类书。同时译了一些短篇小说，写了许多有力的论文。另外是周作人、耿济之等的翻译，以及其他翻译，在文学的新定义上，给了一些帮助。几个在前面走一点的人，努力的结果，是使年青人对这运动的意义，有了下面的认识：

使文字由"古典的华丽"转为"平凡的亲切"是必须的。

使"眩奇艰深"变为"真实易解"是必须的。

使语言同文字成为一种东西，不再相去日远是必须的。

使文字方向不在"模仿"而在"说明"，使文字在"效率"而不在"合于法则"是必须的。

同时"文学为人生"这解释，动摇到当时一切对文学运动尽力的人的信仰，因此各人皆能勇敢的，孩气的，以天真的心，处置幼稚单纯的文字，写作"有所作为"的诗歌。对一切制度的怀疑，对习惯的抗议，莫不出之以最英雄的姿态。所以"文学是一种力，为对习惯制度推翻、建设或纠正的意义而产生存在"。这个最时行的口号，在当时是已经存在而且极其一致的。虽然幼稚，但却明朗健康，便是第一期文学努力所完成的高点。在诗上，在其他方向上，他们的努力，用十年后的标准说"中国第一期国语文学，是不值得一道，而当时的人生文学，不过一种绅士的人道主义观，这态度也十分软弱"那么指摘是不行的。我们若不疏忽时代，在另外那个时代里，可以说他们所有的努力，是较之目前以翻译创作为穿衣吃饭的作家们，还值得尊敬与感谢的。那个时代文学为"主张"而制作，却没有"行市"。那个最初期的运动，并不包括物质欲望在里面，而以一个热诚前进，这件事，到如今却不行了的。一万块钱或三千块钱，由一个商人手中，便可以定购一批恋爱的或其他的创作小说，且同时就俨然支配一种文学空气，这是一九二八年以来的中国的事情。较前一些日子里，那是没有这个便宜可占，也同时没有这个计划可行的。

并且应当明白，当时的"提倡"者却不是"制作"者，他们为我们文学应当走去的路上，画了一些图，作了一些说明，自己可并不"创作"。他们的诗可说是在一种天真心情试验上努力完成的，小说还没有试验的暇裕，所以第一期创作的成绩比诗还不如。

第一期小说创作同诗歌一样，若不能说是"吓人的单纯"，便应当说那是"非常朴素"。在文字方面，与在一个篇章中表示的欲望，所取的手段方面，都朴素简略，缺少修饰，显得匆促与草率。每一个作品，都不缺少一种欲望，就是用近于语言的文字，写出平凡的境界的悲剧或惨剧。用一个印象复述的方法，选一些自己习惯的句子，写一个不甚坚实的观念——人力车夫的苦，军人的横蛮，社会的脏污，农村的萧条，所要说到的问题太大，而所能说到的却太小了。中国旧小说又不适于模仿。从一本名为《雪夜》的小说上，看看一个青年作者，在当时如何创作，如何想把最大的问题，用最幼稚的文字，最简单的组织来处置，《雪夜》可以告我们的，是第一期创作在"主张"上的失败，缺少的是些什么东西。《雪夜》作者汪敬熙君，是目前国内治心理学最有成就的一个人，这作品，却是当时登载于《新潮》《新青年》一类最有影响的刊物上面与读者见面的。这本书，告给我们的，正是那个时代，一个年青人守着当时的文学信仰，忠实诚恳的写成的一本书。这算不得是好作品，却是当时充满认真态度完成的一本作品。

在"人生文学"上，那试验有了小小阻碍，写作方向保持那种态度，似乎不能有多少意义。一面是创作的体裁与语言的方法，从日本小说得到了一种暗示，鲁迅的创作，却以稍稍不同的样子产生了。写《狂人日记》，分析病狂者的心理状态，以微带忧愁的中年人感情，刻画为历史所毒害的一切病的现象，在作品中，且注入些嘲讽气息。因为所写的故事，超越一切同时创作形式，文字又较之其他作品为完美，这作品，便成为当时十分动人的作品了。这作品的成功，使作者有兴味继续写下了《不周山》等篇，后来汇集为《呐喊》，单行印成一集。且从这一个创作集上，获得了无数读者的赞赏。其中在《晨报副刊》登载的一个短篇，以一个诙谐的趣味写成的《阿Q正传》，还引起了长久不绝的论争，在表现的成就上，得到空前的注意。当时还要"人生的文学"，所以鲁迅那种作品，便以"人生文学"的悲悯同情意义，得到盛誉。因在解放的挣扎中，年青人苦闷纠纷成一团，情欲与生活的意识，为最初的睁眼而眩昏苦恼，鲁迅的作品，混和的有一点颓废，一点冷嘲，一点幻想的美，同时又能应用较完全的文字，处置所有作品到一个较好的篇章里去，因此鲁迅的《呐喊》，成为读者所欢喜的一本书了。

还有一个情形，就是在当时"人生文学"能拘束作者的方向，却无从概括读者的兴味，作者许可有一个高尚尊严的企图，而读者却需要一个诙谐美丽的故事。一些作者都只注意自己"作品"，乃忘却了"读者"。鲁迅一来，写了《故乡》《社戏》，给年青人展览一幅幅乡村的风景画在眼前，使各人皆从自己回想中去印证。又从《阿Q正传》上，显出一个大家熟习的中国人的姿态，用一种谐趣的稍稍夸张的刻画，写成了这个作品。作者在这个工作上恰恰给了一些读者一种精神的粮食，鲁迅因此成功了。作者注意到那故事谐谑的笔法，不甚与创作相宜，这作品虽得到无数的称赞，第二个集子《彷徨》，却没有那种写作的方法了。在《呐喊》上的《故乡》与《彷徨》上的《示众》一类作品，说明作者创作所达到的纯粹，是带着一点儿忧郁，用作风景画那种态度，长处在以准确鲜明的色，画出都市与农村的动静。作者的年龄，使之成为沉静，作者的生活各种因缘，却又使之焦躁不宁，作品中憎与爱相互混和，所非常厌恶的世事，乃同时显出非常爱着的固执，因此作品中感伤的气分，并不比郁达夫为少。所不同的，郁达夫是以个人的失望而呼喊，鲁迅的悲哀，是看清楚了一切，辱骂一切，嘲笑一切，却同时仍然为一切所困窘，陷到无从自拔的沉闷里去了的。

在第一期创作上，以最诚实的态度，有所写作，且十年来犹能维持那种沉默努力的精神始终不变的，这是叶绍钧。写他所见到的一面，写他所感到的一面，永远以一个中等阶层知识分子的身分与气度，创作他的故事。在文字方面，明白动人，在组织方面，则毫不夸张。虽处处不忘却自己，却仍然使自己缩小到一角上去，一面是以平静的风格，写出所能写到的人物事情，叶绍钧的创作，在当时是较之其他若干作家作品为完整的。《隔膜》代表作者最初的倾向，在作品中充满淡淡的哀戚。作者虽不缺少那种为人生而来的忧郁寂寞，却能以作父亲态度，带着童心，写成了一部短篇童话。这童话名为《稻草人》。读《稻草人》，则可明白作者是在寂寞中怎样做梦，也可以说这是当时一个健康的心，以及所有的健康的人生态度。求美，求完全，这美与完全，却在一种天真的想象里建筑那希望，离去情欲，离去自私是那么远，那么远！在一九二二年后创造社浪漫文学势力暴长，"郁达夫式的悲哀"成为一个时髦的感觉后，叶绍钧的那种梦，便成一个嘲笑的意义而存在，被年青人所忘却了。然而从创作中取法，在平静美丽文字中，从事练习，正确的观察一切，健全的体会一切，细腻的润色，美的抒想，使一个故事在组织篇章中，具各样不可少的条件，叶绍钧的作品，是比一切作品还适宜于学习取法的。他的作品缺少一种眩目的惊人的光芒，却在每一篇作品上，赋予一种温暖的爱，以及一个完全无疵的故事型胎，故给读者的影响，将不是趣味，也不是感动，而是认识。认识一个创作应当在何种意义下成立。叶绍钧的作品，在过去，以至于现在，还是比其他人某些作品为好些。

在叶绍钧稍次一点时间里，冰心、王统照两人的作品，在《小说月报》以及其他刊物上发现了。

"烦恼"这个名词"五四"左右实支配到一切作者的心。每一个作者，皆似乎"应当"或者"必须"在作品上解释这物与心的纠纷，因此"了解人生之谜"这句到现今已不时髦的语言，在当时，却为一切诗人所引用。自然的现象，人事的现象，因一切缘觉而起爱憎与美恶，所谓诗人，便莫不在这不可究竟的意识上，用一种天真的态度，去强为注解，因此王统照、冰心这两人写诗，在当时被称为"哲理的诗"。在小小篇章中，说智慧聪明言语。冰心女士的小诗，因由于从太戈尔小诗一方面得到一种启示，所有的作品，曾经一时得到非常的成功。使诗人温柔与聪慧的心扩大，用着母性一般的温暖的爱，冰心女士在小诗外，又从事于创作小说，便写成了他的《超人》。这个小说集中各篇章，陆续发表于《小说月报》上时，作者所得的赞美，可以说是空前的。十年来在创作方面,给读者的喜悦,在各个作家的作品中,还是无一个人能超过冰心女士。以自己稚弱的心,在一切回忆上驰骋,写卑微人物,如何纯良具有优美的灵魂,描画梦中月光的美,以及姑娘儿女们生活中的从容,虽处处略带夸张,却因文字的美丽与亲切,冰心女士的作品,以一种奇迹的模样出现,生着翅膀,飞到各个青年男女的心上去,成为无数欢乐的恩物,冰心女士的名字,也成为无人不知的名字了。冰心女士的作品,在时代的兴味歧途上,到近来虽渐渐象已经为人忘却了,然而作者由作品所显出的人格典型,女性的优美灵魂,在其他女作家的作品中,除了《女人》作者凌叔华外,是不容易发现了的。

冰心女士所写的爱,乃离去情欲的爱,一种母性的怜悯,一种儿童的纯洁,在作者作品中,是一个道德的基本,一个和平的欲求。当作者在《超人》集子里描画到这个现象时,是怀着柔弱的忧愁的。但作者生活的谧静,使作者端庄,避开悲愤,成为十分温柔的调子了。

"解释人生",用男子观念,在作品上以男女关系为题材,写恋爱,在中国新的创作中,王统照是第一位。同样的在人生上看到纠纷,而照例这纠纷的悲剧,却是由于制度与习惯所形成,作者却在一种朦胧的观察里,作着否认一切那种诗人的梦。用繁丽的文字,写幻梦的心情,同时却结束在失望里,使文字美丽而人物黯淡,王统照的作品,是同他那诗一样,被人认为神秘的朦胧的。使语体文向富丽华美上努力,同时在文字中,不缺少新的倾向,这所谓"哲学的"象征的抒情,在王统照的《黄昏》《一叶》两个作品上,那好处实为同时其他作家所不及。

在文学研究会一系作者中,还有一个比较重要的作者,是以落华生用作笔名的许地山。在"技术组织的完全"与"所写及的风光情调的特殊"两点上,落华生的《缀网劳蛛》,是值得注意的。使创作的基本人物,在现实的情境里存在,行为与生活,叙述真实动人,这由鲁迅或郁达夫作品所显示出的长处,不是落华生长处。落华生的创作,同"人生"实境远离,却与"诗"非常接近。以幻想贯串作品于异国风物的调子中,爱情与宗教,颜色与声音,皆以与当时作家所不同的风度,融会到作品里。一种平静的,从容的,明媚的,聪颖的笔致,在散文方面,由于落华生作品所达到的高点,却是同时几个作者无从企望的高点。

与上列诸作者作品取不同方向,从微温的,细腻的,怀疑的,淡淡寂寞的憧憬里离开,以夸大的,英雄的,粗率的,无忌无畏的气势,为中国文学拓一新地,是创造社几个作者的作品。郭沫若,郁达夫,张资平,使创作无道德要求,为坦白自白,这几个作者,在作品方向上,影响较后的中国作者写作的兴味实在极大。同时,解放了读者兴味,也是这几个人。但三人中郭沫若,创作方面似不如其他两人。在作品中必不可少的文字组织与作品组织,皆为所要写到的"生活愤懑"所毁坏,每一个创作,多成立于生活片段上。为生活缺憾夸张的描画,却无从使自己影子离开,文字不乏热情,却缺少亲切的美。在作品对话上,在人物事件展开与缩小的构成上,缺少必需的节制与注意。想从作者的作品上,找寻一个完美的篇章,不是杂记,不是感想,是一篇有组织的故事,实一个奢侈的企图。郭沫若的成就,是以他那英雄的气度写诗,在诗中，融化旧的辞藻与新的名词，虽泥沙杂下，调子的强悍，才情的横溢，或者写美的抒情散文，却自有他较高成就。但创作小说，可以说实非所长。

张资平，在他第一个小说集《冲积期化石》这书上，在《上帝儿女们》及其他较短创作上，使当时读者发生了极大兴味。五四运动引起国内年青人心上的动摇，是两性问题。因这动摇所生出的苦闷，虽在诗那一方面，表现得比创作为多，然而由于作品提出那眩目处，加以综合的渲染，为人类行为——那年青人最关切的一点——而发生的问题，诗中却缺少能够满足年青人的作品。把恋爱问题，容纳到一个艺术组织里，落华生的作品，因为只注意到文章的完美，于两性的关系，对读者而言，却近于有意回避，失败了。冰心女士因环境与身分，更加矜持，缺少对于这一方面的反映。鲁迅因年龄关系，对恋爱也羞于下笔了。叶绍钧，写小家庭夫妇生活，却无感情的纠纷。王统照，实为第一期中国创作者中对男女事件最感兴味的一人，作品中的男女关系，由于作者文学意识所拘束，也努力使作品成为自己所要求的形式，给人的亲切趣味却不如给人惊讶迷惑为多。张资平，以"说故事的高手"那种态度，从日本人作品中得到体裁与布局的方便，写年青人亟于想明白而且永远不发生厌倦的恋爱错综关系，用平常易解的文字，使故事从容发展，其中加入一点明白易懂的讥讽，琐碎的叙述，乃不至于因此觉得过长。官能的挑逗，凑巧的遇合，平常心灵产生的平常悲剧，最要紧处还是那文字无个性，叙述的不厌繁冗。年青人，民十二左右的年青人切身的要求，是那么简单明白，向艺术的要求又那么不能苛刻，于是张资平的作品，给了年青人兴奋和满足，用作品揪着了年青人的感情，张资平的成就，也可说成为空前的成就。俨然为读者而有所制作，故事的内容，文字的幽默，给予读者以非常喜悦。张资平的作品，得到的"大众"，比鲁迅作品还多。然而使作品同海派文学混淆，使中国新芽初生的文学态度与倾向，皆由热诚的崇高的企望，转入低级的趣味的培养，影响到读者与作者，也便是这一个人。年青读者从张资平作品中，是容易得到一种官能抽象的满足，这本能的向下发泄的兴味，原是由于上海礼拜六派文学所酝酿成就的兴味，张资平加以修正，却以稍稍不同的意义给了广大年青人。成功中虽即见出堕落处，然而从商品意义而言，还是应该说得到成功的。

因为从张资平作品中感到爱悦的人，恰恰多是缺少在那事件上展其所长的脚色。这些年青男子，是"备员"却不是"现役"。恋爱这件事在他们方面，发生好奇的动摇，心情放荡，生活习惯却拘束到这实现的身体，无从活泼。这里便发生了矛盾，发生了争持。"情欲的自决"，"婚姻的自决"，这口号从"五四"喊起，已喊了好几年，不少年青人在这件事上却空怀"大志"，不能每人都可得到方便。张资平小说告给年青人的只是"故事"，故事是不能完全代替另外一个欲望的，于是，郁达夫，以衰弱的病态的情感，怀着卑小的可怜的神情，写成了他的《沉沦》。这一来，却写出了所有年青人为那故事而眩目的忧郁了。

生活的卑微，在这卑微生活里所发生的感触，欲望上进取，失败后的追悔，由一个年青独身男子用一种坦白的自暴方法，陈述于读者，郁达夫，这个名字在《创造周报》上出现，不久以后，成为一切年青人最熟习的名字了。人人都觉得郁达夫是个值得同情的人，是个朋友，因为人人皆可从他作品中发现自己的模样。郁达夫在他作品中，提出的是当前一个重要问题。"名誉、金钱、女人取联盟样子，攻击我这零落孤独的人……"这一句话把年青人心说软了。在作者的作品上，年青人，在渺小的平凡生活里，用憔悴的眼看四方，再看看自己，有眼泪的都不能悭吝他的眼泪了。这是作者一人的悲哀么？不，这不是作者，却是读者。多数的读者诚实的心，是为这个而鼓动的。多数的读者，由郁达夫作品，认识了自己的脸色与环境。作者一支富有才情的笔，却使每一个作品，在组织上即或有所略忽，也仍然非常动人。一个女子可以嘲笑冰心，因为冰心缺少气概显示自己另一面生活，不如稍后一时淦女士对于自白的勇敢。但一个男子，一个端重的对生存不儿戏的男子，他却不能嘲笑郁达夫。放肆的无所忌惮的为生活有所喊叫，到现在却成了一个可嘲笑的愚行。因为时代带走了一切陈腐，展览苦闷由个人转为群众，但十年来新的成就，是还无人能及郁达夫的。说明自己，分析自己，刻画自己，作品所提出的一点纠纷，正是国内大多数青年心中所感到的纠纷。郁达夫，因为新的生活使他沉默了。然而作品提出的问题，说到的苦闷，却依然存在于中国多数年青人生活里，一时不会抹去。

感伤的气分，使作者在自己作品上，写放荡无节制的颓废，作为苦闷的解决。关于这一点，暗示到读者，给年青人在生活方面、生活态度有大影响，这影响，便是"同情"《沉沦》上人物的"悲哀"，同时也"同意"《沉沦》上人物的"任性"。这便是作者作品自然产生的结果。作者所长是那种自白的诚恳，虽不免夸张，却毫不矜持。又能处置文字，运用词藻，在作品上那种神经质的人格，混合美恶，糅杂爱憎，不完全处，缺憾处，乃反而正是给人十分同情处。郭沫若用英雄夸大样子，有时使人发笑，在郁达夫作品上，用小人物的卑微神气出现，却使人忧郁起来了。鲁迅使人忧郁，是客观的写中国小都市的一切；郁达夫只会写他本身，但那却是我们青年人自己。中国农村是在逐渐情形中崩溃了，毁灭了，为长期的混战，为土匪骚扰，为新的物质所侵入，可赞美的或可憎恶的，皆在渐渐失去原来的型范。鲁迅的小说终于搁了笔。但年青人心灵的悲剧，却依然存在，长期在沉默里存在。郁达夫，却以另以意义而沉默了的。

三

让我们搁下上面提到的这几个人，因为另外还有的是值得记忆的作者。汪敬熙、王统照、落华生几个人，在创作上留下的意义，是正如前一期新诗作者俞平伯等一样的意义，作品成为"历史的"了。鲁迅、郁达夫、冰心、郭沫若，在时代转易中，我们慢慢的也疏忽了。张资平，在那巨量的产额下，在那常常近于"孪生"的作品里，给人仍然是那种庸俗趣味，读者用"无聊""千篇一律"嘲弄答谢作者，是十分自然的结果。他的作品继续了新海派的作风，同上海几个登载图画摄影的通俗杂志可以相提并论。叶绍钧因为矜持，作风拘束到自己的习惯里，虽还继续创作，但给人的感动，却无从超越先一时期所得的成功了。

这个时代是说到民国十五六年为止的。

民国十四年以后，在国内创作者中为人逐渐熟习的名字，有下面几个人。许钦文、冯文炳、王鲁彦、蹇先艾、黎锦明、胡也频。各人文字风格均有所不同，然而贯以当时的趣味，却使每个作者皆自然而然写了许多创作，同鲁迅的讽刺作品取同一来源。绅士阶级的滑稽，年青男女的浅浮，农村的愚暗，新旧时代接替的纠纷，凡属作家凝眸着手，总不外乎上述各点。同时因文字方面所受影响，北方文学运动所提示的简明体裁，又统一了各个作者，故所谓个性，乃仅能在作品风格上微有不同。"人生文学"一名词，虽已无从概括作者，然而作品所显示的一面，是无从使一个作者独自有所成就的。其中因思想转变使其作品到一种新的环境里去，其作品能不为时代习气所限，后来只一胡也频。但这转换是民十八后的事，去当时写作已四年了。

从上述各作者作品作一系统检阅，便可明白放弃辞藻的文学主张，到民十三年后，由于各个新作家的努力，限度已如何展开，然而同时又因这主张，如何拘束了各个作品。创造社的兴起，在另一意义上，也可说作了一种新的试验，在新的语体文中容纳了旧的辞藻，创造社诸人在文体一方面，是从试验而得到了意外好影响的。这试验一由于作者以故事为核心一支笔可以在较方便情形下处置文字，一由于读者易于领会，在当时，说及创造社的，莫不以"有感情"盛道创造社同人的成功，这成就，首先是文字一方面的解放较之在思想方面多一些。

用有感情的文字，写当时人懵懂的所谓两性问题，由于作者的女性身分，使作品活泼于一切读者印象中，民国十五年左右就有了淦女士。一面是作者所写到的一种事情，给了年青读者的兴奋，一面是作者处置文字的手段，较之庐隐直接，以《隔绝之后》命题，登载于《创造季刊》上时，淦女士所得到的盛誉，超越了冰心，惹人注意与讨论，一时间似较之郁达夫、鲁迅作品，还都更宽泛而长久。

用有诗气息的文字，虽这文字所酝酿的气息十分旧，然而说到的事情却似十分新，淦女士作品，在精神的雄强泼辣上，给了读者极大惊讶与欢喜。年青人在冰心方面，正因为除了母性的温柔，得不到什么东西，淦女士作品，却暴露了自己生活最眩目的一面。这是一个传奇，一个异闻，是的，毫无可疑的，这是当时的年青人所要的作品，一个异闻，淦女士作品是在这意义下被社会认识而加以欢迎的。文字不如冰心的华美，缺少冰心的亲切，但她说到的是真正自己。她具有展览自己的勇敢，她告给人是自己在如何解决自己的故事，她同时是一个女人，为了对于"爱"这名词有所说明，在一九二六年前，女作家中还没有这种作品。在男子作品中，能肆无忌惮的写到一切，也还没有。因此淦女士作品，以崭新的趣味，兴奋了一时代的年青人。《卷葹》这本书，容纳了作者初期几个作品，到后还写有《劫灰》及其他，笔名改为沅君。

淦女士的作品，是感动过许多人的，但时代稍过，作品同本人生活一分离，淦女士的作品，却以非常冷淡的情形存在，渐渐寂寞下去了。因作者的作品价值，若同本人生活分离，则在作者作品里，全个组织与文字技巧，便已毫无惊人的发现。把作者的作品当一个艺术作品来鉴赏，淦女士适宜于同庐隐一起，时至今日，她的读者应当是那些对于旧诗还有兴味的人来注意的。《超人》在时代各样趣味下，还是一本适宜于女学生阅读的创作，《卷葹》能给当时的年青人感动，却不能如《超人》长久给人感动，《卷葹》文字的美丽飘逸处，能欣赏而不足取法。

在第二时期上，女作家中，有一个使人不容易忘却的名字，有两本使人无从忘却的书，是叔华女士的《花之寺》同《女人》。把创作在一个艺术的作品上去努力写作，忽略了世俗对女子作品所要求的标准，忽略了社会的趣味，以明慧的笔，去在自己所见及一个世界里，发现一切，温柔的也是诚恳的写到那各样人物姿态，叔华的作品，在女作家中别走出了一条新路。"悲剧"这个名词，在中国十年来新创作各作品上，是那么成立了非常可笑的定义，庐隐的作品，淦女士的作品，陈学昭的作品，全是在所谓"悲剧"的描绘下而使人倾心拜倒的。表现自己的生活，或写一片人生，饿了饭暂时的失业，穿肮脏旧衣为人不理会，家庭不容许恋爱把她关锁在一个房子里，死了一个儿子，杀了几个头，写出这些事物的外表，用一些诱人的热情夸张句子，这便是悲剧。使习见的事，习见的人，无时无地不发生的纠纷，凝静的观察，平淡的写去，显示人物"心灵的悲剧"，或"心灵的战争"，在中国女作家中，叔华却写了另外一种创作。作品中没有眼泪，也没有血，也没有失业或饥饿，这些表面的人生，作者因生活不同，与之离远了。作者在自己所生活的一个平静世界里，看到的悲剧，是人生的琐碎的纠葛，是平凡现象中的动静，这悲剧不喊叫，不吟呻，却只是"沉默"。在《花之寺》一集里，除《酒后》一篇带着轻快的温柔调子外，人物多是在反省里沉默的。作者的描画，疏忽到通俗的所谓"美"，却从稍稍近于朴素的文字里，保持到静谧，毫不夸张的使角色出场，使故事从容的走到所要走到的高点去。每一个故事，在组织方面，皆有缜密的注意，每一篇作品，皆在合理的情形中发展与结束。在所写及的人事上，作者的笔却不为故事中卑微人事失去明快，总能保持一个作家的平静，淡淡的讽刺里，却常常有一个悲悯的微笑影子存在。时代这东西，影响一切中国作者，在他们作品中，从不缺少"病的焦躁"，十年来年青作者作品的成就，也似乎全在说明到这"心上的不安"，然而写出的却缺少一种遐裕，即在作家中如叶绍钧《城中》一集，作者的焦躁便十分显明的。叔华女士的作品，不为狭义的"时代"产生，为自己的艺术却给中国写了两本好书。称之为"闺秀"派，所以还恰当。

但作者也有与叶绍钧同一凝固在自己所熟习的世界里，无从"向更广泛的人生多所体念"，无从使作品在"生活范围以外冒险"的情形。小孩，绅士阶级的家庭，中等人家姑娘的梦，绅士们的故事，为作者所发生兴味的一面。因不轻于着笔到各样世界里，谨慎认真处，反而略见拘束了。作者是应当使这拘束得到解放机会，作品涉及其他各方面，即在失败里也不气馁，则将来，更能写出无数好故事的。作者所写到的一面，只是世界极窄的一面，所用的手法又多是"描写"而不是"分析"，文字因谨慎而略显滞呆，缺少飘逸，故年青读者却常欢喜庐隐与沅君，而没有十分注意叔华，也是自然的事。

四

还有几本书同几个作者，应归并在这时代里去的，是杨振声先生的《玉君》同川岛的《月夜》，章衣萍的《情书一束》。

《月夜》在小品散文中有诗的美质。《情书一束》则刻画儿女情怀，微带一点儿放荡，一点儿谐趣。《情书一束》得到的毁誉，由于书店商人的技巧，与作者在作品以外的另一类作品，比《沉沦》或《呐喊》都多，然而也同样比这两本书容易为人忘却。因为由于作者清丽的笔，写到儿女事情，不庄重处给人以趣味，这趣味，在上海《幻洲》一类刊物发达后，《情书一束》的读者，便把方向挪到新的事物上去了。

《玉君》在出世后，是得到国内刊物极多好评的。作者在故事组织方面，梦境的反复，使作品的秩序稍感紊乱，但描写乡村动静，声音与颜色，作者的文字，优美动人处，实为当时长篇新作品所不及。且中国先一期中篇小说，张资平《冲积期化石》，头绪既极乱，王统照《黄昏》，也缺少整个的组织的美，《玉君》在这两个作品以后问世，却用一个新的方法写一个传奇，文字艺术又不坏，故这本书不单是在过去给人以较深印象，在目下，也仍然是一本可读的书。因作者创作态度，在使作品"成为一个作品"，却不在使作品"成为一个时髦作品"，故在这作品的各方面，不作趋时的讽刺，不作悲苦的自白，皆不缺少一个典型的法则。小小缺憾处，作者没有在第二个作品里有所修正，因为这作品，如《月夜》《雪夜》一样，作者皆在另一生活上，抛弃了创作的兴味，在自己这作品上，也似乎比读者还容把它先已忘却了。

这时还有几个作者几种作品，因为他们的工作，在另外一件事上有了更多更好的贡献，因此我们皆疏忽了的，是郑振铎先生的《家庭故事》，赵景深先生的《烧饼》，徐霞村先生的《古国的人们》。

又有几个作家的作品，为了别一种原因，使我们对于他的名字同作品都疏远了一点，然而那些作品在当时却全是一些刊物读者最好的粮食的。在北方，还有闻国新、蹇先艾、焦菊隐、于成泽、李健吾、罗皑岚等创作。在南方，则周全平、叶灵凤，由创造社的《创造》而《幻洲》《洪水》，各刊物上继续写作了不少文章，名字成为了南方读者所熟习的名字（其中最先为人注意的还有一个倪贻德）。还有彭家煌。在武昌，则有刘大杰、胡云翼。在湖南，则有罗黑芷。这些作者的作品，在同一时代，似乎比较冷落一点，既不同几个已经说到的作家可以相提并论，即与或先或后的作家如冯文炳，许钦文，黎锦明，王鲁彦，胡也频而言，也不如此数人使人注意。这里我们不能不承认"数量""文字个性""所据地位"几种关系，或成就了某一些作者，或妨碍了某一些作者，是一种看来十分希奇实在却很平常的事实。冯文炳是以他的文"风格"自见的，用十分单纯而合乎"口语"的文字，写他所见及的农村儿女事情，一切人物出之以和爱，一切人物皆聪颖明事。作者熟悉他那个世界的人情，淡淡的描，细致的刻画，且由于文字所酝酿成就的特殊空气，很有人欢喜那种文章。许钦文能用仿佛速写的笔，擦擦的自然而便捷的画出那些市民阶层和乡村人物的轮廓，写出那些年青人在恋爱里的纠纷，与当时看杂感而感到喜悦的读者读书的耐心与趣味极相称。黎锦明承鲁迅方法，出之以粗糙的描写，尖刻的讥讽，夸张的刻画，文字的驳杂中却有一种豪放气派，这气派的独占，在他名为《雹》的一集中间，实很有些作品较之同时其他作家的作品更值得重视。鲁彦的《柚子》，抑郁的气分遮没了每个作品，文字却有一种美，且在组织方面和造句方面，承受了北方文学运动者所提出的方向，干净而亲切。同时讥讽的悲悯的态度，又有与鲁迅相似处。当时正是《阿Q正传》支配到大部分人趣味的时节，故鲁彦风格也从那一路发展下去了。胡也频，以诗人清秀的笔转而作小说，由于生活一面的体念，使每一个故事皆在文字方面毫无微疵，在组织方面十分完美。其初期作品《圣徒》《牧场上》可作代表，到后方向转变，作品中如《光明在前面》等作，则一个新的人格和意识，见出作者热诚与爱的取舍，由忧郁徘徊而为勇敢的向前，有超越同时同类一般作品的趋势。

  但我们有时却无法分出名字比较冷落的作家和名字热闹的作家之间有什么十分悬殊的界域。在中国，初期的文坛情形，就混入了若干毫无关系的分子，直到如今还是免不了的。在创作中有为玩玩而写作的作家，也有因这类的玩玩而写作的人挡住前路，成为风气，占据刊物所有的篇幅，终于把虽不断写作无从表现的作家全压下去了。在较大刊物上把作品与读者见面的，照例所得读者注意较多。与书业中有关系的，照例他那作品常有极好的销数。欢喜自画自赞的，不缺少互相标榜兴味的，他们分上得到的好处，是一个低头在沉默中创作的作家所无分的。从小小的平凡的例子上看去，长虹，章衣萍，……这一类名字，莫不在装点渲染中比起任何名字似乎还能具吸引力一些，那理由，我们倘若不能从他们的作品中找寻得到时，是只有从另外一个意义下去领会的。有些作家用他的作品支持到他的地位，有些作家又正是用他的地位支持到作品：故如所传说，一个名作者常用一元千字把他人作品购为己有，稍加增改，就可以高价售出，这事当然并不希奇。因为在上述情形中，无数无名无势的新作者，出路是没有的，他们不要钱也无人愿意印行他们的著作。这习气因近年来经营新出版业者的加多，稍稍有些破除。然而凡是由于以事业、生活地位支持作品地位的，却并不因此有所动摇，文学趣味的方面，并不在乎读者而转移。读者永远无能力说需要什么，不需要什么，一切安排都在商人手中。

五

  把上述诸作者，以及其中近于特殊的情形，作不愉快的叙述，可以暂且放下不用再提了。

  从各方面加以仔细的检察，在一些作品中，包含孕育着的浮薄而不庄重的气息，实大可惊人。十年来中国的文学，在创作一方面，由于诙谐趣味的培养，所受的不良影响，是非常不好的。把讽刺的气息注入各样作品内，这是文学革命稍后一点普遍的现象，这现象到如今还依然存在，过去一时代文学作品，大多数看来，皆不缺少病的纤细，前面说到的理由，是我们所不能不注意的。

使作品皆病于纤巧,一个作品的动人,受读者欢迎,成为时髦的作品,全赖这一点。这是应当有人负责的。胡适之为《儒林外史》重新估价,鲁迅、周作人、西滢等人杂感,丁西林的戏,张资平的小说,以及莫泊桑、契诃夫作品的翻译,这些人的成绩,都使我们十分感谢,但这些作品无疑对于此后一般作品方面有极大的暗示。用这态度有所写作,照例可以避去强调的冲突,而能得到自得其乐的满足。用这态度有所写作,可以使人发笑,使人承认,使人同意。但同时另外指示到创作方面,"暗示"或"影响"到创作的态度,便成为不良的结果。我们看看年轻人的作品中,每一个作者的作品,总不缺少用一种谐趣的调子、不庄重的调子,每一个作者的作品,皆有一种近于把故事中人物嘲讽的权利,这权利的滥用,不知节制,无所顾忌,因此使作品深深受了影响,许多创作皆不成为创作,完全失去其正当的意义,文学由"人生严肃"转到"人生游戏",所谓含泪微笑的作品,乃出之于不足语此的年轻作者,故结果留下一种极可非难的习气。(这习气延长下去,便成了所谓幽默趋势。)

说一句俏皮一点的话,作一个小丑的姿势,在文体方面,有意杂糅文言与口语使之混和,把作品同"诙谐"接近,许多创作,在把文学为有意识向社会作正面的抗议的情形里,转到把文学为向恶势力作旁敲侧击的行为,抓他一把,捏他一下,作者虽聪明智慧了许多,然而创作给人也只是一点趣味,毫无其他可企望的了。老舍先生前期作品,集中了这创作的谐趣意识,以夸诞的讽刺,写成了三个长篇,似乎同时也就结束了这趣味的继续存在。因为十六年后,小巧的杂感,精致的闲话,微妙的对白剧,千篇一律的讽刺小说,也使读者和作者有点厌倦了,于是时代便带走了这个游戏的闲情,代替而来了一些新的作家与新的作品。

这方向的转变,可注意的不是那几个以文学为旗帜的人物,虽然他们也写了许多东西。我想说到的,是那些仅以作品直接诉之于读者,不仰赖作品以外任何手段的作家,这一群作家中,有几个很可注意的人。

(一)以民国十五六年以来革命的时代为背景,写成了《动摇》《追求》《幻灭》三个有连续性的恋爱革命小说,是茅盾。

(二)以一个进步阶级女子,在生活方面所加的分析,明快爽朗又复细腻委婉的写及心上所感到的纠纷,着眼于下层人物的生活,而能写出平常人所着眼不到处,写了《在黑暗中》的,是丁玲。

(三)就是先前所说,集中了讽刺与诙谐用北京风物作背景,写《赵子曰》《老张的哲学》《二马》等作的是老舍。

在短篇方面,则施蛰存先生一本《上元灯》,值得保留到我们的记忆里。

把习气除去,把在创作中不庄重的措词与自得其乐沾沾自喜的神气消灭,同时也不依赖其他装点,只把创作当成一个企图,企图它成一个艺术作品,在沉默中努力,一意来写作,因此作品皆能以一种不同的风格产生而存在,上述各作者的成就,是我们在另一时候也不容易忘却。使《黄昏》《玉君》等作品与茅盾《追求》并列,在故事发展上,在描写技巧上,皆见出后者超越前者处极多。大胆的以男子丈夫气分析自己,为病态神经质青年女人作动人的素描,为下层女人有所申诉,丁玲女士的作品，给人的趣味，给人的感动，把前一时几个女作家所有的爱好者兴味与方向皆扭转了。丁玲女士的作品给了读者们一些新的兴奋。反复酣畅的写出一切，带着一点儿忧郁，攫着了读者的感情，到目前，复因自己意识就着时代而前进，故尚无一个女作家有更超越的惊人的作品可以企及。

一时代风气，作家之一群，给了读者以忧郁，给了读者以愤怒，却并无一个作者的作品，可以使年青人心上的重压稍稍轻松。读《赵子曰》，读《老张的哲学》，却使我们感觉作者能在所写及的事物上发笑，而读者却因此也可以得到一个发笑机会，这成就已不算十分坏了。关于故都风物一切光景的反映，老舍长处是一般作者所不能及的，人物性格的描画，也极其逼真动人，使作品贯以一点儿放肆坦白的谐谑，老舍各作品，在风格和技术两方面都值得注意。

冯文炳，黎锦明，王鲁彦，许钦文等人作品，可以放在一起来谈的是各个作家的"讽刺气分"。这气分，因各人笔致风格而有小异，却并不完全失去其一致处。这种风气的形成，应上溯及前面所述及"诙谐趣味"的养成，始能明白其因缘。毫无可疑，各个作者在讽刺方面全是失败了的。读者这方面的嗜好，却并不能使各个作家的作品因之而纯粹。诚实的制作自己所要制作的故事，清明的睥睨一切，坦白的申述一切，为人生所烦恼，便使这烦恼诉之于读者，南方创造派所形成的风气实较北方语丝派为优。浮浅幼稚，尚可望因时代而前进，使之消灭，世故聪明，却使每个作者在写作之余，有泰然自得的样子，文学的健康性因此而毁了。民国十六年革命小说兴起，一面是在对文学倾向有所提示，另一面也掊击到这种不良趣味，这企图，在创作方面，是不为无益的。虽当时大小杂感家以《论语》为残垒，有所保护，然而"白相的文学态度"随即也就因大势所趋而消灭了。几个短篇作者，在先一时所得到的优越地位，另有了代替的人，施蛰存、沉樱，是几个较熟习的名字。这些人是不会讽刺的。在把创作当一个创作的态度诚恳上而言，几人的成就，虽不一定较之另外数人为佳，然而把作品从琐碎的牢骚里拖出，不拘囿到积习里，作品却纯粹多了。《上元灯》笔致明秀，长于描绘，虽调子有时略感纤弱，却仍然可算为一本完美的作品。这作品与稍前一年两年的各作品较，则可知道以清丽的笔，写这世界行将消失或已消失的农村传奇，冯文炳、许钦文、施蛰存有何种相似又有何种不同处。

孙席珍写了《战场上》，关于战争还另外写了一些作品。然这类题材，对于作者并不适宜，因作者所体验的生活不多，文字技巧又不能补其所短，故读者无多大兴味。但关于战争，作暴露的抗议，作者以外还无另一人。

与施蛰存笔致有相似处，明朗细致，气派因生活与年龄拘束，无从展开，略嫌窄狭，然而能使每一个作品成为一个完美好作品，在组织文字方面皆十分注意，还有一个女作家沉樱。

（原载《文艺月刊》1931 年第二卷第 4 期）

中国新文学的源流（节选）

周作人

第五讲　文学革命运动

清末政治的变动所给予文学的影响
梁任公和文学改革的关系
白话作品的出现
《新青年》杂志的刊行和文学革命问题的提出
旧势力的恐怖和挣扎
文学革命运动和明末新文学运动根本精神之所以相同
用白话的理由

清末文学方面的情形，就是前两次所讲到的那样子，现在再加一总括的叙述：

第一，八股文在政治方面已被打倒，考试时已经不再作八股文而改作策论了。其在社会方面，影响却依旧很大，甚至，直到现在还没有完全消失。

第二，在乾隆嘉庆两朝达到全盛时期的汉学，到清末的俞曲园也起了变化，他不但弄词章，而且弄小说，而且在《春在堂全集》中的文字，有的像李笠翁，有的像金圣叹，有的像郑板桥和袁子才。于是，被章实斋骂倒的公安派，又得以复活在汉学家的手里。

第三，主张文道混合的桐城派，这时也起了变化，严复出而译述西洋的科学和哲学方面的著作，林纾则译述文学方面。虽则严复的译文被章太炎先生骂为有八股调；林纾译述的动机是在于西洋文学有时和《左传》《史记》中的笔法相合；然而在其思想和态度方面，总已有了不少的改变。

第四，这时候的民间小说，比较低级的东西，也在照旧发达。其作品有《孽海花》等。

受了桐城派的影响，在这变动局面中演了一个主要角色的是梁任公。他是一位研究经学而在文章方面是喜欢桐城派的。当时他所主编的刊物，先后有《时务报》，《新民丛报》，《清议报》和《新小说》等等，在那时的影响都很大，不过，他是从政治方面起来的，他所最注意的是政治上的改革，因而他和文学运动的关系也较为异样。

自从甲午年（1894）中国败于日本之后，中间经过了戊戌政变（1898），以至于庚子年的八国联军（1900），这几年间是清代政治上起大变动的开始时期。梁任公是戊戌政变的主要人物，他从事于政治的改革运动，也注意到思想和文学方面。在《新民丛报》内有很多的文学作品。不过那些作品都不是正路的文学，而是来自偏路的，和林纾所译的小说不同。他是想借文学的感化力作手段，而达到其改良中国政治和中国社会的目的的。这意见，在他的一篇很有名的文章《论小说与群治之关系》中可以看出。因此他所刊载的小说多是些"政治小说"，如讲匈牙利和希腊的政治改革的小说《经国美谈》等是。《新小说》内所登载的，比较价值大些，但也都是以改良社会为目标的，如科学小说《海底旅行》，政治小说《新罗马传奇》，《新中国未来记》和其他的侦探小说之类。这是他在文学运动以前的工作。

梁任公的文章是融和了唐宋八家，桐城派，和李笠翁，金圣叹为一起，而又从中翻陈出新的。这也可算他的特别工作之一。在我年小时候，也受了他的非常大的影响，读他的《饮冰室文集》《自由书》《中国魂》等书，都非常有兴趣。他的文章，如他自己在《清代学术概论》中所讲，是"笔锋常带情感"，因而影响社会的力量更加大。

他曾作过一篇《罗兰夫人传》。在那篇传文中，他将法国革命后欧洲所起的大变化，都归功于罗兰夫人身上。其中有几句是：

> 罗兰夫人何人也？彼拿破仑之母也，彼梅特涅之母也。
> 彼玛志黎，噶苏士、俾士麦，加富尔之母也。……

因这几句话，竟使后来一位投考的人，在论到拿破仑时颇惊异于拿破仑和梅特涅既属一母所生之兄弟何以又有那样不同的性格。从这段笑话中，也可见得他给予社会上的影响是如何之大了。

就这样，他以改革政治改革社会为目的，而影响所及，也给予文学革命运动以很大的助力。

在这时候，曾有一种白话文字出现，如《白话报》，《白话丛书》等，不过和现在的白话文不同，那不是白话文学，而只是因为想要变法，要使一般国民都认些文字，看看报纸，对国家政治都可明瞭一点，所以认为用白话写文章可得到较大的效力。因此，我以为那时候的白话和现在的白话文有两点不同：

第一，现在白话文，是"话怎样说便怎样写"。那时候却是由八股翻白话，有一本《女诫注释》，是那时候的《白话丛书》之一，序文的起头是这样：

> 梅侣做成了《女诫》的注释，请吴芙做序，吴芙就提起笔来写道，从古以来，女人有名气的极多，要算曹大家第一，曹大家是女人当中的孔夫子，《女诫》是女人最要紧念的书。……

又后序云：

> 华留芳女史看完了裘梅侣做的曹大家《女诫》注释，叹一口气说道，唉，我如今想起中国的女子，真没有有再比他可怜的了。……

这仍然是古文里的格调，可见那时的白话，是作者用古文想出之后，又翻作白话写出来的。

第二，是态度的不同——现在我们作文的态度是一元的，就是：无论对什么人，作什么事，无论是著书或随便地写一张字条儿，一律都用白话。而以前的态度则是二元的：不是凡文字都用白话写，只是为一般没有学识的平民和工人才写白话的。因为那时候的目的是改造政治，如一切东西都用古文，则一般人对报纸仍看不懂，对政府的命令也仍将不知是怎么一回事，所以只好用白话。但如写正经的文章或著书时，当然还是作古文的，因此我们可以说，在那时候，古文是为"老爷"用的，白话是为"听差"用的。

总之，那时候的白话，是出自政治方面的需求，只是戊戌政变的余波之一，和后来的白话文可说是没有大关系的。

不过那时候的白话作品，也给了我们一种好处：使我们看出了古文之无聊。同样的东西，若用古文写，因其形式可作掩饰，还不易看清它的缺陷，但用白话一写，即显得空空洞洞没有内容了。

这样看来，自甲午战后，不但中国的政治上发生了极大的变动，即在文学方面，也正在时时动摇，处处变化，正好像是上一个时代的结尾，下一个时代的开端。新的时代所以还不能即时产生者，则是如《三国演义》上所说的："万事齐备，只欠东风"。

所谓"东风"在这里却正应改作"西风"，即是西洋的科学，哲学，和文学各方面的思想。到民国初年，那些东西已渐渐输入得很多，于是而文学革命的主张便正式地提出来了。

民国四五年间，有一种《青年杂志》发行出来，编辑者为陈独秀，这杂志的性质是和后来商务印书馆的《学生杂志》差不多的。后来，又改名为《新青年》，及至蔡孑民作了北大校长，他请陈独秀作了文科学长，但《新青年》杂志仍由陈编辑，这是民国六年的事。其时胡适之尚在美国，他由美国向《新青年》投稿，便提出了文学革命的意见。但那时的意见还很简单，只是想将文体改变一下，不用文言而用白话，别的再没有高深的道理。当时他们的文章也还都是用文言作的。其后钱玄同刘半农参加进去，"文学运动""白话文学"等等旗帜口号才明显地提了出来。接着又有了胡适之的"八不主义"，也即是复活了明末公安派的"独抒性灵，不拘格套"和"信腕信口，皆成律度"的主张。只不过又加多了西洋的科学哲学各方面的思想，遂使两次运动多少有些不同了。而在根本方向上，则仍无多大差异处——这是我们已经屡次讲到的了。

对此次文学革命运动起而反对的，是前次已经讲过的严复和林纾等人。西洋的科学哲学和文学，本是由于他们的介绍才得输入中国的，而参加文学革命运动的人们，也大都受过他们的影响。当时林译的小说，由最早的《茶花女》到后来的《十字军英雄记》和《黑太子南征录》，我就没有不读过的。那么，他们为什么又反动起来呢？那是他们有载道的观念之故。严林都十分聪明，他们看出了文学运动的危险将不限于文学方面的改革，其结果势非使儒教思想根本动摇不可。所以怕极了便出面反对。林纾有一封很长的信，致蔡孑民先生。登在当时的《公言报》上，在那封信上他说明了这次文学运动将使中国人不能读中国古书，将使中国的伦常道德一齐动摇等危险，而为之担忧。

关于这次运动的情形，没有详细讲述的必要，大家翻看一下《独秀文存》和《胡适之文存》，便可看得出他们所主张的是什么。钱玄同和刘半农先生的文章没有收集印行，但在《新文学评论》（王世栋编，新文化书社出版）可以找到，这是最便当的一部书，所有当时关于文学革命这问题的重要文章，主张改革和反对改革的两方面的论战文字，通都收进里面去了。

我已屡次地说过，今次的文学运动，其根本方向和明末的文学运动完全相同，对此，我觉得还须加以解释：

有人疑惑：今次的文学革命运动者主张用白话，明末的文学运动者并没有如此的主张，他们的文章依旧是用古文写作，何以二者会相同呢？我以为：现在的用白话的主张也只是从明末诸人的主张内生出来的。这意见和胡适之先生的有些不同。胡先生以为所以要用白话的理由是：

（1）文学向来是向着白话的路子走的，只因有许多障碍，所以直到现在才入了正轨，以后即永远如此。

（2）古文是死文字，白话是活的。

对于他的理由中的第（1）项，在第二讲中我已经说过：我的意见是以为中国的文学一向并没有一定的目标和方向，有如一条河，只要遇到阻力，其水流的方向即起变化，再遇到即再变。所以，如有人以为诗言志太无聊，则文学即转入"载道"的路，如再有人以为"载道"太无聊，则即再转而入于"言志"的路。现在虽是白话，虽是走着言志的路子，以后也仍然要有变化，虽则未必再变得如唐宋八家或桐城派相同，却许是必得对于人生和社会有好处的才行，而这样则又是"载道"的了。

对于其理由中的第（2）项，我以为古文和白话并没有严格的界线，因此死活也难分。几年前，曾有过一桩笑话：那时章士钊以为古文比白话文好，于是以"二桃杀三士"为例，他说这句话要用白语写出则必变为"两个桃子，害死了三个读书人"，岂不太麻烦么？在这里，首先他是将"三士"讲错了："二桃杀三士"为诸葛亮《梁父吟》中的一句，其来源是《晏子春秋》里边所讲的一段故事，三士所指原系三位游侠之士，并非"三个读书人"。其次，我以为这句话就是白话而不是古文。例如在我们讲话时说，"二桃"就可以，不一定要说"两个桃子"，"三士"亦然。"杀"字更不能说是古文。现在所作的白话文内，除了"呢""吧""么"等字比较新一些外，其余的几乎都是古字了，如"月"字从甲骨文字时代就有，算是一个极古的字了，然而它却的确没有死。再如"粤若稽古帝尧"一句，可以算是一句死的古文了，但其死只是由于字的排列法是古的，而不能说是由于这几个字是古字的缘故，现在，这句子中的几个字，还都时常被我们应用，那么，怎能算是死文字呢？所以文字的死活只因它的排列法而不同，其古与不古，死与活，在文字的本身并没有明瞭的界限。即在胡适之先生，他从唐代的诗中提出一部分认为是白话文学，而其取舍却没有很分明的一条线。即此可知古文白话很难分，其死活更难定。因此，我以为现在用白话，并不是因为古文是死的，而是尚有另外的理由在：

（1）因为要言志，所以用白话，——我们写文章是想将我们的思想和感情表达出来的。能够将思想和感情多写出一分，文章的艺术分子即加增一分，写出得愈多便愈好。这和政治家外交官的谈话不同，他们的谈话是以不发表意见为目的的，总是愈说愈令人有莫知究竟之感。我们既然想把思想和感情尽可能地多写出来，则其最好的办法是如胡适之先生所说的："话怎么说，就怎么写"，必如此，才可以"不拘格套"，才可以"独抒性灵"。比如，有朋友在上海生病，我们得到他生病的电报之后，赶即到东车站搭车到天津，又改乘轮船南下，第三天便抵上海。我们若用白话将这件事如实地记载出来，则可以看得出这是用最快的走法前去。从这里，我和那位朋友间的密切关系，也自然可以看得出来。若用古文记载，势将怎么也说不对。"得到电报"一句，用周秦诸子或桐城派的写法都写不出来，因"电报"二字找不到古文来代替，若说接到"信"，则给人的印象很小，显不出这事情的紧要来。"东车站"也没有适当的古文可以代替，若用"东驿"，意思便不一样，因当时驿站间的交通是用驿马。"火车""轮船"等等名词也都如此。所以，对于这件事情的叙述，应用古雅的字不但达不出真切的意思，而且在时间方面也将弄得不与事实相符。又如现在的"大学"若写作古代的"成均"和"国子监"，则其所给予人的印象也一定不对。从这些简单的事情上，即可知道想要表达现在的思想感情，古文是不中用的。

我们都知道，作战的目的是要消灭敌人而不要为敌人所消灭。因此，选用效力最大的武器是必须的：用刀棍不及用弓箭，用弓箭不及用枪炮，枪炮只有射击力最大的才最好，所以现在都用大炮而不用刀剑。不过万一有人还能以青龙偃月刀与机关枪相敌，——能够以青龙偃月刀发生比机关枪更大的效力，这当然是不可能的事了，但万一有人能够作到呢，则青龙偃月刀在现在也仍不妨一用的。文学上的古文也如此，现在并非一定不准用古文，如有人能用古文很明瞭地写出他的思想感情，较诸用白话文字写还能表现得更多更好，则也大可不必用白话的，然而谁敢说他能够这样做呢？

传达思想，感情的方法很多，用语言，用颜色，用音乐或文字都可以，本无任何限制。我自己是不懂音乐的，但据我想来，对于传达思想和感情，也许那是一种最便当，效力最大的东西吧，用言语传达就比较难，用文字写出更难。譬如我们有时候非常高兴，高兴的原因却有很多：有时因为考试成绩好，有时因为发了财，有时又因为恋爱的成功等等，假如对这种种事件都只用"高兴"的字样去形容，则各种高兴间不同的情形便表示不出，这样便是不得要领。所以，将我们的思想感情用文字照原样完全描绘出来，是一件很不容易的事。既很不容易而到底还想将它们的原面目尽量地保存在文字当中，结果遂不能不用最近于语言的白话。这是现在所以用白话的主要原因之一，而和明末"信腕信口"的主张，原也是同一纲领——同是从"言志"的主张中生出来的必然结果。在明末还没想到用白话，所以只能就文言中的可能，以表达其思想感情而已。

  向来还有一种误解，以为写古文难，写白话容易。据我的经验说却不如是：写古文较之写白话容易得多，而写白话则有时实是自讨苦吃。我常说，如有人想跟我学作白话文，一两年内实难保其必有成绩；如学古文，则一百天的功夫定可使他学好。因为教古文，只须从古文中选出百来篇形式不同格调不同的作为标本，让学生去熟读即可。有如学唱歌，只须多记住几种曲谱：如国歌，进行曲之类，以后即可按谱填词。文章读得多了，等作文时即可找一篇格调相合的套上。如作寿序作祭文等，通可用这种办法。古人的文字是三段，我们也作三段，五段则也五段。这样则教者只对学者加以监督，使学者去读去套，另外并不须再教什么。这种办法，并非我自己想出的，以前的作古文的人们，的确就是应用这办法的，清末文人也曾公然地这样主张过，但难处是：譬如要作一篇祭文，想将死者全生平的历史都写进去，有时则限于古人文字中的段落太少而不能做到，那时候便不得不削足以适履了。古文之容易在此，其毛病亦在此。

  白话文的难处，是必须有感情或思想作内容，古文中可以没有这东西，而白话文缺少了内容便作不成。白话文有如口袋装进什么东西去都可以，但不能任何东西不装。而且无论装进什么，原物的形状都可以显现得出来。古文有如一只箱子，只能装方的东西，圆东西则盛不下，而最好还是让他空着，任何东西都不装。大抵在无话可讲而又非讲不可时，古文是最有用的。譬如远道接得一位亲属写来的信，觉得对他讲什么都不好，然而又必须回复他，在这样的时候，若写白话，简单的几句便可完事，当然不相宜的，若用古文，则可以套用旧调，虽则空洞无物，但八行书准可写满。

  （2）因为思想上有了很大的变动，所以须用白话——假如思想还和以前相同，则可仍用古文写作，文章的形式是没有改革的必要的。现在呢，由于西洋思想的输入，人们对于政治，经济，道德等的观念，和对于人生，社会的见解，都和从前不同了。应用这新的观点去观察一切，遂对一切问题又都有了新的意见要说要写。然而旧的皮囊盛不下新的东西，新的思想必须用新的文体以传达出来，因而便非用白话不可了。

  现在有许多文人，如俞平伯先生，其所作的文章虽用白话，但乍看来其形式很乎常，其态度也和旧时文人差不多，然在根柢上，他和旧时的文人却绝不相同。他已受过了西洋思想的陶冶，受过了科学的洗礼，所以他对于生死，对于父子，夫妇等问题的意见，都异于从前很多。在民国以前人们，甚至于现在的戴季陶张继等人，他们的思想和见地，都不和我们相同，按张戴的思想讲，他们还都是庚子以前的人物，现在的青年，都懂得了进化论，习过了生物学，受过了科学的训练。所以尽管写些关于花木，山水，吃酒一类的东西，题目和从前相似，而内容则前后绝不相同了。

（原载《中国新文学源流》，人文书店 1932 年版）

关于"社会主义的现实主义与革命的浪漫主义"
——"唯物辩证法的创作方法"之否定

周 扬

在去年 10 月 29 日至 11 月 3 日在莫斯科举行的全苏联作家同盟组织委员会第一次大会上,跟清算"拉普"(以前的普罗作家同盟)的功绩和错误一同,重新展开了关于创作方法问题的讨论,批判了从来"唯物辩证法的创作方法"的不正确,提出了"社会主义的现实主义"这个新的口号来代替它。在这大会上,古浪斯基(J. M. Gronsky)先在开会辞中触到这个问题,接着,委员会的书记长,也是苏联最优秀的理论家之一的吉尔波丁(V. Kirpotin)作了接连几个钟头的题名《苏联文学之十五年》的报告,主要地是提起这问题的。

截到现在为止,这个问题虽然还是一个未被解决的问题,但这个新的口号的提出无疑地对于创作方法的发展有着划期的意义,它已经在全苏联的,不,全世界的进步的艺术家批评家之间卷起了一大 Sensation①。在苏联,如名剧作家基尔洵(Kirshon)②所说:"没有一次演说不重复着社会主义的现实主义这句话。辩士们口里讲着社会主义的现实主义,批评家们笔下写着社会主义的现实主义,评论家们站在社会主义的现实主义的基础上活动着。社会主义的现实主义已经成了咒文。"在日本,对于这个问题,也给予了极大的注意,进步的文学刊物上都登载了关于社会主义的现实主义的论文,由外村史郎编译的《社会主义的现实主义的问题》一书听说也在最近出版了。第一次把这个问题介绍到中国来的,是数月以前揭载在《艺术新闻》上的一篇题名为《苏联文学的新口号》(?)的短文,那篇文章是根据上田进的论文做的,不但极不充分,而且包含了不正确的理解。但从那时以后,也并没有看到对于这个问题的多大反响,或更详细的,更正确的介绍。直到最近,《国际每日文选》上才又连载了华西里珂夫斯基和吉尔波丁著的,两篇都题名为《关于社会主义的现实主义》的论文。

但是,自从这个问题提出来以后,即在苏联,也还是不见得都能正确地理解社会主义的现实主义这个口号的真正意义;在日本左翼文学的阵营内,对这问题,更是表露了种种皮相的理解(如上田进等)和机会主义的,甚至取消主义的歪曲(如德永直)。新的口号在中国是尤其容易被误解和歪曲的。特别是,这个口号是当作"唯物辩证法的创作方法"的否定而提出来的,假如我们不从全体去着这个苏联文学的新的发展,而单单从"唯物辩证法的创作方法是错误的"这个命题出发的话,那就不但会给那些一向虽不明言但心里是反对唯物辩证法的文学者们一个公然反对唯物辩证

---

① 轰动。
② 通译迦尔洵。

法的有利的根据，给那些嘲笑我们"今日唱新写实主义，明日又否定……"的自由主义的人们一个再嘲笑的机会，而且会把问题的中心歪曲到不知什么地方去，会不自觉地成为文学上的种种资产阶级影响的俘虏。

首先，我们有在这里强调这个新的提倡的现实的根据之必要。只有这样，我们方才能够明了这个问题的全貌吧。

我们知道，第一次把社会主义的现实主义的理论有系统地提出来，是在全苏联作家同盟组织委员会的第一次大会上。这不是偶然的。这个新的提倡是和全苏联作家同盟的结成有密切关联的；这个同盟的结成的基本的要因，就是旧知识阶级各层（包含着艺术家）的压倒的多数向社会主义建设方面的决定的转变和从工厂与集体农场出身的优秀的新作家、批评家的长成。"拉普"，在过去虽曾巩固了无产阶级文学的地盘并推动了无产阶级文学的发展，但在这个新的情势之下，就因为它的小集团的关门主义，和现代政治任务的脱离，和许多同情于社会主义建设的作家和艺术家的隔绝，而成为文艺创造的大量发展之障碍了。"拉普"的指导者们不但在组织上犯了宗派主义、关门主义的错误（如"没有同路人。不是同盟者，就是敌人"这个口号，即其显例）；而且在创作批评问题上也犯了这个同样的错误。"唯物辩证法的创作方法"这个口号便是"拉普"组织上的宗派性之在批评活动上的反映。"拉普"的批评家们常常用"唯物辩证法的创作方法"这个抽象的烦琐哲学的公式去绳一切作家的作品。他们对于一个作品的评价并不根据于那作品的客观的真实性，现实主义和感动力量之多寡，而只根据于作者的主观态度如何，即：作者的世界观（方法）是否和他们的相合。他们所提出的艺术的方法简直就是关于创作问题的指令，宪法。结果，为唯物辩证法的创作方法的斗争就变成了唯物辩证法的歪曲，和创作实践的脱离，对于作家的创造性和幻想的拘束，压迫。从这里，就发生了"拉普"和许多作家之间的隔阂乃至不和。他们对付这些作家，是不惜采取组织的处罚，叱咤，命令的手段的。这种批评上的宗派主义，官僚主义，古浪斯基普在开会辞中痛切地指摘出来：

> "拉普"的批评常常是宗派的和不宽容的。一个作家标错了一个逗点，就会马上被看成一个阶级敌人，甚至会从文学界被驱逐出去。"我们要把你赶出文学界"这句话已经成了口头禅。我们不要跟真正的阶级敌人多费口舌，我们对于阶级敌人是毫不容情的，但也正因为这个缘故，我们对于"阶级敌人"这个用语就非慎重一点不可。
>
> 批评应该是彻底的。和我们联合的旧作家必须克服内在的矛盾。批评应该帮助他们跟着我们的路走。批评应该用同志的态度，它应该帮助作家去克服困难，它必须为艺术家宽容。坚忍地去建立新的布尔什维克的批评，也正是我们的责任。

为了要对正在转变的旧作家和从大众中生长出来的新作家，给予有力的指导和援助，使他们向着社会主义发展的事实之真实的艺术的表现这个共同的目标走，新的批评的建立就成为十分必要了。反映"拉普"组织上的宗派性的从来"唯物辩证法的创作方法"的口号已经不但不能适应而且障碍这个新的情势的发展，而非和"拉普"这个组织本身一同改变不可了。吉尔波丁等所提倡的"社会主义的现实主义"的理论就是从适应这个情势的运动的必然产生出来的。

  但在这里，我们必须注意：这决不说文学理论上的辩证法的唯物论可以抛弃，不要。相反地，为了要用具体的批评去指导许多的作家，抛弃了"唯物辩证法的创作方法"这个口号的批评家，今后是非把自己的唯物辩证法更加强化不可的。

  "难道说我们组织委员会是反对辩证法的唯物论的吗？"吉尔波丁就这样说过，"当然不，因为只有由辩证法唯物论的方法所指导的，而且，像我们的一切社会科学一样，是马克思主义的列宁主义的那样的批评，才是有益的。我们从来就反对而且今后还要继续不断地反对对于这个原则的任何修正。……虽然我们赞成艺术上的辩证法的唯物论，但我们却认为这个口号是一个错误的口号，因为它太简单，它把艺术的创造和意识形态的意义之间的细密的关联，艺术的创造对于意识形态的意义的依存，艺术家对于他的阶级的世界观的复杂的依存，转化为呆板的，机械作用的法则了。"

  固然，艺术家是依存于他自身的阶级的世界观的，但这个依存关系，因为各人达到这个世界观的道路和过程的多样性以及客观的情势之不同，而成为非常复杂和曲折。艺术家的世界观又是通过艺术创造过程的复杂性和特殊性而表现出来的。艺术的特殊性——就是"借形象的思维"；若没有形象，艺术就不能存在。单是政治的成熟的程度，理论的成熟的程度，是不能创造出艺术来的。因为艺术作品并不是任何已经做好了的，在许久以前就被认识了的真理的记述，而必须是客观的现实的认识。艺术家是从现实中，从生活中汲取自己的形象的。所以，决定艺术家的创作方向的，并不完全是艺术家的哲学的观点（世界观），而是形成并发展他的哲学，艺术观，艺术家的资质等的，在一定时代的他的社会的（阶级的）实践。艺术家在创作的实践中观察现实，研究现实的结果，即他的艺术的创造的结果，甚至可以达到和他的世界观相反的方向。吉尔波丁就说过这样的话："艺术家有时是违反他的世界观，通过对他的世界观的斗争，达到艺术上的正确而有益的结论的。"这并不是吉尔波丁的创见，恩格斯在写给英国女作家赫克纳思①的信中，就早已这样说过："我意想中的现实主义是甚至会显得和作者的意见相反的"（圈点是我加的，以下仿此），并且以巴尔扎克做例子，说："巴尔扎克不能够不违背自己的阶级同情和政治成见，他见到了自己所心爱的贵族不可避免的没落，而描写了他们的不会有更好的命运，他见到了当时所仅仅能够找得着的真正的将来人物，——这些，我认为正是现实主义的最大胜利之一，老巴尔扎克的最大特殊性之一。"但是，这种作家的世界观和他的艺术的创造的结果的背驰，如吉尔波丁所指示的一样，对于艺术自身并不是"正"（Plus），而是"负"（Minus），是常常破坏作品的艺术的组织的一个缺点。巴尔扎克之所以不能达到现实之全面的真实的反映，也就是因为他的世界观的界限性和缺陷的缘故。

---

  ① 通译哈克奈斯。

虽然艺术的创造是和作家的世界观不能分开的，但假如忽视了艺术的特殊性，把艺术对于政治，对于意识形态的复杂而曲折的依存关系看成直线的，单纯的，换句话说，就是把创作方法的问题直线地还原为全部世界观的问题，却是一个决定的错误。"唯物辩证法的创作方法"就是这样一个错误的口号。这个口号实际上就是哲学上的德波林主义之在文学方面的反映。德波林派的特征是把特殊和一般分离，把感性和论理分离。这反映在文学方面，就是把辩证法的一般的命题绝对化，而忽视文学的特殊的性质。"拉普"在文学上的行政的手段就是根据这个来的。

艺术的特殊性使批评家负了这样的义务，就是：他不但要发见作家的创作的阶级的和思想的意义，而且也非发见他的艺术的价值，他的才能的程度不可。因为"文学必须当作文学来处理，我们一面要发现它的社会的意义和意识形态的内容，一面也要注意到它的艺术的性质，它的构成，形式的技巧等等"（吉尔波丁），这就复杂得多了，但这却是十分必要的。我们从恩格斯的文学著作中就可看出这位科学的社会主义的创始者对于文学的技巧是给予了怎样的注意。恩格斯尖锐地批评了"青年德意志"派的"文学的技巧之不足"，他称赞维尔特（Weert），说他的创作"从独创性，机智以及特别是感情的力量看来"是优于佛策里希拉特的。他对于赫克纳思的"艺术家的勇气"也加以称赞。作家的形式的水准主要地是依存他的艺术的才能的。但才能并不是凝固的东西，它是长成着，变化着的。所以，为创作的实践，文学的技术的获得的斗争就有着至大的意义。高尔基对于文学技术问题的看重，并不是偶然的。"必要的——高尔基常常强调着说，——是知道创作的技术。"把创作的复杂的过程简单化了的"唯物辩证法的创作方法"，对于形式技巧等等的问题，不待说，是没有给予必要的注意的。

作家为获得高度的表现技术，即，为达到更完全的形象化的努力，是正当的，必要的努力。但是真正使大众感动的，却还不是美丽的，洗练的形式，而是被描写的深刻的，活生生的现实。要在形象的形式中，描画出现实的完全的真实的光景，作家就有通过现实的社会的实践去和劳动阶级结合，把劳动阶级的世界观变成自己的世界观的必要。古浪斯基说："我们要我们的作家充分地了解马克思，列宁主义，精通历史，经济学和哲学，把辩证法的唯物论的方法变成自己的东西。但是我们却不能要求作家'依据辩证法唯物论的方法来写作'。"这话是并不矛盾的，因为作家要怎样才能完成自己的马克思主义的世界观这个问题是必须紧紧地脚踏实地去解决的。但"拉普"的批评家们却把它顶在头顶上，开口"从辩证法出发"，闭口"照辩证法写"，一若作家只要背熟了唯物辩证法的命题，就可认识现实，反映现实似的。但是，实际上，"唯物辩证法并不是魔术的公式：只要背熟了它，就可毫不费力地获得对于自然界一切秘义，对于从外科学到造靴术的一切专门技能的关键"。（斯铁兹基：《辩证法的卑俗化》）成熟的前卫的马克思列宁主义的世界观，不用说，对于作家，是十分必要的，但作家若不在那具体性上了解生活，就决不能够把那生活在他的作品里面如实地具体化。就是要懂得辩证法，也非浸入辩证法地发展的现实自身中不可；仅仅是在书斋中研究了辩证法的命题，就断不能算是真正懂得辩证法了。辩证法的智慧是从活生生的现实中汲取来的。吉尔波丁说:"一个作家把现实的本质的方面,它的趋势的目标和展望,愈深刻,愈真实地吸进他的作品中来,则他的作品中所包含的辩证法的和唯物论的要素就愈多。常常有这样的情形:从歌德和莎士比亚的作品里面,我们可以引出丰富的例证,以说明辩证法的方法是什么。"这话是全然正确的。

向社会主义建设转变的旧作家也并不是因为研究了"唯物辩证法"的命题而转变的,而是由于看到了现实这个东西的不可掩蔽的发展——资本主义国家的激烈的经济恐慌,五年计划的完成,集体农场化的胜利的发展,等等——而渐渐地接近无产阶级的世界观的。他们虽还没有获得"百分之百的马克思主义的世界观",但他们却愿意正确地看取现实,并有艺术的地表现这个现实的专门能力。但是,"拉普"的批评家们却并不向这些作家要求社会主义发展的事实之真实的艺术的表现,而只向他们要求"百分之百的马克思主义的世界观",好像不先有完备的世界观就决不能产生好的作品似的。其实,世界观这个东西是在作家的努力及其社会实践中发展的。他们没有率先强调他们的作品的真实的部分,而单单为了辩证法的唯物论没有彻底,就一笔抹杀那作品的全部的价值。因此,"唯物辩证法的创作方法"这个口号,对于虽没有获得高度的无产阶级的世界观,却极力想要接近无产阶级的,有才能的旧知识分子的作家,是不但无益,而且有害的。对于从工厂和集体农场出身的新作家,在他们文学的表现力还未成熟的时候,如果不给予适当的技术上的指导,而只以"唯物辩证法的创作方法"的命题的空洞的说教,也是同样地有害的。

从上面所说的看来,我们对于"唯物辩证法的创作方法"这个口号的不正确,大概可以明了了吧。现在再移到"社会主义的现实主义"这个问题上面来。

在进到关于"社会主义的现实主义"的理论的讨论之前,我们必先注意两点,就是:

第一,如吉尔波丁所指出的一样,"社会主义的现实主义——不是凭空想出来的。它是已经存在着的苏联文学的 Style①"。吉尔波丁在他的报告和论文中陈述了苏联文学中的种种事实,从优秀的苏联作家的作品中引出了许多表明"社会主义的现实主义"的实例,证明了:苏联的作家,虽然走各不相同的道路,却都在朝着社会主义的现实主义这个共同的方向走。苏联文学是一定要依着这个方向而进步,而发展的。

第二,虽然这样,但社会主义的现实主义却不能当作"一般的应用的万应药"。"社会主义的现实主义——不是凝固的圣典,不是空想出来的死规矩。社会主义的现实主义——是已在诞生着发展着的文学的 Style,它——是过程。社会主义的现实主义,是由种种的作家,在技巧的种种程度上,在其所领会到的种种程度上去实现的。它是由个人的特殊的方法,在不同的创作方法和倾向的竞争中去实现的。"(吉尔波丁)这就是"社会主义的现实主义"和"唯物辩证法的创作方法"根本不同之所在;明乎此,方可以谈"社会主义的现实主义"的理论。

---

① 文体、风格、样式。

"社会主义的现实主义"借它的提倡者吉尔波丁的话说来，就是"在肯定和否定的契机中生活的丰富和复杂，及其发展之胜利的社会主义的根源之真实的描写"。真实性——是一切大艺术作品所不能缺少的前提。真实使文学变成了反对资本主义拥护社会主义的武器。正因为这个缘故，那必须说谎，必须掩饰现实的资产阶级，就再不能创造出活生生的大艺术作品来；也正因为这个缘故，"只有无产阶级文学和正转向到劳动阶级方面来的作家所制作的文学，才能在艺术形象之中，在其一切的真实上，在其矛盾上，在其发展的方向上，在无产阶级党和正建设着的社会主义的历史的展望上，体现着现实。正在这中间，就最包含着'社会主义的现实主义'的这个口号的意义"。（吉尔波丁）

社会主义的现实主义是动力的（Dynami），换句话说，就是社会主义的现实主义是在发展中，运动中去认识和反映现实的。这是社会主义的现实主义和资产阶级的静的（Static）现实主义的最大的分歧点，这也是社会主义的现实主义的最大的特征。关于这一点，户纳察尔斯基在全苏联作家同盟组织委员会第二次大会的演说中的一段话，是可以引用在这里的：

> 看不见发展的过程的人是决不会看见真实的；因为真实并不是不变化的，它并不是停顿的；真实是飞跃的，真实是发展的，真实是有冲突的，真实是包含斗争的，真实是明日的现实，而且它是正应该从这一方面去看的；因此，像资产阶级一样地去看它的人就一定会变成悲观主义者，忧郁家，而且常常会变成欺骗的伪造者，而且无论如何会变成有意的或无意的反革命者和破坏者。也许，他自己不会意识到这个，而且常常地，当共产主义者要求他"说出真实来"的时候，他会这样地说："我是在说着真实的话呀！"也许他对我们并无反革命的恶意；也许他还自以为说出了这个可悲的真实是大有贡献于我们的，但实际上这是虚伪，这并没在发展中去分析现实，所以这是和社会主义的现实主义毫不相干的。

只有不在表面的琐事（Details）中，而在本质的，典型的姿态中，去描写客观的现实，一面描写出种种否定的肯定的要素，一面阐明其中一贯的社会主义革命的胜利的本质，把为人类的更好的将来而斗争的精神，灌输给读者，这才是社会主义的现实主义的道路。对革命的不完全接受，对非本质的琐事的爱好，表面性，空虚的辞藻，公式化——这些，不但妨碍社会主义的现实主义的完成，而且会成为对革命的虚伪。拉金在《社会主义的现实主义》中说："社会主义的真实——不是事实的总和，而是许多事实的综合，从那里面选择了典型的东西和性格的东西。"在这里，我们只要想起恩格斯在写给赫克纳思的信中所说的这句话："我以为现实主义是要在细目的真实性之外正确地传达典型的环境中的典型的性格"，就可知道，典型的环境中的典型的性格之正确的传达，对于社会主义的现实主义，是有怎样重大的意义了。作为社会主义的现实主义的创始者的高尔基，就是在他的作品里面创造了典型的人物和典型的环境的。

社会主义的现实主义还有一个重要的特征，就是，它的大众性，单纯性。吉尔波丁说："这种文学（指社会主义的现实主义的文学），是为大众的文学。它必须为大众所理解。"这自然是和苏联的文化的巨大的跃进有着不可分离的关系的。因为大众的文化的要求提高了，作品，若要对几百万的大众读者的精神，心理，意识给予强力的教育的影响，就非具有易为大众所理解的明确性和单纯性不可。高尔基，富玛诺夫，绥拉菲摩维支的作品在大众中间的"成功的秘密"，——拉金说，——就包含在他们的言语的极度的单纯性里面，他们的形象之结晶的明确的透明性里面，他们的故事的特殊的而又接近大众的表现性里面，他们没有故意的饶舌和文句的不分明的"游戏"这个事实里面。但是，艺术的这种单纯性和大众性是和一切通俗化，单纯化的企图截然相反的。假如把社会主义的现实主义的文学变成迎合工人农民的低级的文学，那是绝对错误的。

和"社会主义的现实主义"一同，吉尔波丁提出了"革命的浪漫主义"的口号。

现实主义和浪漫主义，从来是被看成两个绝对不能相容的要素的。文学史家—甚至进步的文学史家往往将现实主义看成文学上的唯物论，浪漫主义看成文学上的观念论。但是，这种分法是独断的。因为文学上的现实主义和浪漫主义并不是和哲学上的唯物论和观念论一致的。如托尔斯泰是严峻的现实主义者，但他却是贯彻着观念论的说教的，即其明例。而且，在文学的现实中，没有一般的现实主义这个东西，也没有一般的浪漫主义这个东西；这两个倾向，在种种的时期和时代，具有种种的艺术的和社会的内容。在同一个浪漫主义的屋顶之下，竟住着这么多相反的作家，如夏陀勃立安①，席勒，嚣俄②，海涅，初期的高尔基和伊凡诺夫；在同一个现实主义的屋顶之下，也住着像巴尔扎克，左拉，蒲宁和法兑耶夫那样全然相反的作家。还有，在同一个作家的创作之中可以有现实主义的要素和浪漫主义的要素（如郭歌尔③，海涅，席勒。）所以，把浪漫主义和现实主义当作主观的观念论的创作方法和客观的现实主义的创作方法而对立起来，显然是错误的。

但是，在这里，我们也不能把"社会主义的现实主义和革命的浪漫主义"看成两个并立的东西，虽然在吉尔波丁的报告中，这两个名词是连在一起的。但我们如果注意到古浪斯基和吉尔波丁在最初提出"革命的浪漫主义"这个口号来的时候，是用了下面这样的语气说的："我们主张社会主义的现实主义，但也不拒绝革命的浪漫主义"，"我们提出社会主义的现实主义的问题，但这意思并不是和革命的浪漫主义相矛盾冲突的"，就可明白：作为苏联文学的主要口号的，还是"社会主义的现实主义"，"革命的浪漫主义"只是当作和"社会主义的现实主义"并不矛盾的，而且是可以包含在"社会主义的现实主义"里面的一个要素提出来的。

社会主义建设的时代是一个英雄主义的时代。英雄主义，伟业，对革命的不自私

---

① 通译夏多布里安。
② 通译雨果。
③ 通译果戈里。

的献身精神，现实的梦想的实现——这一切正是这个时代的非常特征的本质的特点。社会主义的现实主义是要求作家描写真实的；革命的浪漫主义不就包含在这个生活的真实里面吗？所以，吉尔波丁说："在社会主义的现实主义，社会主义建设的浪漫司和一般地无产阶级的阶级斗争的浪漫司的传达的倾向，是特征的。……革命的浪漫司的性质是社会主义的现实主义所固有的，只有在不同的艺术家有不同的程度。社会主义的现实主义，无论怎样，也不是古典的资产阶级的现实主义之简单的反复。在它的创作上，可以有擅长革命的浪漫谛克的方面的描写的艺术家。"

从上面这些话看来，则"革命的浪漫主义"不是和"社会主义的现实主义"对立的，也不是和"社会主义的现实主义"并立的，而是一个可以包括在"社会主义的现实主义"里面的，使"社会主义的现实主义"更加丰富和发展的正当的，必要的要素，就可完全明白了吧。正就是这一点上，"革命的浪漫主义"才有它的至大的意义；也正就是在这一点上，"革命的浪漫主义"是和古典的资产阶级的浪漫主义乃至"揭起革命的小资产阶级文学的旗帜"的所谓"革命的浪漫谛克"没有任何共同之点的。

我算是把吉尔波丁所提倡的"社会主义的现实主义"的理论，作了一个简单的介绍了。这个提倡无疑地是文学理论向更高的阶段的发展，我们应该从这里面学习许多新的东西。但这个口号是有现在苏联的种种条件做基础，以苏联的政治——文化的任务为内容的。假使把这个口号生吞活剥地应用到中国来，那是有极大的危险性的。

（原载《现代》1933年11月1日第4卷第1期）

新诗现代化
——新传统的寻求

袁可嘉

40年代以来出现了一种"现代化"的新诗，引起了读者的关注。

要了解这一现代化倾向的实质与意义，我们必先对现代西洋诗的实质与意义有个轮廓认识；关于这方面的介绍评论，国内已渐渐有人注意，笔者亦屡曾提及，此处不多唠叨；我们为行文方便，只能径以结论方式对现代西洋诗歌作下述描写：无论在诗歌批评，诗作的主题意识与表现方法三方面，现代诗歌都显出高度综合的性质；批评以立恰慈的著作为核心，有"最大量意识状态"理论的提出；认为艺术作品的意义与作用全在它对人生经验的推广加深，及最大可能量意识活动的获致，而不在对舍此以外的任何虚幻的（如艺术为艺术的学说）或具体的（如以艺术为政争工具的说法）目的的服役，因此在心理分析的科学事实之下，一切来自不同方向但同样属于限制艺术活动的企图都立地粉碎；艺术与宗教、道德、科学、政治都重新建立平行的密切联系，而否定任何主奴的隶属关系及相对而不相成的旧有观念，这是综合批评的要旨；另一方面表现在现代诗人作品中突出于强烈的自我意识中的同样强烈的社会意识，现实描写与宗教情绪的结合，传统与当前的渗透，"大记忆"的有效启用，抽象思维与敏锐感觉的浑然不分，轻松严肃诸因素的陪衬烘托，以及现代神话、现代诗剧所清晰呈现的对现代人生、文化的综合尝试都与批评理论所指出的方向同步齐趋；如果我们需要一个短句作为结论的结论，则我们似可说，现代诗歌是现实、象征、玄学的新的综合传统。

基于这个粗线条的轮廓认识，并参证于少数新诗现代化尝试者的诗作，我们已进入正确地分析其实质，了解其意义的有利境地；他们的试验在一切含义穷尽以后，有力代表改变旧有感性的革命号召；这一感性革命的萌芽原非始自今日，读过戴望舒、冯至、卞之琳、艾青等诗人作品的人们应该毫无困难地想起它的先例；但卞诗中传统感性与象征手法的有效配合及冯至先生更富现代意味的《十四行集》都遭过一切改革者在面对庸俗、浮浅、偷懒的人们时所必不可避免的反抗阻力；目前的感性改革者则显然企图有一个新的出发点，批判地接受内外来的新的影响，为现代化这一运动作进一步的努力。

就眼前作品所得窥知，我们发现隐在这个改革行动后面的理论原则至少有下述七点：

一、绝对肯定诗与政治的平行密切联系，但绝对否定二者之间有任何从属关系：如一般论者持作为雄辩武器而常忽略其真正含义，诗是生活（或生命）型式表现于语言型式，它的取材既来自广大深沉的生活经验的领域，而现代人生又与现代政治如此变态地密切相关，今日诗作者如果还有摆脱任何政治生活影响的意念，则他不仅自陷于池鱼离水的虚幻祈求，及遭到一旦实现后必随之而来的窒息的威胁，且实无异于缩小自己的感性半径，减少生活的意义，降低生命的价值；因此这一自我限制的欲望不唯影响他作品的价值，而且更严重地损害个别生命的可贵意义；但这样说显然并不等于主张诗是政治的武器或宣传的工具，其截然不同恰类似存在于"人是理性的动物"与"人全为理性驱使"二个命题间的严格区分。骚然哗然的诗是宣传论者应该了解那个看法对诗本身的限制及生命全体的抽空压缩的严重程度正与与之相对的另一极端的见解（"为艺术而艺术"）无丝毫轩轾可分。

二、绝对肯定诗应包含，应解释，应反映的人生现实性，但同样地绝对肯定诗作为艺术时必须被尊重的诗底实质：本原则的前半叙述似已为一般读者作者所熟知接受，我们不妨一笔提过而直接考虑诗之艺术的特质；如众所周知，各种不同的艺术类别除必然分担一般艺术的共同性以外，还必须有独特的个性；旧日对空间艺术与时间艺术的区分即从此基本观念出发，诗歌作为艺术也自有其特定的要求；诗作者必先满足这些内生的先天的必要条件，始足言自我表现，这也就是在约制中求自由，屈服中求克服的艺术创造的真实意义；这里我们自无须企图穷尽地列举诗艺的构成因素，我们只要想及诗中意境创造、意象形成、辞藻锤炼、节奏呼应等极度复杂奥妙的有机综合过程，就不难了解诗艺实质所包含对作者的强烈反叛、抵抗的意味，及一位诗作者在遭遇这些阻力时所必须付予的耐心与训练，诚挚与坚毅；如果我们根本否认诗艺的特质或不当地贬低它的作用意义，则在出发基点，作者已坦白接受击败自己的命运；其作品之不成为作品既在意中，其对人生价值的推广加深更是空中楼阁，百分之百骗人欺己的自我期许。

三、诗篇优劣的鉴别纯粹以它所能引致的经验价值的高度、深度、广度而定，而无所求于任何迹近虚构的外加意义，或一种投票＝畅销的形式；因此这个批评的考验必然包含作者寄托于诗篇的经验价值的有效表现，也即是依赖作品从内生而外现的综合效果；一句话说完，我们的批评对象是严格意义的诗篇的人格而非作者的人格；诗篇的人格虽终究不过是作者人格部分的外现，但在诗篇接受批评时二者的分别十分显明，似不待深论。浅言之，人好未必诗也好。

四、绝对强调人与社会、人与人、个体生命中诸种因子的相对相成，有机综合，但绝对否定上述诸对称模型中任何一种或几种质素的独占独裁，放逐全体；这种认识一方面植基于"最大量意识状态"的心理分析，一方面亦自个人读书做人的经验取得支持，且特别重视正确意义下自我意识的扩大加深所必然奋力追求的浑然一片的和谐协调。

五、在艺术媒剂的应用上，绝对肯定日常语言，会话节奏的可用性但绝对否定日前流行的庸俗浮浅曲解原意的"散文化"；现代诗人极端重视日常语言及说话节奏的应用，目的显在二者内蓄的丰富，只有变化多，弹性大，新鲜，生动的文字与节奏才能适当地，有效地，表达现代诗人感觉的奇异敏锐，思想的急遽变化，作为创造最大量意识活动的工具；一度以解放自居的散文化及自由诗更不是鼓励无政府状态的诗篇结构或不负责任，逃避工作的借口。

六、绝对承认诗有各种不同的诗，有其不同的价值与意义，但绝对否认好诗坏诗，是诗非诗的不可分，也即是说这是极度容忍的文学观，但决不容忍坏艺术，假艺术，非艺术，我们取舍评价的最后标准是："文学作品的伟大与否非纯粹的文学标准所可决定。但它是否为文学作品则可诉之于纯粹的文学标准。"（艾略特）

七、这个新倾向纯粹出自内发的心理需求，最后必是现实、象征、玄学的综合传统；现实表现于对当前世界人生的紧密把握，象征表现于暗示含蓄，玄学则表现于敏感多思、感情、意志的强烈结合及机智的不时流露。

为配合这一现代化运动的展开，新的文学批评必须克尽职责；它必须从新的批评角度用新的批评语言对古代诗歌——我们的宝藏——予以重新估价，指出传统与现代化的关系，分析其决不仅仅是否定的伟大价值；它必须对目前的流行倾向详作批评，指明其生机与危机；它更必须对广泛的现代西洋文学善尽批评介绍译述的任务。

更重要的自然是真正现代化作品的产生，只有创作成果的出现才足以肯定前述的理论原则的正确与意义，否则终不免沦为荒唐幻想，自我陶醉；这显然有待这一倾向作者的自觉的努力，担当伟大的寂寞与严肃的工作；我们似已亲切感觉反抗阻力的来源与性质，多少人赢得世界而失去灵魂，愿这些作者宁可失去世界而誓必拯救灵魂。

上面的说明都不免略嫌抽象；结文时我们似不妨举出一个实例以作印证，并可进而触及技巧上一些特点；可作例诗中的一个是穆旦《时感》（见天津《益世报·文学周刊》二月八日）中的一首：

> 我们希望我们能有一个希望，
> 然后再受辱，痛苦，挣扎，死亡，
> 因为在我们明亮的血里奔流着勇敢，
> 可是在勇敢的中心：茫然，
>
> 我们希望我们能有一个希望，
> 它说：我们并不美丽，但我们不再欺骗，
> 因为我们看见那么多死去人的眼睛，
> 在我们的绝望里闪着泪的火焰，
>
> 当多年的苦难为沉默的死结束，
> 我们期望的只是一句诺言，
> 然而只有空虚，我们才知道我们仍旧不过是，
> 幸福到来前人类的祖先，
>
> 还要在这无名的黑暗里开辟起，
> 而在这起点却积压着多年的耻辱；

冷刺着死人的骨头，就要毁灭我们一生，
我们只希望有一个希望当做报复。

　　这首短诗所表达的是最现实不过，有良心良知的今日中国人民的沉痛心情，但作者并不采取痛哭怒号的流行形式，发而为伤感的抒泄；他却很有把握地把思想感觉糅合为一个诚挚的控诉。仔细分析起来，作为主题的"绝望里期待希望，希望中见出绝望"的两支相反相成的思想主流在每一节里都交互环锁，层层渗透，而且几乎是毫无例外地每一节有二句表示"希望"，另二句则是"绝望"的反问反击，因此"希望"就益发迫切，"绝望"也更显真实，而这一控诉的沉痛，委婉也始得全盘流露，具有压倒的强烈程度；末句"我们只希望有一个希望当做报复"似是全诗中最好的一行，它不仅含义丰富，具有综合效果，无疑有笔者在他处曾经说过的"结晶"的价值。

　　这诗里现实、玄学、象征的综合情形似过于明显，可信托于读者自己，这在意象比喻的特殊结构上尤可清晰见出，这样的诗不仅使我们有情绪上的感染震动，更刺激思想活力，在文字节奏上的弹性与韧性更不用说是现代诗的一大特色。

（原载《大公报·星期文艺》1947 年 9 月 30 日）

新诗现代化的再分析
——技术诸平面的透视

袁可嘉

在前一篇论及新诗现代化的小文里,笔者曾经粗枝大叶地叙述过逐渐涌起于文学地平线之前诗歌气候新的转变;当时只着眼隐匿在这个转变后面个人所能发现并可印证的认识原则,尤其是通过它与流行的浪漫现实混合倾向的对照角度所见到的粗粗轮廓;文中所说既多涉及原则理论,自难免空洞抽象之嫌,这里笔者想再就比较具体的技术运用作一初步分析,也许可为一般读者略增心理准备,更批判地辨认并接近这正在进行的感性改革。

"一种文体,一种节奏,要想有意义,必须同时包含一种有意义的心智活动,而且必须产生一种新内容对于新形式的需求",这句话验之文学史固百无一爽,如运用于眼前的例子更给我们十分亲切的感觉:如笔者在前文指出,新诗现代化的要求完全植基于现代人最大量意识状态的心理认识,接受以艾略特为核心的现代西洋诗的影响;我们对于此点的反复陈述只在说明新诗现代化所内涵的比徒眩新奇、徒趋时尚更广,更深,更重的意义;它不仅代表新的感性的崛起,即说它将颇有分量地改变全面心神活动的方式,似亦不过。

新形式既产生自新内容的要求,我们对于技术诸平面的分析自必以其来源为出发点,作归宿地;我们曾一度提过,现代诗人从事创作所遭遇的第一个难题,是如何在种种艺术媒剂的先天限制之中,恰当而有效地传达最大量的经验活动;过去如此丰富,眼前如此复杂,将来又奇异地充满可能;历史,记忆,智慧,宗教,对于现实世界的感觉思维,众生苦乐,个人爱憎,无不要想在一个新的综合里透露些许消息;舍弃他们等于舍弃生命,毫无选择地混淆一片又非艺术许可;在这种压力之下,已经证明有效的两种手法是极度地扩展与极度的凝缩;前者表现于乔伊斯在《尤力西斯》中以二十五万字的篇幅写一天平常生活,后者则以艾略特寥寥四百行反映整个现代文明,人生,社会的《荒原》为杰出的例证;扩展与凝缩虽表明两个绝对相反的方向,但同样地依赖文字通过声音、节奏、意象所能引致的或明或暗,或远或近的几无穷尽的联想作用,相对于概念逻辑的想象逻辑的发现,及琐事细节对于全体结构功效的认识;这些我们都无须深论,因为我们眼前还没有如是细致复杂的作品可充例证;我们重视的是运用语言时强调引致与联想的一般性质。

在作进一步的分析以前,让我们读一读引自杜运燮《诗四十首》中笔者认为最足以代表现代化倾向的二首短诗:

今夜我忽然发现

树有另一种美丽：
它为我撑起一面
蓝色纯净的天空；

零乱的叶与叶中间，
争长着玲珑的星子，
落叶的秃枝挑着
最圆最圆的金月。

叶片飘然飞下来，
仿佛远方的面孔，
一到地面发出"杀"，
我才听见絮语的风。

风从远处村里来，
带着质朴的羞涩；
狗伤风了，人多仇恨，
牛群相偎着颤栗。

两只幽默的黑鸟，
不绝地学人打鼾，
忽然又大笑一声，
飞入朦胧的深山。

多少热心的小虫，
以为我是个知音，
奏起所有的新曲，
悲观得令我伤心。

"吉普"在我的枕旁，
枪也在衣裤也在，
他们麻木的沉默，
但我不嫌那种忠实。①

夜深了，心沉得深，

---

① 此段后被作者删去，见《九叶集》，74 页，《夜》。

深处究竟比较冷，
压力大，心觉得疼，
想变做雄鸡大叫几声。

(《露营》)

年龄没有减少，
你女性的魔力，
忠实的纯洁爱情，
(看遍地梦的眼睛)
今夜的一如古昔。

科学家造过谣言，
说你只是个小星，
寒冷而没有人色，
得到亿万人的倾心，
还是靠太阳的势力；

白天你永远躲在家里，
晚上才洗干净出来，
带一队亮眼睛的星子，
徘徊，徘徊到天亮，
因为打寒噤才回去。

但谣言并没有减少
对你的饥饿的爱情，
电灯只是电灯，你仍旧
利用种种时间与风景
激起情感的普遍泛滥：

一对年青人花瓣一般
飘上河边的草场，唱
好莱坞的老歌，背诵
应景的警句，苍白的河水
拉扯着垃圾闪闪而流；

异邦的兵士枯叶一般
被桥栏挡住在桥的一边，

念李白的诗句，咀嚼着
"低头思故乡""思故乡"，
仿佛故乡是一颗橡皮糖；

褴褛的苦力烂布一般，
被丢弃在路旁，生半死的火
相对沉默，树上剩余的
点点金光就跳闪在脸上
失望地在徘徊寻找诗行；

我象满载难民的破船
失了舵在柏油马路上
航行，后面已经没有家，
前面不知有没有沙滩，
望着天，分析狗吠的情感。

今夜一如其他的夜，
我们在地上不免狭窄，
你有女性的镇静，欣赏
这一切奇怪的情感波澜，露着
孙女的羞涩与祖母的慈祥。

（《月》）

  前述二诗据作者附注都作于印度，我们自有若干理由推测他们是作者在印度任职译员时的作品；背景都是极晴朗旷远的月夜。二诗给我们第一个不平凡感觉是为多数人所害怕的忠实，一个创作者对于自己所感所思的不可逼视的忠实；这种忠实在技巧的表现上颇有几个不同的平面，目的却都在准确地刻划出作者亲身感受，而又想完整传达的感觉曲线；这儿我们称之为"曲线"，因为一个感性敏锐，内心生活丰富的作者在任何特定时空内的感觉发展必多曲折变易，而无取于一推到底的直线运动；因此要充分保持对于自己的忠实，此类表现手法也必全部依赖诗篇所控制的间接性，迂回性，暗示性；读者如能以此与流行作品对比，便易把握这种间接手法的不可比拟的优异；但它与旧诗所说的"含蓄"又略有广狭深浅之别。

  就杜诗而论，植基于忠实而产生的间接性表现于下述数方面：

  一、以与思想感觉相当的具体事物来代替貌似坦白而实图掩饰的直接说明；在前引二诗中我们几乎寻找不出诗人对于所感所思的一字一句的正面描叙，他既未"痛苦"，亦未"悲哀"，既无"控诉"，复乏"咒诅"，但它们确实存在，不容否认；不仅如此，它更不时透过字面强烈影响读者自己的情绪：《露营》前二节属于背景的布置，清新明丽中略有寒意；感觉曲线自第三节"叶片飘然飞下来，仿佛远方的面孔"起，便有一定的轨迹可寻：三节从视觉想象（叶片—面孔）变化到听觉想象（"杀"—"絮语的风"）清晰表示作者预感当时所处环境的不安和威胁；风"带着质朴的羞涩"因为它来自远村，东方农民的特殊气质，及更为独特的对付丑恶现实时的无辜而无法的姿态在这一行得到暗示，但"狗伤风了"，因为夜多不安，"人多仇恨"，"牛群相偎着颤栗"；前节的预感至此变为实感，恐怖及压制的痛苦都如阴影升起；幽默的黑鸟学人打鼾，"忽然又大笑一声，飞入朦胧的深山"不仅加重恐怖的气息，更有强烈讽刺的意味；次一节作者对热心而无知的小虫们的新曲，在啼笑皆非之中深寓悲悯，这二节中严肃轻松的相反相成，作者机智的流露使他们成为全诗中最丰富的诗行；一片阴险空虚中作者称赞"吉普""枪""衣裤"所有的"忠实"，此处的弦外之音无异对现实世界给了个总的批评；全诗思情历经迂回曲折，在最后一节得到结晶性的综合：夜深了，心沉得深，深处究竟比较冷，压力大，心觉得痛，想变做雄鸡大叫几声。值得玩味的是诗至此戛然而止，诗人终于没有大叫，也就完成感觉曲线的优美有致；否则，诗的效果便将不堪设想。

上面这个算不得细腻的分析已清楚指明作者如何用心地以相当的外界景物为自己情思下个定义；这种定义的本意自不在徒予限制，而在间接的标明情绪的性质，使读者在伴随丰富而来的错综复杂里仍有一明确方向指导自己的反应；至于在此无形定义圈内的联想发掘，读者有充分自由，这也就是现代诗特殊丰富，特殊难读的理由之一。

这个"间接性"所包含的综合意义，似已不待笔者申论；《月》中也是一样，我们为避免不必要的重复，只好略过；笔者认为单就感觉曲线说，二诗甚难有优劣可分，但《露营》比较沉痛，沉重，《月》的分量较轻，因此文字运用也更显得活泼生动。

二、第二种间接性的表现存在于意象比喻的特殊构造法则：玄学、象征及现代诗人在十分厌恶浪漫派意象比喻的空洞含糊之余，认为只有发现表面极不相关而实质有类似的事物的意象或比喻才能准确地，忠实地，且有效地表现自己；根据这个原则而产生的意象便都有惊人的离奇，新鲜和惊人的准确，丰富；一方面它从新奇取得刺激读者的能力使读者在突然的棒击下提高注意力的集中，也即是使他进入更有利地接受诗歌效果的状态，一方面在他稍稍恢复平衡以后使他恍然于意象及其所代表事物的确切不移，及因情感思想强烈结合所赢得的复杂意义。三种预期效果以最后一种为重要，它对综合特性的关系也较其他两类密切。

上述杜诗中此类例证甚多；《露营》中我们已有"叶片飘然飞下来，仿佛远方的面孔"，《月》中更有"一对年青人花瓣一般飘上河边的草场"，"苍白的河水拉扯着垃圾闪闪而流"，"异邦的兵士枯叶一般"，"仿佛故乡是一颗橡皮糖"，"褴褛的苦力烂布一般被丢弃在路旁"，"我象满载难民的破船失了舵在柏油马路上航行……"；这些比喻的贴切合适只有放置在全诗情绪的变化中才充分显现，单独抽出反不易发现他们的好处；要了解他们中感觉与思想的结合也有赖读者根据诗篇的感觉曲线作自动的思索，任何直截了当的说明虽属可能但对于诗的欣赏终必有损无益；笔者此处所愿指出的只是表示在这些比喻的构成上作者接受奥登的影响十分显然；奥登及若干其他现代诗人喜欢采取现代飞行员置身高空的观点，应用电影技术中水银灯光集中照射的方法，使脚底的事物在突然扩大和缩小里清晰呈现，给人极特殊有效的感觉；于是"欧洲及群岛，众多河流，河面皱缩如犁者的手掌"（奥登），异邦的兵士象枯叶，褴褛的苦力象烂布，年青人飘上河边草场象花瓣，叶子飞落如远方面孔；这里合适确切的需要自然仍驾御一切：《月》中数比喻的恰到好处与泛滥全诗的月光的波动极有关系；在另外的场合里，"花瓣""枯叶""烂布"都将失去一部分的生动。

三、第三种间接性的表现存在于作者通过想象逻辑对于全诗结构的注意。向来较长诗篇的作者都重视全诗组织的安排，如何使之高低起伏，层层连锁；但前人应用于这方面的考验大多根据概念逻辑，即从诗篇中最明白浅显的散文意义评判它的发展，看是否前后相符，首尾一贯；现代人的结构意识的重点则在想象逻辑，即认为只有诗情经过连续意象所得的演变的逻辑才是批评诗篇结构的标准，这不仅不表示现代诗人的贬弃意义，而且适足相反证明现代诗人如何在想象逻辑的指导下，集结表面不同而实际可能产生合力作用的种种经验，使诗篇意义扩大，加深，增重；在西洋诗里，这类例证极多，上述杜诗中却只有极小规模的应用；规模虽小，形迹虽微，但仍确实存在。《月》中尤其如此；可惜的是想用散文阐释这一种诗的特质的可能性太小，如勉力一试，无意中又必定限制原作在读者所能引致的影响，笔者几经考虑，觉得仍以诉诸读者自己为佳。

四、第四种间接性表现于文字经过新的运用后所获得的弹性与韧性；诗的媒介是文字，新的诗体必然包含文字新的使用方法，新诗现代化后文字弹性韧性的增加实际已早为新内容的要求所决定，我们实无需再说；读者如能把上述二诗与流行诗篇对照的读一遍，便不难发现这方面的分别；目前极多数人误认硬性文字即为有力文字，实则大大不然，硬的事物最脆，一碰即碎，何况有的还不是真正坚硬，只是作些粗暴姿态而已，以粗暴代替雄辩的人物往往是真的弱者。

上面的简略说明及前文的叙述似乎已足为新诗现代化画出一个粗粗轮廓：无论从理论原则或技术分析着眼，它都代表一个现实、象征、玄学的新的综合传统。

（原载《大公报·星期文艺》1947年5月28日）

《1917—1927 中国新文学大系导言集》（节选）
——总序

蔡元培

  欧洲近代文化，都是从复兴时代演出；而这个时代所复兴的，为希腊罗马的文化；是人所公认的。我国周季文化，可与希腊罗马比拟，也经过一个烦琐哲学时期，与欧洲中古时代相埒，非有一种复兴运动，不能振发起衰；五四运动的新文学运动，就是复兴的开始。

  欧洲文化，不外乎科学与美术；自纯粹的科学：理，化，地质，生物等等以外，实业的发达，社会的组织，无一不以科学为本，均得以广义的科学包括他们。自狭义的美术：建筑，雕刻，绘画等等以外，如音乐，文学及一切精致的物品，美化的都市，皆得以美术包括他们。而近代的科学美术，实皆植基于复兴时代；例如文西，米开兰基罗与拉飞尔三人，固为复兴时代最伟大的美术家，而文西同时为科学家及工程师，又如路加培根提倡观察与实验法，哥白尼与加立里建立的天文学，均为开先的科学家。这些科学家与美术家，何以不说为创造而说是复兴？这因为学术的种子，早已在希腊罗马分布了。例如希腊的多利式育尼式科林式三种柱廊，罗马的弯门，斐谛亚，司科派，柏拉克希脱的雕刻以及其他壁画与花瓶，荷马的史诗，爱司凯拉，索福克，幼利披留与亚利司多芬的戏剧，固已极美术文学的能事，就是塞勒司，亚利司太克的天文，毕达可拉斯，欧几里得的数学，依洛陶德的地理，亚奇米得的物理，亚里斯多得的生物学，黑朴格拉底的医学，亦都已确立近代科学的基础。

  罗马末年，因日尔曼人的移植，而旧文化几乎消灭，这时候，保存文化的全恃两种宗教，一是基督教，一是回教。回教的势力，局于一隅；而基督教的势力，几乎弥漫全欧。基督教受了罗马政治的影响，组织教会，设备地方主教，而且以罗马为中心，驻以教皇。于是把希腊罗马的文化，一切教会化。如希腊哲学家亚里斯多得，自生物学而外，对于伦理学，美学及其他科学，均有所建树，而教会即利用亚氏的学说为工具，曲解旁推，务合于教义的标准。有不合教义的，就指为邪教徒，用火刑惩罚他们。一切思想自由，信教自由，都被剥夺，观中古时代的大学课程，除圣经及亚里斯多得的著作外，有一点名学，科学及罗马法律，没有历史与文学，他的固陋可以想见了。那时候崇宏的建筑，就是教堂；都是峨特式，有一参天高塔，表示升入天堂的愿望，正与希腊人均衡和谐的建筑，代表现世安和的命运相对峙。附属于建筑的图画与雕刻，都以圣经中故事为题材；音乐诗歌，亦以应用于教会的为时宜。

  及十三世纪，意大利诗人但丁始以意大利语发表他最著名的长诗《神曲》，其内容虽尚袭天堂地狱的老套，而其所描写的人物，都能显出个性，不拘于教会的典型；文词的优美，又深受希腊文学的影响而可以与他们匹敌，这是欧洲复兴时期的开山。

嗣后由文学而艺术，由文艺而及于科学，以至政治上，宗教上，都有一种革新的运动。

我国古代文化，以周代为最可征信。周公的制礼作乐，不让希腊的梭伦；东周季世，孔子的知行并重，循循善诱，正如苏格拉底；孟子的道性善，陈王道，正如柏拉图；荀子传群经，持礼法，为稷下祭酒，正如亚里斯多得；老子的神秘，正如毕达哥拉斯；阴阳家以五行说明万物，正如恩多克利派以地水火风为宇宙本源；墨家的自苦，正如斯多亚派；庄子的乐观，正如伊壁鸠鲁派；名家的诡辩，正如哲人；纵横家言，正如雄辩术。此外如周髀的数学，素问灵枢的医学，《考工记》的工学，墨子的物理学，《尔雅》的生物学，亦已树立科学的基础。

在文学方面，《周易》的洁静，《礼经》的谨严，老子的名贵，墨子的质素，孟子的条达，庄子的俶诡，邹衍的宏大，荀卿与韩非的刻核，《左氏春秋》的和雅，《战国策》的博丽，可以见散文的盛况。风雅颂的诗，荀卿，屈原，宋玉，景差的辞赋，可以见韵文的盛况。

在艺术方面，《乐记》说音乐，理论甚精，但乐谱不传。《诗·小雅·斯干篇》称"如跂斯翼，如矢斯棘，如鸟斯革，如翚斯飞"；可以见现今宫殿式之榱桷，已于当时开始！当代建筑，如周之明堂，七庙，三朝，九寝，楚之章华台，燕之黄金台，秦之阿房宫等，虽名制屡见记载，但取材土木，不及希腊罗马的石材，故遗迹多被堙没。玉器铜器的形式，变化甚多，但所见图案，以云雷文及兽头为多，植物已极希有，很少见有雕刻人物如希腊花瓶的。韩非子说画犬马难，画鬼魅易，近乎写实派；庄子说宋元君有解衣盘礴的画史，近乎写意派，但我们尚没见到周代的壁画。所以我们敢断言的，是周代的哲学与文学，确可与希腊罗马比拟。

秦始皇帝任李斯，专用法家言，焚书坑儒。汉初矫秦弊，又专尚黄老；文帝时儒家与道家争，以"家人言"与"司空城旦书"互相诋。武帝时始用董仲舒对策（《汉书·董仲舒传》"董仲舒对策'今师异道，人异论，百家殊方，指意不同，上亡持一统，法制数变，下不知道所守。臣愚以为诸不在六艺之科，孔子之术者，皆绝其道，勿使并进。邪辟之说灭息，然后统纪可一，而法度可明，民知所从矣。'"）"推明孔氏，罢黜百家"，建元元年：丞相卫绾奏："所举贤良，或治申，商，韩非，苏秦，张仪之言，乱国政，请皆奏罢。"；诏："可"。武帝乃置五经博士，后增至十四人，"利禄之途"既开，优秀分子，竟出一途，为博士官置弟子，由五十人，而百人，而千人，成帝时至三千人；后汉时大学至二万余生，都抱着通经致用的目的，如"禹贡治河"，"三百篇讽谏"，"春秋断狱"等等，这时候虽然有阴阳家的五德始终，谶纬学的符命然终以经术为中心。魏晋以后，虽有佛教输入，引起老庄的玄学，与处士的清谈；有神仙家的道教，引起金丹的化炼，符箓的迷信；但是经学的领域还是很坚固，例如义疏之学，南方有崔灵恩，沈文阿，皇侃，戚衮，张讥，顾越，王元规等，北方则有刘献之，徐遵明，李铉，沈重，熊安生等；（褚李野说："北人学问，渊综广博；"孙安国说："南人学问，清通简要；"支道林又说："自中人以还，北人看书，如显处观月；南人看书，如牖中窥日。"）迄于唐代，国子祭酒孔颖达与诸儒撰五经正义颁于天下，每年明经依此考试，经学的势力，随"利禄之途"而发展，真可以压倒一切了。

汉代承荀卿，屈原的余绪，有司马相如，扬雄，班固，枚乘等竞为辞赋，句多骈丽；后来又渐多用于记事的文，如蔡邕所作的碑铭，就是这一类。魏晋以后，一切文辞均用此体；后世称为骈文，或称四六。

唐德宗时（西历八世纪），韩愈始不满意于六朝骈丽的文章，而以周季汉初论辩记事文为模范，创所谓"起八代之衰"的文章，那时候与他同调的有柳宗元等。愈又作《原道》，推本孔孟，反对佛老二氏，有"人其人，火其庐，焚其书"的提议，乃与李斯，董仲舒相等。又补作文王拘幽操，至有"臣罪当诛天王圣明"等语，以提倡君权的绝对。李翱等推波助澜引起宋明理学的运动。但宋明理学又不似韩愈所期待的，彼等表面虽亦排斥佛老，而里面却愿兼采佛老二氏的长处；如河图洛书太极图等，本诸道教；天理人欲明善复初等等本诸佛教。在陆王一派，偏于"尊德性"固然不讳谈禅，阳明且有格竹病七日的笑话，与科学背驰，固无足异；程朱一派，力避近禅，然阳儒阴禅的地方很多。朱熹释格物为即物穷理，且说："即凡天下之物，莫不因其已知之理而益穷之，以求至乎其极，至于用力之久而一旦豁然贯通焉，则众物之表里精粗无不到，而吾心之全体大用无不明矣。"似稍近于现代科学家之归纳法，然以不从实验上着手，所以也不能产生科学。那时程颐以"饿死事小，失节事大"斥再醮妇，蹂躏女权，正与韩愈的"臣罪当诛"相等，误会三纲的旧说，破坏"五伦"的本义。不幸此等谬说投明清两朝君王所好，一方面以利用科举为诱惑，一方面以文字狱为鞭策，思想言论的自由，全被剥夺。

明清之间，惟黄宗羲《明夷访谈录》，有《原君》《原臣》等篇；戴震《原义》，力辟以理责人的罪恶；俞正燮于《癸巳类稿》存稿中有反对男尊女卑的文辞，远之合于诸子的哲学，近之合于西方的哲学，然皆如昙花一现，无人注意。

直到清季，于西洋各国接触，经过好几次的战败，始则感武器不如人，后来看到政治上了，后来看到教育上，学术上都觉得不如人了，于是有维新派，以政治及文化上之革新为号召，康有为谭嗣同是其中最著名的。

康氏有《大同书》本礼运的大同义而附以近代人文主义的新义，谭氏有《仁学》，本佛教平等观而冲决一切的网罗，在当时确为佼佼者。然终以迁就时人思想的缘故，戴着尊孔保皇的假面，然而结果仍归于失败。

嗣后经庚子极端顽固派的一试，而孙中山先生领导之同盟会，渐博得多数信任，于是有辛亥革命，实行"恢复中华建立民国"的宣言，当时思想言论的自由，几达极点，保皇尊孔的旧习，似有扫除的希望，但又经袁世凯与其卵翼的军阀之摧残，虽洪宪帝制，不能实现，而北洋军阀承袭他压制自由思想的淫威，方兴未艾。在此暴力压迫之下，自由思想的勃兴，仍不遏抑，代表他的是陈独秀的《新青年》。

《新青年》于民国四年创刊，他的敬告青年，特陈六义：一，自由的而非奴役的；二，进步的而非退守的；三，进取的而非退隐的；四，世界的而非锁国的；五，实利的而非虚文的；六，科学的而非想象的。

到民国八年，有《新青年·宣言》，有云："我们相信，世界各国政治上道德上经济上因袭的旧观念中，有许多阻碍进化而不合情理的部分。我们想求社会进化，不得不打破天经地义。自古如斯的成见，决计一面抛弃此等旧观念，一面综合前代贤哲和我们自己所想的创造上道德上经济上新观念，树立新时代的精神，适应新社会的环境。我们理想的新时代，新社会，是真实的，进步的，积极的，自由的，平等的，创造的，美的，善的，和平的，相爱的，互助的，劳动而愉快的，全社会幸福的。希望那虚伪的，保守的，消极的，束缚的，阶级的，因袭的，丑的，恶的，战争的，轧轹不安的，懒惰而烦闷的，少数幸福的现象，渐渐减少，至于消灭。"又有《新青年罪案之答辩书》，有云："他们并非本志的，无非是破坏礼教，破坏礼法，破坏国粹，破坏贞节，破坏旧伦理（忠孝节），破坏旧艺术（中国戏），破坏旧宗教（鬼神），破坏旧文学，破坏旧政治（特权人治）这几条罪案。这几条罪案，本社同人当然直认不讳。但是追本溯源，本志同人本来无罪，只因为拥护那德莫克拉西（Democracy）和塞因斯（Science）两位先生，才犯了这几条滔天大罪。要拥护那德先生，便不得不反对那孔教、礼法，贞节，旧伦理，旧政治；要拥护那塞先生，便不得不反对那国粹和旧文学。"他的主张民治主义和科学精神，固然前后如一，而"破坏旧文学的罪案"与"反对旧文学"的声明，均于八年始见，这是因为在《新青年》上提倡文学革命起于五年。五年十月胡适来书，称"今日欲言革命，须从八事入手：一曰：不用典；二曰：不用陈套语；三曰：不讲对仗；四曰：不僻俗字俗语；五曰：须讲文法之结构；六曰：不作无病之呻吟；七曰：不摹仿古人，语语须有我在；八曰：须言之有物。"由是陈独秀于六年二月发表《文学革命论》，有云："文学革命之运气，酝酿已非一日，其首举义旗之急先锋，则为我友胡适。余敢冒全国学究之敌高张文学革命军大旗以为吾友之声援，旗上大书特书吾革命军三大主义：曰推倒雕琢的阿谀的贵族文学，建设平易的抒情的国民文学；曰推倒陈腐的铺张的古典文学；建设新鲜的立诚的写实文学；曰推倒迂晦的艰涩的山林文学，建设明了的通俗的社会文学。"这是那时候由思想革命而进于文学革命的历史。

为什么改革思想，一定要牵涉到文学上？这因为文学是传道思想的工具。钱玄同于七年三月十四日《致陈独秀书》，有云："旧文章的内容，不到半页，必有发昏做梦的话，青年子弟，读了这种旧文章，觉其句调铿锵，娓娓可诵，不知不觉，便被为文中之荒谬道理所征服。"在玄同所主张的"废灭汉文"虽不易实现，而先废文言文，是做得到的事。所以他有一次致独秀的书，就说："我们既绝对主张用白话体做文章，则自己在《新青年》里面做的，便应渐渐的改用白话。我从这次通信起，以后或撰文，或通信，一概用白话，就和适之先生做《尝试集》一样意思。并且还要请先生，胡适之先生和刘半农先生都来尝试尝试。此外别位在《新青年》撰文的先生和国中赞成做白话文的先生们，若是大家都肯尝试，那么必定成功。自古无的，自今以后必定会有。"可以看见玄同提倡白话文的努力。

民元前十年左右，白话文也颇流行，那时候最著名的白话报，在杭州是林獬、陈敬第等所编，在芜湖是独秀与刘光汉等所编，在北京是杭辛斋，彭翼仲等所编，即余与王季同，汪允宗等所编的《俄事警闻》与《警钟》，每日有白话文与文言文论说各一篇，但那时候作白话文的缘故，是专为通俗易理解，可以普及常识，并非取文言而代之。主张以白话代文言，而高揭文学革命的旗帜，这是从《新青年》时代开始的。

欧洲复兴时期以人文主义为标榜，由神的世界过渡到人的世界。就图画而言，中古时代的神象，都是忧郁枯板与普通人不同，及复兴时代，一以生人为模型，例如拉飞尔，所画圣母，全是窈窕的幼妇，所画耶稣，全是活泼的儿童。使观者有地上实现天国的感想。不但拉飞尔，同时的画家没有不这样的。进而为生人肖象，自然更加表现其特性，所谓"人心不同如其面"了。这叫做由神相而转成人相。我国近代本目文言文为古文，而欧洲人目不通行的语言为死语，刘大白参用他们的语意，译古文为鬼话；所以反对文言提倡白话的运动，可以说是弃鬼话而取人话了。

欧洲中古时代，以一种变相的拉丁文为通行文字，复兴以后，虽以研求罗马时代的拉丁文与希腊文，为复兴古学的工具，而另一方面，却把各民族的方言利用为新文学的工具。在意大利有但丁，亚利奥斯多，朴伽邱，马基亚弗利等，在英国有绰塞，威克列夫等，在日耳曼，有路德等，在西班牙，有塞文蒂等，在法兰西，有拉勃雷等，都是用素来不认为有文学价值的方言译述《圣经》，或撰著诗文，遂产生各国语的新文学。我们的复兴，以白话文为文学革命的条件，正与但丁等一同见解。

欧洲的复兴，普通分为初盛晚三期：以十五世纪为初期，以千五百年至前千五百八十年为盛期，以千五百八十年至十七世纪末为晚期。在艺术上，自意大利的乔托，基伯尔提，文西，米开兰基罗，拉飞尔，狄兴等以至法国的雷斯古，古容，格雷爱父子等，西班牙的维拉开兹等，德国的杜勒，荷尔斑一族等，荷兰与法兰德尔的凡爱克，鲁本兹，郎布兰，凡带克等。在文学上，自意大利但丁，亚利奥斯多，马基亚弗利，塔苏等，法国的露莎，蒙旦等，西班牙的蒙杜莎，莎凡提等，德国的路德，萨克斯等，英国的雪泥，慕尔，莎士比亚等。人才辈出，历三百年。我国的复兴，自五四运动以来不过十五年，新文学的成绩，当然不敢自诩为成熟。其影响于科学精神民治思想及表现个性的艺术，均尚在进行之中。但是吾国历史，现代环境，督促吾人，不得不有奔轶绝尘的猛进。吾人自期，至少应以十年的工作抵欧洲各国的百年。所以对于第一个十年先作一总审查，使吾人有以鉴既往而策将来，希望第二个十年与第三个十年时，有中国的拉飞尔与中国的莎士比亚等应运而生呵！

（见刘运峰编《1917—1927中国新文学大系导言集》，天津人民出版社2009年版）

《1917—1927 中国新文学大系导言集》（节选）
——《文学论争集》导言

郑振铎

一

编就了这部"伟大的十年间"的《文学论争集》之后，不自禁的百感交集：刘半农先生序他的《初期白话诗稿》云：

> 这十五年中，国内文艺界已经有了显著的变动和相当的进步，就把我们当初努力于文艺革新的人，一挤挤成了三代以上的古人，这是我们应当于惭愧之余感觉到十二分的喜悦与安慰的。

这是半农先生极坦白的自觉的告白。但一般被"挤成了三代以上的古人"的人物，在那几年，当他们努力于文艺革新的时候，他们却显出那样的活跃与勇敢，使我们于今日读了，还"感觉到十二分的喜悦与安慰"的！这不仅仅是因为憬憧于他们的时代，迷恋于历史上的伟大的事业的成就，当然，那些"五四"人物的活动，确可使我们心折的。在那样的黑暗的环境里，由寂寞的呼号，到猛烈的迫害的到来，几乎无时无刻不在兴奋与苦斗之中生活着。他们的言论和主张，是一步步的随了反对者们的突起而更为进步，更为坚定；他们扎硬寨，打死战，一点也不肯表示退让。他们是不妥协的！

这样的先驱者们的勇敢与坚定，正象征了一个时代的"前夜"的光景。

当陈独秀主持的《青年杂志》于一九一五年左右在上海出版时，——那时我已是一个读者——只是无殊于一般杂志用文言写作的提倡"德智体"三育的青年读物。

后来改成了《新青年》，也还是文言文为主体的，虽然在思想和主张上有了一个激烈的变异。胡适的"改良文学刍议"，在一九一七年发表。这诚是一个"发难"的信号。可是也只是一种"改良主义"的主张而已，他所谓文学改良，只"须从八事入手。八事者何？

一曰，须言之有物。
二曰，不摹仿古人。
三曰，须讲求文法。
四曰，不作无病之呻吟。

五曰，务去烂调套语。
　　六曰，不用典。
　　七曰，不讲对仗。
　　八曰，不避俗字俗语。"

　　他所主张的只是浅近平易的文字，只是"不避俗字俗语"的文字。但他"以施耐庵，曹雪芹，吴趼人为文学正宗"，且以为"以今世历史进化的眼光观之，则白话文学，为中国文学之正宗，又为将来文学必用之利器，可断言也"。不过他还持着商榷的态度，还不敢断然的主张着非写作白话文不可。

　　陈独秀继之而作《文学革命论》，主张便鲜明确定得多了。他以"明之前后七子及八家文派之归方刘姚"为"十八妖魔辈"，而断然的加以排斥。"凡属贵族文学，古典文学，山林文学，均在排斥之列"。他高张着"文学革命军"大旗，"旗上大书特书吾革命军三大主义：曰，推倒雕琢的阿谀的贵族文学，建设平易的抒情的国民文学；曰，推倒陈腐的铺张的古典文学，建设新鲜的立诚的写实文学；曰，推倒迂晦的艰涩的山林文学，建设明了的通俗的社会文学"。

　　他答胡适的信道："改良中国文学当以白话为文学正宗之说，其是非甚明，不容反对者有讨论之余地。"

　　他是这样的具着烈火般的熊熊的热诚，在做着打先锋的事业。他是不动摇，不退缩，也不容别人的动摇与退缩的！

　　革命事业乃在这样的彻头彻尾的不妥协的态度里告了成功。

　　他们的影响渐渐的大了。陈独秀受北京大学校长蔡元培聘为文科学长。胡适刚由美国回来，也在北大教书。同事的教授们还有钱玄同，沈尹默，刘复，李大钊，周作人，鲁迅等和他们互相呼应，互相讨论。北大的学生傅斯年等也起而和之。

　　他们的主张因了互相讨论的结果，更是确定鲜明了，且也进步了不少。钱玄同说："语录以白话说理，词曲以白话为美文，此为文章之进化。实今后言文一致之起点。此等白话文章，其价值远在所谓'桐城派之文'，'江西派之诗'之上。此蒙所深信而不疑者也。"（与《陈独秀书》）刘半农的"我之文学改良观"，也是一篇有力的文章。钱玄同不大赞成旧小说，尤恶旧剧，刘半农也以为"余赞成小说为文学之大主脑，而不认今日流行之红男绿女之小说为文学"。这都是一种具有很大的进步的言论。他们已经不单注重到形式的，且也注重到内容的问题了。

　　一九一八年出版的第四卷第一号的《新青年》，便实行他们自己的主张，完全用白话作文章。在这一卷里，胡适有一篇《建设的文学革命论》：

　　　　我的建设新文学论的唯一宗旨只有十个大字："国语的文学，文学的国语。"……死文字决不能产出活文学。……简单说来，自从《三百篇》到于今，中国的文学凡是有一些儿价值，有一些儿生命的，都是白话的，或是近于白话的。……中国若想有活文学，必须用白话，必须用国语，必须做国语的文学。

这一篇可算是他们讨论了两年的一篇总结论，也可以说是一篇文学革命的最堂皇的宣言。

二

当他们在初期的二三年间讨论着文学革命的问题的时候，同情者们固然是一天天的增多了，反对的人却也不少。不过都不是很有力量的。当时有一班类乎附和的人们在《新青年》上发表了不少的言论，却往往是趋于凡庸的折衷论。曾毅说道："昔之人欲售其主张，恒藉其选本以树之鹄，非如现在坊间选本之无甚深义也。仆以为足下既张革命之军，突使一般青年观之，茫然莫得其标准之近在。则莫妙于取古今人之诗文，与吾宗旨稍近者，诗如李陵陶潜及古诗二十九首之类，文如黄太冲原君王守仁祭瘗旅文之类，选为课本，使人知有宗向。由是以趋于改进，似更易为功也。不知高明以为何如。"

方宗岳的见解，尤为可笑：

> 由是观之，鄙意对于胡先生之说，既不敢取绝对的服从，则有折衷之论在乎。曰有，即分授之说是也。对于小学生，则授以普通之应用文字，文理与白话二者可精酌而并取。中等以上之学者，则取纯一文理，而示以深邃精奥之所在，如此则庶几无人不识应用之文字。而所谓邃奥文理者，亦自有一般专门之学者探讨，而使古来本有之经理艺术不因是而火其传也。胡先生其首肯乎。

余元濬说道：

> 吾人既认白话文学为将来中国文学之正宗，则言改良之术，不可不依此趋向而行。然使今日即以白话为各种文字，以予观之，恐矫枉过正，反贻人之唾弃。急进反缓。不如姑缓其行。历代文字，虽以互相摹仿为能，然比较观之，其由简入繁，由深入浅，由隐入显之迹，亦颇可寻。秦汉文学，异于三代文学。魏晋文学，异于秦汉文学。隋唐文学，异于魏晋文学。宋以后文学，异于隋唐文学。苟无时时复古之声，则顺日进之势，言文相距日近，国民文学必发达而无疑。故吾人今日一面急宜改良道德学术，一面顺此日进之势，作极通俗易解之文字，不必全用俗字俗语。而将来合千国语可操预券。（白话小说诗曲自是急务）

他们都是"改良派"，"恐矫枉过，反贻人之唾弃。急进反缓。不如姑缓其行"的人物，这些折衷派的言论，实最足以阻碍文学革命运动的发展。

好在陈独秀们是始终抱着不退让，不妥协的态度的，对于自己主张是绝对的信守着，"不容反对者有讨论之余地"。遂不至上了折衷派的大当。

一九一八年的十二月，陈独秀们又办了一个白话文的周刊，名为《每周评论》。紧接着，北京大学的学生，傅斯年，罗家伦等也办了一个白话的月刊，名为《新潮》。他们都和《新青年》相应和着。

他们的势力是一天天的更大，更充实；他们的影响是一天天的更深入于内地，他们的主张是一天天的更为无数的青年们所信从，所执持着了。

白话文的势力更扩充到日报里去。不久的时候，北京的《国民公报》，蓝公武主持着的一个研究系的机关报，也起而响应之。以后，同系的一个日报，即在上海的《时事新报》，也便出来拥护他们的主张。

三

这面"文学革命"的大旗的竖立是完全的出于旧文人们的意料之外的。他们始而漠然若无睹；继而鄙夷若不屑与辩，终而却不能不愤怒而咒诅着了。

在《新青年》的四卷三号上同时刊出了王敬轩的给《新青年》编者的一封信，和刘复的《复王敬轩书》，王敬轩原是亡是公、乌有先生一流人物。托为王敬轩写的那一封信乃是《新青年》社的同人钱玄同的手笔。

为什么他们要演这一出"苦肉计"呢？

从他们打起了"文学革命"的大旗以来，始终不曾遇到过一个有力的敌人们。他们"目桐城为谬种，选学为妖孽"。而所谓"桐城，选学"也者却始终置之不理。因之，有许多见解他们便不能发挥尽致。旧文人们的反抗言论既然竟是寂寂无闻，他们便好像是尽在空中挥拳，不能不有寂寞之感。

所谓王敬轩的那一封信，便是要把旧文人们的许多见解归纳在一起，而给以痛痛快快的致命的一击的。

可是，不久，真正有力的反抗运动也便来了。

古文家的林纾来放反对的第一炮。他写了一篇《论古文白话之相消长》，重要的主张是："即谓古文者白话之根柢。无古文安有白话！""实则此种教法，万无能成之理，吾辈已老，不能为正其非。悠悠百年，自有能辩之者。"

其实不必等到"百年"，林纾他自己已迫不及待的亲自出马来"正其非"了。他写了一封书给蔡元培：

> 天下唯有真学术真道德始足独树一帜，使人景从。若尽废古书，行用土语为文字，则都下引车卖浆之徒所操之语，按之皆有文法，不类闽广人为无文法之啁啾。据此，则凡京津之稗贩，均可用为教授矣。若《水浒》《红楼》皆白话之圣，并足为教科之书。不知《水浒》中辞吻多采岳珂之《金陀萃篇》，《红楼》亦不止为一人手笔。作者均博极群书之人。总之，非读破万卷不能为古文，亦并不能为白话。若化孔子之言，为白话言说，亦未尝不是。按《说文》，演长流也，亦有延之广之之义法。当以短演长，不能以古子之长，演为白话之短。且使人读古子者，须读其原书耶？抑凭讲师之一二语即算为古子？若读原书，则又不能全废古文矣。矧于古子之外，尚以《说文》讲授。《说文》之学，非俗书也。当参以古籀，证以钟鼎之文。试思用籀篆可化为白话耶？果以篆籀之文杂之白话

之中，是引汉唐之环燕与村妇谈心，陈商周之俎豆为野老聚饮，类乎不类？弟闽人也，南蛮鴂舌，亦愿习中原之语言。脱授我者以中原，语言，仍令我为鴂鴃舌之闽语可乎？盖存国粹而授《说文》可也，以《说文》为客，以白话为主不可也！……

　　大凡为士林表率，须圆通广大，据中而方，方能率由无弊。若凭位分势利而施趋怪走奇之教育，则惟穆默德左执刀而右传教始可如其愿望。今全国父老，以子弟托公，愿公留意，以守常为是！

他的论点是很错乱的。蔡元培的复信，辞正义严，分剖事理，至为明白。他是没有话可以反驳的。

但他卫道"正"文的热情，又在另一个方向找到出路了。他连续的在报纸上写了两篇小说：一篇是《荆生》，一篇是《妖梦》，两篇的意思很相同；不过一望之侠士，一托之鬼神罢了；而他希望有一种"外力"来制裁，来压伏这个新的运动却是两篇一致的精神。谩骂之不已，且继之以诅咒了！

同时，北京大学里也另有一派守旧的学生们，则出版一个月刊《国故》，作拥护古典文学的运动。

当时是安福系当权执政，谣言异常的多。时常有人在散布着有政治势力来干涉北京大学的话，并不时的有陈胡被驱逐出京之说。也许那谣言竟有实现的可能，假如不是"五四"运动的发生。

林纾的热烈的反攻《新青年》同人们乃是一九一九（年）的二三月间的事。而过了几月，便是"五四"运动发生的时候，安福系不久便塌了台，自然更没有力量来对于新文学运动实施压迫了。

"五四"运动是跟着外交的失败而来的学生的爱国运动，而其实也便是这几年来革新运动所蕴积的火山的一个总爆发：这一块石片抛在静水里，立刻便波及全国。上海先来了一个猛烈的响应，总罢市，罢学，以为北京学生的应援。被认为攻击目标的曹汝霖辈遂竟被罢免了，各地的学生运动，自此奠定了基础。说是政治运动，爱国运动，其实也便是文化运动了。

白话文运动的势力在这一年里突飞的发展着。反对者的口完全的沉寂下去了。"有人估计，这一年之中，至少出了四百种白话报。"（胡适：《五十年来中国之文学》）文学研究会在这一年的冬天成立于北京。《小说月报》也在这时候改由沈雁冰编辑，完全把内容改革了过来，成为新文学运动中最重要的一个机关杂志。新文学运动在这个时候方才和一般的革新运动分离了开来，而自有其更精深的进展与活跃。

《文学旬刊》，《文学研究会》的一个机关刊物，也附在《时事新报》里开始发行。在第二期的新文学运动里尽了很大的力。

日本留学生郭沫若，郁达夫等，也组织了一个文艺团体，名为创造社，刊行《创造季刊》。

这一个时期可以说是新青年社的白话文运动发展到最高的顶点。以后，这个运动便转变了方向，成为纯粹的新文学运动。同时，新青年社便也转变而成为一个急进的政治的集团。

而初期的为白话文运动而争斗的勇士们，像钱玄同们，便都也转向的转向，沉默的沉默了。

只有鲁迅，周作人还是不断的努力着，成为新文坛的双柱。他们刊行着《语丝》和《莽原》，组织未名社，在新文学运动里继续的尽着力，且更勇猛的和一切反动的势力在争斗着。

一方面我们感觉得新勇士们的那末容易衰老，像大部分的《新青年》的社员们，同时却也见到有不老的不妥协不退却的勇士们在做青年们的指导者。

四

文学研究会活跃的时期的开始是一九〇二年的春天。这时候，《小说月报》，一个已经有了十几年的历史的文学刊物，在文学研究会的成员们的支持下，全部革新了；几乎变成了另一种全新的面目。和《小说月报》相呼应着的有附刊在上海《时事新报》和《文学旬刊》，这旬刊由郑振铎主编，后来刊行到四百余期方才停刊。这两个刊物都是鼓吹着为人生的艺术，标示着写实主义的文学的；他们反抗无病呻吟的旧文学；反抗以文学为游戏的鸳鸯蝴蝶派的"海派"文人们。他们是比《新青年》派更进一步的揭起了写实主义的文学革命的旗帜的。他们不仅推翻传统的恶习，也力拯青年们于流俗的陷溺与沉迷之中，而使之走上纯正的文学大道。

他们排斥旧诗旧词，他们打倒鸳鸯蝴蝶派的代表"礼拜六"派的文士们。

他们翻译俄国，法国及北欧的名著，他们介绍托尔斯泰，屠格涅夫，高尔基，安特列夫，易卜生以及莫泊桑等人的作品。

他们提倡血与泪的文学，主张文人们必须和时代的呼号相应答，必须敏感着苦难的社会而为之写作。文人们不是住在象牙塔里面的，他们乃是人世间的"人物"，更较一般人深切的感到国家社会的苦痛与灾难的。

关于这一类的言论，他们在《文学旬刊》以及后来的《文学周报》（即《旬刊》的后身）上发表得最多。可惜这几种初期的刊物，经过了"一二八"的战役，几已散失无遗，很难得在这里把他们搜集起来。

沈雁冰在《什么是文学》里把他们的主张说明了一部分：

> 名士派重疏狂脱略，愈随便愈见得他的名士风流；他们更蔑视写真，譬如见人家做一篇咏陶然亭的诗，自己便以诗和之，名胜古迹，如苏小小墓，岳武穆墓，虽未至其地，也喜欢空浮的写几句，如比干之坟，实在并没有的，而偏要胡说，这真所谓有其文，不必有其事了（这两句便是他们不注重真的供词）。所以他们诗文中所引用的禽鸟草木之名，更加可以只顾行文之便，不必核实了。新文学的写实主义，于材料上最注重精密严肃，描写一定要忠实；譬如讲佘山必须至

少去过一次，必不能放无的之矢。

名士派毫不注意文学于社会的价值，他们的作品，重个人而不重社会；所以拿消遣来做目的，假文学骂人，假文学媚人，发自己的牢骚。新文学的作品，大都是社会的；即使有抒写个人情感的作品，那一定是全人类共有的真情感的一部分，一定能和人共鸣的，决不像名士派之一味无病呻吟可比。新文学作品重在读者所受的影响，对于社会的影响，不将个人意见显出自己文才。新文学中也有主张表现个性，但和名士派的绝对不同，名士派只是些假情感或是无病呻吟，新文学是普遍的真感情，和社会同情不悖的。新文学和名士派中还有很不同的地方，新文学是积极的，名士派是消极的。新文学描写社会黑暗，用分析的方法来解决问题；诗中多抒个人情感，其效用使人读后，得社会的同情，安慰和烦闷。名士派呢，面上看来，确似达观，把人间一切事务，都看得无足轻重，其实这种达观不过是懒的结晶而已。

所谓"描写社会黑暗，用分析的方法来解决问题"便正是写实主义者的描写的手法。沈雁冰又有一篇《大转变时期何时来》呢，对于文学的"积极性"尤加以发挥：

所以近来论坛上对于那些吟风弄月的，"醉罢美呀"的所谓唯美文学的攻击，是物腐虫生的自然的趋势。这种攻击的论调，并不单单是消极的；他们有他们的积极的主张：提倡激威民气的文艺。

我自然不赞成托尔斯泰所主张的极端的"人生的艺术"，但是我们决然反对那些全然脱离人生的而且滥调的中国式的唯美的文学作品。我们相信文学不仅是供给烦闷的人们去解闷，逃避现实的人们去陶醉；文学是有激励人心的积极性的。尤其在我们这时代，我们希望文学能够担当唤醒民众而给他们力量的重大责任，我们希望国内的文艺的青年，再不要闭了眼睛冥想他们梦中的七宝楼台，而忘记了自身实在是住在猪圈里，我们尤其决然反对青年们闭了眼睛忘记自己身上带着镣锁，而又肆意讥笑别的努力想脱除镣锁的人们，阿Q式的"精神上胜利"的方法是可耻的！

巴比塞说："和现实人生脱离关系的悬空的文学，现在已经成为死的东西了；现代的活文学一定是附着于现实人生的，以促进眼前的人生为目的了。"国内文艺的青年呀，我请你们再三的忖量巴比塞这句话！我希望从此以后就是国内文坛的大转变时期。

沈雁冰又在《小说月报》上发表了《自然主义与中国现代小说》及《社会背景与创作》，把那主张更阐发得明白。

"文学是时代的反映"，这是他们的共同的见解。"我觉得表现社会生活的文学是真文学，是于人类有关系的文学，在被迫害的国里更应该注意这社会背景"。(《社会背景与创作》）"注意社会问题，爱被损害者与被侮辱者"（《自然主义与中国现代小说》），这便是他们的宣言。

他们曾在《小说月报》上出过《俄国文学专号》及《被压迫民族文学专号》（？）。并且他们在创作上也曾多少的实现过他们的主张。

不久，北平的一部分文学研究会会员也在《晨报》上附刊一种《文学旬刊》，《广州》的一部分文学研究会会员也出版一种广州《文学旬刊》。叶绍钧，俞平伯，朱自清等又在上海创办《诗》杂志及《我们》。但他们的主张便没有那末鲜明了。

和文学研究会立于反对地位的是创造社。创造社在一九二〇年的五月，刊行《创造季刊》，后又刊行《创造周刊》，又在上海《中华日报》附刊《创造日》。

创造社所树立的是浪漫主义的旗帜；而其批评主张，且纯然是持着唯美派的一种见解的。成仿吾在《新文学之使命》里说道：

> 所谓艺术的艺术派便是这般。他们以为文学自有它内在的意义，不能长把它打在功利主义的算盘里，它的对象不论是美的追求，或是极端的享乐，我们专诚去追从它，总不是叫我们后悔无益之事……
>
> 艺术派的主张不必皆对，然而至少总有一部分的真理。不是对于艺术有兴趣的人，决不能理解为什么一个画家肯在酷热严寒里工作，为什么一个诗人肯废寝忘食去冥想。我们对于艺术派不能理解，也许与一般对于艺术没有兴趣的人不能理解艺术家同是一辙。
>
> 至少我觉得除去一切功利的打算，专求文学的全（Perfection）与美（Beauty）有值得我们终身从事的价值之可能性。而且一种美的文学，纵或它没有什么可以教我们，而它所给我们的美的快感与安慰，这些美的快感与安慰对于我们日常生活的更新的效果，我们是不能不承认的。
>
> 而且文学也不是对于我们没有一点积极的利益的。我们的时代对于我们的智与意的作用赋税太重了。我们的生活已经到了干燥的尽处。我们渴望着有美的文学来培养我们的优美的感情，把我们的生活洗刷了。文学是我们的精神生活的粮食，我们由文学可以感到多少生的欢喜！可以感到多少生的跳跃！
>
> 我们要追求文学的全！我们要实现文学的美！

他是反对文学的"功利主义"的。他以为文学对于我们的"一点积极的利益的"乃是由于这种"精神生活的粮食"使我们可以"感到多少生的欢喜，可以感到多少生的跳跃"。

但浪漫主义者究竟热情的，他们也往往便是旧社会的反抗者。在郭沫若的诗集《女神》里，这种反抗的精神是充分的表现着的。他有一篇《我们的文学新运动》：

> 中国的政治生涯几乎到了破产的地位。野兽般的武人之专横，没廉耻的政客之蠢动，贪婪的外来资本家之压迫，把我们中华民族的血泪排抑成黄河扬子江一

样的赤流。

我们暴露于战乱的惨祸之下，我们受着资本主义这条毒龙的巨爪的蹂弄。我们渴望着和平，我们景慕着理想，我们喘求着生命之泉。

但是，让自然做我们的先生罢！在霜雪的严威之下新的生命发酵，一切草木，一切飞潜螺匍，不久便将齐唱凯旋之歌，欢迎阳春之归至。

更让历史做我们的先生罢！凡是受着物质的苦厄之民族必见惠于精神的富裕，产生但丁的意大利，产生歌德许雷的日耳曼，在当时是决未曾膺受物质的恩惠。

所以我们浩叹，我们懊悔，但是我们决不悲观，决不失望！我们的眼泪会成新生命之流泉，我们的痛苦会成分娩时之产痛，我们的确信是如此。

我们现在于任何方面都要激起一种新的运动，我们于文学事业中也正是不能满足于现状，要打破从来因袭的样式而求新的生命之新的表现。

这却是"血与泪的文学"的同群了。成仿吾在一九二四年也写了一篇《艺术之社会的意义》，已不复囿于"唯美"的主张，虽然也还是说道："既是真的艺术，必有它的社会的价值；它至少有给我们的美感。"但紧接着便自白道："我们自己知道我们是社会的一个分子，我们自己知道我们在热爱人类——绝不论他的善恶妍丑。我们以前是不是把人类社会忘记了，可不必说，我们以后只当更用了十二分的意识把我们的热爱表白一番。"这便是创造社后来转变为革命文学的集团的开始。

在这个时候，他们的主张和文学研究会的主张已是没有什么实质上的不同了。

五

文学研究会对复古派和鸳鸯蝴蝶派攻击得最厉害。当然也招致了他们的激烈的反攻。

复古派在南京，受了胡先骕，梅光迪们的影响，仿佛自有一个小天地；自在地写着"金陵王气略沉销"一类的无病呻吟的诗。胡先骕们原是最反对新文学运动的。他对胡适的《尝试集》曾有极厉害的攻击，又写了一篇《中国文学改良论》。梅光迪也写了一篇《评提倡新文化者》。他们的同道吴宓，也写着《论新文化运动》一文，他们当时都在南京的东南大学教书。仿佛是要和北京大学形成对抗的局势。林琴南们对于新文学的攻击，是纯然的出于卫道的热忱，是站在传统的立场上来说话的。但胡梅辈却站在"古典派"的立场来说话了。他们引致了好些西洋的文艺理论来做护身符。声势当然和林琴南，张厚载们有些不同。但终于"时势已非"，他们是来得太晚了一些。新文学运动已成了燎原之势，决非他们的书生的微力所能撼动其万一的了。

然而在南京的青年们竟也有一小部分是信从着他们的主张。

他们在一个刊物上，刊出一个"诗学专号"，所载的几全是旧诗。《文学旬刊》便给他们以极严正的攻击。这招致了好几个月的关于诗的论争。这场论争的结果便是扑灭了许多想做遗少的青年人们的"名士风流"的幻想；同时也更确切的建立了关于新诗的理论。

鸳鸯蝴蝶派的大本营是在上海。他们对于文学的态度，完全是抱着游戏的态度的。那时盛行着的"集锦小说"——即一人写一段，集合十余人写成一篇的小说——便是最好的一个例子。他们对于人生也便是抱着这样的游戏态度的。他们对于国家大事乃至小小的琐故，全是以冷嘲的态度出之。他们没有一点的热情，没有一点的同情心。只是迎合着当时社会的一时的下流嗜好，在喋喋的闲谈着，在装小丑，说笑话，在写着大量的黑幕小说，以及鸳鸯蝴蝶派的小说来维持他们的"花天酒地"的颓废的生活。几有不知"人间何世"的样子。恰和林琴南辈的道貌俨然是相反。有人谥之曰"文丐"，实在不是委屈了他们。

但当《小说月报》初改革的时间，他们却也感觉到自己的危机的到临，曾夺其酒色淘空了的精神，作最后的挣扎。他们在他们势力所及的一个圈子里，对《小说月报》下总攻击令。冷嘲热骂，延长到好几个月还未已。可惜这一类的文字，现在也搜集不到，不能将他们重刊于此。《文学旬刊》对于他们也曾以全力对付过。几乎大部分的文字都是针对了他们而发的。却都是以严正的理论来对付不大上流的诬蔑的话。

但过了一时，他们便也自动的收了场。《礼拜六》《游戏杂志》一类的刊物，便也因读者们的逐渐减少而停刊了。然而在各日报的副刊上，他们的势力还相当的大。他们的精灵也还复活在所谓"海派"者的躯壳里，直到于今而未全灭。

六

在一九二五年的时候，章士钊主编的《甲寅周刊》出版了。在这个"老虎"报上，突然出现了好几篇的攻击新文化运动及新文学的文字。章士钊写了一篇《评新文化运动》，根本上否认白话文的价值。他说道："从社会方面观之，谓之社会运动，从文化方面观之，谓之文化运动。""要之，文化运动及社会改革之事而非标榜某种文学之事。"瞿宣颖也写了一篇《文体说》。他以为"欲求文体之活泼，乃莫善于用文言。——世间难状之物，人心难写之情，类非日用语言所能足用，胥赖此柔韧繁复之言，以供喷薄。若泥于白话而反自矜活泼，是真好为捧心之妆，适以自翘其丑也"。

"甲寅派"这次的反攻，并不是突然的事，而是自有其社会的背景的。"五四"运动的狂潮过去之后，一般社会又陷于苦闷之中。外交上虽没有十分的失败，而军阀的内讧，官僚的误国之情状，却依然存在。局势是十分的混沌。一部分人是远远的向前走去了。抛下新文学运动的几个元勋们在北平养尊处优的住着；有几个人竟不自觉的挤到官僚堆里去。

新文学运动在这时候早已进入了第二个阶段之中，而"甲寅派"却只认识着几个元勋们，而懒扬扬的在向他们挑战。而这种反动的姿态却正是和军阀，官僚们所造成的浑沌的局势相拍合的。章士钊也便是那些官僚群中的重要的一员。

胡适写了一篇《老章又反叛了》，吴稚晖也写了一篇《友丧》也都是懒扬扬的在招架着他的。根本上不以他为心腹之患。倒是《国语周刊》的几位作者却在大喊着"打倒这只拦路虎！"

这一场辩论，表面上看来是很起劲，其实双方都是懒扬扬的，无甚精彩的见解，有许多话都是从前已经说过了的。

终于他们是联合成了同一群。在这时候，白话文言的问题，已不成其为问题了。成问题的乃是别一种更新的运动。这新运动的出现威胁着官僚军阀们乃至准官僚们，知识分子们联合成为新的一个集团。故对于白话，文言之争的事立刻也便浑然的忘怀了，不再提起了。

这可见这一场的争斗，双方都不是十分有诚意的，都只是勉强的招架着的。

真实的冲突，却是语丝社和章士钊及现代评论社的争斗。那倒是货真价实的思想上的一种争斗。不过已不是纯然的关于文学方面的问题了，故这里也便不提。

这以后，便进入另一个时期了，——从文学革命到革命文学的一个时期。

五卅运动在上海的爆发，把整个中国历史涂上了另一种颜色，文学运动也便转变了另一个方面。

以另一方式来攻击，来破坏传统的文学乃至新的绅士文学的运动产生了。又恢复了"五四"运动初期的口号式的比较粗枝大叶的一种新文学运动的情态。新文学运动的"第一个十年"，便终止于这样的一个"革命时代"里。

七

在这"伟大的十年间"，我们看出了不很迟缓的进步的情形来。这很可乐观。在这短短的十年间，无论在诗，小说，戏曲以及散文方面都有了长足的进步。朱自清的《踪迹》是远远的超过《尝试集》里的任何最好的一首。功力的深厚，已决不是"尝试"之作，而是用了全力来写着的。——周作人的《小河》却终于不易超越！——在戏曲方面，像胡适《终身大事》那样的淡薄无味的"喜剧"也已经无人再问津了。徐志摩在北平《晨报》上发刊了《诗刊》和《剧刊》，虽没有多大的成就，却颇鼓动了一时的写作的空气。

散文和小说更显着极快的极明白的发展，尤其是小说，技巧更见精密了。《新潮》上所刊登的初期的短篇小说，幼稚的居多数。但立刻便有了极大的进步。冰心女士，落华生，叶绍钧，郁达夫，淦女士的创作都远远的向前迈进而去。也还只有鲁迅的诸作是终于还没有人追越过去过！

长篇小说在这时期颇不发达，只有王统照，张资平在试写着。杨振声的《玉君》却是旧气息过重的一部东西。

关于旧文学的整理也逐渐的有着更深刻的成绩表现出来。惟对于旧文学的重新估定价值，有时未免偏于一鳞一爪的着力。伟大的东西被遗漏了，而"砂砾"也有时不免被作为"黄金"而受着重视。到了"国学书目"的两次三番的开列出来，这"估定价值"运动便更入了一个歧途。许多"妄人们"也趁火打劫的在开列书目，在标点古书。其结果，《古文观止》和《古文辞类纂》的新式标点本，也竟煌煌然算作是"新文化"书之列之内的东西了！

然而有识者却仍具"有理性的裁判"的。对于小说，戏曲和词曲的新研究，曾有过相当完美的成绩。鲁迅的《中国小说史略》乃是这时期最大的收获之一，奠定了中国小说研究的基础。

但这"伟大的十年间"的一切文坛上的造就，究竟不能不归功于许多勇士们的争斗和指示，他们在荆棘丛中，开辟了一条大路，给后人舒坦的走去。虽然有的人很早的便已经沉默下去了，有的人竟还成了进步的阻力，但留在这一节历史的书页之上的却仍是很可崇敬的勇敢的苦斗的功绩。

若把这"伟大的十年间"的论争的大势察看一下，我们便知，那运动是可以划分为两期的。第一期是新文化运动和白话文运动。一方面对于旧的文化，传统的道德，反抗，破坏，否认，打倒，一方面树立起言文合一的大旗，要求以国语文为文学的正宗。就文学上说来，这初期运动者所要求的只是"文学"的形式上的改革。虽然也曾提到过黑幕小说等等的问题，却未遑立刻和他们作殊死战。这时所全力攻击着的乃是顽固的守旧党，和所谓正统派的古文家。讨论得最热闹的只是旧戏剧的问题，他们对于旧式戏剧的种种不合理的地方，曾极不客气加以指摘。钱玄同答张厚载道：

> 我所谓"离奇"者，即指此"一定之脸谱"而言；脸而有谱，且又一定，实在觉得离奇得很。若云"隐寓褒贬"，则尤为可笑。朱熹做《纲目》学孔老爹的笔削春秋，已为通人所讥讪；旧戏索性把这种"阳秋笔法"画到脸上来了：这真和张家猪肆记画形于猪鬣，李家马坊烙圆印于马蹄一样的办法。哈哈！此即所谓中国旧戏之"真精神"乎？

他还有一个更彻底的主张，主张"要建设平民的"戏剧，便非要把"中国现在的戏馆全数封闭不可"。

> 吾友某君常说道，"要中国的真戏，非把中国现在戏馆全数封闭不可。"我说这话真是不错——。有人不懂，问我"这话怎讲？"我说，一点也不难懂。譬如要建设共和政府，自然该推翻君主政府；要建设平民的通俗文学，自然该推翻贵族的艰深文学。那么，如其要中国有真戏，这真戏自然是西洋派的戏，决不是那"脸谱"派的戏。要不把那扮不像人的人，说不像话的话全数扫除，尽情推套，真戏怎样能推行呢？如其因为"脸谱"派的戏，其名叫做"戏"，西洋派的戏，其名也叫做"戏"，所以讲求西洋派的戏的人，不可推翻"脸谱"派的戏。那我要请问：假如有人说，"君主政府叫做'政府'，共和政府也叫做'政府'，既然其名都叫'政府'，则组织共和政府的人，便不该推翻君主政府。"这句话通不通？（钱玄同：《杂感》）

这样痛快的话，后来是很少人说的了。在《今之所谓评剧家》一文里，钱氏尤有明确的主张：

> 中国的戏，本来算不得什么东西。我常说，这不过是《周礼》里"方相氏"的变相罢了，与文艺美术，不但是相去正远，简直是"南辕北辙"。若以此我辈所谓"通俗文学"，则无异"指鹿为马"；适之前次答张傻子信中有"君以评戏见称于时，为研究通俗文学之一人；其赞成本社改良文学之主张，固意中事"这几句话，我与适之的意见却有点反对。我们做《新青年》的文章，是给纯洁的青年看的，决不求此辈"赞成"。此辈既欲保存"脸谱"，保存"对喝""乱打"等等"百兽率舞"的怪相，一天到晚，什么"老谭""梅郎"的说个不了。听见人家讲了一句戏剧要改良，于是断断致辩，说"废唱而归于说白乃绝对的不可能"什么"脸谱分别甚精，隐寓褒贬"，此实与一班非做奴才不可的遗老要保存辫发，不拿女人当人的贱丈夫要保存小脚同是一种心理。简单说明之，即必须保存野蛮人之品物，断不肯进化为文明人而已。我记得十年前上海某旬报中有一篇文章，题目叫做《尊屁篇》，文章的内容，我是忘记了。但就这题目断章取义，实在可以概括一班"鹦鹉派读书人"的大见识大学问。

他是要打倒"脸谱""对唱""乱打"等等的怪相的。却想不到几年之后，《新青年》社中人也便有一变而成为公然拥护"梅郎"的！周作人论《中国旧戏之应废》一文，直以"中国戏"为"野蛮"的，"凡中国戏上的精华，在野蛮民族的戏中，无不全备"。但更重要的，旧戏应废的第二理由，是：

> 有害于"世道人心"。我因为不懂旧戏，举不出详细的例。但约略计算，内中有害分子，可分作下列四类：淫，杀，皇帝，鬼神（这四种，可称作儒道二派思想的结晶，用别一名称，发现在现今社会上的，就是：一，"房中"，二，"武力"，三，"复辟"，四，"灵学"）。在中国民间传布有害思想的，本有"下等小说"及各种说书，但民间不识字不听过说书的人，却没有不曾看过戏的人，所以还要算戏的势力最大。希望真命天子，归依玉皇大帝，（及"道教擂绅录"上的人物），想做"好汉"，这宗民同思想，全从戏上得来；至于传布淫的思想，方面虽多，终以戏为最甚；唱说之外，加以扮演，据个人所见，已很有奇怪的实例。皇帝与鬼神的思想，中国或尚有不以为非的人；淫杀二事，当然非"精神文明最好"的中国所应有，其为"世道人心"之害，毫无可疑，当在应禁之列了。中国向来固然也曾禁止，却有什么效果呢？因为这两年，——皇帝与鬼神的两件，也是如此，——是根本的野蛮思想，也就是野蛮戏的根本精神：做了这种戏，自然不能缺这两件——或四件；要除这两件也只有不做那种戏。

这些话对于当时的青年人都是极大的刺激，惊醒了他们的迷梦，把他们的眼光从

"皮黄戏"和"昆戏"的舞台离开而去寻求一种新的更合理的戏曲。

后来，爱美的戏团曾有一时在大学校里纷纷成立，竞演着易卜生，王尔德，梅德林克，郭哥里诸人的戏曲。打先锋的人们是已经尽了他们的责任了。

第二个时期是新文学的建设时代，也便是文学研究会和创造社的时代。不完全是攻击旧的，而且也在建设新的；不完全是在反抗，破坏，打倒，而也在介绍创作，整理。白话文的讨论已经是成了过去的问题，在这时候所讨论的乃是更进一层的如何建设新文学，或新文学向哪里去的问题。于是便有写实主义和浪漫主义的歧向。这便是一种明显的进步的现象。已知道所走的路线是决不能笼统的用"欧化"两个字来代表一切的新的倾向的了，正像不能以"新文化运动"这个笼统的名辞来代表这时期的"文化"活动一般，新青年社和少年中国学会等团体之不能不分裂，不瓦解，也便是受这个必然律的支配的。

但新文学运动究竟还不能完全和一般的文化运动分离开去。文人们是更敏捷地感到社会的黑暗与各处的被压迫的地位的危险的。无论写实主义者和浪漫主义者对于当时的黑暗的环境和浑沌，沉闷的政局，以及无耻的官僚，专横的军阀，都是一致的抱着"深诛痛恶"的态度的。

这便开启了第二次的革命运动的门钥。当那革命运动发动的时候，曾有无数的文学青年是忠实于他们之所信，而"投笔从戎"，而"杀身成仁"的。

八

叙述着这"伟大的十年间"的文学运动，却也有不能不有些惆怅，凄楚之感！

当时在黑暗的迷雾里挣扎着，表现着充分的勇敢和坚定的斗士们，在这虽只是短短的不到二十年间，他们大多数便都已成了古旧的人物，被"挤成了三代以上的古人"了。扎硬寨，打死战的精神一点也没有了，他们只在"妥协"里讨生活，甚而至于连最低限度的最初的白话文运动的主张也都支持不住。他们反而成了进步的阻碍。无数青年们的呐喊的热忱，只是形成了他们的"高高在上"的地位，他们践踏着青年们的牺牲的身体，一级一级的爬了上去。当他们在社会上有了稳固的地位时，便抛开了青年人而开始"反叛"。

最好的现象还算是表现着衰老的状态的人物呢！所谓"三代以上的古人"者的人物，还是最忠实的人物；也还有更不堪的"退化"的，乃至"反叛"的人物呢。他们不仅和旧的统治阶级，旧的人物妥协，且还挤入他们的群中，成为他们里面最有力的分子，公然宣传着和最初的白话文运动的主张正挑战的主张的。

只有少数人还维持斗士的风姿，没有随波逐流的被古老的旧势力所迷恋住，所牵引而去。

更可痛的是，现在离开"五四"运动时代，已经将近二十年了，离开那"伟大的十年间"的结束也将近十年了，然而白话文等等的问题也仍还成为问题而讨论着。仿佛他们从不曾读过初期的《新青年》的文章或后期的《国语周刊》的一类文字似的。许多的精力浪费在反复，申述的理由上。连初期的新文化运动的信仰似乎也还有些在动摇着——这当然和反抗白话文运动有连带的关系的——读经说的跳梁，祀孔修庙运动的活跃以及其他种种，出处都表现着有一部分人是想走回到清末西太后的路上去，乃至要走到明初，清初的复古的路上去。假如这些活动而有"时代的价值"和需要的话，那么"五四"运动乃至戊戌维新、辛亥革命，诚都是"多此一举"的了！也究竟只是一场"白日梦"。一觉醒来时，还不是"花香鸟语"的一个清朗的世界！

然而话实在是浪费得多了。那许多浪费的话大部分是不必重说一遍的，只要叫他们去查查这"伟大的十年间"的许多旧案便够了的——只可惜他们是未必肯去查。

把这"伟大的十年间"的"论争"的文字，重新集合在一处，印为一集，并不是没有意义的；至少是有许多话省得我们再重说一遍！

懒得去翻检旧案的人，在这里也可以不费力的多见到些相反或相同的意见。有许多话，也竟可以使主张复古运动的人们省得重说一遍的。——有许多话，过去的复古运动者们曾是说得那么透彻，那么明白过。

所以，此番重印旧文，诚不是没有意义，不是没有用处的。

我们相信，在革新运动里，没有不遇到阻力的；阻力愈大，愈足以坚定斗士的勇气，扎硬寨，打死战，不退让，不妥协，便都是斗士们的精神的表现。不要怕"反动"。"反动"却正是某一种必然情势的表现，而正足以更正确表示我们的主张的机会。

三番两次的对于白话文学的"反攻"，乃正是白话文运动里所必然要经历过的途程。这只有更鼓励了我们的勇气，多一个扎硬寨，打死战的机会，却绝对不会撼惑军心，摇动阵线的。所以像章士钊乃至最近汪懋祖辈的反攻，白话文运动者们是大可不必过分的忧虑的——但却不能轻轻的放过了这争斗的机会！有时候不愿意重说一遍的话，却也竟不能不说。

在本集里，有许多旧文搜罗得不大完全，特别是《文学旬刊》等等，一时不能全都搜集到，竟空缺了一段很重要的"论争"的经过，这是无任抱歉的事。——将来或可以另行重印出来。

最后该谢谢阿英先生，本集里有许多材料都是他供给我的。没有他的帮助，这一集也许要编不成。

二十四年，十月二十一日。

（见刘运峰编《1917—1927中国新文学大系导言集》，天津人民出版社2009年版）

《1917—1927 中国新文学大系导言集》（节选）
——《散文二集》导言

郁达夫

一、散文这一个名字

中国向来只说仓颉造文字，然后书契易结绳而治，所以文字的根本意义，还在记事。到了春秋战国，孔子说"焕乎其有文章"，于是"夫子之文章可得而闻"了；在这里，于文字之上，显然又加上了些文采。至于文章的内容，大抵总是或"妙发性灵，独拔怀抱"（《梁书·文学传》），或"达幽显之情，明天人之际"（《北齐书·文苑传序》），或以为"六经者道之所在，文则所以载夫道者也"（《元史·儒学传》），程子亦说："道者文之根本，文者道之枝叶"。而六经之中，除诗经外，全系散文；《易经》《书经》与《春秋》，其间虽则也有韵语，但都系偶然的流露，不是作者的本意。从此可以知道，中国古来的文章，一向就以散文为主要的文体，韵文系情感满溢时之偶一发挥，不可多得，不能强求的东西。

正因为说到文章，就指散文，所以中国向来没有"散文"这一个名字。若我的臆断不错的话，则我们现在所用的"散文"两字，还是西方文化东渐后的产品，或者简直是翻译也说不定。

自六朝骈俪有韵之文盛行后，唐宋以来，各人的文集中，当然会有散体或散文等成语，用以与骈体骈文等对立的；但它的含义，它的轮廓，决没有现在那么的确立，亦决没有现代人对这两字那么的认识得明白而浅显。所以，当现代而说散文，我们还是把它作外国字（Prose）的译语，用以与韵文（Werse）对立的，较为简单，较为适当。

古人对于诗与散文，亦有对称的名字，像小杜的"仁诗韩笔愁来读，似遣麻姑痒处搔"，袁子才的"一代正宗才力薄，望溪文学阮庭诗"之类；不过这种称法，既不明确，又不普遍；并且原作大抵限于音韵字数，不免有些牵强之处，拿来作我们有科学知识的现代人的界说或引证，当然有些不对。

二、散文的外形

散文既经由我们决定是与韵文对立的文体，那么第一个消极的条件，当然是没有韵的文章。所谓韵者，系文字音韵上的性质与规约，在中国极普通的说法，有平上去入或平仄之分，在外国极普通的有长音短音或高低抑扬之别。照这些平仄与抑扬排列起来，对偶起来，自然又有许多韵文的繁琐方式与体裁，但在散文里，这些就都可以不管了，尤其是头韵脚韵和那些所谓洽韵的玩意儿。所以在散文里，音韵可以不管，对偶也可以不问，只教辞能达意，言之成文就好了，一切字数，骈对，出韵，失粘，蜂腰，鹤膝，垒韵，双声之类的人工限制与规约，是完全没有的。

不过在散文里，那一种王渔洋所说的神韵，若不依音调死律而讲，专指广义的自然的韵律，就是西洋人所说的 Rhythm 的回味，却也可以有；因为四季的来复，阴阳的配合，昼夜的循环，甚至于走路时两脚的一进一出，无一不合于自然的韵律的；散文于音韵之外，暗暗把这意味透露于文字之间，也是当然可以有的事情；但渔洋所说的神韵及赵秋谷所说的声调，还有语病，在散文里似以情韵或情调两字来说，较为妥当。这一种要素，尤其是写抒情或写景的散文诗，包含得特别的多。

散文的第一消极条件，既是无韵不骈的文字排列，那么自然散文小说，对白戏剧（除诗剧以外的剧本）以及无韵的散文诗之类，都是散文了啦；所以英国文学论里有 Prose Fiction, Prose Poem 等名目。可是我们一般在现代中国平常所用的散文两字，却又不是这么广义的，似乎是专指那一种既不是小说，又不是戏剧的散文而言。近来有许多人说，中国现代的散文，就是指法国蒙泰纽（Montaigne）的 Essais，英国培根（Bacon）的 Essays 之类的文体在说，是新文学发达之后才兴起来的一种文体，于是乎一译再译，反转来又把像英国 Essays 之类的文字，称作了小品。有时候含糊一点的人，更把小品散文或散文小品的四个字连接在一气；以祈这一个名字的颠扑不破，左右逢源；有几个喜欢分析，自立门户的人，就把长一点的文字称作了散文，而把短一点的叫作了小品。其实这一种说法，这一种翻译名义的苦心，都是白费的心思，中国所有的东西，又何必完全和西洋一样？西洋所独有的气质文化，又那里能完全翻译到中国来？所以我们的散文，只能约略的说，是 Prose 的译名，和 Essays 有些相像，系除小说，戏剧之外的一种文体；至于要想以一语来道破内容，或以一个名字来说尽特点，却是万万办不到的事情。

三、散文的内容

在四千余年古国的中国，又被日本人鄙视为文字之国的中国，散文的内容，自然早已发达到了五花八门，无以复加。我们只须一翻开桐城派正宗的《古文辞类纂》来看，曰论辨，曰序跋，曰奏议……一直到辞赋哀祭之类，它的内容真富丽错综，活像一部二十四史零售的百货商店。这一部《古文辞类纂》的所以风行二百余年，到现在还有人在那里感激涕零的理由，一半虽在它的材料的丰富但一半也在它的分门别类，能以一个类名来决定内容。但言为心声，人心不同又各如其面，想以外形的类似而来断定内容的全同，是等于医生以穿在外面的衣服而来推论人体的组织；我们不必引用近代修辞学的分类来与它对比，就有点觉得靠不住了。所以近代的选家，就更进了一步，想依文章本体的内容，来分类而辨体。于是乎近世论文章的内容者，就又把散文分成了描写（Description）叙事（Narration）说明（Exposition）论理（Persnasion including Argumentation）的四大部类；还有人想以实写，抒情，说理的三项来包括的。

从文章的本体来看，当然是以后人分类方法为合理而简明；但有些散文，是既说理而又抒情，或再兼以描写记叙的，到这时候，你若想把它们来分类合并，当然又觉得困难百出了，所以我们来论散文的内容，就打算先避掉这分类细叙的办法。

我以为一篇散文的最重要的内容，第一要寻这"散文的心"；照中国旧式的说法，就是一篇的作意，在外国修辞学里，或称作主题（Subject）或叫它要旨（Theme）的，大约就是这"散文的心"了。有了这"散文的心"后，然后方能求散文的体，就是如何能把这心尽情地表现出来的最适当的排列与方法。到了这里，文字的新旧等工具问题，方始出现。

中国古代的国体组织，社会因袭，以及宗族思想等等，都是先我们之生而存在的一层固定的硬壳；有些人虽则想破壳而出，但因为麻烦不过，终于只能同蜗牛一样，把触角向外面一探就缩了进去。有些人简直连破壳的想头都不敢有，更不必说探头出来的勇气了。这一层硬壳上的三大厚柱，叫作尊君，卫道，与孝亲；经书所教的是如此，社会所重的亦如此，我们不说话不行事则已，若欲说话行事，就不能离反这三种教条，做文章的时候，自然更加要严守着这些古圣昔贤的明训了；这些就是从秦汉以来的中国散文的内容，就是我所说的从前的"散文的心"。当然这中间也有异端者，也有叛逆儿，但是他们的言行思想，因为要遗毒社会，危害君国之故，不是全遭杀戮，就是一笔抹杀（禁灭），终不能为当时所推重，或后世所接受的。

从前的散文的心是如此，从前的散文的体也是一样。行文必须崇尚古雅，模范须取诸六经；不是前人用过的字，用过的句，绝对不能任意造作，甚至于之乎也者等一个虚字，也要用得确有出典，呜呼嗟夫等一声浩叹，也须古人叹过才能启口。此外的起承转合，伏句提句结句等种种法规，更加可以不必说了，一行违反，就不成文；你想，在这两重械梏之下，我们还写得出好的散文来么？

四、现代的散文

自从五四运动起后，破坏的工作就开始了。最显而易见的，就是文字的械梏打破运动，这一层工作，直到现在还在继续进行，可以说是已经做到了百分之六七十。第二步运动，是那一层硬壳的打破工作，可是惭愧之至，弄到今天，那硬壳上的三大厚柱总算动摇了一点，但那一层硬壳还依然蒙被在大多数人的身上。

五四运动的最大的成功，第一要算"个人"的发现。从前的人，是为君而存在，为道而存在，为父母而存在的，现在的人才晓得为自我而存在了。我若无何有乎君，道之不适于我者还算什么道，父母是我的父母；若没有我，则社会，国家，宗族等那里会有？以这一种觉醒的思想为中心，更以打破了械梏之后的文字为体用，现在的散文，就滋长起来了。

现代的散文之最大特征，是每一个作家的每一篇散文里所表现的个性，比从前的任何散文都来得强。古人说，小说都带些自叙传的色彩的，因为从小说的作风里人物里可以见到作者自己的写照；但现代的散文，却更是带有自叙传的色彩了，我们只消把现代作家的散文集一翻，则这作家的世系，性格，嗜好，思想，信仰，以及生活习惯等等，无不活泼泼地显现在我们的眼前。这一种自叙传的色彩是什么呢，就是文学里所最可宝贵的个性的表现。

文极司泰（G. T. Winchester）在一本评论英国散文作家的文集（*A group of English Essayists*）的头上，有一段短短的序言说：

> ……（上略）
> 若有人嫌这书的大部分的注意，都倾注入了各人的传记，而真正的批评，却只占了一小部分的话，那请你们要记着，像海士立脱（Hazlitt）像兰姆（Lamb）像特·昆西（De Quincey）像威尔逊（Wilson）像汉脱（Hunt）诸人所写的主题，都采取从他们自己的个人经验之内的。恐怕在其他一样丰富一样重要的另外许多英国散文之中，像这样地绝对带有自叙传色彩的东西，也是很少罢。以常常是很有用的传记的方法来详论他们，在这里是对于评论家的唯一大道。他在能够评量那一册著作之先，必须要熟悉那作者的"人"才行（序文Ⅶ页）。

这一段话虽则不能直接拿过来适用在我们现代的散文作家的身上，但至少散文的重要之点是在个性的表现这一句话，总可以说是中外一例的了。周作人先生在序沈启元编的《冰雪小品选》的一文中说："我卤莽地说一句，小品文是文学发达的极致，它的兴盛必须在王纲解纽的时代。"（《看云集》一八九页）若我的猜测是不错的话，岂不是因王纲解纽的时候，个性比平时一定发展得更活泼的意思么？两晋的时候是如此，宋末明末是如此，我们在古代的散文中间，也只在那些时候才能见到些稍稍富于个性的文字；当太平的盛世，当王权巩固的时候，我前面所说的那两重械梏，尤其是纲常名教的那一层硬壳，是决不容许你个人的个性，有略一抬头的机会的。

所以，自"五四"以来，现代的散文是因个性的解放而滋长了，正如胡适之先生在一九二二年《申报五十年的纪念特刊》上《五十年来中国之文学》中的所说：

> 白话散文很进步了。长篇议论文的进步，那是显而易见的，可以不论。这几年来，散文方面最可注意的发展，乃是周作人等提倡的小品散文。这一类的小品，用平淡的谈话，包藏着深刻的意味；有时很像笨拙，其实却是滑稽。这一类作品的成功，就可彻底打破那"美文不能用白话"的迷信了。

胡先生在这里可惜还留下了一点语病，仿佛教人要把想起文言文就是美的这一个旧观念抛弃似的；其实一篇没有作意没有个性的散文，即使文言到了不可以再文，也决不能算是一篇文字的，美不美更加谈不上了。

因为说到了散文中的个性〔我的所谓个性，原是指 Individuality（个人性）与

Personality（人格）的两者合一性而言］，所以也想起了近来由林语堂先生等所提出的所谓个人文体（Personal Style）那一个的名词。文体当然是个人的；即使所写的是社会及他人的事情，只教是通过作者的一番翻译介绍说明或写出之后，作者的个性当然要渗入到作品里去的。左拉有左拉的作风，弗老贝尔有弗老贝尔的写法，在尤重个性的散文里，所写的文字更是与作者的个人经验不能离开了；我们难道因为若写身边杂事，不免要受人骂，反而故意去写那些完全为我们所不知道不经验过的谎话倒算真实么？这我想无论是如何客观的写实论家，也不会如此立论的。

至于个人文体的另一面的说法，就是英国各散文大家所惯用的那一种不拘形式家常闲话似的体裁"Informal or Familiar essays"的话，看来却似很容易，像是一种不正经的偷懒的写法，其实在这容易的表面下的作者的努力与苦心，批评家又那里能够理会？十九世纪的批评家们，老有挖苦海士立脱的散文作风者说："在一天春风和煦的星期几的早晨，我喝着热腾腾的咖啡，坐在向阳的回廊上的安乐椅里读××××的书，等等，又是那么的一套！"这挖苦虽然很有点儿幽默，可是若不照这样的写法，那海士立脱就不成其为海士立脱了。你须知道有一位内庭供奉，曾对蒙泰纽说："皇帝陛下曾经读过你的书，很想认识认识你这一个人。"你知道他是怎么回答的呢？"假使皇帝陛下已经认识了我的书的话，"他回答说，"那他就认识我的人了。"个人文体在这一方面的好处，就在这里。

几年前梁实秋先生曾在《新月》上发表过一篇论散文的文章，在末了的一段里，他说："近来写散文的人，不知是过分的要求自然，抑过分的忽略艺术，常常的沦于粗陋之一途。无论写的是什么样的题目，类皆出之以嬉笑怒骂；引车卖浆之流的语气，和村妇骂街的口吻，都成为散文的正则。像这样恣肆的文字，里面有的是感情，但是文调，没有！难道写散文的时候，一定要穿上大礼服，带上高帽子，套着白皮手带，去翻出文选锦字上的字面来写作不成？扫烟囱的黑脸小孩，既可以写入散文，则引车卖浆之流，何尝不也是人？人家既然可以用了火烧猪猡的话来笑骂我们中国人之愚笨，那我们回骂他一声直脚鬼子，也不算为过。"况且梁先生所赞成的"高超的郎占诺斯"（The Sublime Longinus），在他那篇不朽的"崇高美论"（On the Sublime: Translated by A. O. Prickard）里。对于论敌的该雪留斯（Caecilius）也是毫不客气地在那里肆行反驳的，嬉笑怒骂，又何尝不可以成文章？

由梁先生的这一段论断出发，我们又可以晓得现代散文的第二特征，是在它的范围的扩大。散文内容范围的扩大，虽然不就是伟大，但至少至少，也是近代散文超越过古代散文的一个长足的进步。

从前的人，是非礼弗听，非礼弗视，非礼弗……的，现在可不同了，一样的是人体的一部分，为什么肚脐以下，尾闾骨周围的一圈，就要隐藏抹杀，勿谈勿写呢？（这是霭理斯的意见）苍蝇蚊子，也一样是宇宙间的生物，和绅士学者，又有什么不同，而不可以做散文的对象呢？所以讲堂上的高议宏论，原可以做散文的材料，但同时"引车卖浆之流的语气，和村妇骂街的口吻"也一样的可以上散文的宝座。若说散文只许板起道学面孔，满口大学之道，泰山崩于前而色不变地没有感情的人去做的话，那中国的散文，岂不也将和宗教改革以前的圣经一样，变成几个特权阶级的私产了么？

当《人间世》发刊的时候，发刊词里曾有过"宇宙之大，苍蝇之微，无不可谈"一句话；后来许多攻击人间世的人，每每引这一句话来挖苦人间世编者的林语堂先生，说："只见苍蝇，不见宇宙。"其实林先生的这一句话，并不曾说错，不过文中若只见苍蝇的时候，那只是那一篇文字的作者之故，与散文的范围之可以扩大到无穷尽的一点，却是无关无碍的。美国有一位名尼姊（Nitchie）的文艺理论家，在她编的一册文艺批评论里说：

> 在各种形式的散文（按此地的散文两字，系指广义的散文而言）之中，我们简直可以说 Essay 是种类变化最多最复杂的一种。自从蒙泰纽最初把他对于人和物的种种观察名作 Essais 或试验以来，关于这一种有趣的试作的写法及题材，并不曾有过什么特定的限制。尤其是在那些不拘形式的家常闲话似的散文里，宇宙万有，无一不可以取来作题材，可以幽默，可以感伤，也可以辛辣，可以柔和，只教是亲切的家常闲话式的就对了。在正式的散文（The formal Essay）项下也可以有种种的典型，数目也很多，种类也很杂，这又是散文的范围极大的另一佐证。像马可来（Macaulay）的有些散文，性质就是历史式的传记式的，正够得上称作史笔与传记而无愧。也有宗教的或哲学的散文，德义的散文，批评的散文，或教训的散文。这些散文中的任何一种，它的主要目的，都是在诉之于我们的智性的……
>
> 可是比正式的散文更富于艺术性，由技巧家的观点说来，觉得更不容易写好的那种散文，却是平常或叫作 Informal（不拘形式的）或叫作 Familiar（家常闲话式的）或叫作 Personal（个人文体式的）Essays 这种种散文的名称；就在暗示着它的性质与内容。它是没有一定的目的与一定的结构的。它的目的并不是在教我们变得更聪明一点，却是在使我们觉得更快乐一点。……（Nitchie：*The Criticism of Literature*，pp. 270，271—2）

所以现代的散文之内容范围，竟能扩大到如此者，正因为那种不拘形式的散文的流行，正因为引车卖浆之流的语气，和村妇骂街的口吻，都被收入到了散文里去的缘故。

现代散文的第三个特征：是人性，社会性，与大自然的调和。

从前的散文，写自然就专写自然，写个人便专写个人，一议论到天下国家，就只说古今治乱，国计民生，散文里很少人性，及社会性与自然融合在一处的，最多也不过加上一句痛哭流涕长太息，以示作者的感愤而已；现代的散文就不同了，作者处处不忘自我，也处处不忘自然与社会。就是最纯粹的诗人的抒情散文里，写到了风花雪月，也总要点出人与人的关系，或人与社会的关系来，以抒怀抱；一粒沙里见世界，半瓣花上说人情，就是现代的散文特征之一。从哲理的说来，这原是智与情的合致，但时代的潮流与社会的影响，却是使现代散文不得不趋向到此的两重客观的条件。这一种倾向，尤其是在五卅事件以后的中国散文上，表现得最为显著。

统观中国新文学内容变革的历程，最初是沿旧文学传统而下，不过从一个新的角度而发见了自然，同时也就发见了个人；接着便是世界潮流的尽量的吸收，结果又发见了社会。而个人终不能遗世而独立，不能餐露以养生，人与社会，原有连带的关系，人与人类，也有休戚的因依的；将这社会的责任，明白剀切地指示给中国人看的，却是五卅的当时流在帝国主义枪炮下的几位上海志士的鲜血。

艺术家是善感的动物，凡世上将到而未到的变动，或已发而未至极顶的趋势，总会先在艺术家的心灵里投下一个淡淡的影子；五卅的惨案，早就在五四时代的艺术品里暗示过了，将来的大难，也不难于今日的作品里去求得线索的。这一种预言者的使命，在小说里原负得独多，但散文的作者，却要比小说家更普遍更容易来挑起这一肩重担。近年来散文小品的流行，大锣大鼓的小说戏剧的少作，以及散文中间带着社会性的言辞的增加等等，就是这一种倾向的指示。

最后要说到近来才浓厚起来的那种散文上的幽默味了，这当然也是现代散文的特征之一，而且又是极重要的一点。幽默似乎是根于天性的一种趣味，大英帝国的国民，在政治上商业上倒也并不幽默，而在文学上却个个作家多少总含有些幽默的味儿：上自乔叟，莎士比亚起，下迄现代的 Robert Lynd, Bernard Shaw, 以及 A. A. Milne, Aldons Huxley 等辈，不管是在严重的长篇大著之中，或轻松的另章断句之内，正到逸兴遄飞的时候，总板着面孔忽而来它一下幽默：会使论敌也可以倒在地下而破颜，愁人也得停着眼泪而发一笑。北国的幽默，像契诃夫的作品之类，是幽郁的，南国的幽默，像西班牙的塞范底斯之类，是光明的；这与其说是地理风土的关系，还不如说人种（民族）时代的互异而使然；我们的中华民族，一向就是不懂幽默的民族，但近来经林语堂先生等一提倡，在一般人的脑里，也懂得点什么是幽默的概念来了，这当然不得不说是一大进步。

有人说，近来的散文中幽默分子的加多，是因为政治上的高压的结果：中华民族要想在苦中作一点乐，但各处都无法可想，所以只能在幽默上找一条出路，现在的幽默会这样兴盛的原因，此其一；还有其次的原因，是不许你正说，所以只能反说了，人掩住了你的口，不容你叹息一声的时候，末了自然只好泄下气以舒肠，作长歌而当哭。这一种观察，的确是不错；不过这两层也须是幽默兴盛的近因。至于远因，恐怕还在历来中国国民生活的枯燥，与夫中国散文的受了英国 Essay 的影响。

中国的国民生活的枯燥，是在世界的无论那一国都没有它的比类的。上自上层阶级起，他们的趣味，就只有吃鸦片，打牌，与蓄妾；足迹不出户牖，享乐只在四壁之内举行，因此倒也养成了一种像罗马颓废时代似的美食的习惯。其次的中产阶级，生活是竭力在模仿上层阶级的，虽然多了几处像大世界以及城隍庙说书场之类的地方可以跑跑，但是他们的生活的没有规则与没有变化，却更比农村下层阶级都不如。至于都市的下层阶级呢，工资的低薄与工作时间的延长，使他们虽有去处，也无钱无闲去调剂他们的生活。农村的下层阶级，比起都市的劳动者来，自然是闲空得多；岁时伏腊，也有些特殊的行乐，如农事完后的社戏，新春期内的迎神赛会之类，都是大众娱乐的最大机会，可是以一年之长，而又兼以这种大事的不容易举行，归根结蒂，他们的生活仍旧还是枯燥的。这上下一例的枯燥的国民生活，从前是如此，现在因为国民经济破产的结果，反更不如前了，那里可以没有一个轻便的发泄之处呢？所以散文的中间，来一点幽默的加味，当然是中国上下层民众所一致欢迎的事情。

英国散文的影响于中国，系有两件历史上的事情，做它的根据的：第一，中国所最发达也最有成绩的笔记之类，在性质和趣味上，与英国的 Essay 很有气脉相通的地方，不过少一点在英国散文里是极普遍的幽默味而已；第二，中国人的吸收西洋文化，与日本的最初由荷兰文为媒介者不同，大抵是借用英文的力量的，但看欧洲人的来我国者，都以第三国语的英文为普通语，与中国人的翻外国人名地名，大半以英语为据的两点，就可以明白；故而英国散文的影响，在我们的知识阶级中间，是再过十年二十年也决不会消减的一种根深蒂固的潜势力。像已故的散文作家梁遇春先生等，且已有人称之为中国的爱利亚了，即此一端，也可以想见得英国散文对我们的影响之大且深。至如鲁迅先生所翻的厨川白村氏在《出了象牙之塔》里介绍英国 Essay 的一段文章，更为弄弄文墨的人，大家所读过的妙文，在此地也可以不必再说。

总之，在现代的中国散文里，加上一点幽默味，使散文可以免去板滞的毛病，使读者可以得一个发泄的机会，原是很可欣喜的事情。不过这幽默要使它同时含有破坏而兼建设的意味，要使它有左右社会的力量，才有将来的希望；否则空空洞洞，毫无目的，同小丑的登台，结果使观众于一笑之后，难免得不感到一种无聊（Nonsense）的回味，那才是绝路。

五、关于这一次的选集

这一次，良友图书公司发了大愿，想把"五四"以来的中国新文学作一次总结算；凡自一九一七年起至一九二七年止的十年间的论文小说诗歌戏剧散文等，都分头请人选择，汇成一帙，使读者可以收事半功倍之效；其中的散文部分，就委托了我和周作人先生，分选两册。我于接到这委托书函之后，就和周作人先生往返商量了好几次，两人间的选集，将以什么为标准，庶几可以免去重复？他在北平，我在杭州，相隔几千里，晨夕聚首的机会是没有的。

先想以文学团体来分，譬如我和创造社等比较熟悉，就选这一批人的散文；他与语丝社文学研究会都有过关系，就选那一批人的。但后来一想，自己选自己的东西，生怕割爱为难，就是选比较亲近的友人的作品，也难免不怀偏见。于是就想依近来流行的派别为标准，两人来分头选择，就是言志派与载道派。

谈到了这一个派别问题，我们又各起了怀疑。原来文学上的派别，是事过之后，旁人（文学批评家们）替加上去的名目，并不是先有了派，以后大家去参加，当派员，领薪水，做文章，像当职员那么的。况且就是在一人一派之中，文字也时有变化：虽则说朝秦暮楚，跨党骑墙等现象是不会有，可是一个人的思想，文章，感触之类，决没有十年如一日，固守而不变的道理。还有言志与载道的类别，也颇不容易断定，这两个名词含义的模糊，正如客观和主观等抽象名词一样的难以捉摸。古人说："文以载道"，原是不错，但"盍各言尔志"的志，"诗言志"的志，又何尝不一样的是"道"？"道其道，非吾之所谓道"，那这一位先生所说的话，究竟是当它作"志"呢还是作"道"？

细想了好几日，觉得以派别为标准的事情，还是不可通的；最后才决定了以人为标准，譬如我选周先生的散文，周先生选我的东西，著手比较得简单，而材料又不至于冲突。于是就和周先生商定，凡鲁迅，周作人，冰心，林语堂，丰子恺，钟敬文，川岛，罗黑芷，朱大枬，叶永蓁，朱自清，王统照，许地山，郑振铎，叶绍钧，茅盾的几家，归我来选，其他的则归之于周先生。

人选问题决定之后，其次的问题，是选材的时间限制问题了。原定的体例，是只选自一九一七年至一九二七年之间的作品。但被选的诸家，大抵还是现在正在写作的现代作家（除两位已故者外），思想与文章，同科学实验不同，截去了尾巴，有时候前半截要分析不清。对这问题，我和周先生所抱的是同一个意见，所以明知有背体例，但一九二七年以后的作品，也择优采入了一小点，以便参证；不过选集的主体，还是以一九一七到一九二七的十年间的作品为重心而已。

六、妄评一二

在这一集里所选的，都是我所佩服的人，而他们的文字，当然又都是我所喜欢的文字——不喜欢的就不选了——本来是可以不必再有所评述，来搅乱视听的，因为文字具在，读者读了自然会知道它们的好坏。但是向来的选家习惯，似乎都要有些眉批和脚注，才算称职，我在这里，也只能加上些蛇足，以符旧例。我不是批评家，所见所谈也许荒谬绝伦，读者若拿来作脚注看，或者还能识破愚者之一得！名曰妄评，实在不是自谦之语。

鲁迅、周作人在五十几年前，同生在浙江绍兴的一家破落的旧家，同是在穷苦里受了他们的私塾启蒙的教育。二十岁以前，同到南京去进水师学堂学习海军，后来同到日本去留学。到这里为止，两人的经历完全是相同的，而他们的文章倾向，却又何等的不同！

鲁迅的文体简练得像一把匕首，能以寸铁杀人，一刀见血。重要之点，抓住了之后，只消三言两语就可以把主题道破——这是鲁迅作文的秘诀，详细见《两地书》中批评景宋女士《驳覆校中当局》一文的语中——次要之点，或者也一样的重要，但不能使敌人致命之点，他是一概轻轻放过，由它去而不问的。与此相反，周作人的文体，又来得舒徐自在，信笔所至，初看似乎散漫支离，过于繁琐！但仔细一读，却觉得他的漫谈，句句含有分量，一篇之中，少一句就不对，一句之中，易一字也不可，读完之后，还想翻转来从头再读的。当然这是指他从前的散文而说，近几年来，一变而为枯涩苍老，炉火纯青，归入古雅遒劲的一途了。

两人文章里的幽默味，也各有不同的色彩；鲁迅的是辛辣干脆，全近讽刺，周作人的是湛然和蔼，出诸反语。从前在《语丝》上登的有一篇周作人的《碰伤》，记得当时还有一位青年把它正看了，写了信去非难过。

　　其次是两人的思想了：他们因为所处的时代和所学的初基，都是一样，故而在思想的大体上根本上，原也有许多类似之点；不过后来的趋向，终因性格环境的不同，分作了两歧。

　　鲁迅在日本学的是医学，周作人在日本由海军而改习了外国语。他们的笃信科学，赞成进化论，热爱人类，有志改革社会，是弟兄一致的；而所主张的手段，却又各不相同。鲁迅是一味急进，宁为玉碎的，周作人则酷爱和平，想以人类爱来推进社会，用不流血的革命来实现他的理想（见《新村的理想与实际》等数篇）。

　　周作人头脑比鲁迅冷静，行动比鲁迅夷犹，遭了三一八的打击以后，他知道空喊革命，多负牺牲，是无益的，所以就走进了十字街头的塔，在那里放散红绿的灯光，悠闲地但也不息地负起了他的使命；他以为思想上的改革，基本的工作当然还是要做的，红的绿的灯光的放送，便是给路人的指示；可是到了夜半清闲，行人稀少的当儿，自己赏玩赏玩这灯光的色彩，玄想玄想那天上的星辰，装聋做哑，喝一口苦茶以润润喉舌，倒也是于世无损，于己有益的玩意儿。这一种态度，废名说他有点像陶渊明。可是"陶潜诗喜说荆轲"，他在东篱下采菊的时候，当然也忘不了社会的大事，"少时壮且厉，抚剑独行游"的气概，还可以在他的作反语用的平淡中想见得到。

　　鲁迅的性喜疑人——这是他自己说的话——所看到的都是社会或人性的黑暗面，故而语多刻薄，发出来的尽是诛心之论：这与其说他的天性使然，还不如说是环境造成的来得恰对，因为他受青年受学者受社会的暗箭，实在受得太多了，伤弓之鸟惊曲木，岂不是当然的事情么？在鲁迅的刻薄的表皮上，人只见到他的一张冷冰冰的青脸，可是皮下一层，在那里潮涌发酵的，却正是一腔沸血，一股热情；这一种弦外之音，可以在他的小说，尤其是《两地书》里面，看得出来。我在前面说周作人比他冷静，这话由不十分深知鲁迅和周作人的人看来，或者要起疑问：但实际上鲁迅却是一个富于感情的人，只是勉强压住，不使透露出来而已；而周作人的理智的固守，对事物社会见解的明确，却是谁也知道的事情。

　　周作人的理智既经发达，又时时加以灌溉，所以便造成了他的博识；但他的态度却不是卖智与玄学的，谦虚和真诚的二重内美，终于使他的理智放了光，博识致了用。他口口声声在说自己是一个中庸的人，若把中庸当作智慧感情的平衡，立身处世的不苟来解，那或者还可以说得过去；若把中庸当作了普通的说法，以为他是一个善于迎合，庸庸碌碌的人，那我们可就受了他的骗了。

　　中国现代散文的成绩，以鲁迅、周作人两人的为最丰富最伟大，我平时的偏嗜，亦以此二人的散文为最所溺爱。一经开选，如窃贼入了阿拉伯的宝库，东张西望，简直迷了我取去的判断；忍心割爱，痛加删削，结果还把他们两人的作品选成了这一本集子的中心，从分量上说，他们的散文恐怕要占得全书的十分之六七。

　　冰心女士散文的清丽，文字的典雅，思想的纯洁，在中国好算是独一无二的作家

郁达夫——《1917—1927中国新文学大系导言集》（节选）——《散文二集》导言

了；记得雪莱的咏云雀的诗里，仿佛曾说过云雀是初生的欢喜的化身，是光天化日之下的星辰，是同月光一样来把歌声散溢于宇宙之中的使者，是虹霓的彩滴要自愧不如的妙音的雨师，是……，这一首千古的杰作，我现在记也记不清了，总而言之，把这一首诗全部拿来，以诗人赞美云雀的清词妙句，一字不易地用在冰心女士的散文批评之上，我想是最适当也没有的事情。

冰心女士的故乡是福建，福建的秀丽的山水，自然也影响到了她的作风，虽然她并不是在福建长大的。十余年前，当她二十几岁的时候孤身留学在美国，慰冰湖，青山，沙穰，大西洋海滨，白岭，戚叩落亚，银湖，洁湖等佳山水处，都助长了她的诗思，美化了她的文体。

对父母之爱，对小弟兄小朋友之爱，以及对异国的弱小儿女，同病者之爱，使她的笔底有了像温泉水似的柔情。她的写异性爱的文字不多，写自己的两性间的苦闷的地方独少的原因，一半原是因为中国传统的思想在那里束缚她，但一半也因为她的思想纯洁，把她的爱宇宙化了秘密化了的缘故。

我以为读了冰心女士的作品，就能够了解中国一切历史上的才女的心情；意在言外，文必己出，哀而不伤，动中法度，是冰心女士的生平，亦即是冰心女士的文章之极致。

林语堂生性戆直，浑朴天真，假令生在美国，不但在文学上可以成功，就是从事事业，也可以睥睨一世，气吞小罗斯福之流。《剪拂集》时代的真诚勇猛，的是书生本色，至于近来的耽溺风雅，提倡性灵，亦是时势使然，或可视为消极的反抗，有意的孤行。周作人常喜引外国人所说的隐士和叛逆者混处在一道的话，来作解嘲；这话在周作人身上原用得着，在林语堂身上，尤其是用得着。

他是一个生长在牧师家庭里的宗教革命家，是一个受外国教育过度的中国主义者，反对道德因袭以及一切传统的拘谨自由人；他的性格上的矛盾，思想上的前进，行为上的合理，混和起来，就造成了他的幽默的文章。

他的幽默，是有牛油气的，并不是中国向来所固有的《笑林广记》。他的文章，虽说是模仿语录的体裁，但奔放处，也赶得上那位疯狂致死的超人尼采。唯其戆直，唯其浑朴，所以容易上人家的当；我只希望他勇往直前，勉为中国二十世纪的拉勃来，不要因为受了人家的暗算，就矫枉过正，走上了斜途。

人生到了四十，可以不惑了；林语堂今年四十，且让我们刮目来看他的后文罢！

丰子恺今年三十九岁，是生长在嘉兴石门湾的人，所以浙西人的细腻深沉的风致，在他的散文里处处可以体会得出。

少时入浙江师范，以李叔同（现在的弘一法师）为师；弘一剃度之后，那一种佛学的思想，自然也影响到了他的作品。人家只晓得他的漫画入神，殊不知他的散文，清幽玄妙，灵达处反远出在他的画笔之上。

对于小孩子的爱，与冰心女士不同的一种体贴入微的对于小孩子的爱，尤其是他的散文里的特色。

他是一个苦学力行的人，从师范学校出来之后，在上海半工半读，自己努力学画,自己想法子到日本去留学,自己苦修外国文学,终久得到了现在的地位。我想从这一方面讲来,他的富有哲学味的散文,姑且不去管它,就单论他的志趣,也是可以为我们年青的人做模范的。

钟敬文出身于广东汕头的岭南大学,本为文风极盛的梅县人,所以散文清朗绝俗,可以继周作人、冰心的后武。可惜近来改变方针,去日本研究民族传说等专门学问去了,我希望他以后仍能够恢复旧业,多做些像《荔枝小品》《西湖漫拾》里所曾露过头角的小品文。

川岛人本幽默,性尤冲淡,写写散文,是最适宜也没有的人;但不知为了什么,自恋爱成功以后,却不常做东西了。薄薄的一册《月夜》,是正当他在热爱时期蒸发出来的升华,窥豹一斑,可以知其大概。

罗黑芷、朱大枬两人,幽郁的性格相同,文字的玄妙亦互相类似;可惜忧能伤人,这两位都不到中年就去世了。略录数篇,以志哀悼,并以痛我们散文界的损失。

叶永蓁比较得后起,但他的那种朴实的作风,稳厚的文体,是可以代表一部分青年的坚实分子的,摘录一篇,以备一格。

朱自清虽则是一个诗人,可是他的散文,仍能够满贮着那一种诗意,文学研究会的散文作家中,除冰心女士外,文字之美,要算他了。以江北人的坚忍的头脑,能写出江南风景似的秀丽的文章来者,大约是因为他在浙江各地住久了的缘故。

王统照、许地山两人,文字同属致密,但一南一北,地理风土感化上的不同,可以在两人的散文里看得出来。许地山久居极南,研究印度哲学,玄想自然潜入了他的作品。王统照生长山东,土重水深,因而词气亦厚。这一次欧游的结果,虽还不能够从他的文字里,探得些究竟,但扩大了眼界,增进了学识,古人所说的"读万卷书,行万里路"的成绩,当然是不会毫无的。

郑振铎本来是个最好的杂志编辑者,转入考古,就成了中国古文学鉴定剔别的人。按理而论,学者是该不会写文章的,但他的散文,却也富有着细腻的风光。且取他的叙别离之苦的文字,来和冰心的一比,就可以见得一个是男性的,一个是女性的了。大约此后,他在这一方面总还有着惊人的长进,因为他的素养,他的经验,都已经积到了百分之百的缘故。

叶绍钧风格谨严,思想每把握得住现实,所以他所写的,不问是小说,是散文,都令人有脚踏实地,造次不苟的感触。所作的散文虽则不多,而他所特有的风致,却早在短短的几篇文字里具备了:我以为一般的高中学生,要取作散文的模范,当以叶绍钧氏的作品最为适当。

茅盾是早就在从事写作的人,唯其阅世深了,所以行文每不忘社会。他的观察的周到,分析的清楚,是现代散文中最有实用的一种写法,然而抒情练句,妙语谈玄,不是他的所长。试把他前期所作的小品,和最近所作的切实的记载一比,就可以晓得他如何的在利用他的所长而遗弃他的所短。中国若要社会进步,若要使文章和现实生活发生关系,则像茅盾那样的散文作家,多一个好一个;否则清谈误国,辞章极盛,国势未免要趋于衰颓。

胡言乱道，一气写来，自己也觉得谈得太多了，妄评多罪，愿作者与读书诸君共谅宥之。

一九三五年四月

（见刘运峰编《1917—1927中国新文学大系导言集》，天津人民出版社2009年版）

《1917—1927 中国新文学大系导言集》（节选）
——《诗集》导言

朱自清

一

胡适之氏是第一个"尝试"新诗的人，起手是民国五年七月。① 新诗第一次出现在《新青年》四卷一号上，作者三人，胡氏之外，有沈尹默刘半农二氏；诗九首，胡氏作四首，第一首便是他的《鸽子》。这时是七年正月。他的《尝试集》，我们第一部新诗集，出版是在九年三月。

清末夏曾佑谭嗣同诸人已经有"诗界革命"的志愿，他们所作"新诗"，却不过检些新名词以自表异。只有黄遵宪走得远些，他一面主张用俗话作诗——所谓"我手写我口"——，一面试用新思想和新材料——所谓"古人未有之物，未辟之境"——入诗。② 这回"革命"虽然失败了，但对于民七的新诗运动，在观念上，不在方法上，却给予很大的影响。

不过最大的影响是外国的影响。梁实秋氏说外国的影响是白话文运动的导火线：他指出美国印象主义者六戒条里也有不用典，不用陈腐的套话；新式标点和诗的分段分行，也是模仿外国；而外国文学的翻译，更是明证。③ 胡氏自己说《关不住了》一首是他的新诗成立的纪元，④ 而这首诗却是译的，正是一个重要的例子。

新诗运动从诗体解放下手；胡氏以为诗体解放了，"丰富的材料，精密的观察，高深的理想，复杂的感情，方才能跑到诗里去"⑤。这四项其实只是泛论，他具体的主张见于《谈新诗》。消极的不作无病之呻吟，积极的以乐观主义入诗。他提倡说理的诗。音节，他说全靠（一）语气的自然节奏，（二）每句内部所用字的自然和谐，平仄是不重要的。用韵，他说有三种自由：（一）用现代的韵，（二）平仄互押，（三）有韵固然好，没有韵也不妨。方法，他说须要用具体的做法。⑥ 这些主张大体上似乎为《新青年》诗人所共信；《新潮》《少年中国》《星期评论》，以及文学研究会诸作者，大体上也这般作他们的诗。《谈新诗》差不多成为诗的创造和批评的金科

---

① 《胡适文存一》，《尝试集自序》。
② 《胡适文存二集》，《五十年来中国之文学》。
③ 《浪漫的与古典的六》——一二面。
④ 《胡适文存一》，《尝试集再版自序》。
⑤ 《胡适文存一》。
⑥ 《胡适文存一》。

玉律了。

那正是"五四"之后，①刚在开始一个解放的时代。《谈新诗》切实指出解放后的路子，彷徨着的自然都走上去。乐观主义，旧诗中极罕见；胡氏也许受了外来影响，但总算是新境界；同调的却只有康白情氏一人。说理的诗可成了风气，那原也是外国影响。②直到民国十五年止，这个风气才渐渐衰下去；但在徐志摩氏的诗里，还可寻着多少遗迹。"说理"是这时期诗的一大特色。照周启明氏看法，这是古典主义的影响，却太晶莹透澈了，缺少了一种余香与回味。③

民七以来，周氏提倡人道主义的文学；所谓人道主义，指"个人主义的人间本位主义"而言。④这也是时代的声音，至今还为新诗特色之一。胡适之氏《人力车夫你莫忘记》也正是这种思想，不过未加提倡罢了。——胡氏后来却提倡"诗的经验主义"⑤，可以代表当时一般作诗的态度。那便是以描写实生活为主题，而不重想象，中国诗的传统原本如此。因此有人称这时期诗为自然主义。⑥这时期写景诗特别发达⑦，也是这个缘故。写景诗却是新进步；胡氏《谈新诗》里的例可见。

自然音节和诗可无韵的说法，似乎也是外国"自由诗"的影响。但给诗找一种新语言，决非容易，况且旧势力也太大。多数作者急切里无法甩掉旧诗词的调子；但是有死用活用之别。胡氏好容易造成自己的调子，变化可太少。康白情氏解放算彻底的，他能找出我们语言的一些好音节，《送客黄浦》便是；但集中名为诗而实是散文的却多。只有鲁迅氏兄弟全然摆脱了旧镣铐，周启明氏简直不大用韵。他们另走上欧化一路。走欧化一路的后来越过越多。——这说的欧化，是在文法上。

"具体的做法"不过用比喻说理，可还是缺少余香与回味的多。能够浑融些或精悍些的便好。像周启明氏的《小河》长诗，便融景入情，融情入理。至于有意的讲究用比喻，怕要到李金发氏的时候。

这时期作诗最重自由。梁实秋氏主张有些字不能入诗，周启明氏不以为然，引起一场有趣的争辩。但商务印书馆主人却非将《将来之花园》中"小便"删去不可。另一个理想是平民化，当时只俞平伯氏坚持，他"要恢复诗的共和国"；康白情氏和周启明氏都说诗是贵族的。诗到底怕是贵族的。

这时期康白情氏以写景胜，梁实秋氏称为"设色的妙手"⑧；写情如《窗外》拟人法的细腻，《一封没写完的信》那样质朴自然，也都是新的。又《鸭绿江以东》《别少年中国》，悲歌慷慨，令人奋兴。——只可惜有些诗作的太自由些。俞平伯氏

---

① 《谈新诗》作于八年十月。
② 《尝试集自序》。
③ 《扬鞭集序》。
④ 《新青年》五卷六号《人的文学》。
⑤ 《尝试集》四版《梦与诗跋》。
⑥ 《诗歌》在日本出版创刊号。
⑦ 余冠英《论新诗》（清华大学毕业论文）。
⑧ 十一年五月及六月《晨报副刊》。

能融旧诗的音节入白话，如《凄然》；又能利用旧诗里的情境表现新意，如《小劫》；写景也以清新着，如《孤山听雨》。《呓语》中有说理浑融之作；《乐谱中之一行》颇作超脱想。《忆》是有趣的尝试，童心的探求，时而一中，教人欢喜赞叹。

中国缺少情诗，有的只是"忆内""寄内"，或曲喻隐指之作，坦率的告白恋爱者绝少，为爱情而歌咏爱情的更是没有。① 这时期新诗做到了"告白"的一步。《尝试集》的《应该》最有影响，可是一半的趣味怕在文字的缴绕上。康白情氏《窗外》却好。但真正专心致志作情诗的，是"湖畔"的四个年轻人。他们那时候差不多可以说生活在诗里。潘漠华氏最是凄苦，不胜掩抑之致；冯雪峰氏明快多了，笑中可也有泪；汪静之氏一味天真的稚气；应修人氏却嫌味儿淡些。

周启明氏民十翻译了日本的短歌和俳句，② 说这种体裁适于写一地的景色，一时的情调，是真实简练的诗。③ 到处作者甚众。但只剩了短小的形式，不能把捉那刹那的感觉，也不讲字句的经济，只图容易，失了那曲包的余味。周氏自己的翻译，实在是创作；别的只能举《论小诗》里两三个例，和何植三氏《农家的草紫》一小部分。也在那一年，冰心女士发表了《繁星》④，第二年又出了《春水》，她自己说是读太戈尔而有作；一半也是衔接着那以诗说理的风气。民十二宗白华氏的《流云小诗》，也是如此。这是所谓哲理诗，小诗的又一派。两派也都是外国影响，不过来自东方罢了。《流云》出后，小诗渐渐完事，新诗跟着也中衰。

白采的《羸疾者的爱》一首长诗，是这一路诗的押阵大将。⑤ 他不靠复沓来维持它的结构，却用了一个故事的形式，是取巧的地方，也是聪明的地方。虽然没有持续的想象，虽然没有奇丽的比喻，但那质朴，那单纯，教它有力量。只可惜他那"优生"的理在诗里出现，还嫌太早，一般社会总看得淡淡的远远的，与自己水米无干似的。他读了尼采的翻译，多少受了他一点影响。

和小诗运动差不多同时，⑥ 一支异军突起于日本留学界中，这便是郭沫若氏。他主张诗的本职专在抒情，在自我表现，诗人的利器只有纯粹的直观；他最厌恶形式，而以自然流露为上乘，说"诗不是'做'出来的，只是'写'出来的"。他说：只要是我们心中的诗意诗境底纯真的表现，命泉中流出来的 Strain，心琴上弹出来的 Melody，生底颤动，灵底喊叫，那便是真诗，好诗，更是我们人类底欢乐底源泉，陶醉的美酿，慰安的天国。⑦ "诗是写出来的"一句话，后来让许多人误解了，生出许多恶果来；但于郭氏是无损的。他的诗有两样新东西，都是我们传统里没有的——不但诗

---

① 《冬野草儿评论》。
② 钱钟书 On "Old Chinese Poetry" The China Critic，Vol. Ⅵ，No. 50.
③ 《小说月报》十二卷五号。
④ 《论小诗》。
⑤ 《晨报副刊》。
⑥ 十四年四月出版
⑦ 《女神》十年八月出版

里没有——泛神论，与二十世纪的动的和反抗的精神。① 中国缺乏冥想诗。诗人虽然多是人本主义者，却没有去摸索人生根本问题的。而对于自然，起初是不懂得理会；渐渐懂得了，又只是观山玩水，写入诗只当背景用。② 看自然作神，作朋友，郭氏诗是第一回。至于动的和反抗的精神，在静的忍耐的文明里，不用说，更是没有过的。不过这些也都是外国影响。——有人说浪漫主义与感伤主义是创造社的特色，郭氏的诗正是一个代表。

二

十五年四月一日，北京《晨报诗镌》出世。这是闻一多、徐志摩、朱湘、饶孟侃、刘梦苇、于赓虞诸氏主办的。他们要"创格"，要发见"新格式与新音节"。③ 闻一多氏的理论最为详明，他主张"节的匀称"，"句的均齐"，主张"音尺"，重音，韵脚。④ 他说诗该具有音乐的美，绘画的美，建筑的美；音乐的美指音节，绘画的美指词藻，建筑的美指章句。他们真研究，真试验；每周有诗会，或讨论，或诵读。梁实秋氏说，"这是第一次一伙人聚集起来诚心诚意的试验作新诗"。⑤ 虽然只出了十一号，留下的影响却很大——那时候大家都作格律诗；有些从前极不顾形式的，也上起规矩来了。"方块诗""豆腐干块"等等名字，可看出这时期的风气。

新诗形式运动的观念，刘半农氏早就有。他那时主张（一）"破坏旧韵，重造新韵"，（二）"增多诗体"。"增多诗体"又分自造，输入他种诗体，有韵诗外别增无韵诗三项，后来的局势恰如他所想。"重造新韵"主张以北平音为标准，由长于北平语者造一新谱。⑥ 后来也有赵元任氏作了《国音新诗韵》。出版时是十二年十一月，正赶上新诗就要中衰的时候，又书中举例，与其说是诗，不如说是幽默；所以没有引起多少注意，但分韵颇妥贴，论轻音字也好，应用起来倒很方便的。

第一个有意实验种种体制，想创新格律的，是陆志韦氏。他的《渡河》问世在十二年七月。他相信长短句是最能表情的作诗的利器；他主张舍平仄而采抑扬，主张"有节奏的自由诗"和"无韵体"。那时《国音新诗韵》还没出，他根据王璞氏的《京音字汇》，将北平音并为二十三韵。⑦ 这种努力其实值得钦敬，他的诗也别有一种清淡风味；但也许时候不好吧，却被人忽略过去。

《诗镌》里闻一多氏影响最大。徐志摩氏虽在努力于"体制的输入与试验"，却

---

① 以上分见《三叶集》四五，三三，一七，六，七，各面
② 《创造周报》四号
③ 十一年五月及六月《晨报副刊》
④ 诗刊弁言
⑤ 《诗镌》七号，又《诗刊》创刊号梁实秋文。音节及节，二字的为二音尺，三字的为三音尺。闻主张每诗各行音尺数目，应求一律。
⑥ 《诗刊》创刊号
⑦ 《新青年》三卷三号

只顾了自家，没有想到用理论来领导别人。闻氏才是"最有兴味探讨诗的理论和艺术的"；① 徐氏说他们几个写诗的朋友多少都受到《死水》作者的影响。②《死水》前还有《红烛》，讲究用比喻，又喜欢用别的新诗人用不到的中国典故，最为繁丽，真教人有艺术至上之感。《死水》转向幽玄，更为严谨，他作诗有点像李贺的雕镂而出，是靠理智的控制比情感的驱遣多些。但他的诗不失其为情诗。另一面他又是个爱国诗人，而且几乎可以说是唯一的爱国诗人。

但作为诗人论，徐氏更为世所知。他没有闻氏那样精密，但也没有他那样冷静。他是跳着溅着不舍昼夜的一道生命水。他尝试的体制最多，也译诗；最讲究用比喻——他让你觉着世上一切都是活泼的，鲜明的。陈西滢氏评他的诗，所谓不是平常的欧化，按说就是这个。又说他的诗的音调多近羯鼓铙钹，很少提琴洞箫等抑扬缠绵的风趣，③ 那正是他老在跳着溅着的缘故。他的情诗，为爱情而咏爱情：不一定是现实生活的表现，只是想象着自己保举自己作情人，如西方诗家一样。④ 但这完全是新东西，历史的根基太浅，成就自然不大——一般读者看起来也不容易顺眼。闻氏作情诗，态度也相同；他们都深受英国影响，不但在试验英国诗体，艺术上也大半模仿近代英国诗。⑤ 梁实秋氏说他们要试验的是用中文来创造外国诗的格律，装进外国式的诗意。⑥ 这也许不是他们的本心，他们要创造中国的新诗，但不知不觉写成西洋诗了。⑦ 这种情形直到现在，似乎还免不了。他也写人道主义的诗。

留法的李金发氏又是一支异军；他民九就作诗，但《微雨》出版已经是十四年十一月。"导言"里说不顾全诗的体裁，"苟能表现一切"，他要表现的是"对于生命欲揶揄的神秘及悲哀的美丽"。⑧ 讲究用比喻，有"诗怪"之称；⑨ 但不将那些比喻放在明白的间架里。他的诗没有寻常的章法，一部分一部分可以懂，合起来却没有意思。他要表现的不是意思而是感觉或情感；仿佛大大小小红红绿绿一串珠子，他却藏起那串儿，你得自己穿着瞧。这就是法国象征诗人的手法；李氏是第一个人介绍它到中国诗里。许多人抱怨看不懂，许多人却在模仿着。他的诗不缺乏想象力，但不知是创造新语言的心太切，还是母舌太生疏，句法过分欧化，教人像读着翻译；又夹杂着些文言里的叹词语助词，更加不像——虽然也可说是自由诗体制。他也译了许多诗。

后期创造社三个诗人，也是倾向于法国象征派的。但王独清氏所作，还是拜伦式的雨果式的为多，就是他自认为仿象征派的诗，也似乎豪胜于幽，显胜于晦。穆木天氏托情于幽微远渺之中，音节也颇求整齐，却不致力于表现色彩感。冯乃超氏利用铿

---

① 以上均见渡河自序
② 均见猛虎集序文
③ 均见猛虎集序文
④ 《西湖闲话》三四二——三四三面
⑤ Harold Acton, Contemporary Chinese Poetry, Poetry Vol. XLVI No. 1
⑥ 诗《创刊》刊号
⑦ 诗《创刊》刊号
⑧ 十四年十二月十二日《晨报副刊》刘梦苇文
⑨ 《美育杂志》二期黄参岛文

锵的音节，得到催眠一般的力量，歌咏的是颓废，阴影，梦幻，仙乡。他诗中的色彩感是丰富的。

戴望舒氏也取法象征派。他译过这一派的诗。他也注重整齐的音节，但不是铿锵的而是轻清的；也找一点朦胧的气氛，但让人可以看得懂；也有颜色，但不像冯乃超氏那样浓。他是要把捉那幽微的精妙的去处。姚蓬子氏也属于这一派；他却用自由诗体制。在感觉的敏锐和情调的朦胧上，他有时超过别的几个人。——从李金发氏到此，写的多一半是情诗。他们和《诗镌》诸作者相同的是，都讲究用比喻，几乎当作诗的艺术的全部；不同的是，不再歌咏人道主义了。

若要强立名目，这十年来的诗坛就不妨分为三派：自由诗派，格律诗派，象征诗派。

二十四年八月十一日，写毕于北平清华园

（见刘运峰编《1917—1927 中国新文学大系导言集》，天津人民出版社 2009 年版）